Tim LaHaye und Jerry B. Jenkins

APOLLYON
Die letzten Tage der Erde

Tim LaHaye und Jerry B. Jenkins

Apollyon

Die letzten Tage der Erde

Roman

Projektion J

Für Norman B. Rohrer –
meinen Freund und Mentor

Titel der Originalausgabe:
Apollyon

1. Auflage 2000

ISBN 3-89490-305-8

Die Bibelstellen wurden der Einheitsübersetzung entnommen.

Auf der Grundlage der neuen Rechtschreibregeln.

Übersetzung: Eva Weyandt
Umschlaggestaltung: Michael Wenserit, G. Brad Lewis
Umschlagfoto: Tony Stone Images
Satz: Projektion J Verlag
Druck und Verarbeitung: Ebner Ulm

Prolog: Was bisher geschah …

Rayford war davon überzeugt, dass er Amandas Namen nur rein waschen konnte, wenn er ihre Dateien entschlüsselte, aber er kannte auch das Risiko. Er würde sich der Wahrheit stellen müssen. Wollte er die Wahrheit trotzdem wissen? Je mehr er betete, desto größer wurde seine Überzeugung, dass er die Wahrheit nicht zu fürchten hatte.

Doch was er erfahren würde, konnte seine Stellung innerhalb der Tribulation Force *gefährden. Falls die Frau, mit der er viele Monate seines Lebens geteilt hatte, ihn zum Narren gehalten hatte, wem konnte er dann noch trauen? Falls er tatsächlich so wenig Menschenkenntnis besaß, was konnte er dann der Sache noch nützen? Die Zweifel nagten an ihm. Wie auch immer, er musste die Wahrheit herausfinden.*

Am Morgen vor dem Beginn der meist diskutierten Massenveranstaltung in der Welt sprach Rayford Nicolai Carpathia in dessen Büro an.

»Eure Exzellenz«, begann er. Es war ihm sehr schwer gefallen, um dieses Gespräch zu ersuchen. »Ich nehme an, McCullum und ich sollen Sie morgen nach Israel fliegen.«

»Fangen Sie gar nicht erst davon an, Captain Steele. Diese Menschen kommen gegen meinen ausdrücklichen Wunsch zusammen, darum habe ich nicht vor, diese Veranstaltung noch mit meiner Gegenwart zu sanktionieren.«

»Aber Ihre Zusage, den Rabbi zu schützen –«

»Aha, das haben Sie sich also gemerkt?«

»Sie wissen, wo ich stehe.«

»Und Sie wissen auch, dass ich *Ihnen sage, wohin Sie fliegen sollen, nicht umgekehrt. Denken Sie nicht, dass ich Ihnen früh genug Bescheid gesagt hätte, wenn ich morgen nach Israel reisen wollte?«*

»Dann haben also diejenigen, die sich fragen, ob Sie Angst vor dem Gelehrten haben, der –«

»Angst?«

»– sich im Internet gegen Sie gestellt und Sie vor einem internationalen Publikum einen Betrüger genannt hat –«

»Sie versuchen, mich zu ködern, Captain Steele«, erwiderte Carpathia lächelnd.

»Offen gesagt, ich glaube, Sie fürchten sich davor, dass Sie in Israel von den beiden Zeugen und Ben-Judah vielleicht angeprangert werden.«

»Von den beiden Zeugen? Wenn die nicht aufhören mit ihrer schwarzen Magie, der Dürre und dem Blut, werden sie sich vor mir zu verantworten haben!«

»Die beiden Männer behaupten, Sie könnten ihnen vor der festgesetzten Zeit nichts tun.«

»Ich *werde den Zeitpunkt festlegen.«*

»Und doch wurde Israel vor dem Erdbeben und den Meteoren beschützt –«

»Sie glauben, die Zeugen seien dafür verantwortlich?«

»Ich glaube, dass Gott dafür verantwortlich ist.«

»Sagen Sie mir, Captain Steele, glauben Sie immer noch, dass ein Mann, der nachweislich einen Toten ins Leben zurückgerufen hat, der Antichrist sein kann?«

Rayford zögerte. Er wünschte, Tsion wäre jetzt bei ihm. »Der Feind ist dafür bekannt, dass er Wunder imitiert«, sagte er. »Stellen Sie sich das Publikum in Israel vor, wenn Sie so etwas tun würden. Das sind Menschen des Glaubens, die zusammenkommen, um neu motiviert zu werden. Wenn Sie Gott sind, wenn Sie vielleicht tatsächlich der Messias sind, wären diese Menschen dann nicht begeistert, Sie kennen zu lernen?«

Carpathia starrte Rayford an. Forschend sah er ihm in die Augen. Rayford glaubte an Gott. Er war fest davon überzeugt, dass Nicolai ungeachtet seiner Macht, ungeachtet seiner Absichten vor den 144 000 Zeugen, die das Siegel des allmächtigen Gottes auf ihrer Stirn trugen, ohnmächtig sein würde.

»Wenn Sie meinen«, erwiderte Carpathia vorsichtig, »dass der Potentat der Weltgemeinschaft diesen Gästen ein unvergleichliches, herzliches Willkommen bieten sollte, dann könnten Sie Recht haben.«

Rayford hatte nichts dergleichen gesagt, aber Carpathia hörte sowieso nur das, was er hören wollte. »Vielen Dank«, erwiderte Rayford.

»Captain Steele, arbeiten Sie den Flugplan aus.«

1

Rayford Steele war beunruhigt. Mac McCullum war während des kurzen Fluges von Neu-Babylon nach Tel Aviv im Cockpit der *Global Community One* auffallend schweigsam.

»Sollen wir später reden?«, fragte Rayford leise. Mac legte einen Finger an die Lippen und nickte.

Rayford meldete sich beim Tower von Neu-Babylon ab und griff unter seinen Sitz, um den versteckten Knopf für die geheime Abhöranlage zu betätigen. Auf diese Weise würde er die Gespräche zwischen dem Potentaten der Weltgemeinschaft, Nicolai Carpathia, dem Supreme Commander Leon Fortunato und dem Pontifex Maximus Peter Mathews, dem Oberhaupt des Enigma-Babylon-Einheitsglaubens, belauschen können. Doch bevor Rayford den Knopf drücken konnte, spürte er Macs Hand auf seinem Arm. Mac schüttelte den Kopf.

Rayford erschauderte. »Wissen sie Bescheid?«, fragte er lautlos.

»Riskieren Sie nichts, bevor wir miteinander gesprochen haben«, flüsterte Mac.

Bei der Ankunft in Jerusalem wurde die Condor 216 vom Tower des David-Ben-Gurion-Flughafens bevorzugt behandelt. Alle anderen Flugzeuge, sogar die, die sich bereits im Landeanflug befunden hatten, wurden in Warteschleifen geschickt. Rayford bekam die sofortige Landeerlaubnis. Über seine Kopfhörer hörte er die wütenden Kommentare der anderen Piloten. Laut Protokoll durften keine anderen Flugzeuge in die Nähe der Condor kommen, trotz des wegen der Konferenz der Zeugen ungewöhnlich hohen Verkehrsaufkommens im Luftraum über Israel.

»Übernehmen Sie die Landung, Mac«, bat Rayford. Dieser blickte ihn verwirrt an, widersprach aber nicht. Rayford sah zum Fenster hinaus und war beeindruckt. Im Heiligen Land hatte es während des Erdbebens keine sichtbaren Schäden gegeben. Zwar hatten andere Katastrophen das Land heimgesucht, aber aus der Luft gesehen schien es alles unbeschadet überstanden zu haben.

Auf dem Ben-Gurion-Flughafen herrschte reger Verkehr. Die großen Flugzeuge konnten dort landen, während die kleineren in die Nähe von Jerusalem umgeleitet werden mussten. Rayford war zwar noch immer wegen Macs Schweigen beunruhigt, konnte sich jedoch ein Lächeln nicht verkneifen. Carpathia war gezwungen gewesen, nicht nur diese Konferenz der Gläubigen zu gestatten, sondern er hatte ihnen auch noch seinen persönlichen Schutz zusichern müssen. Natürlich war er kein Mann, der sein Wort hielt, aber da er mit seinen Zusicherungen an die Öffentlichkeit gegangen war, konnte er sie diesmal nicht so einfach brechen. Er würde sogar Rabbi Tsion Ben-Judah, das geistliche Oberhaupt der *Tribulation Force*, beschützen müssen.

Vor nicht allzu langer Zeit war Dr. Ben-Judah gezwungen gewesen, im Schutz der Dunkelheit aus seinem Heimatland zu fliehen. Nun kam er ganz offen als Nicolai Carpathias eingeschworener Feind zurück, als Führer der 144 000 Zeugen und derjenigen, die in der Zwischenzeit zum Glauben an Jesus Christus gekommen waren. Carpathia hatte die Auswirkungen der so genannten »Posaunengerichte« als Vorwand genommen, diese Konferenz in Israel zweimal zu verschieben, aber jetzt konnte er sie nicht mehr aufhalten.

Kurz vor der Landung, als alle Passagiere an Bord eigentlich fest auf ihren Sitzen hätten angeschnallt sein sollen, ertönte ein Klopfen an der Tür zum Cockpit.

»Leon«, meinte Rayford überrascht. »Wir befinden uns gerade im Landeanflug.«

»Das Protokoll, Captain!«, bellte Fortunato.

»Was wollen Sie?!«

»Außer dass Sie mich mit ›Supreme Commander‹ ansprechen sollen, bittet Sie Seine Exzellenz, nach der Landung im Cockpit zu bleiben und auf neue Befehle zu warten.«

»Wir fahren nicht nach Jerusalem?«, fragte Rayford. Mac starrte starr geradeaus.

»Genau«, erwiderte Fortunato. »Obwohl wir alle sehr genau wissen, wie gern Sie dorthin fahren würden.«

Rayford war sicher gewesen, dass Carpathias Leute versuchen würden, ihm zur *Tribulation Force* zu folgen.

Fortunato wandte sich um und ging. Nachdem er die Tür hinter sich geschlossen hatte, sagte Rayford: »Ich übernehme, Mac.«

Mac übergab das Steuer an Rayford, der sofort den Neigungswinkel verstärkte, während er gleichzeitig den Knopf für die Gegensprechanlage betätigte. Er hörte, dass sich Carpathia und Mathews nach dem

Befinden von Fortunato erkundigten, der offensichtlich hingefallen war. Sobald das Flugzeug die endgültige Parkposition erreicht hatte, platzte Fortunato ins Cockpit. »Was war das, Officer McCullum?«

»Ich entschuldige mich, Commander«, erwiderte Mac. »Ich konnte nichts machen. Mit allem nötigen Respekt, Sir, aber während der Landung sollten Sie Ihren Platz nicht verlassen.«

»Hören Sie zu, meine Herren«, begann Fortunato, nachdem er ihm einen wütenden Blick zugeworfen hatte, und hockte sich zwischen die beiden. »Seine Exzellenz bittet Sie, in Tel Aviv zu bleiben, da wir nicht genau wissen, wann er nach Neu-Babylon zurückkehren wird. Wir haben Ihnen ganz in der Nähe des Flughafens Zimmer reserviert. Unsere Leute werden sie hinbringen.«

Buck Williams saß mit seiner schwangeren Frau Chloe im Teddy-Kollek-Stadion in Jerusalem. Ihm war klar, dass die Verletzungen, die sie während des großen Erdbebens davongetragen hatte, noch nicht vollkommen abgeheilt waren, aber Chloe hatte sich den Flug nach Israel nicht ausreden lassen. Jetzt wirkte sie äußerst müde und erschöpft. Ihre Wunden und Narben verheilten langsam, aber Chloe hinkte noch immer sehr stark und ihr Gesicht sah durch den Bruch ihres Wangenknochens und die Abschürfungen noch ausgesprochen mitgenommen aus.

»Du musst den anderen helfen, Buck«, forderte sie ihn auf. »Jetzt geh schon. Ich komme klar.«

»Ich wünschte, du würdest ins Hotel zurückkehren«, erwiderte er.

»Mir geht es gut«, beharrte sie. »Ich muss mich nur ein wenig ausruhen. Ich mache mir Sorgen um Hattie. Ich habe gesagt, ich würde sie nicht allein lassen, wenn es ihr nicht besser ginge oder auch sie sich endlich für Gott entschieden hätte, aber bisher ist nichts dergleichen passiert.« Hattie Durham war ebenfalls schwanger. Sie war in den Staaten geblieben und kämpfte gegen das Gift in ihrem Körper. Dr. Floyd Charles kümmerte sich um sie, während der Rest der *Tribulation Force* – und dazu gehörte als neues Mitglied auch Ken Ritz – die Pilgerreise nach Israel unternahm.

»Floyd wird gut für sie sorgen.«

»Ich weiß. Aber jetzt lass mich eine Weile allein.«

Rayford und Mac bekamen die Anweisung, im Flugzeug zu warten, während Carpathia, Fortunato und Mathews auf dem Flugfeld begeistert empfangen wurden. Fortunato hielt sich pflichtbewusst im Hintergrund, während auch Mathews dem Potentaten den Applaus überließ.

»Ich kann Ihnen gar nicht sagen, wie sehr ich mich freue, wieder in Israel zu sein«, begann Carpathia mit einem strahlenden Lächeln. »Ich kann es kaum erwarten, die Anhänger Dr. Ben-Judahs willkommen zu heißen und ihnen zu zeigen, dass die Weltgemeinschaft den unterschiedlichen Glaubensüberzeugungen sehr offen gegenübersteht. Gern wiederhole ich noch einmal meine Zusicherung, dass der Rabbi und die Tausenden von Besuchern aus der ganzen Welt unter meinem persönlichen Schutz stehen. Mehr möchte ich im Augenblick nicht sagen, da ich annehme, dass ich in den kommenden Tagen zu den versammelten Menschen sprechen werde.«

Die Würdenträger wurden zu einem Helikopter geführt, mit dem sie nach Jerusalem gebracht werden sollten, während ihr Gefolge einen Bus bestieg.

Nachdem Rayford und Mac die Checks nach dem Flug durchgeführt hatten und endlich die Maschine verlassen konnten, brachte ein Jeep der Weltgemeinschaft sie zu ihrem Hotel. Mac bedeutete Rayford, im Wagen oder in ihren Zimmern kein Wort zu sagen. Erst im Restaurant hatte Rayford schließlich die Gelegenheit, ihn zu fragen, was los sei.

Buck wünschte, Chloe hätte auf dem Flug nach Israel schlafen können. Ken Ritz hatte einen *Gulfstream*-Jet besorgt, und es war der bequemste Langstreckenflug, den Buck je mitgemacht hatte. Doch Ken, Buck, Chloe und Tsion waren zu aufgeregt gewesen, um Ruhe finden zu können. Tsion hatte die Hälfte der Zeit an seinem Laptop verbracht. Über Satellit war der Rabbi in der Lage, mit seinen Anhängern auf der ganzen Welt in Verbindung zu bleiben.

Ein riesiges Netzwerk von Hausgemeinden christlicher Juden, die zu den 144 000 Zeugen gehörten, war wie aus dem Nichts entstanden. Diese neu bekehrten Juden übernahmen ihrerseits wieder Führungspositionen und lehrten die ihnen anvertrauten Menschen auf der Basis der über das Internet verbreiteten Predigten Ben-Judahs. In diesen Zehntausenden heimlicher Hausgemeinden, deren Existenz den Vertretern des Babylon-Enigma-Einheitsglaubens ein Dorn im Auge war, fanden Tag für Tag Menschen zum Glauben an Christus.

Tsion hatte die Ortsgemeinden eindringlich gebeten, ihre Leiter trotz der Warnung der Weltgemeinschaft zur großen Konferenz nach Jerusalem zu schicken. Nicolai Carpathia hatte erneut versucht, diese Versammlung in letzter Minute zu verhindern, wobei er die Tausenden von Toten als Grund anführte, die durch vergiftetes Wasser in mehr als einem Drittel der Welt ihr Leben verloren hatten. Tsion hatte Carpathias Argumente im Internet als Vorwand entlarvt.

»Mr. Carpathia«, hatte er geschrieben, »wir werden wie geplant nach Jerusalem kommen, mit oder ohne Ihre Billigung, Ihre Genehmigung oder den versprochenen Schutz. *Gott* wird uns beschützen.«

Buck würde diesen Schutz beinahe genauso dringend brauchen wie Tsion. Sein Entschluss, sich in der Öffentlichkeit mit Ben-Judah zu zeigen, würde ihn seinen Job als Carpathias Pressechef kosten. Damit fiel natürlich auch sein außergewöhnlich hohes Gehalt weg. Die Tatsache, dass er sich in der Nähe des Rabbis sehen ließ, würde Carpathias Verdacht bestätigen, dass Buck zu einem aktiven Feind der Weltgemeinschaft geworden war.

Rabbi Ben-Judah war der Meinung, sie sollten einfach Gott vertrauen. »Bleiben Sie unmittelbar neben mir stehen, wenn wir aus dem Flugzeug aussteigen«, ermahnte er. »Keine Verkleidung, keine Täuschung, kein Versteckspiel. Wenn Gott mich beschützen kann, kann er auch Sie beschützen. Wir sollten aufhören, Carpathias Spielchen mitzuspielen.«

Buck hatte schon vor einiger Zeit begonnen, anonym über das Internet eine eigene Zeitung mit dem Titel »Die Wahrheit« herauszugeben. Von nun an würde er für keine andere Zeitung mehr arbeiten können. Ironischerweise wurde diese Zeitung von zehnmal mehr Lesern gelesen als seine offiziellen Artikel. Natürlich machte er sich Sorgen um sein Leben, aber mehr um Chloes willen.

Tsion schien auf übernatürliche Weise beschützt zu werden. Doch nach dieser Konferenz würden die *Tribulation Force* und natürlich die 144 000 Zeugen und Millionen neuer Christen zu offenen Gegnern des Antichristen werden. Von nun an würden sie um ihr Überleben kämpfen müssen. Nach allem, was sie bereits durchgemacht hatten, schien es so, als habe die siebenjährige Trübsalszeit gerade erst begonnen. Es dauerte noch immer fast fünf Jahre bis zur Wiederkunft Christi.

Was Tsions Internetbotschaften und Bucks Zeitung bewirkt hatten, war erstaunlich. In Israel wimmelte es von Zehntausenden christlicher Juden aus den zwölf israelischen Stämmen, die auf der ganzen Welt verstreut lebten.

Bewusst hatte Tsion Ken Ritz nicht gebeten, heimlich auf irgendeinem kleinen Flughafen in Israel zu landen, damit die Mitglieder der *Tribulation Force* unbemerkt ins Land kommen konnten, sondern er hatte seine Leserschaft, und natürlich auch Carpathia und dessen Leute, über Zeit und Ort ihrer Ankunft informiert.

Ken war auf dem kleinen Flughafen nördlich von Jerusalem gelandet, und sofort war das Flugzeug von Menschen belagert, die den Rabbi und seine Begleiter willkommen heißen wollten. Die kleine Gruppe bewaffneter Soldaten der Weltgemeinschaft – offensichtlich stellte sich Carpathia so den Schutz für Tsion vor – hätte schon Gewalt anwenden müssen, um in seine Nähe zu gelangen. Die Zeugen aus der ganzen Welt jubelten und sangen und streckten ihre Hände aus, um Tsion zu berühren, während sich die Mitglieder der *Tribulation Force* einen Weg zu dem wartenden Kleinbus bahnten. Der israelische Fahrer fuhr langsam durch die Menge in Richtung Süden die Hauptstraße entlang zur Heiligen Stadt und dem Hotel King David.

Dort mussten sie feststellen, dass Leon Fortunato ihre Reservierung einfach storniert und das oberste Stockwerk für Nicolai Carpathia und seine Leute beansprucht hatte.

»Ich nehme an, Sie haben andere Zimmer für uns bereitgestellt«, sagte Tsion zu dem Empfangschef, nachdem sie eine halbe Stunde gewartet hatten.

»Es tut mir sehr Leid«, erwiderte der junge Mann und reichte Tsion einen Umschlag. Der Rabbi warf Buck einen Blick zu und öffnete den Umschlag. Buck sah sich nach Ken um, der ihm zunickte, um ihm zu versichern, dass er sich um Chloe kümmerte.

Die Nachricht war auf Hebräisch abgefasst. »Sie stammt von Chaim«, bemerkte Tsion. »Er schreibt: ›Vergeben Sie meinem lieben Freund Nicolai diesen beschämenden Mangel an Sensibilität. Ich habe Zimmer für Sie vorbereiten lassen und bestehe darauf, dass Sie und Ihre Freunde bei mir wohnen. Wenden Sie sich an Jacov. Er wird sich um Sie kümmern.‹«

Jacov war Chaim Rosenzweigs Fahrer und Diener. Er lud ihre Sachen in einen Mercedes-Van und bald darauf hatte sich die *Tribulation Force* in Chaims Anwesen ganz in der Nähe der Altstadt eingerichtet. Buck versuchte, Chloe zu überreden, im Haus zu bleiben und sich auszuruhen, während er, Ken und Tsion sich das Stadion ansehen wollten.

»Ich bin nicht mitgekommen, um mich aufs Abstellgleis schieben zu lassen«, widersprach sie. »Ich weiß, du machst dir Sorgen um mich, aber ich möchte gern selbst entscheiden, was ich mache und was nicht.«

Als sie das Kollek-Stadion erreicht hatten, war Buck genauso erstaunt wie die anderen über das, was sie dort erwartete. Tsion hatte Recht gehabt. Gott hatte offensichtlich die Internetbotschaften des Rabbis gebraucht, um die israelischen Zeugen zusammenzubringen, so dass sie die Planung dieser höchst ungewöhnlichen Konferenz bewältigen konnten.

Trotz des weltweiten Chaos hatten eigens zu diesem Zweck gegründete Komitees den Transport, die Unterbringung und Verpflegung der Teilnehmer geplant, eine Lautsprecheranlage und Dolmetscher besorgt und ein Programm zusammengestellt. Buck spürte, dass Tsion beinahe überwältigt war von dem Programm. Es war kurz und ohne schmückendes Beiwerk. »Sie brauchen nichts weiter zu tun, Dr. Ben-Judah«, hatte man ihm gesagt, »als uns zu inspirieren und die Botschaft zu sagen, wenn Sie vor dem Mikrofon stehen.«

Tsion lächelte traurig. »Das und zu beten, dass uns unser himmlischer Vater auch weiterhin beschützt.«

»Sie sind hinter Ihnen her, Rayford«, sagte Mac, als die beiden Piloten bei Pitabrot und Knoblauch-Soße zusammensaßen.

Rayford schüttelte den Kopf. »Schon vor Monaten habe ich aufgehört, Carpathia etwas vorzuspielen. Wovon sprechen Sie?«

»Ich habe zwar keinen direkten Kontakt mehr zum großen Häuptling, aber gestern Abend wurde ich zu einer Besprechung mit Leon gerufen. Die gute Neuigkeit ist, dass sie mich noch nicht im Verdacht haben.«

»Das ist tatsächlich gut. Aber wissen sie über die Abhöranlage im Flugzeug Bescheid?«

»Davon hat er nichts gesagt, aber er hätte sich gar nicht klarer darüber auslassen können, dass Sie Vergangenheit sind. Wenn die Abhöranlage noch immer funktioniert –«

»Das ist der Fall.«

»– dann werde ich sie benutzen und Sie auf dem Laufenden halten.«

»Wo werde ich sein?«

»Überall, aber bestimmt nicht hier, Ray. Ich bin davon überzeugt, dass der Fahrer uns belauscht hat. Vielleicht war der Wagen verwanzt, das Cockpit sowieso, und dass in unseren Zimmern Wanzen versteckt sind, steht außer Frage.«

»Sie hoffen, dass ich sie zu den anderen führe, aber die werden in Jerusalem bleiben.«

»Sie wollen Sie von den anderen fern halten, Ray. Warum, denken Sie, sollen wir in Tel Aviv bleiben?«

»Und wenn ich verschwinde?«

»Dann muss ich sie sofort darüber informieren. Das wäre Ihr Ende.«

»Aber ich muss meine Familie sehen, die anderen Mitglieder der ›Tribulation Force‹.«

»Nicht hier. Carpathia hat versprochen, Tsion und seine Begleiter zu beschützen. Sie gehören nicht dazu.«

»Die denken tatsächlich, ich würde *nicht* nach Jerusalem fahren?«

»Sie hoffen, *dass* Sie das tun werden. Aber Sie dürfen nicht.«

Rayford lehnte sich zurück und kräuselte nachdenklich die Lippen. Er würde seinen Job nicht vermissen, der ihn mitten in das Lager des Feindes geführt hatte. Schon lange hatte er sich gefragt, wann diese seltsame Phase seines Lebens zu Ende gehen würde.

»Sie übernehmen also?«

Mac nickte. »Das haben die mir gesagt. Es gibt noch mehr gute Nachrichten. Sie mögen und vertrauen David.«

»Hassid? Gut!«

»Er ist mit den Einkäufen betraut worden. Neben diesen Computerarbeiten ist er für alle größeren Anschaffungen zuständig. Sogar im Bereich der Luftfahrt.«

Rayford blinzelte. Mac zog ein gelbes Blatt aus seiner Jacke und schob es über den Tisch.

»Jetzt sagen Sie mir nicht, dass er mir ein Flugzeug gekauft hat«, sagte Rayford.

Mac schnaubte. »Daran hätte ich eigentlich denken sollen. Sie kennen doch diese kleinen elektronischen Organizer? David hat ein halbes Dutzend Spezialgeräte bestellt. Er weiß noch nicht einmal, dass er Sie nicht mehr zu Gesicht bekommen wird.«

»Ich kann die doch nicht einfach stehlen, nicht einmal von Carpathia.«

»Sie werden Sie nicht stehlen müssen, Ray. Es sind Spezialgeräte, die nicht überall zu bekommen sind. Sie sind nicht gerade billig, aber warten Sie nur, bis Sie sehen, was diese Dinger alles können. Keine Laptops mehr. Na ja, vielleicht wird der Rabbi noch ein Keyboard brauchen, aber diese Geräte werden mit Sonnenenergie betrieben, sind satellitengesteuert und enthalten Chips zur Standortbestimmung. Man kann damit ins Internet gehen, senden und empfangen, telefonieren, was immer Sie wollen. Willkommen in der modernen Welt der Technik!«

Ray schüttelte den Kopf. »Ich nehme an, er hat an Ortungssicherungen gedacht.«

»Natürlich.«

Rayford stopfte das Blatt in die Tasche. »Was soll ich Ihrer Meinung nach tun, Mac?«

»Sie werden so schnell wie möglich aus dieser Hemisphäre verschwinden, was sonst?«

»Aber ich muss wissen, ob Amanda uns verraten hat oder nicht! Buck will es mir nur unter vier Augen sagen und er hält sich in Jerusalem auf.«

Mac wandte den Blick ab. »Eigentlich kann Sie doch nichts mehr überraschen, Ray. Ich wäre der Letzte, der versuchen würde, einen Mann über seine Frau aufzuklären, aber Sie wissen genauso gut wie ich, dass alles auf etwas hindeutet, das Sie lieber nicht erfahren wollen.«

»Ich habe es noch nicht akzeptiert, aber ich muss es mit Bestimmtheit wissen!«

»Und Buck hat es herausgefunden?«

»Das hörte sich ganz so an.«

»Wie hat er es denn erfahren?«

»Ich habe Ihnen doch von Hattie erzählt.«

»Ja.«

»Sie weiß Bescheid.«

»Dann fragen Sie sie doch selbst, Ray. Fliegen Sie nach Hause.«

»Als ob man nicht merken würde, wenn ich versuchte, morgen früh von hier zu verschwinden.«

»Die Leute der Weltgemeinschaft können ihre Augen nicht überall haben. Fliegen Sie doch mit dem anderen Piloten, mit Ritz. Was hat er in den nächsten Tagen zu tun?«

Rayford blickte Mac bewundernd an. »Sie sind gar nicht so dumm, wie Sie aussehen, Alter.«

Mac holte ein Telefon aus der Tasche. »Kennen Sie seine Nummer?«

»Hat Ihr Telefon einen Zerhacker? Wenn man merkt, dass ich von einem unserer Telefone mit Ken Ritz telefoniere –«

»Aber Sie sind dümmer, als Sie aussehen, wenn Sie denken, ich würde so etwas riskieren. Ich kenne den Mann vom Einkauf, wissen Sie nicht mehr?« Mac zeigte Rayford das Telefon: ein ganz normales Handy, das von David Hassid manipuliert worden war.

Rayford wählte Chloes Nummer. »Daddy!«, freute sie sich. »Du bist hier?«

Buck betrachtete es als Privileg, mit dem israelischen Komitee zu beten, bevor er, Ken und Tsion zu Chloe zurückkehrten. Er legte den Arm um Tsion. »Sind Sie genauso müde wie ich?«

»Erschöpft. Ich hoffe nur, der Herr wird mir gestatten, heute Nacht zu schlafen. Ich bin bereit, seine Botschaft an die Mitglieder der Familie weiterzugeben, aber vorher muss ich noch mit Eli und Moishe reden. Sie werden mich doch begleiten, nicht wahr?«

»Das würde ich um nichts in der Welt verpassen wollen.«

»Ich auch nicht«, meinte Ken.

Aber als Chloe ihnen die Neuigkeiten berichtete, war Ken gezwungen, seine Pläne zu ändern. »Daddy hat angerufen«, flüsterte sie. »Er muss morgen nach Hause fliegen.«

Nachdem sie Rayfords Situation erklärt hatte, beschloss Ken, die *Gulfstream* noch an diesem Abend von Jerusalem nach Tel Aviv zu fliegen. Auch Buck war enttäuscht. Er hätte gern persönlich mit Rayford gesprochen. »Wenigstens kann er die Wahrheit über Amanda von jemandem erfahren, der sie aus erster Hand weiß«, sagte er.

Eine Stunde später fuhr Jacov Ken zum Flughafen. »Wir werden Sie Freitag wieder hier erwarten«, verabschiedete sich Tsion und umarmte ihn.

Auf der Fahrt zum Tempelberg schlief Chloe an Bucks Schulter ein. Mittlerweile war die Dunkelheit hereingebrochen. Nicolais neuer Tempel wurde von zahlreichen Lampen angestrahlt und war weithin sichtbar. »Ich kann das neue Gebäude nicht einmal ansehen«, meinte Tsion. »Für mich als Christen ist es eine einzige Beleidigung.«

»Ich kann es kaum erwarten, mit den beiden Zeugen zu sprechen«, warf Chloe ein.

»Vielleicht werden sie gar nicht mit Ihnen sprechen«, warnte Tsion. »Es sind himmlische Wesen und sie haben ihren eigenen Zeitplan. Vielleicht sprechen sie mit uns, vielleicht aber auch nicht. Wir werden uns ihnen auf jeden Fall mit größter Vorsicht nähern.«

Am Kribbeln in seinen Beinen spürte Buck, dass er nervöser wurde, je näher sie der Klagemauer kamen.

»Du kennst doch die Geschichten, Liebes.«

Chloe nickte. »Ich sage ja nicht, dass ich keine Angst habe.«

Nachdem sie die Mauer erreicht hatten, näherten sich die drei langsam der Menschenmenge, die wie üblich einen Abstand von etwa zehn Metern zu dem Zaun hielt, hinter dem die Zeugen standen, saßen oder sprachen. Normalerweise redeten sie. Keiner hatte sie jemals schlafen sehen und niemand wagte es, näher heranzukommen. Wenn Attentäter in den vergangenen Monaten versucht hatten, die beiden Zeugen zu töten, hatte dies bislang immer mit dem schrecklichen Tod der Attentäter geendet.

Bucks Erregung vertrieb seine Müdigkeit. Er machte sich Sorgen um Chloe, aber er wollte ihr dieses Erlebnis auch nicht vorenthalten. Hinter den etwa 40 Menschen konnte Buck Eli erkennen. Dieser saß mit dem Rücken an die Steinmauer des kleinen Gebäudes auf der anderen Seite des Zaunes gelehnt. Sein langes Haar und sein Bart wehten sanft im Wind, aber er rührte sich nicht, blinzelte nicht einmal, und seine ledrige Haut schien mit seinen sackleinenartigen Gewändern zu verschmelzen.

Moishe stand einen knappen Meter vom Zaun entfernt. Schweigend und reglos starrte er die Menge an. Gelegentlich rief jemand: »Sag etwas! Rede doch!« Aber bei solchen Zwischenrufen wichen die anderen zurück. Offensichtlich fürchteten sie gewalttätige Reaktionen der beiden Zeugen. Sie hatten schon so vieles gehört. Moishe stand mit gespreizten Beinen da, die Arme hingen an der Seite herab. Einige Stunden zuvor hatte Buck über das Internet einem langen Monolog zugehört. Manchmal wechselten sich die beiden mit dem Sprechen ab, aber an diesem Tag war das Reden scheinbar Moishes Aufgabe.

»Beobachte sie aufmerksam«, flüsterte Buck Chloe zu. »Manchmal sagen sie etwas, ohne ihren Mund zu öffnen. Und jeder hört sie in seiner Sprache.«

Eine Unruhe in der ersten Reihe ließ einige Leute zurück und zur Seite weichen. »Carpathia! Es ist der Potentat!«, sagte jemand.

Tsion hob die Hand. »Lasst uns hier bleiben«, flüsterte er.

Wie gebannt starrte Buck auf die Szene, die sich vor seinen Augen abspielte. Leon Fortunato wies die Soldaten der Weltgemeinschaft an, Neugierige von Carpathia fern zu halten. Der Potentat schien amüsiert und baute sich drei Meter von dem Zaun entfernt auf. »Heil dir, Potentat!«, rief jemand. Carpathia drehte sich halb um, legte einen Finger an die Lippen und Fortunato nickte einem Soldaten zu. Er stellte sich vor die Menge. Sie wich noch weiter zurück.

»Bleibt hier«, sagte Buck und schlüpfte davon.

»Liebling, warte!«, rief Chloe, aber Buck verschwand in der Dunkelheit.

Die Soldaten würden denken, dass er nur ein Zuschauer war, der das Interesse verloren hatte. Aber als er weit genug entfernt war, so dass er keine Aufmerksamkeit mehr auf sich zog, kam er im Schutz des Gebüschs zurück und suchte Deckung an einer Stelle, von der aus er Carpathias Gesicht sehen konnte.

Dieser schien zusammenzufahren, als Moishe plötzlich mit lauter Stimme zu sprechen begann. »Weh dem Feind des allerhöchsten Gottes!«

Nicolai schien sich schnell wieder zu fassen. Er lächelte und sprach mit leiser Stimme. »Ich bin wohl kaum der Feind Gottes«, entgegnete er. »Viele sagen, *ich* sei der allerhöchste Gott.«

Zum ersten Mal rührte sich Moishe. Er verschränkte die Arme vor der Brust. Carpathia legte das Kinn in die Hände und den Kopf zur Seite. Eingehend betrachtete er Moishe. Der Zeuge sprach leise, und Buck wusste, dass nur er und Carpathia ihn hören konnten.

»Ein Schwert soll deinen Kopf durchbohren«, prophezeite Moishe mit monotoner Stimme. »Und du wirst gewisslich sterben.«

Buck erschauderte, aber es war klar, dass diese Worte Carpathia nicht wirklich erreichten. »Ich will dir und deinem Gefährten etwas sagen«, stieß dieser mit zusammengebissenen Zähnen hervor. »Ihr habt Israel jetzt lang genug geplagt mit der Dürre und dem Wasser, das sich in Blut verwandelt hat. Ihr werdet jetzt aufhören mit eurem Hokuspokus, sonst werdet ihr es noch bereuen.«

Eli erhob sich und tauschte mit Moishe den Platz. Er winkte Carpathia näher heran. Der Potentat zögerte und blickte zurück zu seinen Soldaten, die langsam die Waffen hoben. Eli sprach mit einer solchen Lautstärke, dass die Menge davonrannte und sogar Tsion und Chloe ein Stück zurückwichen.

»Bis zum festgesetzten Zeitpunkt hast du keine Macht über die Gesandten des allerhöchsten Gottes!«

Die Soldaten ließen ihre Waffen sinken und Fortunato schien sich hinter ihnen zu verstecken. Carpathia grinste noch immer, aber Buck war davon überzeugt, dass er vor Wut kochte. »Wir werden sehen, wer am Ende siegen wird«, entgegnete Nicolai.

Eli schien durch Carpathia hindurchzusehen. »Wer am Ende siegen wird, wurde schon vor Beginn der Zeit beschlossen. Höre, das Gift, mit dem du die Erde vergiftest, soll in Ewigkeit in dir faulen.«

Carpathia trat noch immer grinsend einen Schritt zurück. »Ich warne euch: Haltet euch von der Scharade der so genannten Heiligen fern. Ihnen habe ich meinen Schutz zugesagt, nicht euch.«

Eli und Moishe sprachen nun scheinbar mit einer einzigen Stimme. »Er und sie, die Ohren haben, sollen hören. Wir sind weder durch Zeit noch durch Raum gebunden, und diejenigen, die von unserer Anwesenheit und unserem Zeugnis profitieren, stehen in Hörweite und verstehen unsere Ankündigung.«

Als er diese Worte hörte, wurde Buck aufgeregt und sah zu Tsion und Chloe hinüber. Der Rabbi warf die Hände in die Luft, als hätte er die Botschaft verstanden. Dann führte er Chloe zum Wagen. Buck verließ sein Versteck und kehrte ebenfalls zum Wagen zurück. Nur wenige Sekunden nach Tsion und Chloe erreichte er den Parkplatz.

»Habt ihr das gehört?«, fragte Tsion.

Buck nickte. »Unglaublich.«

»Ich habe es nicht verstanden«, beschwerte sich Chloe. »Was haben sie gesagt?«

»Klang es für Sie wie Hebräisch?«, fragte Tsion. »Sie haben Hebräisch gesprochen.«

»Ich habe es in Englisch gehört«, widersprach sie.

»Ich auch«, bestätigte Buck. »Sie haben gesagt, er und sie, die Ohren haben zu hören –«

»Das habe ich verstanden«, unterbrach ihn Chloe. »Ich habe nur den Sinn nicht kapiert.«

»Das ist das erste Mal, dass sie ›und sie‹ hinzugefügt haben«, meinte Tsion. »Das war für Sie bestimmt, Chloe. Sie wussten, dass wir da waren. Wir brauchten sie gar nicht ansprechen, brauchten uns ihnen gar nicht vorzustellen, brauchten Carpathia nicht gegenüberzutreten, bevor wir nicht bereit waren. Wir haben nicht einmal mit Eli und Moishe darüber gesprochen, ob sie vorhaben, ins Stadion zu kommen. Sie sagten, diejenigen, die von ihrer Anwesenheit und ihrem Zeugnis profitieren, würden in Hörweite stehen.«

»Dann kommen sie also?«, fragte Chloe.

»So fasse ich ihre Worte auf.«

»Wann?«

»Genau zum richtigen Zeitpunkt.«

2

Als sie sich während des Rückfluges unterhielten, stellten Rayford und Ken Ritz fest, dass sie zahlreiche Gemeinsamkeiten hatten. Rayford fand seinen Kollegen faszinierend. Obwohl Rayford beunruhigt war über seine Zukunft – er fragte sich, wie sein Leben ohne festes Einkommen weitergehen würde – und obwohl er Angst hatte vor dem, was er über seine verstorbene Frau erfahren würde, genoss er Kens Gesellschaft. Ken war mehr als zehn Jahre jünger als Ray, ehemaliger Militärangehöriger, ziemlich direkt und doch strahlte er in seiner »ersten Liebe« für Christus, wie Tsion es nannte.

Auf dem Weg in die Staaten erzählten sich Rayford und Ken von ihrer Vergangenheit und Rayford dankte Gott im Stillen für einen neuen Freund. Seine Beziehung zu Tsion war die eines Schülers zu seinem Mentor. Für Buck war er der Schwiegervater. Wie sehr vermisste er Bruce Barnes, seinen Freund und geistlichen Führer nach der Entrückung! Ken schien ihm ein Geschenk von Gott zu sein.

Ritz versicherte Rayford, er würde die *Gulfstream* innerhalb kürzester Zeit fliegen können. »Ihr Burschen in den dicken Brummern werdet mit diesen Maschinen überhaupt keine Probleme haben; das versichere ich Ihnen.«

»Ich wünschte, es wäre so leicht«, meinte Rayford, »aber ich zähle auf Sie als Fluglehrer.«

»Roger. Und, Mann, mit Ihrem Ersatzmann bei Carpathia – wie hieß er noch gleich?«

»Mac. Mac McCullum.«

»Ja. Dann sind wir drei Piloten in der ›Trib Force‹. Jetzt müssen wir nur noch den Knochenflicker überreden, aus diesem Krankenhaus der Weltgemeinschaft zu verschwinden, bevor sie ihm auf die Schliche kommen. Dann haben wir auch einen Arzt. Also, drei Piloten, ein Arzt, ein Journalist und ein Rabbi – das hört sich an wie der Anfang von einem Witz. Das einzige ›normale‹ Mitglied ist Ihre Tochter und für mich ist sie die Stimme der Vernunft. Natürlich ist keiner vernünftiger als Tsion, aber Chloe ist die Stimme der Vernunft für Leute wie mich, die nicht alles verstehen, was der Gelehrte sagt.«

Rayford erzählte Ritz von David Hassid. »Ich habe keine Ahnung, wie lange er noch gefahrlos dort arbeiten kann, aber mit ihm haben wir ein weiteres Paar Augen und Ohren im engen Kreis um Nicolai. Eines Tages werden er und Mac ebenfalls fliehen müssen. Und sehen Sie sich nur an, was für eine Mannschaft wir zusammen haben.«

»Junge, Junge«, sagte Ritz und klatschte. »Es gefällt mir gar nicht, in der Defensive zu sein, Mann! Wir werden es diesem Oberschurken schon zeigen!«

Noch nie hatte Rayford gehört, dass jemand Nicolai einen »Oberschurken« genannt hätte, aber ihm gefiel Ritz' Einstellung. Müde und erschöpft nach so langer Zeit in Carpathias unmittelbarer Nähe, sehnte auch er sich danach, mit dem Geplänkel aufzuhören und den Krieg zu beginnen.

Ritz schien sich unbehaglich zu fühlen, als Rayford ihm von Amanda erzählte. »Es tut mir Leid, dass Sie sie verloren haben«, erklärte er, nachdem Rayford ihm von dem Flugzeugabsturz in den Tigris berichtet hatte.

»Dann haben Sie den Rest also auch schon gehört?«, fragte Rayford, der die Vorwürfe, sie habe ein doppeltes Spiel gespielt, verschwiegen hatte.

»Jawohl, Sir. Ich kann dazu nichts sagen, aber ich kann mir vorstellen, wie Ihnen zu Mute ist.«

»Aber Buck hat Ihnen nicht erzählt, was er von Hattie erfahren hat?«

»Ich wusste nicht einmal, dass sie überhaupt spricht. Um ehrlich zu sein, es würde mich wundern, wenn sie bei unserer Rückkehr noch am Leben ist.«

»Das war nicht gerade das, was ich hören wollte.«

Buck hoffte, er würde in der neuen Zeitzone schlafen können, nachdem er so lange wach geblieben war. Aber er war auf die Chicagoer Zeit eingestellt. Hellwach lag er in seinem Bett und starrte an die Decke. Chloe schlief tief und fest neben ihm und dafür war er sehr dankbar.

Als in Israel die Dämmerung anbrach, spürte er, wie Chloe sich bewegte. Buck war so erschöpft, dass er sich weder rühren noch die Augen öffnen konnte. Er spürte, wie sie ihm einen Kuss auf die Wange hauchte, aber er brachte nicht einmal ein Stöhnen heraus.

»Bleib liegen, mein Schatz«, flüsterte sie. »Heute ist der große Tag.«

Sie stand auf, und schon bald drangen ihm Frühstücksdüfte in die Nase, aber kurz darauf schlief er endlich ein und stand nicht vor dem frühen Nachmittag auf.

Rayford war beeindruckt, mit welcher Leichtigkeit Ken Ritz das Funkgerät bediente und die Landung auf dem Flughafen von Palwaukee meisterte. »Sie schieben dieses Ding herum, als würde es Ihnen gehören«, meinte er.

»Das wäre doch ein gutes Flugzeug für die ›Tribulation Force‹, meinen Sie nicht?«

Bucks Range Rover stand hinter einem beschädigten Hangar. Als sie näher kamen, stieß ein junger Mann zu ihnen.

»Der Rover blitzt und blinkt, nicht?«, fragte er. Seine roten Haare hingen ihm wirr ins Gesicht.

»Ja«, erwiderte Ritz. »Hast du auch ein wenig unter der Motorhaube gespielt?«

»Zum Glück für Sie. Habe alle Schrauben nachgezogen.«

»Das hatte ich dir ja auch gesagt, Ernie.«

»Sie haben mir gesagt, Sie würden erst in einer Woche zurückkommen. Nur so aus Langeweile habe ich mich an den Motor gemacht.«

Ritz stellte Rayford vor. Ray verhielt sich zurückhaltend, bis Ritz den jungen Mann zu sich heranzog und fragte: »Fällt Ihnen etwas auf?«

Ernie trat auf Rayford zu und starrte auf seine Stirn. Er lächelte und strich sich mit beiden Händen die Haare aus dem Gesicht. Rayford umarmte ihn. »Hallo, Bruder.«

»Hier gibt es noch mehr von uns und dazu gehört auch der Boss«, erklärte Ritz, »aber so viele sind es nicht und darum sind wir sehr vorsichtig. Ernie hier ist ein Anhänger von Ben-Judah.«

»Das stimmt«, bestätigte Ernie. »Ich warte gespannt auf die große Konferenz. Morgen Mittag wird sie wohl im Netz zu sehen sein.«

»Wir werden aufpassen.« Rayford war sehr ungeduldig. Er wollte sich auf den Weg machen. Eine halbe Stunde später fuhren er und Ken mit dem erstaunlich ruhig laufenden Rover auf den Hof ihres Hauses in Mount Prospect.

»Wir müssen mit Ernie in engem Kontakt bleiben«, sagte Ritz. »Dieses Fahrzeug muss genauso fahrtüchtig sein wie jedes Flugzeug, das wir besteigen.«

»Haben Sie gesehen, wie sich der Vorhang bewegt hat, als wir vorbeigekommen sind? Vermutlich hat Floyd überlegt, wie er Hattie ins Versteck schaffen kann, bis er uns erkannt hat.«

»Kommen denn viele Schnüffler vorbei?«

»Fast gar nicht. Die Straße hier ist verlassen; die anderen sind kaum passierbar, wie Sie gesehen haben. Bisher war dies das perfekte Versteck. Wollen Sie das Grab von Donnys Frau sehen?«

Rayford hatte gehört, wie Buck und Tsion diesen Ort gefunden hatten. Er nickte. Dr. Floyd Charles kam mit fragendem Blick aus dem Haus. »Wir haben versucht, Sie anzurufen und vorzuwarnen«, erklärte Ritz.

»Ich habe mit meinem Assistenten im Krankenhaus telefoniert.«

»Das ist Rayford Steele. Ich wollte ihm gerade das Grab zeigen.«

»Von der Frau, die keiner von uns kennt. Aber vermutlich haben Sie sie gekannt.«

Rayford schüttelte den Kopf. »Ich wusste, wer sie war, das ist alles. Hey, wir sind Brüder, Doktor. Nennen Sie mich Ray.«

»Danke. Sie können mich nennen, wie Sie wollen, nur nicht Floyd.«

»Wie geht es Hattie?«

»Nicht gut. Sie schläft.«

»Wird sie es schaffen?«

Dr. Charles schüttelte den Kopf. »Ich bin nicht sehr optimistisch. Die Hilfe, die das CDC in Atlanta leistet, ist lächerlich. Sie und ich, wir beide haben so eine Ahnung, dass das, was sich in ihrem Körper befindet, ihr von der Weltgemeinschaft eingeflößt worden ist. Falls sie die Probe, die ich ihnen geschickt habe, jemals bekommen haben, so leugnen sie es oder versuchen, mich in die falsche Richtung zu lenken.«

Sie gingen zu dem primitiven Grab und blieben schweigend davor stehen. »Ich wünschte, wir könnten irgendein Kreuz oder so etwas darauf stellen«, bemerkte Rayford, »aber es wäre sowieso nur für uns, und wir wissen, wer sie war und wo sie jetzt ist. Wir lenken besser nicht die Aufmerksamkeit anderer Leute auf diesen Ort.«

Rayford war dankbar dafür, dass die *Tribulation Force* ihr Hauptquartier in dem Haus von Donny und seiner Frau aufschlagen konnte. Unwillkürlich musste er an die Menschen in seiner Umgebung denken, die in letzter Zeit gestorben waren. Die Liste wurde immer länger und führte unweigerlich zu Amanda. Er hatte bereits so viel getrauert und fürchtete, er würde noch mehr Verluste erleben, bevor er selbst an der Reihe war.

Floyd Charles führte Rayford im Haus herum, während sie sich gegenseitig von ihrer jeweiligen Situation erzählten. Rayford war beeindruckt von dem Haus, vor allem von dem unterirdischen Bunker, den Donny vor seinem Tod gebaut hatte. Sicherlich würde der Tag kommen, an dem sie alle nicht mehr *in*, sondern *unter* dem Haus leben würden. Wie bald, wusste er nicht. Nichts war mehr vorhersehbar, abgesehen von den Gerichten, die in Tsions schriftlichen Ausführungen bis ins Kleinste beschrieben waren. Wer überleben würde und wie lange, das würde Gott entscheiden.

Rayford hatte schon häufiger den rasselnden Atem eines Menschen gehört, der kurz vor dem Tod stand, aber der Anblick der ausgezehrten Gestalt seiner ehemaligen Mitarbeiterin traf ihn mehr, als er gedacht hatte. Rayford stand vor Hattie, hoffte für sie, betete für sie. Natürlich wollte er hören, was sie über Amanda wusste, aber er war nicht so selbstsüchtig zu wünschen, sie würde so lange am Leben bleiben, um ihm dies mitzuteilen. Vorsichtig strich er ihr eine Locke aus der Stirn. Im trüben Licht konnte er nicht erkennen, ob sie das Zeichen hatte.

Dr. Charles schüttelte den Kopf. »Sie hat in letzter Zeit viel geredet, aber sie ist noch zu keiner Entscheidung gekommen.«

»Chloe war der Meinung, sie stände dicht davor«, meinte Rayford. »Gott weiß, dass sie genügend Informationen hat. Ich habe keine Ahnung, was sie daran hindert.«

»Ich bete die ganze Zeit darum, dass sie zum Glauben kommt«, erklärte ihm der Doktor. »Sie ist sehr eigensinnig. Wartet auf etwas. Ich weiß nicht, was. Ich bin mit meinem Latein einfach am Ende.«

»Beten Sie, dass sie noch einen Tag am Leben bleibt«, sagte Rayford. »Und wecken Sie mich auf, wenn sie zu sich kommt.«

»Möchten Sie eine Schlaftablette?«

Rayford zog die Augenbrauen in die Höhe. »Ich hätte nicht gedacht, dass Sie so leichtfertig Tabletten verteilen.«

»Ich bin vorsichtig. Ich nehme sie selbst nicht, aber ich habe Mitleid mit Globetrottern wie Ihnen.«

»Ich habe nie Probleme mit dem Schlafen gehabt.«

»Wie schön für Sie.«

Rayford wollte die Treppe hinaufgehen, blieb aber abrupt stehen. »Wie steht's mit Ihnen, Doc? Haben Sie Schlafprobleme?«

»Ich sagte Ihnen doch, ich nehme keine Schlaftabletten.«

»Danach habe ich nicht gefragt.«

Dr. Charles senkte den Blick und schüttelte den Kopf. »Wie haben Sie das erraten?«

»Sie sehen sehr erschöpft aus.«
Floyd nickte mit ausdruckslosem Gesicht.
»Möchten Sie reden?«, fragte Rayford.
»Sie sind doch bestimmt todmüde.«
»Hey, Doc, so wie ich das verstanden habe, werden Sie sich uns anschließen, wenn Sie das Krankenhaus verlassen. Wir sind wie eine Familie und für Familienmitglieder habe ich immer Zeit.«
»Es ist nur, ich habe nicht damit gerechnet, es jemandem zu erzählen, bis alle wieder da sind.«
Rayford zog sich einen Küchenstuhl heran. »Was denn?«
»Ich sitze mit Ihnen in einem Boot, Rayford.«
»Sie meinen, Sie haben sich von der Weltgemeinschaft befreit? Sie sind gefeuert worden?«
»Ich habe einen Freund im Krankenhaus, der auch Christ ist. Mitten in der Nacht habe ich mit ihm telefoniert, vermutlich zu der Zeit, als Ken versucht hat, mich zu erreichen. Er hat mir gesagt, er wüsste nicht, wo ich sei, und wolle das auch gar nicht wissen, aber er gab mir den guten Rat zu verschwinden.«
Rayford schüttelte ihm die Hand. »Willkommen im Klub. Denken Sie, dass jemand Ihnen bis hierher gefolgt ist?«
»Nein. Ich habe gut aufgepasst. Aber ich bin zu häufig aus dem Krankenhaus verschwunden und anscheinend hat man Verdacht geschöpft.«
»Wenn die nicht wissen, wo Sie sind, dann sind Sie in Sicherheit und wir auch.«
Dr. Charles lehnte sich gegen den Kühlschrank. »Die Sache ist die: Ich möchte niemandem zur Last fallen. Die Weltgemeinschaft hat gut bezahlt und ich habe nie gegen meine Prinzipien verstoßen. Ich habe hart gearbeitet, Leben gerettet und Menschen wieder gesund gemacht.«
»Mit anderen Worten: Sie haben weniger Probleme damit als ich, für den Feind zu arbeiten, um Ihren Lebensunterhalt zu verdienen?«
»Das habe ich nicht gesagt.«
»Ich weiß. Sie machen sich Sorgen, dass Sie zu uns kommen, ohne in der Lage zu sein, Ihren Anteil beizusteuern.«
»Genau.«
»Sehen Sie mich an, Doc. Ich gehöre auch dazu und habe jetzt keinen Penny mehr.«
»Ich wünschte, das würde mir helfen, mich besser zu fühlen.«
»Ich denke, wir werden Ihnen Kost und Logis im Austausch für medizinische Dienstleistungen gewähren können. Auf diese Weise sind

Sie mir voraus. Ich bin nur ein weiterer Pilot ohne Flugzeug.« Rayford bemerkte die Andeutung eines Lächelns auf dem Gesicht des Arztes. Doch dann gaben Floyds Knie nach. »Sind Sie in Ordnung?«

»Nur müde.«

»Wann haben Sie zuletzt geschlafen?«

»Es ist schon eine Weile her, aber machen Sie sich keine Sorgen um –«

»Wie lange haben Sie nicht mehr geschlafen?«

»Viel zu lange nicht, aber ich bin in Ordnung.«

»Ken?«, rief Rayford. Ritz kam aus dem Keller hoch. »Denken Sie, Sie könnten eine Weile bei Hattie sitzen bleiben?«

»Mir geht's gut. Ich habe so viel Koffein intus, dass ich sowieso den ganzen Tag wach bleibe.«

Der Arzt sah ihn dankbar an. »Sie haben was gut bei mir. Vielen Dank.« Er gab Ken ein paar Anweisungen und schleppte sich ins obere Stockwerk.

Ken setzte sich mit seiner Bibel und einem Laptop an Hatties Bett. Rayford bemerkte amüsiert, wie Ken immer wieder über seine Lesebrille spähte, um zu sehen, ob mit Hattie alles in Ordnung war. Er war ein sehr langbeiniger Babysitter.

Wenige Minuten später, als Rayford sich auf dem Bett im oberen Stockwerk ausstreckte, hörte er Floyd im Nachbarzimmer bereits schnarchen.

24 Stunden vor Beginn der großen Abendveranstaltung kamen Buck, Chloe und Tsion im Stadion mit den Vertretern des Komitees zusammen, um das Programm ein letztes Mal durchzugehen. Als sie zum Van zurückkehrten, fanden sie eine Botschaft von Chaim. Jacov, der Fahrer, las ihnen den Zettel vor: »Dr. Rosenzweig wurde zum Potentaten gerufen und ist mit einer persönlichen Bitte vom Supreme Commander zurückgekommen.«

»Ich kann es kaum erwarten«, bemerkte Buck sarkastisch.

»Wie bitte, Sir?«

»Ach, nur so ein Ausdruck. Können Sie uns sagen, wie die Bitte –«

»Oh, nein, Sir. Ich wurde nur gebeten, Sie so schnell wie möglich zu Dr. Rosenzweig zurückzubringen.«

Buck beugte sich zu Tsion hinüber. »Was halten Sie davon? Was kann Fortunato wollen?«

»Ich nehme an, Carpathia möchte mit mir sprechen. Vermutlich aus politischen Gründen oder wegen der Öffentlichkeitswirkung.«

»Warum hat Carpathia nicht selbst mit Rosenzweig gesprochen?«

»Protokoll. Sie wissen doch, Cameron.«

»Aber sie sind doch alte Freunde«, meinte Chloe. »Sie kennen sich doch schon lange. Hat nicht sogar Dr. Rosenzweig dich Carpathia vorgestellt, Buck?«

Buck nickte. »Zweifellos genießt es Nicolai, ihn auf seinen Platz zu verweisen.«

Als sie bei Chaim ankamen, sprudelte dieser vor Begeisterung. »Ich bin kein Narr, Tsion«, sagte der alte Mann. »Ich weiß sehr wohl, dass Sie sich gegen meinen Freund gestellt und ihm öffentlich über das Internet widersprochen haben. Aber ich sage Ihnen, Sie schätzen ihn falsch ein. Er ist ein wundervoller Mensch, ein gottesfürchtiger Mann, wenn ich das so sagen darf. Die Tatsache, dass er demütig um ein wenig Redezeit im Programm bittet, zeigt doch seinen guten Willen und –«

»Er will etwas sagen?«, fragte Chloe überrascht. »Unmöglich! Im Stadion werden Tausende jüdische Gläubige sitzen, die davon überzeugt sind, dass Nicolai der Antichrist ist.«

»Oh, Liebes«, meinte Chaim und lächelte sie an. »Nicolai Carpathia? Er bemüht sich um Frieden in der Welt, Abrüstung, weltweite Einheit.«

»Genau was ich sage.«

Chaim wandte sich an seinen Protégé. »Tsion, bestimmt sehen Sie doch ein, dass es zweckmäßig ist, ihn auf der Bühne willkommen zu heißen.«

»Haben Sie persönlich mit Carpathia gesprochen, Chaim?«

Der ältere Mann legte den Kopf zur Seite und zuckte die Achseln. »Natürlich nicht. Er ist sehr beschäftigt. Supreme Commander Fortunato besitzt sein volles Vertrauen –«

»Zu beschäftigt für Sie?«, fragte Tsion. »Sie sind ein Nationalheld, eine Ikone, der Mann, der dazu beigetragen hat, Israel zu dem zu machen, was es heute ist! Ihre Formel war der Schlüssel zu Carpathias Macht. Wie kann er das vergessen und sich weigern, einen alten Freund wie Sie –«

»Er hat sich nicht geweigert, mich zu sehen, Tsion! Wenn ich gefragt hätte, hätte er mir sicherlich eine Audienz gewährt.«

»Wie auch immer«, fuhr Tsion fort, »Chloe hat Recht. So gern ich ihn auch demütigen würde, es wäre einfach zu unangenehm. Was für einen Empfang wird er Ihrer Meinung nach denn von den 25 000 Zeugen im Stadion und den 100 000 weiteren an anderen Stellen in der ganzen Stadt bekommen?«

»Bestimmt würden sie aus christlicher Nächstenliebe heraus den Weltführer herzlich begrüßen.«

Tsion schüttelte den Kopf und beugte sich vor. Er legte die Hand auf das Knie seines ehemaligen Mentors. »Dr. Rosenzweig, Sie sind für mich wie ein Vater gewesen. Ich liebe Sie. *Sie* würde ich mit offenen Armen im Stadion begrüßen. Aber Nic–«

»Ich bin auch kein Christ, Tsion. Warum heißen Sie nicht einen anderen mit derselben Offenheit willkommen?«

»Weil er nicht nur ein Mensch ist, der nicht glaubt. Er ist der Feind Gottes, ein Feind all dessen, woran wir glauben. Obwohl Sie noch nicht glauben, betrachten wir Sie nicht als einen Fei–«

»Noch nicht glauben!« Chaim lachte lauthals. »Sie sagen das mit solcher Zuversicht.«

»Ich bete jeden Tag für Sie.«

»Und ich weiß das sehr zu schätzen, mein Freund, mehr als ich sagen kann. Aber ich bin als Jude geboren und groß geworden. Obwohl ich nicht religiös bin, glaube ich daran, dass der Messias noch kommen wird. Klammern Sie sich nicht an die Hoffnung, dass ich einer Ihrer Zeugen werde. Ich –«

»Chaim, Chaim! Haben Sie denn nicht gehört, was ich an jenem Abend der Welt mitgeteilt habe?«

»Ja! Es war faszinierend, und niemand kann behaupten, es sei nicht überzeugend gewesen. Sehen Sie nur, was daraus entstanden ist. Aber sicher wollen Sie doch nicht behaupten, es sei für jeden das Richtige.«

Buck spürte, dass Tsion einfach nicht glauben konnte, was er hörte. »Dr. Rosenzweig«, sagte der Rabbi, »ich wäre so dankbar, wenn Sie mir gestatten würden, Ihnen meine Forschungsergebnisse vorzutragen. Wenn ich Ihnen persönlich meine Texte, meine Argumente vorlegen könnte, würde ich Ihnen sicher beweisen können, dass Jesus Christus der Messias und Nicolai Carpathia der Erzfeind ist. Ich würde gern –«

»Eines Tages werde ich Ihnen die Gelegenheit dazu geben, mein Freund«, erwiderte Rosenzweig. »Aber nicht am Abend vor dem größten Tag in Ihrem Leben. Und ich muss Ihnen sagen, ich würde eher glauben, dass Jesus der Messias war, als dass Nicolai sein Feind ist. Doch nicht der Mann, den ich kennen gelernt habe!«

»Ich habe heute Abend die Energie und die Begeisterung, es Ihnen zu erklären, Doktor. Bitte.«

»Na ja«, meinte Chaim lächelnd, »aber ich nicht. Ich werde jedoch ein Abkommen mit Ihnen treffen. Sie gewähren Nicolai eine Redezeit bei der Eröffnungsveranstaltung und ich werde Ihnen zu einem späteren Zeitpunkt meine volle Aufmerksamkeit bei diesen Dingen schenken.«

Rosenzweig lehnte sich zurück. Er schien mit seinem Vorschlag zufrieden zu sein. Tsion blickte erst Buck, dann Chloe frustriert an. Er zuckte die Achseln. »Ich weiß nicht«, erwiderte er. »Ich weiß es einfach nicht. Offen gesagt, Doktor, ich würde mir wünschen, dass ein lieber alter Freund wie Sie einem Bewunderer bedingungslos zuhören würde.«

Rosenzweig erhob sich, trat ans Fenster und spähte durch einen Schlitz in den Vorhängen. »Nicolai hat bewaffnete Wachen abgestellt, damit Ihnen nicht dasselbe zustößt wie Ihrer Familie und Sie nicht erneut aus Ihrem Heimatland vertrieben werden. Ich bitte Sie doch nur darum, dem mächtigsten Mann der Welt mit der Ehrerbietung zu begegnen, die er verdient. Ich wäre sehr enttäuscht von Ihnen, wenn Sie es nicht täten. Aber, in Ordnung, ich werde dies nicht zur Bedingung machen. Ich werde Ihnen zuhören, auch wenn *Sie* mir meinen Wunsch abschlagen.«

Tsion erhob sich und vergrub die Hände in seinen Taschen. Er wandte Buck und den anderen den Rücken zu. »Vielen Dank dafür«, sagte er leise. Seine Stimme war kaum mehr als ein Flüstern. »Lassen Sie mich erst beten und Gott fragen, was er will.«

Buck konnte sich nicht vorstellen, wieso Carpathia den Wunsch hatte, bei einer solchen Veranstaltung in Erscheinung zu treten. Welche Reaktion würde er bei den Versammelten hervorrufen? Warum wollte sich Carpathia dem aussetzen?

»Tsion«, fuhr Chaim fort, »ich muss dem Potentaten noch heute Abend eine Antwort geben. Ich habe es versprochen.«

»Chaim, ich habe keine Antwort, bis ich Gott gefragt habe. Wenn Mr. Fortunato darauf besteht –«

»Er besteht nicht darauf, Tsion. Ich habe mein Wort gegeben.«

»Ich habe keine Antwort.«

»Dann kann ich ihm also nur sagen, dass Sie noch beten müssen?«

»Genau.«

»Tsion, wer hat Ihrer Meinung nach das Kollek-Stadion für Sie abgesichert?«

»Ich weiß es nicht.«

»Nicolai! Denken Sie, meine Landsleute hätten so etwas angeboten? Sie haben sich hinter die beiden an der Klagemauer gestellt, die unser Land, *Ihr* Land verflucht haben! Sie haben damit geprahlt, für die Dürre verantwortlich zu sein, die uns heimgesucht hat. Sie verwandeln Wasser in Blut, bringen Plagen über uns – wie damals im alten Ägypten. Man munkelt, dass sie sogar ins Stadion kommen werden.«

»Das kann ich nur hoffen«, meinte Tsion.

Die Männer wandten sich einander zu. »Mein lieber Tsion«, sagte Chaim, »sehen Sie, wohin wir gekommen sind? Wenn Nicolai mutig genug ist, in einem Stadion, das voll besetzt ist mit seinen Feinden, zu sprechen, dann muss man ihn bewundern.«

»Ich werde beten«, beharrte Tsion. »Mehr kann ich dazu nicht sagen.«

Als sie sich in ihre Zimmer zurückzogen, hörte Buck, dass Chaim mit Fortunato telefonierte. »Leon, es tut mir Leid …«

Am späten Nachmittag wurde Rayford von Schritten auf der Treppe geweckt. Die Tür wurde geöffnet.

»Ray? Sind Sie wach?« Rayford setzte sich auf und blinzelte ins Licht. »Soll ich den Doktor holen? Hattie kommt zu sich.«

»Braucht sie etwas?«

»Ich glaube nicht.«

»Dann lassen Sie ihn schlafen. Geht es ihr einigermaßen gut?«

»Sie versucht zu sprechen.«

»Sagen Sie ihr, dass ich runter komme.«

Rayford taumelte ins Badezimmer und spritzte sich kaltes Wasser ins Gesicht. Sein Herz raste. Mit steifen Gliedern eilte er die Treppe ins Wohnzimmer hinunter. Ken gab Hattie gerade etwas zu trinken.

»Captain Steele«, keuchte sie mit weit aufgerissenen Augen. Sie winkte ihn zu sich heran. »Könnten Sie uns entschuldigen?«, fragte sie Ken. Als er sich zurückzog, griff sie nach Rayfords Hand. »Nicolai will meinen Tod. Er hat mich vergiftet. Ihm ist nichts unmöglich.«

»Woher wissen Sie das, Hattie? Woher wissen Sie, dass er Sie vergiftet hat?«

»Ich war darüber informiert, dass er es tun würde.« Ihre Stimme war dünn und schwach. Sie schnappte nach Luft, während sie sprach. »Er hat auch Ihren Freund Bruce Barnes vergiftet.«

Rayford zuckte zurück. »Sind Sie ganz sicher?«

»Er hat damit geprahlt. Hat mir gesagt, es sei ein Gift, das langsam wirkt. Bruce würde immer schwächer werden, und wenn alles nach Plan lief, würde er sterben, nachdem er in die Staaten zurückgekehrt sei.«

»Fühlen Sie sich kräftig genug, mir mehr zu erzählen?« Hattie nickte. »Ich möchte nicht dafür verantwortlich sein, dass es Ihnen schlechter geht.«

»Es geht schon. Ich kann sprechen.«

»Wissen Sie etwas über Amanda?«

Ihre Lippen zitterten und sie wandte den Kopf ab.

»Wissen Sie etwas?«, wiederholte er. Sie nickte und wirkte sehr niedergeschlagen. »Sagen Sie es mir. Ich will die Wahrheit wissen!«

»Es tut mir so Leid, Rayford. Ich war von Anfang an eingeweiht und hätte es Ihnen sagen müssen.«

Er knirschte mit den Zähnen. Sein Kopf schmerzte zum Zerplatzen. »*Was* sagen?«

»Ich war beteiligt«, erklärte sie. »Es war nicht meine Idee, aber ich hätte es stoppen können.«

3

Rayfords Gedanken überschlugen sich. Allenfalls hätte er sich vorstellen können, dass Amanda auf ihn angesetzt worden war. Hattie hätte Carpathia genug über Rayford und seine erste Frau erzählen können, dass Amandas Geschichte von der Begegnung mit Irene glaubhaft geklungen hätte. Aber selbst wenn das der Fall war, hätte Amanda doch sicherlich nicht ihre Umkehr vortäuschen können. Das hätte er bestimmt gemerkt.

»Hat Carpathia sie getötet, weil sie zum Glauben gekommen war?«

Hattie starrte ihn an. »Was?!«

»Hattie, bitte. Ich muss es wissen.«

»Sie werden mich hassen.«

»Nein. Egal, was Sie sagen, ich mag Sie. Ich merke, dass Sie Ihre Rolle in diesem Spiel bereuen. Erzählen Sie mir alles.«

Hattie keuchte. »Es war alles vorgetäuscht, Rayford. Alles.«

»Der Verrat von Amanda?«

Sie nickte und versuchte, sich aufzusetzen, aber dazu brauchte sie Rayfords Hilfe. »Die E-Mails waren Fälschungen, Rayford. Man hatte mir gezeigt, wie ich sie aufsetzen musste, dass der Eindruck entstand, sie kämen von Amanda. Ich habe alle gesehen.«

»Ihre E-Mails?«

»Die anonymen Botschaften an Bruce. Wir waren sicher, dass jemand sie irgendwann finden würde. Und auch die zwischen Nicolai und Amanda. Sie hatte nicht die geringste Ahnung, dass sie sich auf ihrer Festplatte befanden. Sie waren verschlüsselt und versteckt; sie hätte schon ein Experte sein müssen, um sie überhaupt zu finden.«

Rayford wusste nicht, was er sagen sollte. Das war zu viel für ihn. »Aber sie klangen so, als seien sie von ihr. Sie waren genau so formuliert, wie sie sich ausdrückte. Sie haben mich zu Tode erschreckt.«

»Nicolai verfügt über ein Expertenteam, das auf so etwas spezialisiert ist. Sie haben alle ihre E-Mails abgefangen und ihren Stil kopiert.«

Rayford fühlte, dass er nicht mehr weiterkonnte. Tränen stiegen ihm in die Augen, und er hatte das Gefühl, dass sein Herz und seine Lungen platzten. »Dann war sie also tatsächlich das, wofür ich sie gehalten habe?«, fragte er.

Hattie nickte. »Sie war mehr, Rayford. Sie hat Sie wirklich aufrichtig geliebt. Ich habe mich bei unserer letzten Begegnung geschämt. Ich musste mich zusammenreißen, ihr nichts zu erzählen. Ich weiß, ich hätte es tun sollen. Ich wollte es. Aber was ich getan habe, war so schrecklich, so böse. Sie ist mir von Anfang an mit so viel Zuneigung begegnet. Sie wusste über Sie und mich Bescheid. Wir waren in allem, was wichtig ist im Leben, unterschiedlicher Meinung und doch mochte sie mich. Ich konnte ihr nicht sagen, dass ich geholfen hatte, sie als Verräterin hinzustellen.«

Rayford saß kopfschüttelnd an ihrem Bett und versuchte, das Gehörte zu verarbeiten. »Vielen Dank, Hattie«, sagte er. Der Grund dafür, dass er das Zeichen Gottes auf Amandas Stirn nicht gesehen hatte, war also der, dass das Flugzeug abgestürzt war, bevor alle Gläubigen dieses Zeichen bekommen hatten.

Es war richtig gewesen, an Amanda zu glauben, ihre Umkehr niemals in Frage zu stellen. Selbst als er gezwungen gewesen war, sich zu fragen, wie sie zu ihm gekommen war, hatte er ihren Glauben an Gott niemals in Zweifel gezogen.

Rayford half Hattie, sich wieder hinzulegen. »Ich werde Ihnen etwas zu essen holen«, sagte er. »Und dann werden wir über Sie sprechen.«

»Ersparen Sie mir das, Rayford. Sie und Ihre Freunde tun das schon zwei Jahre lang. Sie können mir nichts erzählen, was ich nicht schon längst weiß. Aber ich habe Ihnen gerade erzählt, was ich getan habe, und es gibt noch mehr, das noch schlimmer ist als das.«

»Sie wissen, dass Gott Ihnen vergeben wird.«

Sie nickte. »Aber sollte er das? Ich glaube das einfach nicht.«

»Natürlich braucht er das nicht. Keiner von uns hat seine Vergebung verdient.«

»Aber Sie haben sie trotzdem angenommen«, meinte sie. »Ich kann das nicht. Ich weiß genauso gut wie Gott, dass ich es nicht verdient habe.«

»Sie wollen also für ihn entscheiden.«

»Wenn es an mir liegt –«

»Ja, nur an Ihnen.«

»Ich habe beschlossen, dass ich es nicht verdient habe und nicht leben kann mit, äh, wie nennen Sie es noch gleich?«

»Gnade?«

»Na ja, ich glaube schon, aber ich meine, die Kluft zwischen dem, was wahr sein kann und was wahr sein sollte, ist zu groß.«

»Ungerechtigkeit.«

»Das ist es. Dass Gott mir vergibt, obwohl er und ich genau wissen, wer ich bin und was ich getan habe – das wäre einfach zu viel verlangt.«

Um Viertel vor fünf Uhr nachmittags bat Tsion Buck und Chloe in sein Zimmer. Buck lächelte, als er den allgegenwärtigen Laptop auf dem Tisch bemerkte. Die drei knieten sich ans Bett.

»Wir werden mit dem Komitee im Stadion noch eine Gebetsgemeinschaft halten«, erklärte Tsion. »Aber für den Fall, dass etwas dazwischen kommt, möchte ich die Veranstaltung nicht beginnen, ohne Gott um seinen Segen und seinen Schutz zu bitten.«

»Darf ich fragen, welche Antwort Sie Fortunato gegeben haben?«, fragte Chloe.

»Ich habe Chaim gesagt, ich würde Nicolai weder zur Kenntnis nehmen noch ihm Achtung erweisen. Auch werde ich ihn nicht ankündigen und auch niemanden bitten, dies zu übernehmen. Wenn er auf die Bühne kommt, werde ich ihm nicht im Weg stehen.« Tsion lächelte müde. »Wie Sie vielleicht erwartet haben, hat Chaim mir ernstlich widersprochen und mich gewarnt, dem Potentaten eine solche Beleidigung zuzufügen. Aber wie könnte ich anders handeln? Ich will nicht sagen, was ich gern sagen würde; ich will die Gläubigen nicht auffordern, ihm ihre Abneigung zu zeigen, und will ihn nicht als den entlarven, der er ist. So ist es das Beste.«

Chloe nickte. »Wann erwarten Sie die Zeugen?«

»Ich denke, die ersten treffen bestimmt gerade ein.«

»Ich spreche von Eli und Moishe.«

»Oh! Das habe ich dem Herrn überlassen. Sie sagten, sie würden da sein, und die Konferenz wird sich über zwei ganze Tage hinziehen. Sie werde ich ganz sicher auf der Bühne willkommen heißen, wenn sie zu kommen beschließen.«

Buck war immer wieder bewegt, wenn er mitanhörte, wie intensiv Tsion Ben-Judah betete. Er hatte den Rabbi in Zeiten tiefster Trauer erlebt, nachdem seine Frau und seine beiden Kinder ermordet worden waren. Er hatte ihn inmitten der Angst beten hören, als er sicher war, er würde bei seiner mitternächtlichen Flucht aus Israel gefasst. Und nun, als Tsion sich darauf freute, Zehntausende neuer Brüder und

Schwestern aus allen zwölf Stämmen Israels und aus der ganzen Welt zu vereinen, lag er demütig auf den Knien.

»Gott, unser Vater«, betete er, »danke für das Vorrecht, jetzt mit so vielen deiner Kinder zusammenkommen zu dürfen. Wir stehen in vorderster Front der Kampftruppen und marschieren in der Gewissheit, dass du uns beschützt und uns zur Seite stehst. All diese Menschen können es kaum erwarten, mehr von deinem Wort zu erfahren. Gib den anderen Lehrern und mir die richtigen Worte. Wir wollen sagen, was du uns zu sagen aufträgst, und sie sollen hören, was sie nach deinem Willen hören sollen.«

Buck betete gerade, als es an der Tür klopfte. »Verzeihen Sie, Tsion«, sagte Chaim. »Eine Eskorte der Weltgemeinschaft wartet unten.«

»Aber ich dachte, Jacov würde uns fahren –«

»Das wird er auch. Aber sie sagen, wir müssen sofort aufbrechen, um das Stadion rechtzeitig zu erreichen.«

»Aber es ist doch so nah!«

»Trotzdem. Der Verkehr ist bereits so dicht, dass Sie nur mit der Eskorte rechtzeitig ankommen werden.«

»Haben Sie beschlossen, uns zu begleiten, Chaim?«

»Ich werde es mir im Fernsehen ansehen. Ich habe Jacov gebeten, eine Kiste mit Wasserflaschen in den Kofferraum zu packen. Die beiden Prediger an der Klagemauer haben erneut erklärt, dass sie für das Blut im Trinkwasser verantwortlich sind. Obwohl es bestimmt bereits gereinigt wurde. Aber man kann nie wissen. Außerdem würden die Besucher aus dem Westen unser Wasser sowieso nie anrühren.«

Die Eskorte der Weltgemeinschaft bestand aus zwei Jeeps mit gelben Blinklichtern. In jedem Fahrzeug saßen vier bewaffnete Soldaten, die die Mitglieder der *Tribulation Force* ausdruckslos anstarrten, als diese in den Mercedes-Van stiegen.

»Eine weitere Demonstration des guten Willens von Carpathia«, bemerkte Chloe trocken.

»Wenn er klug gewesen wäre«, sagte Tsion, »hätte er uns zu spät kommen lassen.«

»Sie wären nicht zu spät gekommen«, sagte Jacov mit starkem Akzent. »Ich hätte Sie bestimmt rechtzeitig abgeliefert.«

Buck hatte nicht einmal in New York so dichten Verkehr erlebt. Alle Straßen zum Stadion waren mit Autos und Fußgängern verstopft. Seitdem vor zwei Jahren Millionen von Menschen verschwunden waren, hatte man nicht mehr so viele glückliche Gesichter gesehen. Mit

Rucksäcken, Notizblöcken und Wasserflaschen beladen, eilten die Fußgänger die Straßen entlang. In ihren Gesichtern war Ernsthaftigkeit und Entschlossenheit zu lesen. Viele kamen schneller voran als die Wagen, Kleinbusse und Busse.

Die auffällige Eskorte zog die Blicke der Menge auf sich. Als die Menschen Tsion Ben-Judah erkannten, winkten, riefen und klopften sie strahlend an Türen und Fenster. Die voraus fahrenden Fahrzeuge der Weltgemeinschaft scheuchten sie mit Warnungen über Lautsprecher und dem demonstrativen Vorzeigen ihrer automatischen Waffen aus dem Weg.

»Es gefällt mir überhaupt nicht, hier unter dem Schutz der Weltgemeinschaft aufzutauchen«, meinte Tsion.

»Die kennen sowieso nicht die Abkürzungen«, warf Jacov ein. »Alle drei Wagen sind mit Allradgetriebe ausgestattet.«

»Sie kennen einen schnelleren Weg?«, fragte Tsion. »Dann nehmen Sie ihn!«

»Darf ich wirklich?«

»Sie werden schon nicht auf uns schießen. Sie werden Mühe haben, uns zu folgen.«

Jacov riss das Steuer nach links, holperte über den Mittelstreifen, wand sich durch die voran schleichenden Wagen hindurch und fuhr dann schließlich auf die offenen Felder zu. Die Jeeps der Weltgemeinschaft stellten ihre Sirenen an und hefteten sich an ihre Fersen. Der erste Wagen überholte sie schließlich. Der Fahrer machte Handzeichen aus dem Fenster und rief Jacov auf Hebräisch etwas zu.

»Er sagt, wir sollten so etwas nicht noch mal machen«, übersetzte Tsion. »Aber mir hat es gefallen.«

Jacov trat auf die Bremsen und der hinter ihm fahrende Jeep war gezwungen, eine Vollbremsung zu machen, um rechtzeitig zum Stehen zu kommen. Der voran fahrende Wagen bemerkte schließlich, dass Jacov hinter ihm zurück blieb und schließlich anhielt, und kam ebenfalls zum Stehen. Er wartete zuerst, dann fuhr er rückwärts, als Jacov ihm auf Hebräisch zurief: »Wenn Sie keine Schwierigkeiten bekommen wollen, weil Sie uns nicht rechtzeitig ins Stadion gebracht haben, sollten Sie mir folgen!«

Während Jacov den wütenden Fahrern der Weltgemeinschaft voran zum Stadion fuhr, wurde sehr schnell klar, dass viel mehr als 25 000 Menschen hofften, Einlass zu finden.

»Sind draußen Leinwände angebracht worden?«, fragte Tsion stirnrunzelnd.

Buck nickte. »Die Menschen, für die kein Platz mehr ist, sollten eigentlich zu anderen Stellen in der Stadt kommen, aber es scheint, dass alle hier bleiben wollen.«

Nachdem die Soldaten der Weltgemeinschaft neben Jacov zum Stehen gekommen waren, sprangen sie aus ihren Fahrzeugen und bestanden darauf, die kleine Gruppe ins Stadion zu eskortieren. Sie blickten Jacov finster an, als er Buck sagte, er würde mit dem Van dort warten, wo er sie abgesetzt hatte.

»Ist eine Leinwand in der Nähe?«, fragte Buck und sah sich um.

Jacov deutete auf eine Leinwand etwa acht Meter entfernt. »Und ich kann die Veranstaltung im Radio verfolgen.«

»Interessiert es Sie?«

»Sehr. Ich finde es verwirrend, aber der Potentat ist mir schon lange nicht mehr geheuer, auch wenn Dr. Rosenzweig ihn bewundert. Und Ihr Lehrer ist so ein weiser und liebenswerter Mensch.«

»Haben Sie die Fernsehsendung gesehen, als er –«

»Alle haben diese Sendung gesehen, Sir.«

»Dann ist das ja nicht ganz so neu für Sie. Wenn Sie wollen, können wir nach der Veranstaltung noch mal drüber sprechen.«

Die Mitglieder des Komitees waren begeistert. Buck gefiel es, dass die Gruppe auf Englisch, Hebräisch und einigen anderen Sprachen, die er nicht benennen konnte, betete. Überall im Raum unterhalb des Stadions hörte er die Rufe »Jesus, der Messias« und »Jesu Cristo« und »Yeshua Hamashiach«.

Buck lag neben Chloe auf den Knien. Er spürte, wie sie seine Hand umklammerte. Sie legte den Kopf an seine Schulter. »Oh Buck«, sagte sie, »das ist wunderbar.«

»Und wir haben noch nicht einmal angefangen«, flüsterte er.

Während sich das Stadion füllte, wurden Lieder gesungen.

»Was rufen sie?«, fragte Buck.

»›Halleluja‹ und ›Preist den Herrn‹«, erklärte jemand. »Und sie rufen den Namen des Herrn Jesus.«

Als Buck auf seine Armbanduhr blickte, sah er, dass die Zeiger auf sieben Uhr vorrückten. Schließlich erklärte ihnen der Moderator Daniel den Programmablauf. »Wie Sie wissen, ist das Programm sehr einfach gehalten. Ich werde die Menschen kurz begrüßen und dann mit einem Gebet beginnen. Danach werde ich das Lied ›Amazing Grace‹ anstimmen und Sie vorstellen, Dr. Tsion Ben-Judah. Sie haben für Ihre Ansprache so viel Zeit, wie Sie möchten. Die zwölf Dolmetscher haben die Notizen von Dr. Ben-Judah und wissen, welches ihr Mikrofon ist.«

»Und denken Sie daran«, meinte Tsion leise, »ich kann nicht garantieren, dass ich mich an mein Konzept halte. Ich werde versuchen, langsam zu sprechen.«

Die Menschen im Raum nickten feierlich und viele sahen auf ihre Uhr. Buck hörte den Gesang und die Sprechchöre über sich und war so aufgeregt wie nie zuvor in seinem Leben. »All diese Menschen sind jetzt unsere Brüder und Schwestern«, flüsterte er Chloe zu.

Drei Minuten vor sieben eilte ein junger Mann in den Raum. Tsion stand mit gesenktem Kopf ein wenig abseits von den anderen.

»Die anderen Treffpunkte sind leer!«, rief der junge Mann. »Alle sind hier. Alle hatten dieselbe Idee!«

»Wie viele?«, fragte jemand.

»Mehr als 50 000 vor dem Stadion«, erklärte er. »Mindestens zweimal so viele draußen wie drinnen. Und das sind nicht nur Zeugen. Sie sind nicht einmal Juden. Die Leute sind einfach nur neugierig.«

Daniel hob die Hände und es wurde still im Raum. »Folgt mir jetzt diesen Korridor entlang zur Bühne. Ihr könnt von den Seitenflügeln aus zusehen, aber die Dolmetscher gehen als Erste und nehmen ihre Position vor der Bühne ein. Niemand befindet sich auf der Bühne außer Dr. Ben-Judah und mir. Betet für uns!«

Mit erhobener Hand führten er und Tsion die Gruppe hinter die Bühne. Buck spähte nach draußen und sah, dass jeder Platz besetzt war und die Menschen sich noch in den Gängen und auf dem Spielfeld drängten. Viele hielten die Hände in die Höhe. Andere legten sich die Arme um die Schultern und sangen.

Die Dolmetscher schlüpften hinaus und liefen die Treppen hinunter, um sich auf ihren Platz zu stellen. Die Menge wurde ruhig. Pünktlich um sieben Uhr marschierte Daniel zu einem einfachen Rednerpult und sagte: »Willkommen, meine Brüder und Schwestern im Namen Gottes, des Allmächtigen ...«

Er hielt inne, damit die Dolmetscher übersetzen konnten, doch bevor sie zu sprechen begannen, brachen alle Zuhörer im Stadion in Jubel und Applaus aus. Daniel war verblüfft und lächelte die Dolmetscher entschuldigend an. »Ich werde auf Sie warten«, flüsterte er ihnen zu, während die Menge weiter jubelte.

Als der Applaus schließlich erstarb, nickte er den Dolmetschern zu und sie wiederholten seinen Satz. »Nein! Nein!«, ertönte es aus der Menge. »Non!« »Njet!«

Daniel fuhr fort: »... des Schöpfers des Himmels und der Erde ...« Und wieder brach die Menge in Jubel aus. Er wartete auf die Übersetzung, doch erneut wurden die Dolmetscher von der Menge niedergeschrien.

»... und seines Sohnes Jesus Christus, des Messias!«

Die Menge wurde wild und ein Helfer eilte auf die Bühne.

»Bitte!«, ermahnte Daniel ihn. »Niemand auf die Bühne, außer –«

»Es ist keine Übersetzung notwendig!«, rief der Helfer. »Wir brauchen die Dolmetscher nicht! Jeder versteht Sie in seiner eigenen Sprache, und sie wollen, dass Sie einfach weitermachen!«

Während die Menge weiter jubelte, trat Daniel an den Rand der Bühne und winkte die Dolmetscher zu sich. »Sie werden nicht gebraucht!«, sagte er lächelnd. Während sie sich zwar überrascht, aber doch erfreut zerstreuten, trat er erneut ans Mikrofon. »Wir wollen denen danken, die bereit waren –«

Donnernder Beifall ertönte.

Schließlich hob Daniel die Hände, um die Menge zu beruhigen. Jeder Satz wurde mit lautem Jubel beantwortet. »Man braucht euch nicht zu sagen, warum ihr hier seid!«, sagte er. »Wir sind schon lange als Gottes auserwähltes Volk bekannt. Aber erst jetzt haben wir erkannt, dass Jesus unser Messias ist. Wollt ihr mit mir beten?«

Die Zuhörer wurden still. Viele knieten nieder. »Vater, wir danken dir, dass du uns aus Gnade und Liebe verschont hast. Du bist tatsächlich der Gott des Neuanfangs und du gibst uns eine zweite Chance. Wir bitten dich, dass du auf übernatürliche Weise unser Herz und unseren Geist vorbereitest, damit wir jedes Wort von dem aufnehmen können, was du dem Rabbi gleich zu sagen aufgetragen hast. Wir bitten dich in dem unvergleichlichen Namen des Königs aller Könige und Herrn aller Herren. Amen.«

Ein lautes »Amen!« ertönte von der Menge. Daniel stimmte das Lied »Amazing Grace« an.

Buck konnte nicht mitsingen. Dieses Lied war sein Lieblingslied, ein zutreffendes Bild seines Glaubens. Aber zu erleben, wie 25 000 Menschen dieses Lied aus tiefstem Herzen sangen, war zu viel für ihn. Die Menschen vor dem Stadion stimmten ebenfalls in den Gesang mit ein. Buck und Chloe liefen die Tränen die Wangen hinunter.

Nachdem die letzten Töne verklungen waren, bat Daniel die Menge, Platz zu nehmen. »Die überwiegende Mehrheit von uns kennt den Redner des heutigen Abends nur als Namen auf einem Computerbildschirm«, begann er. »Es ist mir eine Ehre –«

Doch die Zuhörer waren bereits aufgesprungen, jubelten, klatschten, schrien und pfiffen. Daniel versuchte, sie zu beruhigen, doch schließlich zuckte er die Achseln und ging davon, während Tsion verlegen und zögernd die Bühne betrat. Der Lärm war ohrenbetäubend. Buck und Chloe klatschten ebenfalls und erwiesen damit ihrem persönlichen Pastor und Mentor die Ehre. Noch nie hatte Buck sich so privilegiert gefühlt, zur *Tribulation Force* zu gehören und diesen Mann zu kennen.

Tsion stand vor dem Rednerpult und legte seine Bibel und seine Notizen vor sich hin. Der lärmende Willkommensgruß setzte sich fort, bis Ben-Judah schließlich mit einem scheuen Lächeln aufsah und der Menge dankte, beide Hände hob, um die Zuhörer zu bitten, sich wieder zu setzen. Endlich nahmen sie Platz.

»Meine geliebten Brüder und Schwestern, im Namen des Allerhöchsten danke ich euch für eurer herzliches Willkommen. Alle Ehre gebührt dem dreieinigen Gott.« Als die Menge wieder klatschen wollte, hob Tsion schnell die Hand. »Freunde, wir erleben hier etwas Wunderbares, und alles, was über unseren Gott gesagt wird, könnte bejubelt werden. Aber wir sind Gäste hier. Und wir wollen die Menschen in der Nachbarschaft doch nicht bei ihrem Feierabend stören. Und ich vertraue darauf, dass Sie mir vergeben werden, wenn ich Sie bitte, alle Beifallsbekundungen von nun an bis zum Ende der Predigt zurückzuhalten, wenn es möglich ist.«

Schweigen senkte sich so schnell über die Menge, dass Tsion die Augenbrauen in die Höhe zog und sich umsah. »Ich habe Sie doch nicht beleidigt, oder?« Donnernder Applaus forderte ihn auf weiterzumachen.

»Später wird es durchaus angemessen sein, wenn unser Moderator uns die Gelegenheit gibt, unsere Stimmen erneut zum Lob Gottes zu erheben. In der Bibel heißt es: ›Dich will ich preisen in der großen Gemeinde‹.« Tsion stellte sich bequem hin und beugte sich ein wenig vor, um einen Blick auf seine Notizen zu werfen. »Noch nie in meinem Leben habe ich so ungeduldig darauf gewartet, eine Botschaft aus dem Wort Gottes weitergeben zu können. Ich stehe vor Ihnen mit dem einzigartigen Privileg, zu einem großen Teil der, wie ich glaube, in der Bibel beschriebenen 144 000 Zeugen zu sprechen. Ich selbst zähle mich dazu, und Gott hat mir aufgetragen, Sie dabei zu unterstützen, die Gute Nachricht weiterzugeben. Die meisten von Ihnen tun das natürlich bereits und gewinnen Tag für Tag viele für Christus. Millionen Menschen auf der ganzen Welt sind schon zum Glauben an Christus gekommen.

Lassen Sie mich noch einmal die Grundzüge von Gottes Erlösungsplan erläutern, damit wir uns von ganzem Herzen und mit all unserer

Kraft der Arbeit widmen können, zu der er uns berufen hat. Jeder von Ihnen weiß, wo morgen und übermorgen den ganzen Tag über Seminare und Schulungen stattfinden. An beiden Abenden werden wir uns hier treffen, um auf das Wort Gottes zu hören und zusammen Gott zu feiern.«

Daraufhin sprach Tsion kurz über das, was er bereits in der Fernsehsendung gesagt hatte, die ihn zum Flüchtling gemacht hatte. Er zeigte anhand des Alten Testaments auf, dass Jesus Christus der Messias ist. Er zitierte die zahllosen Namen Gottes und schloss mit einem Vers aus Jesaja, Kapitel 9, dem Vers 5: »Denn uns ist ein Kind geboren, ein Sohn ist uns geschenkt. Die Herrschaft liegt auf seiner Schulter; man nennt ihn: Wunderbarer Ratgeber, Starker Gott, Vater in Ewigkeit, Fürst des Friedens.«

Die Menge konnte sich nun nicht mehr zurückhalten. Sie sprang auf und jubelte. Tsion lächelte und nickte und deutete zum Himmel. »Ja, ja«, sagte er schließlich. »Selbst ich möchte nicht das Lob des allerhöchsten Gottes unterdrücken. Jesus selbst hat gesagt, dass, wenn wir Gott nicht die Ehre geben würden, die Steine schreien müssten.«

Tsion fuhr fort und erläuterte Gottes Plan der Erlösung vom Anbeginn der Zeit und zeigte, dass Jesus als das fleckenlose Opferlamm geschickt worden war, das stellvertretend für die Fehler und Vergehen aller Menschen gestorben war. Er erklärte das, was den Zuhörern erst vor nicht allzu langer Zeit klar geworden war: dass ein Mensch nichts dazu beitragen kann, sich mit Gott zu versöhnen. Nur wenn er an das glaubt, was Christus für ihn am Kreuz getan hat, kann die Beziehung zu Gott wiederhergestellt werden. »Im Johannes-Evangelium, Kapitel 14, Vers 6«, fuhr Tsion fort und zum ersten Mal erhob er seine Stimme, »sagt Jesus selbst, dass er der Weg, die Wahrheit und das Leben ist und dass niemand zum Vater kommen kann als nur durch ihn. Das ist unsere Botschaft an die Nationen. Dies ist unsere Botschaft für die Verzweifelten, die Kranken, die Furchtsamen, die Gebundenen. Mittlerweile sollte niemand mehr daran zweifeln, nicht einmal die, die beschlossen haben, sich Gott zu widersetzen, dass er wirklich existiert und dass ein Mensch entweder für ihn oder gegen ihn ist. Wir, die wir hier versammelt sind, sollten den Mut haben, allen Menschen zu berichten, dass Jesus die einzige Hoffnung ist.

Meine Brüder und Schwestern, er hat uns dazu berufen, seine Botschaft an alle Menschen weiterzugeben, damit auch sie zum Glauben kommen. Dies wird dazu führen, was Johannes in der Offenbarung als ›eine große Menge, die niemand zählen kann‹ beschreibt. Bevor Sie sich heute Abend schlafen legen, lesen Sie doch in Offenbarung, Kapitel 7 die Beschreibung der Menge, die wir als ›Ernte‹ einfahren sollen. Johannes schreibt, zu ihr würden Menschen aus allen Nationen und Stämmen und Völkern und Sprachgruppen gehören. Eines Tages werden sie vor seinem Thron und vor dem Lamm stehen, in weiße Gewänder gekleidet und mit Palmzweigen in der Hand!«

Spontan erhob sich die Menge im Teddy-Kollek-Stadion. Buck hielt Chloes Hand fest umklammert und wollte »Amen« rufen, als Tsion auch schon fortfuhr. »Die Rettung kommt von unserem Gott, der auf dem Thron sitzt, und von dem Lamm!‹

Die Engel, die um den Thron stehen, werden zu Boden fallen, Gott anbeten und sagen: ›Amen, Lob und Herrlichkeit, Weisheit und Dank, Ehre und Macht und Stärke unserem Gott in alle Ewigkeit.‹«

Die Menge begann erneut zu jubeln, und diesmal versuchte Tsion nicht, sie zur Ruhe zu ermahnen. Er trat einen Schritt zurück und blickte zu Boden. Buck hatte den Eindruck, dass er überwältigt und die Pause ihm ganz willkommen war, um sich zu sammeln. Als er wieder ans Mikrofon trat, wurden die Zuhörer still, so als wollten sie nicht ein einziges Wort verpassen. »Johannes wurde von einem der Ältesten, die um den Thron standen, gefragt: ›Wer sind diese, die weiße Kleider tragen, und woher sind sie gekommen?‹ Und Johannes antwortete: ›Mein Herr, das mußt du wissen.‹ Und der Älteste sagte: ›Es sind die, die aus der großen Bedrängnis kommen; sie haben ihre Gewänder gewaschen und im Blut des Lammes weiß gemacht.‹«

Tsion wartete den Beifall ab und fuhr dann fort: »›Sie werden keinen Hunger und keinen Durst mehr leiden, und weder Sonnenglut noch irgendeine sengende Hitze wird auf ihnen lasten. Denn das Lamm in der Mitte vor dem Thron wird sie weiden und zu den Quellen führen, aus denen das Wasser des Lebens strömt, und Gott wird alle Tränen von ihren Augen abwischen.‹«

Als die Menge dieses Mal in Jubel ausbrechen wollte, blieb Tsion vor dem Rednerpult stehen und hob die Hand. »Wir werden zwei weitere Tage und Nächte hier in Israel bleiben und uns auf die Schlacht vorbereiten. Fürchtet euch nicht länger! Seid mutig! Seid ihr erstaunt gewesen, dass wir, jeder Einzelne von uns, während der letzten Gerichte, von denen ich euch im Internet berichtet habe, verschont geblieben sind? Als der Regen und Hagel und das Feuer vom Himmel fielen und die Meteore ein Drittel aller Pflanzen vernichteten und ein Drittel des Wassers vergifteten, wie kam es, dass uns nichts geschehen ist? War es Glück? Zufall?«

»Nein!«, schrie die Menge.

»Nein!«, wiederholte Tsion. »In der Bibel steht, dass ein Engel im Osten vom Himmel kam, der das Siegel des lebendigen Gottes trug und mit lauter Stimme zu den vier Engeln, denen Macht gegeben war, der Erde und dem Meer Schaden zu tun, zurief: ›Fügt dem Land, dem Meer und den Bäumen keinen Schaden zu, bis wir den Knechten unseres Gottes das Siegel auf die Stirn gedrückt haben.‹ Und Johannes schreibt: ›Und ich erfuhr die Zahl derer, die mit dem Siegel gekennzeichnet waren. Es waren einhundertvierundvierzigtausend aus allen Stämmen der Söhne Israels, die das Siegel trugen.‹

Und jetzt möchte ich schließen, indem ich euch daran erinnere, dass die Grundlage unseres Glaubens der Vers ist, den unsere heidnischen Brüder und Schwestern von Anfang an so geliebt und wertgeschätzt haben. Im Johannes-Evangelium, Kapitel 3, Vers 16 heißt es«, und hier sprach Tsion so leise, dass er ganz dicht ans Mikrofon treten musste und die Leute sich vorbeugten, um ihn zu verstehen: »›Denn Gott hat die Welt so sehr geliebt, daß er seinen einzigen Sohn hingab –‹«

Am Himmel war ein leises Brummen zu hören, das langsam lauter wurde, bis Tsion schließlich nicht mehr zu verstehen war. Die Menge starrte auf einen weißen Hubschrauber mit dem Emblem der Weltgemeinschaft auf der Seite, der in das Stadion hinabflog. Langsam ging er tiefer. Seine riesigen Rotoren wirbelten Tsions Haare und Kleider durcheinander, sodass er schließlich vom Rednerpult zurücktreten musste.

Der Motor wurde abgestellt, und ein Raunen ging durch die Menge, als Leon Fortunato aus dem Hubschrauber stieg und vor das Mikrofon trat. Er nickte Tsion zu, der nicht reagierte, dann schraubte er das Mikrofon etwas höher. »Dr. Ben-Judah, liebes Organisationskomitee und versammelte Gäste«, begann er mit großem Enthusiasmus, doch die Zuhörer blickten sich verwirrt um, sahen sich an, zuckten die Achseln und begannen durcheinanderzureden.

»Dolmetscher!«, rief jemand. »Wir brauchen Dolmetscher!«

Fortunato blickte Tsion erwartungsvoll an. Doch der sah nur stur geradeaus.

»Dr. Ben-Judah«, bat Fortunato, »gibt es jemanden, der übersetzen kann? Wer hat das für Sie getan?«

Tsion sah ihn nicht an.

»Entschuldigen Sie«, sagte Fortunato ins Mikrofon, »es sind doch sicher Dolmetscher anwesend. Wenn Sie bitte schnell nach vorne kommen würden, Seine Exzellenz, der Potentat, wäre dankbar für Ihre Mithilfe.«

Buck trat vor und blickte zu der ersten Reihe im Mittelfeld hin, wo die Dolmetscher saßen. Wie ein Mann sahen sie Tsion an, aber Fortunato wusste nicht einmal, wen er ansprechen sollte.

»Bitte«, sagte er. »Es ist nicht fair, dass nur diejenigen, die Englisch verstehen, die Reden Ihrer nächsten beiden Gastgeber hören.«

Gastgeber?, dachte Buck. Diese Bemerkung zog sogar Tsions Aufmerksamkeit auf sich. Sein Kopf ruckte hoch und er sah Leon an.

»Bitte«, rief Leon, während der Lärm der Menge immer größer wurde. Tsion sah die Dolmetscher an. Ihre Blicke hingen abwartend an ihm. Er nickte unmerklich und gab seine Einwilligung. Sie eilten vor ihre Mikrofone.

»Vielen Dank, Dr. Ben-Judah«, sagte Fortunato. »Sie sind sehr hilfsbereit und Seine Exzellenz dankt Ihnen ebenfalls.« Tsion ignorierte ihn.

Von den Dolmetschern übersetzt, wandte sich Fortunato erneut an die Menge. »Als Supreme Commander der Weltgemeinschaft und als einer, der persönlich seine übernatürliche Fähigkeit, Wunder zu tun, erlebt hat, ist es mir ein Vergnügen, Ihnen Seine Exzellenz, den Potentaten der Weltgemeinschaft, Nicolai Carpathia, vorzustellen!«

Fortunato schien auf großen Applaus und Jubel zu warten. Lächelnd und, wie Buck fand, verlegen und konsterniert, stand er vor dem Mikrofon, als niemand reagierte. Niemand rührte sich. Alle Augen hingen an Fortunato, nur Tsion hielt den Blick abgewandt.

Leon fasste sich schnell wieder. »Seine Exzellenz möchte Sie persönlich willkommen heißen, aber zuerst möchte ich Ihnen das ehrwürdige Oberhaupt des neuen Enigma-Babylon-Welteinheitsglaubens ankündigen, den höchsten Papst, Pontifex Maximus, Peter der Zweite!«

Fortunato trat zurück und deutete auf den Hubschrauber, aus dem die Figur des Mannes erschien, den Buck als Peter Mathews, den ehemaligen Erzbischof von Cincinnati, kannte. Kurz nach dem Verschwinden des vorherigen Papstes war er an dessen Stelle getreten. Mittlerweile hatte er alle Religionen außer das Christen- und das Judentum in einer Einheitsreligion vereint.

Mathews war es gelungen, mit Haltung aus dem Hubschrauber zu steigen. Er trug das ausgefallenste Gewand, das Buck je gesehen hatte.

»Was um alles in der Welt ist das?«, fragte Chloe.

Buck beobachtete wie gebannt, wie Peter der Zweite seine Hände zu der Menge erhob und sich langsam im Kreise drehte, so als wolle er wirklich jeden in seinen pompösen Gruß einschließen. Er trug einen hohen, spitzen Hut mit einem Unendlichkeitssymbol darauf und ein bodenlanges, schillernd gelbes Gewand mit einer langen Schleppe und weiten Ärmeln. Sein Gewand war mit großen, bunten Steinen bestickt und Kordeln, gewebten Bändern und hellblauen Samtbändern besetzt, sechs auf jedem Ärmel, als hätte er sich eine Art Doppelpromotion der *Black Light*-Diskothek-Universität erworben. Buck legte die Hand vor den Mund, um ein Lachen zu unterdrücken. Als Mathews sich umdrehte, waren astrologische Zeichen auf seiner Schleppe zu erkennen.

Seine Hände bewegten sich in Kreisen, so als wolle er jeden segnen, und Buck fragte sich, was er wohl empfand, als das Publikum nicht reagierte. Würde Carpathia es wagen, sich dieser Gleichgültigkeit, dieser Feindseligkeit zu stellen?

Peter zog das Mikrofon näher zu sich heran und sprach mit ausgestreckten Armen. »Meine gesegneten Brüder und Schwestern, die ihr euch auf der Suche nach einem höheren Bewusstsein befindet, es wärmt mein Herz, euch alle hier zu sehen, die ihr den Worten meines geschätzten Kollegen und Gelehrten Dr. Tsion Ben-Judah lauscht!« Mathews erwartete ganz eindeutig, dass der Name ihres Helden die Menge in Jubel ausbrechen lassen würde, aber die Zuhörer blieben stumm und rührten sich nicht.

»Ich gebe an diese Versammlung den Segen des universellen Vaters und der universellen Mutter und der Tiergottheiten weiter, die uns liebevoll auf unserem Weg zu wahrem geistlichen Leben leiten. Im Geist der Harmonie und des einen großen Einheitsglaubens appelliere ich an Dr. Ben-Judah und andere Führer, Ihr reiches Erbe, Ihre Geschichte und Gelehrsamkeit unserem Mantel mit den vielen Farben hinzuzufügen. Der Patchworkdecke, in der auf so wundervolle Weise alle Hauptziele aller großen Weltreligionen eingewebt sind. Seien Sie versichert, dass ich bis zu dem Tag, an dem Sie bereit sind, Ihre Flagge unter die Schutzherrschaft des Enigma-Babylon-Welteinheitsglaubens zu stellen, Ihr Recht auf eine entgegengesetzte Meinung verteidigen werde. Ich werde mich dafür einsetzen, dass Sie Ihre Suche nach unserer vielschichtigen und pluralistischen Gottheit auf Ihre Weise gestalten können.«

Mathews drehte sich um und machte Fortunato Platz. Beide taten so, als würden sie die Apathie der Menge nicht zur Kenntnis nehmen. Fortunato verkündete: »Und nun ist es mir ein Vergnügen, Ihnen den Mann anzukündigen, der die Welt zu einer großen weltweiten Gemeinschaft vereinigt hat. Seine Exzellenz und Ihr Potentat: Nicolai Carpathia! Würden Sie sich bitte von Ihren Plätzen erheben.«

Kein Mensch stand auf.

So weit Buck erlebt hatte, war es Carpathia bisher noch immer gelungen, seine Zuhörer zu fesseln. Er war der dynamischste, engagierteste und charmanteste Redner, den Buck je gehört hatte. Buck selbst war natürlich von Nicolai alles andere als beeindruckt, aber er fragte sich, ob das Siegel Gottes auf der Stirn der einzelnen Zeugen und der neuen Christen ihren Geist auch vor dieser bösen Manipulation beschützen würde.

»Liebe Mitbürgerinnen und Mitbürger der Weltgemeinschaft«, begann Carpathia mit erstarrtem Lächeln auf dem Gesicht. Er wartete darauf, dass die Dolmetscher ihn übersetzten, und bemühte sich nach Kräften, die Menge in seinen Bann zu ziehen. »Als Ihr Potentat heiße ich Sie in Israel und in diesem großen Stadion willkommen, das nach einem Mann der Vergangenheit, einem Mann des Friedens, der Harmonie und der Staatskunst benannt worden ist.«

Buck war beeindruckt. Nicolai hatte sofort versucht, sich selbst mit einem ehemaligen Bürgermeister der Heiligen Stadt auf eine Stufe zu stellen, mit einem Mann, von dem ein hoher Prozentsatz der Zuhörer bestimmt schon einmal gehört hatte. Buck machte sich Sorgen, dass Nicolais Überzeugungskraft bei Menschen wie Jacov vielleicht Erfolg haben würde. Er legte Chloe die Hand auf die Schulter und flüsterte: »Ich komme gleich zurück.«

»Wie kannst du jetzt weggehen?«, fragte sie. »Um nichts in der Welt würde ich diese Show verpassen wollen. Glaubst du nicht auch, dass Peters Gewand mir stehen würde, vielleicht als Abendkleid?«

»Ich möchte nur einen Augenblick zu Jacov gehen.«

»Gute Idee.«

Als Buck sich abwandte, klingelte sein Handy, das in seiner Jackentasche steckte. »Hier spricht Buck«, meldete er sich.

»Wo gehen Sie hin?«

»Wer spricht?«

»Sie haben mit der blonden Frau an der Bühne gestanden, nicht?«

Buck blieb stehen. »Ich möchte gern wissen, mit wem ich spreche.«

»Mac McCullum. Nett, Sie kennen zu lernen.«

»Mac! Was ist los? Wo sind Sie?«

»Im Hubschrauber, Mann! Das ist das beste Theaterstück, das ich je gesehen habe. Dieses freundliche Getue! Sie hätten diese Jungs an Bord hören sollen! Sie haben geschimpft und Ben-Judah und die ganze Menge verflucht. Und wie Carpathia über die beiden Zeugen hergezogen hat!«

»Das überrascht mich nicht. Hey, sind Sie sicher, dass niemand dieses Telefon abhört?«

»Mein Leben hängt davon ab, Buck.«

»Schätze, das stimmt.« Buck erzählte Mac, wo er hingehen wollte und aus welchem Grund.

»Nick ist schon das reinste Kunstwerk, nicht wahr?«, fragte Mac.

»Chloe gefällt Mathews Gewand ganz besonders.«

»Hey, mir auch. Ich muss Schluss machen. Ich möchte denen nicht unbedingt erzählen, mit wem ich gesprochen habe.«

»Wir bleiben in Verbindung, Mac.«

»Keine Sorge. Aber hören Sie, machen Sie sich rar. Ich würde diesen Jungs nicht trauen.«

»Warten Sie«, sagte Buck grinsend. »Sie meinen, wir können Carpathia nicht beim Wort nehmen? Er ist nicht vertrauenswürdig?«

»Ist ja schon gut. Passen Sie nur auf sich auf.«

4

Da Rayford wusste, dass alle hohen politischen Würdenträger in Israel waren und sich nicht in Neu-Babylon aufhielten, schickte Rayford David Hassid eine E-Mail in den unterirdischen Schutzbunker. »Seien Sie um sechs Uhr Ihrer Zeit an einer Stelle, in der Sie telefonisch erreichbar sind.«

Um neun Uhr morgens Chicagoer Zeit, eine Stunde, bevor die Konferenz der Zeugen live im Internet übertragen werden sollte, rief Rayford David an.

»Wo sind Sie?«, fragte er.

»Draußen«, erwiderte David. »Hier ist alles ziemlich ruhig, da Dick und Doof fort sind.«

Rayford lachte leise. »Ich hätte gedacht, Sie wären noch zu jung, um diese Komiker zu kennen.«

»Sie sind meine Lieblingsfiguren«, erklärte David. »Vor allem jetzt, da sie die Welt regieren. Was ist los? Ich wollte mir gerade die Festlichkeiten ansehen. Sie werden auf einem wandgroßen Bildschirm übertragen.«

Rayford brachte ihn auf den neuesten Stand. »So traurig es ist, wir werden uns erst wiedersehen, wenn Sie sich mit uns zusammen werden verstecken müssen.«

»Ich kann mir nicht vorstellen, hier zu entkommen, aber Mac hat Recht, es ist gut, dass Sie sich aus dem Staub gemacht haben. Ihre Tage sind gezählt.«

»Mich wundert, dass Nicolai mich nicht schon vor Monaten beseitigt hat.«

»Ihr Schwiegersohn verschwindet auch besser. Sein Name taucht immer wieder auf. Sie haben mir den Auftrag gegeben herauszufinden, von wo aus er seine Web-Zeitung ins Netz einspeist. Aber wissen Sie, Rayford, ich kann mir noch so viel Mühe geben und noch so viel Zeit investieren, ich schaffe es einfach nicht, es herauszufinden.«

»Ist nicht wahr?!«

»Ich tue mein Bestes. Ehrlich, das tue ich. Junge, es ist wirklich frustrierend, wenn man seinem Boss nicht die Informationen liefern kann, die einen Bruder das Leben kosten würde. Verstehen Sie, was ich meine?«

»Na ja, arbeiten Sie weiter daran, David, und ich bin sicher, Sie werden schließlich einen Ort finden, der Sie noch mehr Ihrer kostbaren Zeit kosten wird.«

»Gute Idee.«

»Können Sie mir erklären, wie ich meinen Laptop an ein Fernsehgerät anschließen kann, damit wir diese Veranstaltung in besserer Qualität ansehen können?«

David lachte. »Das ist bei diesem Gerät überhaupt kein Problem.«

»Wissen Sie, wir betrachten Sie als Mitglied der ›Tribulation Force‹«, sagte Rayford, »obwohl die anderen Sie noch nicht kennen gelernt haben. Sie und Mac sind jetzt unsere Kontaktmänner im inneren Kreis, und wir wissen sehr gut, wie gefährlich Ihr Job jetzt ist.«

David wurde ernst. »Vielen Dank. Ich würde Sie alle gern kennen lernen und bei Ihnen sein, aber wie Sie schon sagen, wenn das passiert, dann deshalb, weil ich abhauen muss ... vor dem technologisch am besten ausgestatteten Regime der Welt. Ich werde Sie vielleicht erst im Himmel wiedersehen. Aber bis dahin: Brauchen Sie ein Flugzeug oder so etwas?«

»Wir werden darüber sprechen müssen. Es wäre nicht richtig, uns Ausrüstung des Feindes anzueignen.«

»Sie könnten sich Dinge im Wert von Millionen aneignen und es würde die Weltgemeinschaft nicht schädigen. Das würde sie nicht einmal ankratzen.«

»Wie lange werden Sie noch in diesem unterirdischen Bunker bleiben?«

»Nicht mehr lange. Der neue Palast, ja, dieses Mal ist es tatsächlich ein Palast, ist fast fertig. Gigantisch. Ich wünschte, ich wäre stolz, hier zu arbeiten. Das wäre wirklich etwas.«

Nachdem David ihm erklärt hatte, was er zu tun hatte, stellte Rayford das Fernsehgerät an einer Stelle auf, wo Dr. Charles, Ken Ritz und Hattie es sehen konnten. Hattie lag stöhnend in ihrem Bett. Sie weigerte sich, Nahrung oder Medikamente zu sich zu nehmen, darum deckte Rayford sie nur gut zu. Wenige Minuten vor zehn bat er Ken, Floyd aufzuwecken, der sich die Übertragung gern mit ihnen zusammen ansehen wollte.

Der Doktor war sehr besorgt, als er Hattie erblickte. »Wie lange geht es ihr schon so schlecht?«

»Etwa eine Stunde«, erklärte Ken. »Hätten wir Sie aufwecken sollen?«

Der Arzt zuckte die Achseln. »Ich tappe im Dunkeln, experimentiere mit Gegenmitteln für ein Gift, das noch nicht identifiziert worden ist. Sie erholt sich ein wenig und ich schöpfe wieder Hoffnung und dann kommt so etwas.« Er gab ihr Medikamente und flößte ihr etwas zu essen ein. Daraufhin schlief sie friedlich ein.

Bewegt verfolgte Rayford die Übertragung aus Israel. Bei Peter Mathews Auftritt begannen die Männer zu lachen. Hattie wachte auf. Langsam und mühsam richtete sie sich auf und stützte sich auf ihre Ellbogen, um den Bildschirm zu sehen.

»Nicolai hasst Mathews abgrundtief«, erklärte sie. »Passen Sie nur auf, eines Tages wird er ihn ermorden lassen.«

Rayford warf ihr einen Blick zu. Sie hatte natürlich Recht, aber woher wusste sie das? Hatte Carpathia diesen Plan schon gefasst, als Hattie noch für ihn arbeitete?

»Sie werden schon sehen«, wiederholte sie.

Als Nicolai aus dem Hubschrauber stieg und zu Fortunato und Mathews auf die Bühne trat, klingelte Rayfords Telefon.

»Das ist die erste Gelegenheit, Sie anzurufen, Ray«, meldete sich Mac. »Erst mal, niemand weiß, dass Sie fort sind. Gute Arbeit. Natürlich kann ich mich nur eine gewisse Zeit dumm stellen. Jetzt hören Sie, Ihr Schwiegersohn, ist das ein gut aussehender Mann Anfang 30 und Ihre Tochter eine hübsche Blondine?«

»Ja, genau. Wo sind sie? Ich kann den Hubschrauber sehen, aber sie kann ich nicht erkennen.«

»Sie stehen etwas abseits im Seitenflügel.«

»Mac, ich möchte Ihnen erzählen, was Hattie mir über –«

»Ich habe nur wenig Zeit hier, Ray. Ich möchte Buck anrufen. Hat er sein Telefon bei sich und kann ich ihn unter der Nummer erreichen, die Sie mir gegeben haben?«

»Eigentlich schon, aber Mac –«

»Ich melde mich wieder, Ray.«

Als Buck das Stadion verließ, schwelgte Carpathia in seiner Redegewandtheit. Buck erreichte den Van und sah Jacov darin sitzen, die Hände ans Steuer gelegt. Er schien über die Menge hinweg auf den Monitor zu starren, während er sich die Übertragung im Radio anhörte. Buck griff nach dem Türgriff, aber Jacov hatte sich im Wagen eingeschlossen. Er fuhr zusammen und sah sehr erschrocken aus.

»Ach, Sie sind es«, rief er und entriegelte die Tür.
»Wen haben Sie erwartet?«, fragte Buck und stieg ein.
»Ich habe Sie einfach nicht bemerkt. Tut mir Leid.«
»Na, was halten Sie von dem allen?«
Jacov streckte seine Hand aus, um Buck zu zeigen, dass er zitterte.
Buck bot Jacov eine Flasche mit Wasser an. »Wovor haben Sie Angst?«
»Vor Gott«, erwiderte Jacov verlegen lächelnd. Er lehnte die Flasche ab.
»Das brauchen Sie nicht. Er liebt Sie.«
»Ich brauche keine Angst zu haben? Rabbi Ben-Judah lehrt, dass alles, was in der letzten Zeit passiert ist, das Gericht Gottes ist. Ich habe den Eindruck, ich hätte schon lange Angst vor ihm haben sollen. Aber entschuldigen Sie, ich möchte gern den Potentaten hören.«
»Sie wissen, dass Dr. Ben-Judah nicht sein Freund ist.«
»Das ist klar. Er hat ihn ziemlich kalt empfangen.«
»Angemessen, Jacov. Er ist ein Feind Gottes.«
»Aber ich bin es ihm schuldig, ihm zuzuhören.«
Buck war versucht, das Gespräch trotzdem fortzusetzen, um jeglichen schädlichen Einfluss von Jacov fern zu halten. Aber er wollte nicht unhöflich sein und darauf vertrauen, dass Gott im Herzen und Geist dieses Mannes handelte. Er schwieg und hörte auf das, was Carpathia sagte.
»Und darum, meine geliebten Freunde, ist es nicht unbedingt erforderlich, dass Ihre Sekte sich dem Enigma-Babylon-Einheitsglauben anschließt, um Bürger der Weltgemeinschaft zu bleiben. Innerhalb vernünftiger Grenzen ist Raum für Uneinigkeit und abweichende Meinungen. Aber sehen Sie sich doch mit mir einen Augenblick lang die Vorteile und Privilegien an, die aus der Vereinigung aller Nationen zu einer Weltgemeinschaft entstanden sind.«
Nicolai zählte auf, was er erreicht hatte. Vom Wiederaufbau der Städte und Flughäfen bis hin zu dem wundersamen Wiederaufbau Neu-Babylons zu der großartigsten Stadt, die die Welt je gesehen hatte.
»Sie ist ein Meisterwerk, und ich hoffe, dass Sie sie bald besuchen werden.« Er erwähnte sein solares Satellitensystem, das es allen Menschen ermöglichte, zu jeder Zeit und von jedem Ort der Erde aus jeden Menschen telefonisch oder über das Internet zu erreichen. Buck schüttelte den Kopf. Dies alles führte doch nur hin zu dem Überbau, der notwendig war, um die Welt zu regieren, bis der Zeitpunkt gekommen war, wo Nicolai sich selbst zum Gott erhob.

Buck konnte sehen, dass Nicolais Worte ihre Wirkung auf Jacov nicht verfehlten.

»Dem kann man nur schwer widersprechen«, sagte der Fahrer. »Er hat tatsächlich Wunder bewirkt.«

»Aber, Jacov«, sagte Buck, »Sie haben doch gehört, was Dr. Ben-Judah gesagt hat. Bestimmt sind Sie doch davon überzeugt, dass die Bibel wahr ist, dass Jesus der Messias ist und dass das große Massenverschwinden die Entrückung der Christen war.«

Jacov starrte geradeaus, umklammerte das Lenkrad und seine Arme zitterten. Er nickte, aber er wirkte verwirrt. Buck war es jetzt egal, ob er unhöflich war oder nicht. Er würde über Nicolai sprechen; er würde nicht zulassen, dass der Feind Gottes diesen Mann durch seine Reden für sich einnahm.

»Was halten Sie von der Predigt heute Abend?«

»Sie war sehr beeindruckend«, gab Jacov zu. »Ich habe geweint. Ich fühlte mich zu Ben-Judah hingezogen, aber vor allem zu Gott. Ich liebe und respektiere Dr. Rosenzweig, und er würde es nie verstehen, wenn ich anfinge, an Jesus zu glauben. Aber wenn das stimmt, dann gibt es doch keinen anderen Weg.«

Buck betete leise und verzweifelt.

»Aber, Mr. Williams, ich habe noch nie zuvor den Vers gehört, der, wie Dr. Ben-Judah sagt, der Grund für diese Veranstaltung ist. Und er wurde unterbrochen, nicht? Er hat den Vers nicht zu Ende zitiert.«

»Sie haben Recht, das hat er nicht. Es steht in Johannes Kapitel 3, Vers 16 und dort heißt es: ›Denn Gott hat die Welt so sehr geliebt, daß er seinen einzigen Sohn hingab –‹«

Aber auch Buck wurde unterbrochen. »Der Potentat beendet seine Rede«, rief Jacov plötzlich.

Carpathia schien in seinen Worten zu schwelgen, aber irgendetwas stimmte nicht. Buck hatte noch nie erlebt, dass er Schwierigkeiten mit seiner Stimme gehabt hatte, aber an diesem Abend war er heiser geworden. Carpathia wandte sich vom Mikrofon ab, legte die Hand über den Mund und versuchte, sich zu räuspern.

»Verzeihen Sie«, sagte er noch immer heiser. »Aber ich wünsche Ihnen und dem Rabbi hier nur das Beste und heiße Sie noch einmal, ähem, ähem, noch einmal, entschuldigen Sie –«

Nicolai wandte sich bittend zu Tsion um, der ihn noch immer ignorierte. »Kann ich vielleicht etwas Wasser bekommen?«

Jemand brachte eine geschlossene Flasche Wasser auf die Bühne. Nicolai bedankte sich. Er öffnete sie und das Zischen wurde über das

Mikrofon verstärkt. Doch als er davon trank, würgte er und spuckte das Wasser aus. Seine Lippen und sein Kinn waren mit Blut verschmiert; er hielt die Flasche auf Armeslänge von sich und starrte sie entsetzt an. Jacov sprang aus dem Wagen und ging näher an die Leinwand heran. Buck wusste genau, warum. Sogar auf die Entfernung konnte man erkennen, dass die Flasche Blut enthielt.

Carpathia wütete und verfluchte Tsion und seine »Bande von Feinden der Weltgemeinschaft! Wollen Sie mich um Ihres eigenen Vorteils willen so demütigen? Ich sollte mein Versprechen, Sie zu beschützen, zurücknehmen und meinen Männern gestatten, Sie auf der Stelle zu erschießen!«

Mitten aus der verblüfften Menge ertönten plötzlich die Stimmen von Eli und Moishe. Ohne Verstärker sprachen sie so laut, dass jeder im Umkreis des Stadions sie verstehen konnte. Die Menge wich vor ihnen zurück, und die beiden standen im unheimlichen Licht des Stadions, Schulter an Schulter, barfuß und in Sackleinen gekleidet.

»Weh dir, der du es wagst, das auserwählte Gefäß des allerhöchsten Gottes zu bedrohen!«

Carpathia warf die Wasserflasche auf die Bühne und klares, sauberes Wasser floss heraus. Buck wusste, dass die Zeugen Nicolais Wasser in Blut verwandelt hatten und dass vermutlich sie Schuld daran waren, dass er überhaupt einen Schluck Wasser brauchte. Nicolai deutete auf Eli und Moishe und schrie: »Eure Zeit ist gekommen! Ich schwöre, ich werde euch töten lassen oder euch eigenhändig töten, bevor –«

Aber die Zeugen waren lauter und Carpathia musste schweigen.

»Wehe!«, riefen sie erneut. »Weh dem Betrüger, der es wagt, die Erwählten vor dem ihnen bestimmten Zeitpunkt zu bedrohen! Versiegelte Jünger des Messias, trinkt in großen Schlucken und lasst euch erfrischen!«

Die Flasche in Bucks Tasche fühlte sich plötzlich eiskalt an. Er zog sie heraus und spürte die Kälte in seiner Hand. Er drehte den Deckel ab und nahm einen tiefen Schluck. Eiskalte, süße und durstlöschende Flüssigkeit rann durch seine Kehle. Er stöhnte, wollte die Flasche nicht von den Lippen absetzen, aber er musste Luft holen. Um sich herum hörte er die Seufzer zufriedener Christen, die die kalten, erfrischenden Getränke herumreichten.

»Probieren Sie das, Jacov!«, sagte Buck, wischte die Flasche ab und reichte sie ihm. »Es ist sehr kalt.«

Jacov griff nach dem Wasser. »Für mich fühlt sich das gar nicht kalt an«, erwiderte er.

»Wie können Sie das sagen? Fühlen Sie meine Hand.« Buck legte seine Hand auf Jacovs Arm und Jacov zuckte zusammen.

»Ihre Hand ist eiskalt«, staunte er, »aber für mich fühlt sich die Flasche warm an.« Er hielt sie ans Licht. »Ihh! Blut!« Und er ließ sie fallen. Die Flasche fiel zu Bucks Füßen. Er hob sie auf, bevor sie auslief. In seinen Händen war sie wieder kalt, und er konnte nicht widerstehen, daraus zu trinken.

»Nicht!«, rief Jacov. Aber als er sah, wie sehr Buck das klare Wasser genoss, fiel er auf Hände und Knie. »Oh Gott, ich bin nicht besser als Carpathia! Ich möchte ein Kind Gottes werden! Ich möchte zu den Versiegelten gehören!«

Buck hockte sich neben ihn und legte ihm den Arm um die Schulter. »Gott möchte, dass Sie zu seiner Familie gehören, aber nicht, weil Sie Angst vor ihm haben, sondern weil Sie erkennen, dass Sie ihn wirklich brauchen«, sagte er.

Jacov weinte. Als die Rotoren ertönten, blickte er auf. Er und Buck starrten auf die Leinwand. Tsion stand wieder allein auf der Bühne. Sein Haar und seine Kleider flatterten im vom Helikopter verursachten Luftzug und seine Notizen wurden herumgewirbelt. Die Dolmetscher sprangen auf die Bühne, um sie aufzuheben. Tsion blieb reglos stehen, starrte stur geradeaus, als hätte sich der Zwischenfall mit Nicolai und den beiden Zeugen nie ereignet.

Die Kamera schwenkte zu der Stelle, an der die beiden Zeugen gestanden hatten, aber sie waren so schnell verschwunden, wie sie gekommen waren. Die Menge erhob sich und starrte mit offenem Mund umher. Viele tranken noch immer und reichten die Wasserflaschen herum. Als sie bemerkten, dass Tsion wieder am Rednerpult stand, wurden sie still und setzten sich. Als wäre nichts passiert, fuhr Tsion mit seinem Zitat der Bibelstelle aus dem Johannes-Evangelium, Kapitel 3, Vers 16 fort: »›– damit jeder, der an ihn glaubt, nicht zugrunde geht, sondern das ewige Leben hat.‹«

Jacov lag noch immer auf den Knien, die Hände auf die Oberschenkel gepresst. Sein Blick hing gebannt an der Leinwand.

»Was?«, rief er. »Was?«

Und als hätte er Jacov gehört, wiederholte Tsion den Vers: »›Denn Gott hat die Welt so sehr geliebt, daß er seinen einzigen Sohn hingab, damit jeder, der an ihn glaubt, nicht zugrunde geht, sondern das ewige Leben hat.‹«

Jacov neigte das Gesicht zur Erde und schluchzte. »Ich glaube, ich glaube! Gott, rette mich! Gib mir ewiges Leben!«

»Er hört Sie«, sagte Buck. »Er wird niemanden abweisen, der ihn aufrichtig sucht.«

Aber Jacov jammerte weiter. Auch andere in der Menge waren auf die Knie gefallen. Tsion sagte gerade: »Hier gibt es vielleicht Menschen, hier drin oder draußen vor dem Stadion, die Christus in ihrer Leben aufnehmen möchten. Ich fordere Sie auf, mir nachzubeten: ›Gott, es tut mir Leid, dass ich mein Leben selbst bestimmt habe und dass ich in meinem Leben schon so manchen Fehler gemacht habe und oft schuldig geworden bin. Vergib mir bitte. Ich möchte deine Liebe und deine Vergebung für mich jetzt in Anspruch nehmen. Ich nehme dich als meinen Erlöser an und möchte für dich leben, bis du wiederkommst.‹«

Unter Tränen sprach Jacov das Gebet nach, dann erhob er sich und umarmte Buck. Er drückte ihn so fest, dass Buck kaum noch Luft bekam. Buck löste sich von ihm und drückte ihm die Wasserflasche in die Hand.

»Kalt!«, freute sich Jacov.

»Trinken Sie!«, forderte Buck ihn auf.

Jacov hielt die Flasche erneut ans Licht und lächelte. Das Wasser war klar. »Und sie ist voll!«

Buck starrte die Flasche an. Tatsächlich! Jacov setzte sie an die Lippen und legte den Kopf so weit in den Nacken, dass er taumelte. Buck musste ihn festhalten. Der Fahrer schluckte, aber nicht schnell genug, und das kühle Wasser lief über sein Gesicht und den Hals entlang. Jacov lachte und weinte und rief: »Preis sei Gott! Preis sei Gott! Preis sei Gott!«

»Lassen Sie sich ansehen«, meinte Buck lachend.

»Sehe ich anders aus?«

»Darauf können Sie wetten.« Er nahm Jacovs Kopf in die Hände und drehte ihn zum Licht. »Sie haben das Zeichen auf Ihrer Stirn.«

Jacov riss sich los und rannte zum Van zurück. »Ich möchte es im Spiegel sehen.«

»Sie werden es nicht sehen«, erklärte Buck, der ihm folgte. »Aus irgendeinem Grunde können wir unser Zeichen selbst nicht sehen. Aber eigentlich müssten Sie meines sehen.«

Jacov wandte sich um und beugte sich zu Buck hinüber. Er blinzelte. »Ich sehe es! Ein Kreuz! Und ich habe auch wirklich so ein Zeichen?«

»Ja, wirklich.«

»Oh! Preis sei Gott!«

Sie stiegen wieder in den Wagen und Buck wählte die Nummer von Chloes Telefon.

»Ich hoffe, das bist du, Buck«, meldete sie sich.

»Ja, ich bin es.«

»Ich habe mir Sorgen um dich gemacht.«

»Tut mir Leid, aber wir haben einen neuen Bruder.«

»Jacov?«

»Möchtest du mit ihm sprechen?«

»Natürlich. Und versuche nicht zurückzukommen, Liebling. Hier geht es zu wie im Irrenhaus. Ich werde Tsion, so bald es geht, herausbringen.«

Buck reichte das Telefon an Jacov weiter. »Hallo, Mrs. Williams!«, sagte er. »Ich fühle mich brandneu! Ich bin brandneu! Beeilen Sie sich, damit wir unsere Zeichen ansehen können!«

In Chicago war es mitten am Nachmittag. Rayford starrte auf den Bildschirm und schüttelte den Kopf.

»Ist das zu glauben?«, sagte er immer und immer wieder. »Ich kann es nicht glauben, dass Nicolai das Spiel so verloren hat.«

Ken stand vor dem Fenster und verdeckte die Sonne. »Ich habe alle Geschichten über diese beiden Zeugen gehört, aber, Mann, sie sind wirklich unheimlich. Ich bin froh, dass sie auf unserer Seite stehen. Das tun sie doch, oder?«

Dr. Charles lachte. »Wenn Sie Tsions Botschaften im Internet so gründlich gelesen haben, wie Sie behaupten, wissen Sie genauso gut wie wir, dass sie auf unserer Seite stehen.«

»Diese Veranstaltung morgen wird die höchsten Einschaltquoten in der Geschichte des Fernsehens haben«, meinte Rayford. Er drehte sich um, weil er sehen wollte, was Hattie davon hielt. Auch sie starrte auf den Bildschirm, aber ihr Gesicht war totenblass und sie schien sprechen zu wollen. Ihr Mund war geöffnet, ihre Lippen zitterten. Sie sah schrecklich verängstigt aus.

»Sind Sie in Ordnung, Hattie?«, fragte er.

Floyd drehte sich um, als Hattie einen durchdringenden Schrei ausstieß. Sie sank auf ihr Bett und umklammerte mit beiden Händen ihren Unterleib, rollte sich auf die Seite, rang nach Luft und stöhnte laut.

Dr. Charles schnappte sich sein Stethoskop und bat Rayford und Ken, Hattie festzuhalten. Sie wehrte sich gegen sie, schien aber vernünftig genug zu sein zu versuchen, ruhig zu bleiben, damit Floyd die Herztöne des Babys abhorchen konnte. Er wirkte sehr ernst.

»Was war los?«, fragte er.

»Ich habe lange Zeit keine Bewegung gespürt«, keuchte sie. »Dann einen stechenden Schmerz. Ist es tot? Habe ich mein Baby verloren?«

»Ich möchte Sie noch einmal abhorchen«, sagte er. Hattie hielt still. »Nur mit dem Stethoskop kann ich es nicht beurteilen«, erklärte er. »Und ich habe kein CTG hier.«

»Sie könnten den Herzschlag doch hören, wenn er da wäre!«, widersprach Hattie.

»Aber selbst wenn ich nichts höre, kann ich nicht sicher sein.«

»Oh nein! Bitte nicht!«

Floyd beruhigte sie und horchte sie noch einmal aufmerksam ab. Er tastete ihren Leib ab und legte dann sein Ohr an ihren Bauch. Schnell richtete er sich auf. »Haben Sie gerade mit Absicht Ihre Bauchmuskulatur angespannt?« Sie schüttelte den Kopf. »Haben Sie gerade eine Wehe gehabt?«

»Woher soll ich das wissen?«

»Einen Krampf? Ein Zusammenziehen?«

Sie nickte.

»Das Telefon!«, rief Floyd. Ken warf ihm seines zu. Der Doktor wählte schnell eine Nummer. »Jimmy, ich bin es. Ich brauche sofort einen sterilen Raum und ein Ultraschallgerät ... Fragen Sie mich nicht! ... Nein, das kann ich Ihnen nicht sagen. Gehen Sie davon aus, dass ich zwischen 50 und 60 Meilen von Ihnen entfernt bin ... Nein, ich kann nicht dorthin kommen.«

»Wie wäre es mit dem ›Young Memorial‹ in Palatine?«, flüsterte Ken. »Dort gibt es jemanden, der Christ ist.« Rayford blickte erstaunt auf.

Floyd legte die Hand auf den Hörer. »Wie weit ist das?«

»Nicht sehr weit.«

»Danke, Jimmy. Tut mir Leid, dass ich Sie damit belästigt habe. Wir haben etwas gefunden. Ich schulde Ihnen was.«

Der Arzt gab kurze Anweisungen. »Überlegen Sie sich, wer fahren wird, und der andere holt mir zwei Decken.«

Rayford blickte Ken an, der die Achseln zuckte. »Ich bin ausgeschlafen«, sagte er. »Ich kann fahren oder –«

»Heute noch, meine Herren!«

»Sie wissen, wo es ist, also fahren Sie«, erklärte Rayford bestimmt und rannte die Treppe hinauf. Als er mit den Decken zurückkam, stand der Rover bereits vor dem Haus und Dr. Charles schob sich mit Hattie in den Armen rückwärts aus der Tür. Sie wand sich und schrie und weinte.

»Kann man sie überhaupt in diesem Zustand transportieren?«

»Wir haben keine Wahl«, entgegnete Floyd. »Ich fürchte, sie hat eine Fehlgeburt.«

»Nein!«, schrie Hattie. »Ich bleibe doch nur für mein Baby am Leben!«

»Sagen Sie das nicht«, widersprach Rayford. Er drückte sich an den beiden vorbei und öffnete die Wagentür.

»Doch«, sagte der Arzt. »Was immer auch kommt, kämpfen Sie. Ray, eine Decke auf den Rücksitz, und legen Sie die andere über sie, sobald ich sie auf den Sitz gebettet habe.«

Er legte Hattie mit dem Kopf zuerst in den Wagen. Nachdem Rayford sie mit der Decke zugedeckt hatte, stieg Floyd ein und legte ihre Füße auf seinen Schoß. Rayford sprang auf den Vordersitz und Floyd meinte: »Keine falsche Rücksicht, Ken. Bringen Sie uns, so schnell Sie können, ins Krankenhaus.«

Mehr brauchte Ken nicht. Er rammte den Gang ein und fuhr rückwärts aus der Einfahrt heraus. Dann gab er Gas und holperte über die aufgerissene Straße vor dem Haus. Der Wagen sprang und hüpfte und wäre ein paar Mal beinahe umgekippt.

»Holpert es zu sehr?«, fragte Ken.

»Das kann beiden jetzt nichts ausmachen. Hauptsache, wir kommen so schnell wie möglich ins Krankenhaus!«, beruhigte ihn Floyd. »Ray, helfen Sie mir.«

Rayford drehte sich auf seinem Sitz um und packte Hatties Handgelenk, während der Arzt ihre Knöchel mit beiden Armen umschlungen hielt. Sie hielten sie fest, während Ken mit Vollgas über die beschädigten Straßen brauste. Zwischen Haus und Krankenhaus gab es nur ein kurzes Stück Straße, das noch in Ordnung war. Auf dieser Viertelmeile holte Ken alles aus dem Wagen heraus, was dieser hergab. Als er am Ende dieses Stückes wieder auf einen ungeteerten Abschnitt traf, machte der Wagen einen Satz.

Das Krankenhaus kam in Sicht. »Suchen Sie die Ambulanz.«

»Das geht nicht«, widersprach Ken. »Ich kenne den Namen der Frau nicht. Ich habe nur ihr Zeichen gesehen, und sie arbeitet in der Nähe des Empfangs, nicht in der Ambulanz. Ich würde sagen, wir fahren mit dem Wagen vor dem Haupteingang vor und ich renne los und suche sie. Wenn sie uns einen Operationssaal beschaffen kann, schaffen wir Hattie am schnellsten durch den Haupteingang hinein.«

Floyd nickte und Ken lenkte den Wagen auf den Bürgersteig in der Nähe des Eingangs.

»Los, Ken. Ray, helfen Sie mir mit ihr.«

Rayford sprang aus dem Wagen und öffnete die hintere Tür bei Hatties Kopf. Sie war bewusstlos.

»Das gefällt mir gar nicht«, sagte der Arzt.

»Ich nehme sie«, schlug Rayford vor. »Schieben Sie sie zu mir hin, dann gehen Sie voran und sprechen mit der Frau, falls Ken sie findet.«

»Ich kann sie tragen, Ray.«

»Tun Sie es einfach!«

»Sie haben Recht«, gab Floyd nach und schob Hattie zu Rayford hinüber, der sie aus dem Wagen zog und in die Arme nahm. Trotz ihrer Schwangerschaft war sie so leicht wie ein kleines Mädchen. Er wickelte sie in die Decke und lief hinter Floyd die Treppe hinauf. Die Frau mit dem Zeichen auf der Stirn folgte Ken zur Tür. Das Entsetzen stand ihr im Gesicht geschrieben.

»Ihr Jungs bringt mich ganz schön in Schwierigkeiten«, sagte sie. »Was haben wir denn hier?«

»Sie hat vermutlich eine Fehlgeburt«, erklärte Floyd. »Kennen Sie sich im OP aus?«

»Das ist schon Jahre her. Ich sitze am Empfang, schon seit –«

»Ich kann niemandem sonst trauen. Bringen Sie uns jetzt in einen OP.«

»Aber –«

»Sofort!«

Das Mädchen am Empfang, ein Teenager, starrte sie an. Die Empfangsdame fuhr sie an: »Sieh woanders hin und halte den Mund. Verstanden?«

»Habe nichts gesehen«, sagte das Mädchen.

»Wie heißen Sie?«, fragte Floyd, während sie ihr einen Flur entlang folgten.

»Lea.«

»Ich weiß, was Sie riskieren, Lea. Wir wissen das zu schätzen.«

Lea betrachtete Hattie, als sie die Tür zum Operationssaal öffnete. Sie deutete auf deren Gesicht. »Offensichtlich ist *sie* aber kein Christ!«

Floyd starrte sie an. »Dann lassen wir sie also einfach sterben, denken Sie das?«

»Das habe ich nicht gemeint, Doktor. Sie sind doch Arzt?« Er nickte. »Ich meinte nur, Sie nehmen viele Schwierigkeiten auf sich und begeben sich in große Gefahr für jemanden, der nicht, Sie wissen schon –«

»Einer von uns ist?«, beendete er den Satz, während er sich in den Waschbereich begab. Er nahm sich ein Handtuch von einem Stapel und eilte zum Waschbecken. »Sie schrubben sich am besten auch ab. Sie werden mir assistieren.«

»Doktor, ich –«

»Na los schon, Lea. Sofort.«

Sie trat neben ihn ans Waschbecken. Ken blieb neben der noch immer bewusstlosen Hattie stehen. Rayford fühlte sich überflüssig, stand abwartend zwischen Operationstisch und Waschraum.

»Machen wir den Raum nicht unsteril?«, fragte Rayford.

»Versuchen Sie, nichts zu berühren«, gab Floyd zurück. »Wir brechen hier eine ganze Menge Regeln.«

»Ich wollte damit nicht sagen –«, begann Lea.

»Machen Sie schon«, forderte Floyd sie auf und schrubbte sich noch schneller. »Wir wollen diesem Mädchen jede Chance geben, eine von uns zu werden, bevor sie stirbt.«

»Natürlich. Es tut mir Leid.«

»Wir sollten uns jetzt auf die Patientin konzentrieren. Sobald Sie fertig sind, möchte ich, dass Sie sie mit ›Betadine‹ einreiben, und ich meine, *dick* einreiben. Und wenn Sie einen ganzen Liter dafür brauchen. Sie haben keine Zeit, präzise zu arbeiten, reiben Sie sie ruhig großflächig ein. Und sehen Sie zu, dass ein CTG zur Stelle ist. Wenn das Baby am Leben ist, muss ich vielleicht einen Eingriff vornehmen. Sie werden die Anästhesie übernehmen.«

»Ich habe keine Erfahrung –«

»Ich werde es Ihnen genau erklären, Lea.«

»Ich werde meinen Job verlieren!!!«

»Kann sein«, erwiderte der Arzt. »Ich hoffe, dass Ihnen nichts Schlimmeres zustößt. Sehen Sie diese Leute in diesem Raum? Ich habe meinen Job erst vor kurzem aufgeben müssen. Captain Steele auch. Ken hat sein Zuhause verloren.«

»Ich kenne ihn. Er war Patient hier.«

»Wirklich?« Er folgte ihr in den Operationssaal.

»Und was ist mit der Patientin?«, fragte sie und schloss schnell das CTG an.

»Hattie auch. Wir sitzen alle im selben Boot. Bereiten Sie sie vor.«

Ken und Rayford wichen zur Tür zurück. Floyd überprüfte das CTG und schüttelte den Kopf. Er schloss Hattie an verschiedene andere Monitore an. »Eigentlich ist ihre Atmung gar nicht schlecht. Der Blutdruck ist niedrig, der Pulsschlag erhöht.«

»Das ist seltsam, Doktor.«

»Sie ist vergiftet worden.«

»Womit?«

»Ich wünschte, ich wüsste es.«

»Doktor, haben Sie sie ›Hattie‹ genannt?«

Er nickte.

»Sie ist doch nicht etwa die, für die ich sie halte, oder?«

»Ich fürchte doch«, erwiderte er und stellte sich in Position. »Haben Sie je von einer anderen Hattie gehört?«

»Nicht in diesem Jahrhundert. Weiß ihr, äh, ›Freund‹ von den Vorgängen oder sollten wir einen Ausflug in ein Gefängnis mit einplanen, wenn er es herausfindet?«

»Er hat ihr das angetan, Lea. Als Sie das Zeichen bekamen, sind Sie zu seinem Erzfeind geworden, und jetzt stehen Sie an vorderster Front, das ist alles.«

»Das ist alles?!«

Rayford sah zu und betete für Hattie. Floyd richtete die Operationsbeleuchtung aus. »Erweitert, sieben oder acht Zentimeter.«

»Also keinen Kaiserschnitt«, bemerkte Lea.

»Das Baby ist tot«, erklärte er. »Ich brauche eine Infusion, Ringers Laktatlösung, 40 Einheiten ›Oxytozin‹ pro Liter.«

»Unvollständige Fehlgeburt?«

»Sehen Sie, wie schnell Sie sich wieder erinnern, Lea? Normalerweise würde das noch ein oder zwei Stunden dauern, aber so weit, wie sie schon ist, wird es schnell gehen.«

Rayford war beeindruckt von Leas Geschwindigkeit und Geschicklichkeit.

Hattie kam wieder zu sich. »Ich sterbe!«, jammerte sie.

»Sie haben eine Fehlgeburt, Hattie«, erklärte Doktor Charles. »Es tut mir Leid.«

»Es tut weh!«

»Schon bald werden Sie nichts mehr spüren, aber Sie werden pressen müssen, wenn ich es Ihnen sage.«

Schon nach kurzer Zeit bekam Hattie heftige Wehen. *Wie sieht das Kind des Antichristen wohl aus?*, fragte sich Rayford.

Das tote Baby war so unterentwickelt und klein, dass es schnell aus Hatties Körper rutschte. Floyd wickelte es und Teile der Plazenta in Tücher und reichte das Bündel an Lea weiter.

»Pathologie?«, fragte sie.

Floyd starrte sie an.

»Nein«, flüsterte er entschlossen. »Haben Sie keinen Verbrennungsofen?«

»Das kann ich nicht machen. Nein.«

»Was ist los?«, rief Hattie. »Was? Ist es da?«

Lea blieb mit dem winzigen Bündel in der Hand stehen. Floyd stellte sich neben Hatties Kopf. »Hattie, Sie haben einen viel zu früh geborenen, sehr stark deformierten Fötus zur Welt gebracht.«

»Nennen Sie es nicht so! Junge oder Mädchen?«

»Kann man nicht sagen.«

»Kann ich es sehen?«

»Hattie, es tut mir Leid. Es sieht nicht aus wie ein Baby. Ich rate dringend davon ab.«

»Aber ich will –«

Floyd zog sich die Handschuhe aus und legte seine Hand sanft an ihre Wange. »Ich habe Sie sehr gern, Hattie. Das wissen Sie, nicht wahr?« Sie nickte und Tränen liefen ihr die Wangen hinunter. »Ich bitte Sie, mir zu vertrauen.« Sie blickte ihn erstaunt an. »Bitte«, sagte er. »Das Kind war nicht lebensfähig und hat nicht überlebt. Es hat sich nicht normal entwickelt. Vertrauen Sie mir, dass ich das Richtige tue?«

Hattie biss sich auf die Unterlippe und nickte. Floyd blickte zu Lea. Sie schien noch immer entschlossen zu sein. Er legte das Baby auf einen Wagen und untersuchte Hattie sorgfältig. Mit einem Kopfnicken winkte er Lea heran.

»Sie müssen mir bei einer Ausschabung des Uterus helfen, damit keine Reste der Plazenta zurückbleiben.«

»Haben Sie Angst vor einer Entzündung?«

»Ja.«

Rayford erkannte an Leas Gesichtsausdruck und ihrem entschlossen vorgestreckten Kinn, dass sie den Fötus nicht wegbringen würde. Offensichtlich hatte auch Floyd das mittlerweile begriffen. Nachdem dieser die Ausschabung vorgenommen hatte, nahm er den eingewickelten Körper vorsichtig auf.

»Wohin?«, fragte Floyd.

»Am Ende des Flurs«, flüsterte Lea. »Zwei Stockwerke tiefer.«

Er ging hinaus und Hattie schluchzte laut. Rayford kam näher und fragte, ob er für sie beten könnte.

»Bitte«, brachte sie mühsam heraus. »Rayford, ich möchte sterben.«

»Nein, das werden Sie nicht.«

»Ich habe keinen Grund mehr zu leben.«

»Das haben Sie doch, Hattie. Wir lassen Sie nicht im Stich.«

5

Buck, der im Wagen auf Chloe und Tsion wartete, wurde langsam nervös. Er nahm an, dass sich ihre Ankunft verzögerte, weil Tausende von Menschen alles dafür geben würden, einen Augenblick mit Tsion sprechen zu können, ganz zu schweigen von den Mitgliedern des Komitees. Und niemand wusste, wie Carpathia auf das, was passiert war, reagieren würde. Zuerst hatte er Tsion dafür verantwortlich gemacht, doch dann waren die beiden Zeugen gekommen.

Nicolai hätte eigentlich erkennen müssen, dass es nicht Tsion war, der dieses Wunder vollbrachte. Nicolai hatte sich mit den *beiden Zeugen* angelegt. Er war nicht eingeladen und auf der Bühne auch nicht willkommen gewesen. Und dass auch noch Fortunato und Peter Mathews die Frechheit besessen hatten, zu den versammelten Gläubigen zu reden! Buck schüttelte den Kopf. Aber was konnte man vom Antichristen schon erwarten?

Buck wählte Chloes Nummer, aber niemand meldete sich. Ein Besetztzeichen hätte er ja noch verstehen können. Aber dass sie sich gar nicht meldete? Eine Tonbandstimme machte eine hebräische Ansage.

»Jacov, hören Sie sich das an. Was heißt das?«

Jacov strahlte noch immer. Er verrenkte sich den Hals und beugte sich aus dem Fenster, um das Zeichen von anderen zu sehen. Immer wieder zeigte er auf sein eigenes Zeichen und konnte erleben, dass seine Mitgläubigen lächelten und zum Himmel deuteten. Der Tag würde kommen, an dem das Kreuzeszeichen auf der Stirn sie zu Außenseitern machen würde und selbst das Deuten zum Himmel würde die Aufmerksamkeit der feindlichen Mächte auf sie lenken.

Das Problem war, dass auch der Tag kommen würde, an dem die andere Seite ihr eigenes Zeichen bekam, und das würde für alle sichtbar sein. Nach Aussage der Bibel würden diejenigen, die das »Zeichen des Tieres« nicht trugen, nicht mehr kaufen und verkaufen können. Die Christen würden dann einen Schwarzmarkt aufbauen müssen, um am Leben zu bleiben.

Jacov hielt sich das Telefon ans Ohr und reichte es dann wieder an Buck zurück. »Wenn Sie eine Nachricht hinterlassen wollen, drücken Sie die ›1‹.«

Buck tat es. »Chloe«, sagte er, »ruf mich an, sobald du diese Nachricht erhältst. Die Menge hier draußen ist noch immer so dicht; ich möchte nicht unbedingt hineinkommen und dich suchen müssen. Aber ich werde es tun, wenn ich nicht innerhalb von zehn Minuten etwas von dir höre.«

Sobald er den Anruf beendet hatte, klingelte sein Telefon.

»Danke, Gott«, sagte er und öffnete es. »Ja, Schatz?«

Er hörte ein starkes Rauschen. Dann: »Jerusalem Tower, hier spricht Helikopter eins der Weltgemeinschaft!«

»Hallo?«

»Roger, Tower, verstehen Sie mich?«

»Hallo, hier spricht nicht der Tower«, erwiderte Buck. »Dies scheint eine falsche Verbindung zu sein.«

»Roger, Tower, dies ist eine vertrauliche Übermittlung, darum benutze ich das Telefon und nicht das Funkgerät, Roger?«

»Mac, sind Sie das?«

»Roger, Tower.«

»Sitzen Sie im Hubschrauber mit den anderen dreien?«

»Zehn-vier. Ich überprüfe die Koordinaten, um zum Landeplatz auf dem King David zurückzukehren, over.«

»Versuchen Sie mir etwas mitzuteilen?«

»Positiv. Vielen Dank. Keine Kopfwinde?«

»Geht es um Tsion?«

»Teilweise bewölkt?«

»Und Chloe?«

»Zehn-vier.«

»Sind sie in Gefahr, Mac?«

»Positiv.«

»Sind sie gefangen genommen worden?«

»Dieses Mal nicht, Tower. Errechnete Ankunftszeit fünf Minuten.«

»Sind sie auf der Flucht?«

»Positiv.«

»Was kann ich tun?«

»Wir werden von Nordwesten hereinkommen, Tower.«

»Befinden sie sich außerhalb des Stadions?«

»Negativ.«

»Dann finde ich sie in der nordwestlichen Ecke?«

»Positiv. Tower, ich würde Ihre Hilfe zu schätzen wissen.«

»Bin ich auch in Gefahr?«

»Zehn-vier.«

»Sollte ich besser einen anderen schicken?«

»Positiv und danke, Tower. Wir schlagen sofort diesen Kurs ein.«

»Mac! Ich werde jemanden schicken, den sie nicht erkennen, und ich werde am nordwestlichen Ausgang auf sie warten. Ist das okay?«

»Sobald wir können, Tower. Over und aus.«

»Jacov, laufe ins Stadion, suche Tsion und Chloe und bring sie durch den Ausgang im Nordwesten heraus.«

Jacov griff nach dem Türgriff. »Oben oder unten?« fragte er. »Es gibt einen Ausgang zu ebener Erde und einen unteren.«

»Bring sie durch den unteren heraus und lass dich von niemandem aufhalten. Hast du eine Waffe?«

Jacov griff unter den Sitz und holte eine Uzi hervor. Er steckte sie in seinen Hosenbund und verdeckte sie mit seinem Hemd. Buck fand es zu offensichtlich, aber andererseits, in der Dunkelheit und bei dem Gedränge würde sie vielleicht nicht entdeckt werden.

»Jemand muss die Soldaten der Weltgemeinschaft angewiesen haben, Tsion zu verhaften. Sie haben ihn noch nicht, aber das wird nicht mehr lange dauern. Holen Sie sie da raus.«

Jacov rannte ins Stadion und Buck rutschte hinter das Lenkrad. Die Menge setzte sich endlich langsam in Bewegung. Es war, als hätten die Menschen keine Lust wegzugehen. Vermutlich hofften sie, einen Blick auf Tsion zu erhaschen. Buck verstand nicht, was sie miteinander sprachen, aber aus den wenigen englischen Sätzen, die er hörte, entnahm er, dass sie sich über die Demütigung Nicolais unterhielten.

Während Buck den Van vorsichtig durch die Menge steuerte, hörte er das Geräusch eines Hubschraubers. Er fürchtete, dass noch mehr Soldaten der Weltgemeinschaft hereingebracht wurden. Doch er war erstaunt, dass der Hubschrauber genauso aussah wie der, in dem Carpathia gesessen hatte. Er holte sein Handy hervor und drückte den Knopf, über den der letzte Anrufer zurückgerufen wurde.

»McCullum.«

»Mac! Ich bin es, Buck. Was machen Sie hier?«

»Zehn-vier, Sicherheitsdienst. Wir überprüfen den südöstlichen Quadranten.«

»Ich habe einen Mann zur Nordwestseite geschickt!«

»Positiv, positiv! Ich werde den Südosten übernehmen, aber dann werde ich meine Ladung zur Basis bringen, over.«

»Könnten sie sich jetzt im Südosten aufhalten?«

»Negativ! Ich werde den Südosten übernehmen!«

»Aber was machen Sie, wenn sie dort sind?«

»Roger, ich kann ein Ablenkungsmanöver starten, Sicherheitsdienst, doch dann sind wir fort, verstanden?«

»Ich bin verwirrt, vertraue Ihnen aber, Mac.«

»Halten Sie Ihre Leute nur aus dem Südosten heraus, Sicherheitsdienst. Ich komme damit schon klar.«

Buck warf das Telefon auf den Sitz und drehte seinen Außenspiegel so, dass er den Hubschrauber beobachten konnte. Leon Fortunato verkündete über die Lautsprecher des Hubschraubers: »Wir sind vom Sicherheitsdienst der Weltgemeinschaft gebeten worden zu helfen, diesen Bereich zu räumen! Bitte übersetzen Sie diese Botschaft an andere, falls das möglich ist! Wir würden Ihre Kooperation sehr zu schätzen wissen!«

Die Menschenmenge hörte nicht auf ihn. Als sich herumsprach, dass Carpathias Hubschrauber über einer Ecke des Stadions kreiste, um den Bereich zu räumen, strömten Hunderte in diese Richtung und starrten zum Himmel. Auf diese Weise machten sie Platz für Buck, der schnell zur nordwestlichen Ecke fuhr.

Buck fuhr am Stadion entlang. Er ignorierte die winkenden, bewaffneten Soldaten und sprang schließlich aus dem Wagen, um den unterirdischen Ausgang zu suchen. Er fand die nur schwach beleuchtete Rampe, über die die Lastwagen am Tag zuvor die Verstärkeranlage und Bühnenteile geliefert hatten. Schließlich entdeckte er einen Lichtstrahl, eine Tür flog auf und jemand rannte die Rampe hinauf.

Schon kamen die Soldaten näher. Buck erkannte Jacov. Wovor rannte dieser davon? Bemerkten ihn die Wachen nicht? Hielten sie nur nach Tsion Ausschau? Als Jacov an den Wachen vorbeilief, schien er den Van zu erkennen. Er sah Buck geradewegs an. Schnell zog er die Uzi unter seinem Hemd hervor und schoss in den Himmel, während er sich nach links wandte.

Die Soldaten flohen mit gezogenen Waffen. Instinktiv ging Buck hinter dem Van in Deckung und beobachtete die Vorgänge von seinem Versteck aus. Jacov war nun mehrere hundert Meter entfernt, drehte sich um und feuerte erneut in die Luft. Die Soldaten erwiderten das Feuer und Jacov rannte weiter.

Buck hatte nicht mitbekommen, wie sich die Wagentüren geöffnet hatten, aber er hörte, wie sie geschlossen wurden und Chloe und Tsion schrien: »Los, Buck! Fahr zu! Sofort!«

Er glitt in den Sitz und schlug die Tür zu. »Was ist mit Jacov?«

»Fahr, Buck!«, schrie Chloe. »Er lenkt die Soldaten ab!«

Buck lachte, während er das Gaspedal durchtrat und über den Rasen holperte.

»Mac auch!«, sagte er. »Was für ein Team! Wo nehmen wir Jacov wieder an Bord?«

Tsion lag keuchend auf dem Boden vor dem Rücksitz. Chloe lag über dem Sitz.

»Er sagte, wir würden uns bei Chaim treffen«, brachte Tsion heraus.

»Sie haben auf ihn geschossen!«

»Er sagte, er würde sich außer Reichweite ihrer Kugeln halten. Er war sicher, dass ihm nichts geschehen würde.«

»Er kann nicht außer Reichweite bleiben«, meinte Buck, während er das Stadion schnell hinter sich ließ. Die meisten Autos, Ambulanzen und andere, fuhren mittlerweile zum Stadion hin und nicht in die andere Richtung. Straßensperren hielten die Zivilfahrzeuge auf, damit die Wagen der Weltgemeinschaft passieren konnten. Buck wurde buchstäblich ignoriert, weil er in die andere Richtung fuhr.

»Wenn die hinter Ihnen her sind, Tsion, können wir es nicht wagen, zu Chaim zurückzukehren.«

»Ich könnte mir keinen sichereren Ort vorstellen«, widersprach Tsion. »Carpathia wird mir dort nichts tun. Ihre Frau war klasse. Sie hat es geahnt, bevor es passierte. Sie sah, wie die Soldaten auf mich zukamen und deren Gesichtsausdruck hat ihr gar nicht gefallen.«

»Sie drückten sich ihre Ohrknöpfe ins Ohr«, erzählte Chloe, »und entsicherten ihre Waffen. Ich habe gedacht, dass Carpathia und Fortunato ihnen aufgetragen hatten, an Tsion Rache zu nehmen, und zwar mitten in einer Menschenmenge, damit es wie ein Unfall aussah. Sie kamen so nahe, dass ich hörte, wie einer dem Supreme Commander sagte, wo wir uns befanden.«

»Ich mache mir noch immer Sorgen um Jacov«, meinte Buck.

»Er war sehr clever«, berichtete Chloe. »Er lief durch den Tunnel ganz in unsere Nähe und rief: ›Ich suche nach vertrauten Gesichtern, die ich in Sicherheit bringen kann.‹ Wir traten aus einer Besenkammer und –«

»Ich sah sofort das Zeichen auf seiner Stirn«, ergänzte Tsion. »Preist den Herrn! Sie müssen mir später erzählen, was passiert ist.«

Chloe fuhr fort: »Er sagte, du würdest den Van zum unteren Ausgang bringen. Er spähte hinaus und entdeckte eine Gruppe von Soldaten oben auf der Rampe, dann meinte er, er würde ein Ablenkungsmanöver starten und wir sollten ihm 20 Sekunden später folgen. Daraufhin rannte er durch die Tür nach draußen!«

»Es hat geklappt«, sagte Buck, »weil er sogar mich abgelenkt hat. Ich habe nicht gesehen, wie ihr in den Wagen eingestiegen seid.«

»Niemand hat uns gesehen«, sagte Chloe. »Oh!«

»Was ist?«

»Nichts«, erwiderte sie keuchend.

»Was ist, Chloe? Bist du in Ordnung?«

»Ich bin es nur nicht gewöhnt zu laufen«, erklärte sie.

»Ich auch nicht«, bestätigte Tsion. »Und ich würde gern vom Boden aufstehen, sobald das nicht mehr gefährlich ist.«

»Sie können sie nicht hier lassen«, erklärte Lea. »Es ist unmöglich. Es tut mir Leid. Wir könnten versuchen, sie in ein Zimmer zu schmuggeln, und ich weiß, es wäre besser für sie, aber wenn Sie denken, dass Sie dieses Krankenhaus oder meine Hilfe in Zukunft noch einmal in Anspruch nehmen müssen, dann schaffen Sie sie jetzt besser hier raus.«

»Dann geben Sie mir noch ein Sedativum«, erwiderte Floyd. »Ich möchte, dass sie schläft, bevor wir uns auf den Weg machen.«

Hattie schlief den ganzen Weg bis zum Haus und Dr. Charles legte sie in ihr Bett in der Nähe des Fernsehapparates. Es dauerte nicht lange, bis sie über die Vorgänge in Jerusalem auf dem Laufenden waren.

»Seine Exzellenz, der Potentat Nicolai Carpathia wird in 20 Minuten zu Ihnen sprechen«, verkündete der Moderator. »Wie die meisten von Ihnen, die Sie in der östlichen Hemisphäre leben, live im Fernsehen und viele im anderen Teil der Welt über das Internet verfolgen konnten, wurde der Versuch, Seine Exzellenz zu vergiften, vereitelt. Der Potentat ist gesund, wenn auch erschüttert, und er möchte den Weltbürgern versichern, dass es ihm gut geht. Wir rechnen damit, dass er in seiner Ansprache erklären wird, welche Art der Vergeltung er für die Gruppe der Täter fordern wird.«

Der Journalist in Buck wünschte, er wäre noch im Stadion. Zu gern hätte er gesehen, wie lange Mac Carpathia, Fortunato und die Witzfigur Mathew in der Luft behalten würde, um Tsion die Gelegenheit zur Flucht zu geben. Er wünschte, er könnte mit eigenen Augen das Wasser und das Blut auf der Bühne sehen und Anwesende befragen, ob jemand die beiden Zeugen von der Klagemauer hatte kommen oder gehen sehen.

Er hatte gelernt, Chloe nicht zu bemuttern; sie war genauso mutig und stark wie er. Aber sie war auch schwanger und sie hatte einen schrecklichen Unfall gehabt und schwere körperliche Verletzungen davongetragen. Dieses Trauma war mit Sicherheit nicht gut für sie.

Buck war erleichtert, vor Chaims Toren israelische Truppen und keine der Weltgemeinschaft zu sehen. Allerdings waren diese Soldaten für das Massaker von Tsions Familie verantwortlich und dafür, dass er aus seinem Heimatland hatte fliehen müssen. Doch im Augenblick befand er sich hier als Chaims Gast und Chaim wurde in Israel fast wie eine Gottheit verehrt.

Als sie das Haus betraten, wurden sie von dem blassen und zitternden Chaim begrüßt. Er umarmte sie und wollte wissen, wo Jacov sei. Buck überließ es Tsion, dies zu erklären, weil er wusste, Chaim brauchte die Zusicherung, dass sein Protégé die Demütigung Carpathias nicht geplant hatte.

»Sie haben mir doch versichert, Sie würden neutral bleiben«, sagte Chaim. »Sonst hätte ich ihn nicht gedrängt, bei der Veranstaltung zu erscheinen.«

»Sie wussten, dass er kommen wollte, und haben es mir nicht gesagt?«, fragte Tsion.

»Er wollte das Überraschungsmoment nutzen. Sie haben ihn doch bestimmt erwartet.«

»Ich hatte gehofft, er würde bis morgen oder übermorgen warten. Sie hätten mich vorbereiten sollen.«

»Sie schienen mehr als vorbereitet.«

Tsion ließ sich in einen Sessel sinken. »Chaim, der Mann hat mich unterbrochen, als ich gerade einen Bibelvers zitierte. Es war, als hätte er seinen Auftritt zum schlechtest möglichen Zeitpunkt geplant. Ich werde Sie beim Wort nehmen und darauf bestehen, dass Sie mich anhören, schon bald. Heute Abend bin ich dazu nicht mehr in der Lage, aber als vernünftiger Mensch werden Sie die Beweise, die ich für Jesus Christus als Messias und für Carpathia als Antichristen habe, nicht ignorieren können.«

Rosenzweig setzte sich in einen großen Sessel und seufzte betrübt. »Tsion, Sie sind wie ein Sohn für mich. Aber was Sie gerade gesagt haben, könnte Ihr Tod sein.«

»Glauben Sie mir, das weiß keiner besser als ich!«

»Natürlich, und ich bin noch immer betrübt über den Verlust Ihrer Familie. Aber nach Israel zu kommen und öffentlich zu verkünden, dass Jesus Gott sei, ist genauso töricht wie das, was diese Aufrührer an der Klagemauer mit unserem Wasser und unserem Wetter machen. Und, Tsion, Nicolai als Antichristen zu bezeichnen, wenn er die Heilige Stadt besucht, ist der Gipfel der Arroganz und ein sehr großer Mangel an Feingefühl. Ich habe Ihnen doch schon gesagt, ich würde eher glauben, dass Carpathia der Messias ist und einer dieser beiden so genannten Zeugen der Antichrist.«

Tsion schüttelte müde den Kopf. Buck nutzte die Gelegenheit, um sich mit Chloe zurückzuziehen. »Wenn Sie beide uns entschuldigen würden …«

»Natürlich«, erwiderte Chaim.

»Könnten Sie mir Bescheid geben, wenn Jacov kommt? Egal, wie spät es ist«, bat Buck.

»Vielen Dank für Ihre Anteilnahme«, entgegnete der ältere Mann. »Wir werden es Ihnen sagen.«

Rayford behielt mit einem Auge die Ereignisse im Fernsehen im Blick, während er versuchte, übers Telefon jemanden in Israel zu erreichen. Weder Bucks noch Chloes Handy war eingeschaltet und auch Mac konnte er nicht erreichen. Er vergaß sich einen Augenblick und schimpfte verhalten. Hattie wachte auf.

»Das ist der Rayford Steele, den ich früher kannte«, sagte sie mit dünner Stimme.

»Ach, es tut mir Leid, Hattie, dass ich Sie geweckt habe. Das sieht mir eigentlich gar nicht ähnlich. Ich mache mir Sorgen wegen dem, was dort drüben passiert ist, und ich möchte sicher gehen, dass es allen gut geht.«

»Es ist schön zu sehen, dass Sie noch immer ein ganz normaler Mensch sind«, flüsterte sie. »Aber Sie waren und werden niemals so ein Mensch sein wie ich.«

»Was soll das heißen?«

»Ich werde Nicolai töten.«

»Es tut mir Leid um Ihr Baby, Hattie, aber Sie wissen nicht, was Sie sagen.«

»Rayford, könnten Sie sich ein wenig tiefer über mich beugen?«

»Wie bitte?«

»Haben Sie keine Angst vor mir. Ich werde sowieso nicht mehr lange da sein.«

»Sagen Sie so etwas nicht.«

»Ich habe einfach nicht die Kraft, lauter zu sprechen, würden Sie sich darum ein wenig tiefer zu mir herabbeugen?«

Rayford blickte sie verlegen an. Niemand sonst hielt sich im Zimmer auf. Er kräuselte die Lippen, sah sich dann um und neigte sich tiefer zu ihr. »Fangen Sie an«, sagte er.

»Rayford, ich habe nicht so lange in der Nähe dieses Mannes gelebt, dass ich ganz unter seinem Einfluss gestanden hätte. Ich war nicht besser oder schlechter als das nächste Mädchen, das nach mir kam. Sie wissen das so gut wie jeder andere auch.«

»Na ja, ich –«

»Lassen Sie mich zu Ende sprechen, denn Floyd hat mir anscheinend wieder ein Schlafmittel gegeben. Ich bin sehr müde. Ich sage Ihnen, Nicolai Carpathia ist das personifizierte Böse.«

»Sagen Sie mir etwas, das ich nicht weiß.«

»Oh, ich weiß, ihr Christen *denkt,* er sei der Antichrist. Aber ich kann mit Bestimmtheit sagen, dass er der Antichrist *ist*. Er hat nicht ein bisschen Wahrheit in sich. Alles, was aus seinem Mund herauskommt, ist eine Lüge. Sie haben gesehen, dass er so tat, als sei er ein Freund von Mathews? Er will seinen Tod. Das hat er mir selbst gesagt. Ich habe Ihnen erzählt, dass er Bruce vergiftet hat. Er hat Leute auf mich angesetzt, die mich töten sollten, nachdem er mich vergiftet hatte, nur um sicher zu gehen. Das Gift hat bestimmt mein Baby getötet. Wie auch immer, ich mache ihn dafür verantwortlich. Er ließ mich Dinge tun, die ich nie hätte tun dürfen. Und wissen Sie was – es hat mir sogar Spaß gemacht. Mir gefiel seine Macht, seine Ausstrahlung, seine Überzeugungsfähigkeit. Als ich Amanda wie eine Verräterin dastehen ließ, glaubte ich sogar, dass ich das Richtige tat. Und das waren nur Kleinigkeiten.

Ich möchte sterben, Rayford. Und ich möchte keine Vergebung oder in den Himmel kommen, um bei Gott zu sein oder dieses ganze Zeug. Aber ich will gegen dieses Gift ankämpfen, ich will mit Floyd zusammenarbeiten, ich will tun, was ich kann, um lang genug am Leben zu bleiben, dass ich diesen Mann töten kann. Ich muss gesund werden und ich muss irgendwie wieder in seine Nähe kommen. Vermutlich werde ich dabei ums Leben kommen, da er ständig von Sicherheitsleuten umgeben ist. Aber das macht mir nichts aus. Solange ich diejenige bin, die ihm das Leben nimmt.«

Rayford legte ihr die Hand auf die Schulter. »Hattie, Sie müssen sich entspannen. Doktor Charles hat Ihnen weitere Beruhigungsmittel gegeben, bevor wir Sie nach Hause gebracht haben. Vielleicht erinnern Sie sich später nicht einmal mehr an das, was Sie jetzt sagen. Also bitte, machen Sie –«

Hattie entzog sich Rayfords Hand und klammerte sich mit ihren zarten Fingern an sein Hemd. Sie zog ihn noch näher zu sich heran und keuchte ihm ins Gesicht. »Ich erinnere mich an jedes Wort, Rayford, und denken Sie nicht, ich würde das nur so sagen. Ich werde ihn ermorden und wenn das das Letzte ist, was ich tue!«

»Ist ja gut, Hattie. In Ordnung. Ich werde Ihnen nicht mehr widersprechen.«

»Widersprechen Sie mir niemals in diesem Punkt, Rayford. Sie vergeuden nur Ihre Zeit.« Ermüdet sank sie auf das Bett zurück.

Carpathia würde bald auf Sendung gehen und Hattie schlief wieder ein. Rayford war froh, dass es ihr erspart blieb, ihn auf dem Bildschirm zu sehen und zu hören, was immer er über das Debakel in Jerusalem sagen würde. Ein kalter Schauer lief ihm den Rücken hinunter. Hattie hatte ihn gezwungen, den Tatsachen über sich selbst ins Auge zu sehen.

Rayford war unendlich erleichtert über das, was er über Amanda herausgefunden hatte: dass sie tatsächlich die Frau gewesen war, für die er sie gehalten hatte, liebevoll, loyal und vertrauenswürdig. Aber seit er erfahren hatte, was Carpathia Bruce, Amanda und Hattie angetan hatte, kämpfte er wieder mit seinen eigenen Wünschen. Er hatte einmal um die Erlaubnis gebetet, Carpathia ermorden zu dürfen. Und auch jetzt sehnte er sich wieder danach, dies tun zu dürfen.

Er musste Hattie ihren Plan unbedingt ausreden, sie davon abhalten, eine solche Dummheit zu begehen. Aber das war auch der Grund, warum er Mac, Tsion, seiner Tochter oder seinem Schwiegersohn nichts von seinen Mordgelüsten erzählt hatte, warum er kein Wort darüber gegenüber seinem neuen Freund Ken oder Floyd verlieren würde. Sie würden ihn natürlich sofort davon abbringen wollen. Aber er wollte diesen Gedanken nicht vergessen.

Erst als Buck allein mit Chloe in einem von Chaim Rosenzweigs Gästezimmern war, erkannte er, wie viele Sorgen er sich um sie gemacht hatte. Zitternd nahm er sie in die Arme und drückte sie an sich, wobei er aufpasste, dass er ihr nicht weh tat.

»Als du dich nicht gemeldet hast«, begann er, »fühlte ich mich wieder genauso wie nach dem Erdbeben.«

»Aber dieses Mal war ich nicht verschwunden, Liebling«, sagte sie. »Du wusstest, wo ich war.«

»Du bist nicht ans Telefon gegangen. Es hätte ja sein können, dass dich irgendjemand gefangen genommen hatte oder –«

»Ich habe es abgestellt, als wir verfolgt wurden. Ich wollte nicht durch das Klingeln verraten werden. Ach, da fällt mir gerade ein, ich habe es noch nicht wieder angestellt.« Sie wollte sich von ihm lösen.

»Mach dir darüber keine Gedanken. Es muss doch jetzt nicht sein, oder?«

»Und wenn Daddy versucht, uns anzurufen? Er hat doch bestimmt zugesehen.«

»Er kann uns über mein Telefon erreichen.«

»Wo ist es?«

»Oh! Ich habe es im Wagen gelassen. Ich hole es schnell.«

Jetzt ließ sie ihn nicht gehen. »Ich werde einfach meines anstellen«, erklärte sie. »Ich möchte nicht schon wieder von dir getrennt sein.«

Sie küssten sich und er drückte sie fest an sich. Sie legten sich auf das Bett. Ihr Kopf ruhte in seiner Armbeuge. Wenn sie genauso müde war wie er, würde es nicht lange dauern, bis sie einschlief. Dies war vermutlich nicht der richtige Zeitpunkt, um ein delikates Thema anzuschneiden, aber Buck hatte schon immer einen Hang zu Fettnäpfchen gehabt.

Wie gewöhnlich kündigte Supreme Commander Leon Fortunato von der Weltgemeinschaft Seine Exzellenz, Potentat Nicolai Carpathia, dem internationalen Fernsehpublikum an. Rayford war erstaunt, wie geradeheraus und offen Leon seine eigene Geschichte erzählte. Tsion hatte Rayford gewarnt, dass Nicolais übernatürliche Fähigkeiten bald überall herumposaunt und sogar übertrieben werden würden. Diese Geschichte würde die Grundlage dafür sein, dass er sich selbst in der zweiten Hälfte der Trübsalszeit zum Gott machte. Bislang hatten sie sich in dieser Hinsicht noch zurückgehalten und Nicolai hatte persönlich noch keinen solchen Anspruch erhoben. Aber an diesem Tag fragte sich Rayford, wie Nicolai auf Leons unterwürfige Eröffnungsrede reagieren würde. Und er musste zugeben, dass die beiden diese letzte öffentliche Kränkung meisterhaft, wenn nicht sogar auf übernatürliche Weise zu ihrem Nutzen ausschlachteten.

6

Ich mache mir Sorgen um dich«, sagte Buck.

»Mir geht es gut«, erwiderte Chloe. »Ich bin froh, dass ich mitgekommen bin, und es klappt besser, als ich gedacht hatte. Ich wusste, es war eigentlich etwas zu früh für eine solche Reise, aber es geht ganz gut.«

»Das ist es eigentlich nicht, worüber ich mir Sorgen mache.«

Sie löste sich von ihm, rollte sich auf die Seite und sah ihn an. »Worüber denn?«

Es klopfte an der Tür. »Entschuldigen Sie«, rief Tsion. »Aber wollen Sie sich Carpathias Reaktion im Fernsehen ansehen?«

Chloe wollte aufstehen, aber Buck hielt sie zurück. »Danke, Tsion. Vielleicht gleich. Wenn wir es verpassen, können Sie es für uns ja aufnehmen. Dann sehen wir es uns morgen früh an.«

»Ist gut. Gute Nacht, ihr Lieben.«

»Buck Williams«, sagte Chloe. »Ich weiß nicht, wann ich mich jemals so geehrt gefühlt habe. Du hast noch nie in deinem ganzen Leben eine sensationelle Story verpasst.«

»Na ja, so selbstlos bin ich nicht, Liebes. Schließlich habe ich keine Zeitung mehr, für die ich schreibe.«

»Das stimmt nicht. Du hast deine eigene Zeitung.«

»Ja, aber ich bin der Boss und ich unterschreibe die Schecks. Es gibt kein Geld für die Schecks, was soll ich also tun? Mich selbst rausschmeißen?«

»Wie auch immer, du hast mich den neuesten Nachrichten vorgezogen.«

Buck rollte sich zu ihr hin und küsste sie erneut. »Ich weiß sowieso, was er sagen wird. Er wird Fortunato zuerst ein Loblied auf sich singen lassen, dann wird er demütig und verlegen Tsion angreifen, weil dieser ihn, nach allem, was er für ihn getan hat, in Verlegenheit gebracht hat.«

Chloe nickte. »Also, was hast du auf dem Herzen?«

»Das Baby.«

Sie zog die Augenbrauen in die Höhe. »Du auch?«

Er nickte. »Was denkst du?«

»Dass wir nicht besonders klug waren«, erwiderte sie. »Unser Baby wird keine fünf Jahre alt werden, und wir werden es großziehen, während wir ums Überleben kämpfen müssen.«

»Schlimmer als das«, ergänzte er. »Wenn wir versuchen würden, nur zu überleben, würden wir uns vielleicht in einem Versteck einigeln. Das Baby wäre eine Zeit lang relativ sicher. Aber wir haben uns bereits zu unserem Glauben bekannt. Wir sind Feinde der bestehenden Weltordnung und wir werden bestimmt nicht einfach nur herumsitzen und gedanklich protestieren.«

»Ich muss mich natürlich in Acht nehmen«, sagte sie.

»Ja«, schnaubte er. »Wie bisher.«

Sie blieb reglos liegen. Schließlich meinte sie: »Vielleicht sollte ich ein wenig vorsichtiger sein, hmm?«

»Vielleicht. Ich frage mich nur, ob das mit dem Kleinen richtig ist.«

»Wir können sowieso nichts mehr daran ändern, Buck. Also, was soll's?«

»Ich mache mir nur Sorgen. Und ich kann mit niemandem sonst darüber sprechen.«

»Ich würde nicht wollen, dass du mit einem anderen darüber sprichst.«

»Dann sag mir, ich solle mir keine Sorgen machen oder dass du dir auch Sorgen machst oder irgendetwas. Sonst werde ich anfangen, dir Vorschriften zu machen und dich zu behandeln, als wärst du noch ein kleines Kind.«

»Und das hast du ja bislang nie gemacht?! Das habe ich schon gemerkt.«

»Ja, aber manchmal hätte ich dir vielleicht mehr Vorschriften machen sollen. Jemand muss doch auf dich aufpassen. Mir gefällt es, wenn du ein wenig auf mich Acht gibst. Ich brauche das und mag es.«

»Bis zu einem gewissen Grad«, wandte sie ein.

»Okay.«

»Und ich bin auch ziemlich gut darin.«

»Und raffiniert«, sagte er und legte seinen Arm um sie.

»Buck«, meinte sie, »wir sollten uns Carpathia doch lieber ansehen, was meinst du?«

Er zuckte die Achseln, dann nickte er. »Wenn wir auch nur den Hauch einer Chance haben wollen, seine Pläne zu durchkreuzen.«

Sie begaben sich zu Tsion und Chaim, die vor dem Fernsehgerät saßen.

»Noch keine Nachricht von Jacov?«, fragte Buck.

Chaim schüttelte den Kopf. »Das gefällt mir überhaupt nicht.«

»Ich habe ihn nur gebeten, hineinzugehen und Sie herauszuholen«, erklärte Buck. »Den Lockvogel zu spielen und in der Gegend herumzuballern war seine Idee. Das hat mir auch nicht besonders gefallen.«

»Er hat was?!«, fragte Chaim entsetzt.

Rayford fühlte sich seltsam belebt, trotz Hatties Drohungen gegen Carpathia. Seiner Meinung nach zeigte das ein Maß an geistiger Gesundheit, das sie seit Wochen nicht gehabt hatte. Tief in seinem Inneren wünschte er sich, dass Hattie wieder so weit zu sich kam, dass sie ihre Meinung in Bezug auf Gott änderte. Sie kannte die Wahrheit; das war nicht das Thema. Sie war das beste Beispiel für einen Menschen, der die Wahrheit kannte, jedoch nicht danach handelte. Bruce Barnes hatte Rayford erzählt, genau das sei der Grund gewesen, warum er zurückgelassen worden sei. Was Rayford selbst betraf, nun, er hatte das Wesentliche verpasst, trotz der Bemühungen seiner ersten Frau, es ihm zu erklären. Ihm war einfach nicht klar geworden, dass er aus eigener Kraft nichts tun konnte, um die Beziehung zu Gott wiederherzustellen. Warum sollte er auch?

Bruce hatte all das gewusst. Er hatte gewusst, dass die Erlösung ein Akt der Gnade war. Er hatte diesen Schritt nur nie getan und gedacht, er könne später »mit durchrutschen«. Dieses Später kam früher, als er erwartet hatte, und er war ohne seine Familie zurückgelassen worden.

Ken kam aus dem Keller herauf. »Der Doc und ich fragen uns, ob Sie sich die Sendung nicht lieber hier unten ansehen wollen«, sagte er. »Er meint, Hattie hätte dann mehr Ruhe.«

»Sicher«, erwiderte Rayford und erhob sich schnell. Er versuchte noch einmal, Chloe und Buck zu erreichen, doch wieder ohne Erfolg. Sein Handy ließ er im Sessel liegen.

Als er den Raum verließ, rief Hattie ihm nach: »Lassen Sie doch den Fernseher an, Rayford.«

»Wollen Sie denn nicht schlafen?«

»Lassen Sie es einfach an. Es stört mich nicht.«

»Meine Leute telefonieren herum und suchen Jacov«, flüsterte Chaim, als Leon Fortunatos lächelndes Gesicht auf dem Bildschirm erschien. »Falls ihm etwas zustoßen sollte, weiß ich nicht –«

»Ich bin davon überzeugt, dass ihm nichts geschehen kann, Chaim. Seit der Veranstaltung im Stadion glaubt auch er, dass Jesus der angekündigte Messias ist, und trägt sogar das Zeichen eines versiegelten Heiligen der Trübsalszeit auf der Stirn, das für alle Gläubigen sichtbar ist.«

»Sie sagen, Sie könnten es sehen und ich nicht?«

»Genau das behaupte ich.«

»Unsinn. Wie arrogant.«

»Können Sie unser Zeichen denn erkennen?«, fragte Chloe.

»Blödsinn, Sie haben kein Zeichen«, widersprach Chaim.

»Wir sehen es auf der Stirn der anderen«, erklärte Tsion. »Ich sehe Bucks und Chloes ganz deutlich.«

Chaim winkte amüsiert ab. Er schien zu denken, sie wollten ihn zum Narren halten. Fortunato wurde angekündigt.

»Ich versuche mal, Daddy zu erreichen, bevor Carpathia seinen Auftritt hat«, verkündete Chloe. Sie eilte ins Schlafzimmer und kam mit ihrem Telefon zurück. Sie zeigte es Buck. Auf dem Display war zu sehen, dass Ray versucht hatte, sie zu erreichen. Sie wählte seine Nummer.

Rayford meinte, das Klingeln seines Handys gehört zu haben, doch da es kein zweites Mal läutete, meinte er, sich getäuscht zu haben. Er sah sich im Keller um und wunderte sich, wie ein so großer, schlacksiger Mann wie Ken Ritz in einem so kleinen, dunklen Zimmer leben konnte. Aber Ritz war auch gerade dabei, es in seiner Freizeit auszubauen – falls die Mitglieder der *Tribulation Force* gezwungen sein würden, hier zu leben. Rayford wollte nicht einmal daran denken.

Bildete sich Rayford das nur ein oder wirkte Fortunato eleganter? Während dessen Auftritt im Stadion war ihm das gar nicht aufgefallen. Aber da hatte er ihn ja auch nur auf dem Bildschirm seines Laptop gesehen. Die Bildqualität war längst nicht so gut wie diese Satellitenübertragung des Fernsehens. Fortunato wirkte schlanker, schien strahlendere Augen zu haben, gesünder und besser gekleidet zu sein als gewöhnlich.

»Meine Damen und Herren der Weltgemeinschaft«, begann Leon Fortunato. Er blickte direkt in die Kamera, als wären deren Linsen die Augen seines Publikums (wie es Carpathia schon seit langem tat), »sogar in den besten Familien gibt es Streit. Seit Seine Exzellenz, Potentat Carpathia, vor zwei Jahren nur widerwillig die Macht übernommen hat, sind große Anstrengungen unternommen worden, um die Welt zu vereinen.

Durch weltweite Abrüstung, umfassende Veränderungen in der Politik der ehemaligen Vereinten Nationen, die ja jetzt ›Weltgemeinschaft‹ heißt, hat er unsere Welt zum Besseren verändert. Nach dem niederschmetternden Massenverschwinden hat er uns Frieden und Einheit gebracht. Die einzigen dunklen Punkte auf dem Bildschirm des Fortschritts waren Dinge, die außerhalb seiner Kontrolle lagen. Krieg führte zu Plagen und Tod, aber seine Exzellenz hat den Widerstand der Feinde der Weltgemeinschaft sehr schnell gebrochen. Atmosphärische Katastrophen haben uns heimgesucht, von Erdbeben über Flutkatastrophen und Flutwellen bis hin zu Meteoriteneinschlägen. Dies alles ist unserer Meinung nach einem Energieüberschuss im Universum zuzuschreiben, der auch Ursache für das große Massenverschwinden war.

Am heutigen Abend haben jedoch die noch verbliebenen Zellen des Widerstandes gegenüber Fortschritt und Veränderung vor den Augen der Welt ihr wahres Wesen offenbart. Seine Exzellenz hat die Macht und – wie ich finde – auch das Recht, mit extremen Mitteln auf diese Beleidigung seiner Person und der Würde seines Amtes zu reagieren. Im Geist der neuen Gesellschaft, die er erschaffen hat, möchte Seine Exzellenz jedoch eine andere Antwort auf diese Vorgänge geben.

Bevor er persönlich dazu Stellung nimmt, möchte ich Sie an einem persönlichen Erlebnis teilhaben lassen. Die Geschichte stammt nicht aus zweiter Hand und nicht auf Hörensagen, ist keine Legende oder Allegorie. Es ist mir persönlich passiert, und ich bürge dafür, dass jede Einzelheit der Wahrheit entspricht. Ich erzähle es, weil es zu dem Thema passt, das der Potentat ansprechen wird – Geistlichkeit und übernatürliche Phänomene.«

Fortunato erzählte nun der Welt die Geschichte seiner Auferstehung auf den Befehl Carpathias, eine Geschichte, die Rayford bereits viel zu oft gehört hatte. Fortunato schloss mit den Worten: »Und jetzt ohne weitere Vorrede, Ihr Potentat und für mich, wenn ich das so sagen darf, meine Gottheit, Seine Exzellenz Nicolai Carpathia.«

Chloe hatte während Fortunatos Lobrede auf Carpathia mit leiser Stimme telefoniert. Für ihn ganz untypisch, stolperte Leon, als er Platz für Carpathia machte und sich tief vor ihm verneigte. Chloe beendete ihr Gespräch.

»Hattie hat ihr Baby verloren«, erklärte sie traurig.

»Du hast deinen Vater erreicht?«

»Hattie hat den Anruf entgegengenommen. Ihr scheint es verhältnismäßig gut zu gehen, wenn man bedenkt, was sie durchgemacht hat.«

Chloe lachte plötzlich laut auf. Buck drehte sich zum Fernsehgerät um. Fortunato versuchte, rückwärts aus Carpathias Gegenwart zu entschwinden. Doch dabei stolperte er über ein Kabel und fiel hin. Sogar Carpathia, der sich sonst durch nichts aus der Ruhe bringen ließ, verlor zeitweise den Blickkontakt mit der Kamera.

Er fasste sich jedoch schnell wieder und grinste herablassend. »Meine lieben Mitbürgerinnen und Mitbürger«, begann er, »ich bin sicher, dass Sie, wenn Sie nicht miterlebt haben, was an diesem Abend im Teddy-Kollek-Stadion in Jerusalem passiert ist, es bestimmt bereits gehört haben. Ich möchte Ihnen kurz aus meiner Sicht schildern, was geschehen ist, und Ihnen erklären, was ich zu unternehmen gedenke.

Doch zuerst möchte ich zurückgehen zu der Zeit, zu der ich nur widerstrebend das Amt des Generalsekretärs der Vereinten Nationen übernommen habe. Ich habe ein solches Amt nicht angestrebt. Mein Ziel ist immer gewesen zu dienen, wo ich gerade stand. Als Mitglied des Unterhauses in meinem Heimatland Rumänien setzte ich mich viele Jahre lang für die Menschen in meinem Land ein, engagierte mich für Frieden und Abrüstung. Mein Aufstieg zur Präsidentschaft meines Heimatlandes war für mich genauso ein Schock wie für die übrige Welt, wenn auch nicht ganz so schockierend wie meine Wahl zum Generalsekretär der Vereinten Nationen, die zu der Weltherrschaft geführt hat, von der wir heute profitieren.

Ein grundlegendes Anliegen meines Amtes ist für mich Toleranz. Wir können nur eine echte Weltgemeinschaft sein, wenn wir Unterschiedlichkeit akzeptieren und Toleranz zur Grundlage unserer Gesetze machen. Ganz eindeutig ist es der Wunsch der meisten von uns gewesen, Mauern einzureißen und die Menschen zu vereinen. Darum gibt es heute eine einheitliche Wirtschaft und eine Weltwährung, eine Regierung, eine Religion und irgendwann auch eine Sprache und eine einheitliche Maßeinheit.

Die von uns geschaffene Religion ist auf geheimnisvolle Weise in der Lage gewesen, jahrhundertealte und sich widersprechende Glaubensüberzeugungen zu einer Einheit zusammenzuführen. Religionen, die sich früher als den einzig wahren Weg zu geistlichem Leben betrachteten, akzeptieren und tolerieren jetzt andere Religionen, die sich ebenfalls für die einzig wahre hielten. Es ist ein Geheimnis, das doch irgendwie zu funktionieren scheint. Ihr Weg mag der einzige Weg für Sie sein und mein Weg der einzige Weg für mich. Wir haben gelernt, wie wichtig es ist, einander zu akzeptieren, wie wir sind. Unter der Einheit der bezeichnenderweise als Enigma-Babylon-Welteinheitsglauben genannten Religion haben alle Weltreligionen bewiesen, dass sie sehr wohl in Harmonie nebeneinander existieren können.

Nun, mit einer Ausnahme. Ich denke, Sie wissen, von welcher Religion ich rede. Ich meine diese Sekte, die ihre Wurzeln im historischen Christentum hat. Nach Meinung ihrer Anhänger war das große Massenverschwinden vor zweieinhalb Jahren das Werk ihres Gottes. Sie behaupten sogar, Jesus hätte eine Posaune geblasen und alle seine Lieblingsmenschen in den Himmel geholt und uns andere verlorenen Sünder auf der Erde zurückgelassen.

Ich glaube nicht, dass dies dem entspricht, was das Christentum jahrhundertelang gelehrt hat. So weit ich mich erinnere, erzählt diese wundervolle, friedliebende Religion von einem Gott der Liebe und von einem bedeutenden Lehrer. Seinem Vorbild sollten alle Menschen folgen, damit sie eines Tages in den ewigen Himmel kommen, indem sie beständig bestrebt sind, sich zu bessern.

Nach dem großen Massenverschwinden, das ein solch großes Chaos in unserer Welt verursacht hat, haben einige aus verschwommenen und ganz eindeutig allegorisch und bildhaft gemeinten Stellen in der christlichen Bibel geschlossen, die christliche Gemeinde sei von Jesus fortgeholt worden. Viele christliche Führer, die jetzt dem Enigma-Babylon-Welteinheitsglauben angehören, sagen, dies sei vor dem Massenverschwinden niemals gelehrt worden, und wenn es angesprochen worden sei, so hätten nur wenige Gelehrte sich dieser Meinung angeschlossen. Viele, die eine andere Ansicht dazu vertreten hätten, wie Gott dieses Leben auf der Erde für seine Jünger beenden würde, seien bezeichnenderweise ebenfalls verschwunden.

Eine kleine Gruppe von Fundamentalisten, die der Meinung ist, sie sei auf der Erde zurückgelassen worden, weil sie beim ersten Mal nicht ›gut genug‹ gewesen sei, hat einen nicht unerheblichen Kult ins Leben gerufen. Diese Gruppe besteht vorwiegend aus ehemaligen Juden, die jetzt beschlossen haben, dass Jesus doch der Messias war, auf den sie ihr ganzes Leben lang gewartet haben. Sie folgt einem christlichen Rabbi mit Namen Tsion Ben-Judah. Dr. Ben-Judah war einst ein respektierter Gelehrter, wie Sie sich vielleicht erinnern werden, der seine eigene Religion während einer internationalen Fernsehsendung verleumdet hat und anschließend aus dem Land fliehen musste.

An diesem Abend spreche ich zu Ihnen aus genau demselben Studio, in dem Dr. Ben-Judah sein jüdisches Erbe verriet. In der Zeit seines Exils ist es ihm gelungen, Tausende ähnlich gesinnter – verzeihen Sie, wenn ich jetzt sehr deutlich werde – Größenwahnsinnige, die sich verzweifelt danach sehnen, zu irgendetwas dazuzugehören, einer Gehirnwäsche zu unterziehen. Jetzt gehören sie seiner ›Marionettengemeinde‹ an. Dr. Ben-Judah hat das Internet missbraucht, um Millionen aus seinen Anhängern herauszupressen. Er hat ihnen eingeredet, wir seien ihre Feinde, wobei zu diesem ›wir‹ auch Sie gehören, meine lieben Brüder und Schwestern – jawohl, jeder Einzige von Ihnen! In den Augen dieser Fundamentalisten sind sie selbst die einzig wahren Gläubigen, die Heiligen, die Versiegelten – wie auch immer Sie dies nennen wollen.

Monatelang habe ich diese harmlosen Angriffe auf die weltweite Einheit und diese Angreifer der Sache eines einheitlichen Glaubens ignoriert. Zwar haben meine Ratgeber mich gedrängt, gegen sie vorzugehen, doch ich war der Meinung, ich müsse Toleranz zeigen. Obwohl Dr. Ben-Judah unablässig alles angegriffen hat, wofür wir eintreten, blieb ich bei meiner Politik des ›Laissez faire‹. Als er Zehntausende seiner Gläubigen zu einem Treffen in die Stadt einlud, die ihn in die Verbannung geschickt hat, beschloss ich, meine persönliche Kränkung zu vergessen und es zu gestatten.

Im Geist der Annahme und Diplomatie garantierte ich sogar öffentlich für Dr. Ben-Judahs Sicherheit. Obwohl ich mir sehr wohl darüber im Klaren war, dass die Weltgemeinschaft und ich als ihr Oberhaupt die eingeschworenen Feinde dieser Sekte waren, glaubte ich, es sei nur recht und billig, diese Großveranstaltung zuzulassen. Ich gestehe, ich hoffte, diese Zeloten würden erkennen, wie wichtig in der heutigen Zeit die Bereitschaft ist, Kompromisse einzugehen und tolerant zu sein. Und sie würden darüber hinaus eines Tages zu dem Entschluss kommen, sich dem Enigma-Babylon-Welteinheitsglauben anzuschließen. Ich war bereit, ihnen die freie Entscheidung zu überlassen.

Und wie wurde meine Großmut belohnt? Wurde ich zu den Feierlichkeiten eingeladen? Wurde ich gebeten, die Abgesandten willkommen zu heißen? Wurde mir gestattet, die Menge zu begrüßen oder bei der Veranstaltung mitzuwirken?

Nein. Nur über private Vermittlung konnte ich Dr. Ben-Judah bewegen, meine Anwesenheit zu dulden. Auf eigene Kosten bin ich nach Israel gereist, weil ich die Finanzen der Weltgemeinschaft damit nicht belasten wollte, und ich kam vorbei, um auf dieser so genannten ›Konferenz der Zeugen‹ ein paar Worte zu sagen.

Mein Supreme Commander wurde sehr unhöflich empfangen, doch er ertrug dies mit Fassung. Der höchst ehrwürdige Papst, Peter der Zweite, wurde ebenfalls mit feindlichem Schweigen empfangen, obwohl er gleichfalls ein Geistlicher ist. Zweifellos sind Sie mit mir einer Meinung, dass dies augenscheinlich eine gut geplante Reaktion der Menge war.

Als ich selbst zu den Zuhörern sprach, spürte ich, dass sie durchaus aufnahmebereit waren, aber ihrem Führer gehorchen mussten. Ich hatte ganz deutlich das Gefühl – und ein Redner, der häufig vor einer großen Zuhörerschaft spricht, entwickelt ein Gespür für so etwas –, dass die Menge mir zuhörte, dass sie Anteil nahm, durch ihren Führer aber in Verlegenheit gebracht worden war und mich gern genauso herzlich willkommen geheißen hätte wie ich sie.

Obwohl Dr. Ben-Judah mich ostentativ ignorierte, machte er irgendjemandem ein Zeichen, woraufhin diese Person eine Art von unsichtbarem Staub oder Puder in die Luft wirbelte, der sich sofort auf meine Stimme legte und dazu führte, dass ich schrecklichen Durst bekam und meine Stimme fast verlor.

Ich hätte misstrauisch werden müssen, als mir jemand aus der Menge eine Flasche Wasser reichte. Aber da ich ein sehr vertrauensseliger Mensch bin, der es gewohnt ist, behandelt zu werden, wie ich andere behandele, nahm ich an, ein unbekannter Freund sei mir zu Hilfe gekommen.

Was für eine Enttäuschung war es zu entdecken, dass diese Flasche vergiftetes Blut enthielt! Es war ein so offensichtlicher Attentatsversuch auf mein Leben, dass ich Dr. Ben-Judah von hier aus zur Rechenschaft ziehe. Als Pazifist, der nicht geübt ist in Kriegführung, hatte ich ihm geradewegs in die Hände gespielt. Er hatte die beiden alten Verrückten von der Klagemauer in der Menge versteckt. Diese beiden haben die Juden im Heiligen Land beleidigt und nachweislich mehrere Menschen ermordet, die versucht haben, mit ihnen zu diskutieren. Mit versteckten Mikrofonen, die lauter gestellt waren als mein eigenes, übertönten sie mich mit ihren Drohungen und Beleidigungen und verwandelten meinen demütigen Akt der Diplomatie beinahe in eine Katastrophe.

Ich wurde fortgebracht, um mich ärztlich untersuchen zu lassen, und es wurde festgestellt, dass ich, wenn ich geschluckt hätte, was man mir gegeben hatte, sofort gestorben wäre. Es ist unnötig zu betonen, dass dies ein Akt höchsten Verrates ist, der mit dem Tod bestraft werden sollte. Ich möchte jedoch Folgendes sagen: Mein Wunsch ist es, dass wir trotzdem in einem Geist des Friedens und der Harmonie zusammenkommen. An dieser Stelle möchte ich einen Bibelvers zitieren, der mir sehr passend erscheint: ›Kommt her, wir wollen sehen, wer von uns recht hat.‹

Ich zweifle nicht daran, dass dieser ganze hässliche Zwischenfall von Dr. Ben-Judah geplant und durchgeführt worden ist. Aber als ein Mann, der zu seinem Wort steht, und da ich keine stichhaltigen Beweise habe, die ihn mit diesem Attentatsversuch in Zusammenhang bringen, habe ich vor, an den kommenden beiden Abenden diese Veranstaltungen dennoch zuzulassen. Ich erhalte auch meine Zusicherung aufrecht, dass Dr. Ben-Judah in unserem Land sicher ist und unter meinem persönlichen Schutz steht.

Dr. Ben-Judah hat jedoch innerhalb von 24 Stunden nach dem Ende der letzten Veranstaltung Israel zu verlassen. Die israelischen Behörden bestehen darauf, und ich möchte Dr. Ben-Judah dringend bitten, dieser Aufforderung nachzukommen, wenn schon aus keinen anderen, so aus Sicherheitsgründen.

Was diese beiden betrifft, die sich Eli und Moishe nennen, möchte ich auch ihnen eine Nachricht zukommen lassen. Während der kommenden 48 Stunden dürfen sie sich nur im Bereich der Klagemauer aufhalten, wo sie schon seit einiger Zeit kampieren. Sie dürfen diesen Bereich unter keinen Umständen verlassen. Nach dem Ende der Konferenz im Stadion müssen Eli und Moishe den Tempelbezirk verlassen. Wenn sie in den darauf folgenden 48 Stunden irgendwo außerhalb dieses Bereiches gesehen werden, so sind sie auf meinen Befehl hin sofort zu erschießen.

Einige Augenzeugen haben bestätigt, dass die von diesen beiden Männern begangenen Morde so ausgesehen haben, als hätte es sich um Notwehr gehandelt. Ich weise diese Behauptung zurück und übe hiermit meine Autorität als Potentat aus und verweigere ihnen das Recht auf eine Verhandlung. Lassen Sie mich eines ganz deutlich sagen: Ihr Erscheinen an irgendeiner Stelle außerhalb der Klagemauer während der kommenden 48 Stunden ist ein Grund, sie zu töten. Jeder Beamte, Soldat oder Bürger der Weltgemeinschaft ist autorisiert, sie zu erschießen.

Ich weiß, Sie werden mit mir darin übereinstimmen, dass dies eine sehr großzügige Reaktion auf einen schrecklichen Angriff auf meine Person ist. Mit meiner Erlaubnis, die Veranstaltungen fortzusetzen, zeige ich, dass ich versöhnungsbereit bin. Vielen Dank, meine Freunde, und gute Nacht aus Israel.«

Rayford blickte auf, als Ken Ritz sich vor Lachen schüttelte und sich auf die Oberschenkel schlug.

»Ich weiß zwar nicht, wie es euch geht, Jungs«, meinte Ritz, »aber ich muss jetzt ein wenig herumbasteln. Ich muss unbedingt herausfinden, wo die Millionen stecken, die der Rabbi aus seiner Herde herausgepresst hat. Da keiner von uns ein Einkommen hat, werden wir etwas Bargeld brauchen.«

»Haben Sie eine Minute Zeit, Ray?«, fragte Floyd und erhob sich.

»Sicher, Doc.«

Sie stiegen die Treppen hinauf und Floyd beugte sich einen Augenblick über die schlafende Hattie.

»Im Augenblick scheint es ihr gut zu gehen«, seufzte er. »Aber können Sie sich vorstellen, welche Auswirkungen diese Fehlgeburt auf sie haben wird, nach allem, was sie bereits durchgemacht hat?«

»Das kann ich mir vorstellen. Führen Sie die Fehlgeburt darauf zurück?«

»Das scheint eine plausible Erklärung zu sein, wenn man darüber nachdenkt.«

Rayford stellte das Fernsehgerät ab und folgte Floyd auf die Veranda. Beide betrachteten aufmerksam die Gegend und lauschten auf die Geräusche des Abends, bevor sie sprachen. Rayford genoss die Ruhe und Vertrautheit. Im Hauptquartier der Weltgemeinschaft musste man aufpassen, mit wem man sich unterhielt. Hier konnte man sicher sein, dass einem nicht nachspioniert wurde.

»Ich habe ein Problem, Rayford, aber ich weiß nicht, ob ich mit Ihnen darüber reden kann, denn ich kenne Sie kaum.«

»Freundschaften, Bekanntschaften, alles muss in dieser Zeit notwendigerweise überprüft werden«, erwiderte Rayford. »Sie und ich, wir könnten den Rest unseres Lebens zusammen verbringen, und das sind weniger als fünf Jahre. Wenn Sie etwas auf dem Herzen haben, können Sie es geradeheraus sagen. Wenn Sie mich kritisieren möchten, dann nur los. Ich kann es verkraften. Meine Prioritäten sind jetzt anders gesetzt als früher, das brauche ich wohl nicht zu betonen.«

»Ach nein, es ist nichts in dieser Richtung. Eigentlich denke ich sogar, dass Sie nach heute Grund haben, mich ein wenig auszuschimpfen.«

»Weil Sie mich in der Hitze des Gefechts angefahren haben? Hey, ich war nicht ganz schuldlos daran. In medizinischen Notsituationen tragen Sie die Verantwortung. Sie fahren an, wen immer Sie anfahren müssen.«

»Ja, aber obwohl ich weiß, dass Tsion unser Pastor ist, sind Sie der Chef. Sie sollen wissen, dass ich das respektiere.«

»Wir haben jetzt nicht mehr die Zeit für irgendwelche Hierarchien, Doc. Also, was haben Sie auf dem Herzen?«

»Ich habe ein Hattie-Problem.«

»Das haben wir alle, Floyd. Sie war früher ein sehr attraktives, kluges Mädchen. Na ja, wahrscheinlich eher attraktiv als klug, aber Sie erleben sie im Augenblick von ihrer schlimmsten Seite, und ich denke, sie wird es schaffen. In ein paar Wochen werden Sie das auch erkennen können.«

»Ich habe mitbekommen, dass Sie früher mit ihr zusammengearbeitet haben und dass Sie zwar keine Affäre hatten –«

»Ja, in Ordnung. Darauf bin ich nicht stolz, aber ich gebe es zu.«

»Wie auch immer, es geht nicht darum, dass sie jetzt in einem so schlechten Zustand und so schwierig ist. Es bewegt mich zu sehen, wie Sie alle sie so umsorgen und sich so sehr wünschen, dass sie zum Glauben kommt.«

Rayford seufzte. »Die Tatsache, dass sie die Wahrheit weiß, aber nicht für sich in Anspruch nehmen will, bringt mich noch zur Verzweiflung. In dieser Beziehung verhält sie sich nicht logisch. Sie gehört nun tatsächlich nicht zu den Menschen, die man davon überzeugen muss, dass sie nicht würdig sind, oder?«

»Sie ist *zu* fest davon überzeugt, dass Gott sie nicht annehmen kann, und weigert sich einfach, das zu akzeptieren, was, wie sie weiß, ein Geschenk ist.«

»Was ist also Ihr Problem, Doc? Denken Sie, dass sie geistlich gesehen ein hoffnungsloser Fall ist?«

Floyd schüttelte den Kopf. »Ich wünschte, es wäre so leicht. Mein Problem ist eigentlich vollkommen unsinnig. Sie haben selbst gesagt, dass an diesem Mädchen nichts Attraktives mehr ist. Natürlich ist offensichtlich, dass sie, als sie noch gesund war, umwerfend ausgesehen hat. Aber das Gift hat seine Wirkung nicht verfehlt und die Krankheit hat ihren Tribut gefordert. Und auch geistlich gesehen läuft sie in die falsche Richtung.«

»Sie wollen sie also hinauswerfen und das verursacht Ihnen Schuldgefühle?«

Floyd erhob sich und drehte Rayford den Rücken zu. »Nein, Rayford. Ich möchte sie lieben. Ich liebe sie bereits. Ich möchte sie in den Arm nehmen, sie küssen und ihr meine Liebe gestehen.« Seine Stimme wurde unsicher. »Ich liebe sie so sehr, dass ich mir selbst eingeredet habe, ich könnte sie in jeder Beziehung gesund lieben. Körperlich und geistlich.« Er wandte sich zu Rayford um. »Das haben Sie nicht erwartet, nicht wahr?«

Als Buck und Chloe im Bett lagen, fragte Buck: »Wirst du schlafen können, wenn ich noch eine Weile fortgehe?«

Sie setzte sich auf. »Nach draußen? Das ist viel zu gefährlich.«

»Carpathia konzentriert sich jetzt so auf Eli und Moishe, dass er sich um uns im Augenblick keine Gedanken macht. Ich möchte nach Jacov suchen. Und ich möchte sehen, wie die Zeugen auf Nicolais Drohungen reagieren.«

»Du weißt doch, wie sie reagieren werden«, erwiderte sie und legte sich wieder hin. »Sie werden tun, was sie bis zu dem festgesetzten Zeitpunkt tun wollen, und sie werden sich gegen alle wenden, die sich beim Potentaten einschmeicheln wollen, indem sie versuchen, die beiden vor diesem Zeitpunkt zu töten.«

»Wie auch immer, ich würde gern –«

»Tu mir einen Gefallen, Buck. Versprich mir, dass du nicht gehst, bevor ich nicht fest eingeschlafen bin. Dann werde ich mir nur Sorgen machen, wenn du morgen früh, wenn ich aufwache, nicht da bist.«

Buck kleidete sich an und sah nach, ob Tsion noch unten war, doch dieser war bereits zu Bett gegangen. Rosenzweig telefonierte gerade.

»Leon, ich bestehe darauf, mit Nicolai zu sprechen … Ja, ich weiß über Ihre verfluchten Titel Bescheid, aber ich erinnere Sie daran, dass ich bereits mit Nicolai befreundet war, *bevor* er Seine Exzellenz und der Potentat und all das wurde. Und jetzt, bitte, verbinden Sie mich mit ihm … Na gut, dann sagen Sie mir eben, was mit meinem Fahrer geschehen ist!«

Rosenzweig bemerkte Buck, winkte ihn zu sich heran und stellte das Telefon auf Zimmerlautsprecher. Leon war mächtig in Fahrt.

»Unsere Geheimdienstquellen haben uns darüber informiert, dass Ihr Mann umgedreht wurde.«

»Umgedreht? Ist er kein Jude mehr? Kein Israeli? Arbeitet er nicht mehr für mich? Wovon sprechen Sie überhaupt? Er ist seit Jahren bei mir. Wenn Sie wissen, wo er sich aufhält, sagen Sie es mir und ich werde ihn abholen.«

»Dr. Rosenzweig, mit allem nötigen Respekt, Sir, ich sage Ihnen, Ihr Mann ist einer von ihnen. Wir wollten Rabbi Ben-Judah durch Soldaten der Weltgemeinschaft persönlich zu Ihrem Wagen eskortieren lassen, aber er kam aus dem Stadion gerannt und feuerte eine Maschinenpistole ab. Niemand kann sagen, wie viele Soldaten und unschuldige Zivilisten getötet worden sind.«

»Ich kann es. Keiner. Es wäre bereits in den Nachrichten gesendet worden. Ich habe dieselbe Geschichte gehört. Ihre Leute waren hinter

Ben-Judah her, um Rache zu üben für die Beleidigung Nicolais, und sie hätten ihm wer weiß was angetan, wenn er ihnen nicht entkommen wäre.«

»Er war nicht allein. Er war mit Buck Williams' Frau zusammen, die eine amerikanische Umstürzlerin ist. Sie ist aus einer unserer Einrichtungen geflohen, wo sie zur Befragung festgehalten wurde.« Rosenzweig blickte Buck an. Er schüttelte langsam den Kopf, als wundere er sich, wie sie auf einen solchen Blödsinn gekommen wären. Fortunato fuhr fort: »Sie wird verdächtigt, nach dem Erdbeben an Plünderungen beteiligt gewesen zu sein.«

»Leon, ist Jacov noch am Leben?« Eine Pause entstand. Rosenzweig wurde ärgerlich. »Ich schwöre, Leon, wenn diesem jungen Mann etwas zugestoßen ist –«

»Nichts ist ihm zugestoßen, Doktor. Ich versuche nur, Sie dazu zu bringen, mich angemessen anzusprechen.«

»Ach, um Himmels willen, Leon, gibt es denn keine wichtigeren Dinge, über die Sie sich im Augenblick Gedanken machen? Zum Beispiel um das Leben von Menschen!«

»Supreme Commander, Dr. Rosenzweig.«

»Supreme Trottel!«, brüllte Rosenzweig. »Ich werde nach meinem Jacov suchen, und wenn Sie über Informationen verfügen, die mir dabei helfen würden, dann geben Sie sie mir jetzt besser!«

»Ich habe es nicht nötig, mir so etwas von Ihnen bieten zu lassen!« Damit unterbrach Leon die Verbindung.

Rayford legte den Arm um Floyds Schulter, als sie ins Haus zurückkehrten. »Ich bin kein Therapeut in Liebesangelegenheiten«, sagte er, »aber Sie haben Recht, wenn Sie sagen, dass das keinen Sinn macht. Sie ist nicht gläubig. Sie sind alt genug, den Unterschied zwischen Mitleid und Liebe zu kennen. Sie kennen sie kaum, und was Sie wissen, ist nicht gerade schön. Sie müssen kein Wissenschaftler sein, um zu erkennen, worum es sich hier handelt. Sind Sie einsam? Haben Sie Ihre Frau bei der Entrückung verloren?«

»Ja.«

»Erzählen Sie mir doch von ihr.«

7

Buck sah noch einmal in Chloes Zimmer, bevor er mit Chaim aufbrach. Sie schien fest eingeschlafen zu sein.

»Würde es Ihnen etwas ausmachen zu fahren?«, fragte Chaim. »Es ist so lange her, seit man es mir gestattet hat.«

»Gestattet?«

Chaim lächelte müde. »Wenn man erst mal, wie soll ich es ausdrücken, eine Persönlichkeit in diesem Land, vor allem in dieser Stadt, geworden ist, wird man wie ein König behandelt. Ohne Eskorte kann ich nirgendwohin fahren. Wenn man bedenkt, dass mich damals, als Sie den Leitartikel über mich geschrieben haben, noch niemand kannte!«

Chaim fragte Jonas, den Torwächter, ob er etwas von Jacov gehört habe.

»Stefan?«, hörte Buck ihn sagen. Dann ein ganzer Schwall hebräischer Worte.

Chaim führte Buck zur Garage und Buck setzte sich in den alten Sedan. »Es soll nicht jeder wissen, dass ich komme. Der Mercedes ist zu bekannt. Sie können doch einen Wagen mit Gangschaltung fahren, oder?«

Buck machte sich mit der Schaltung des Wagens vertraut. Besorgt war er allerdings über den Zustand der Reifen.

»Wissen Sie, wohin wir fahren müssen?«

»Ja, ich fürchte schon«, erwiderte Chaim. »Jacov ist Alkoholiker.«

Buck sah ihn erstaunt an. »Sie beschäftigen einen Alkoholiker als Fahrer?«

»Er ist trocken. So nennt man das wohl. Doch in Krisenzeiten bekommt er immer einen Rückfall. Und ich fürchte, genau das ist passiert«, sagte Chaim und deutete auf eine Stelle, an der Buck wenden konnte.

Während sie in die Stadt hineinfuhren, bemerkte Buck Dinge, die ihm auf der Fahrt von Chaims Haus zum Stadion gar nicht aufgefallen waren. Jerusalem war schrecklich heruntergekommen. Wie hatte ihm diese Stadt wenige Jahre zuvor gefallen! Natürlich hatte es auch damals heruntergekommene Viertel gegeben, aber alles in allem waren die Einwohner stolz auf ihre Stadt und hatten dafür gesorgt, dass sie gut erhalten blieb. Doch seit dem Massenverschwinden hatten Verbrechen und Unmoral überhand genommen: Betrunkene torkelten durch die Straßen, einige hielten Prostituierte im Arm. Während Buck weiter in die Stadt hineinfuhr, entdeckte er Striptease-Lokale, Hellsehergeschäfte und Bordelle.

»Was ist denn mit Ihrer Stadt passiert?«

Chaim brummte und winkte ab. »Das ist etwas, über das ich zu gern einmal mit Nicolai sprechen würde. All das Geld, das für den neuen Tempel und die Verlegung des Felsendomes nach Neu-Babylon ausgegeben worden ist! Ach! Dieser Peter der Zweite trägt so komische Gewänder und heißt die orthodoxen Juden im Enigma-Babylon-Welteinheitsglauben willkommen. Ich bin nicht einmal ein religiöser Mensch, und sogar ich frage mich, was das soll! Was wollen sie damit bezwecken? Seit Jahrhunderten behaupten die Juden, sie würden den einen wahren Gott anbeten, und irgendwie passt das auf einmal in eine Religion, in der Gott Mann und Frau und Tier und wer weiß was noch ist. Und sehen Sie nur, welche Auswirkungen das auf Jerusalem hat. In Haifa und Tel Aviv sieht es noch schlimmer aus! Die Orthodoxen haben sich in ihren funkelnagelneuen Tempel eingeschlossen, schlachten Tiere und kehren zurück zu den alten rituellen Opferungen. Und welchen Einfluss hat das auf die Gesellschaft? Keinen! Nicolai will mein Freund sein. Wenn er mich empfängt, werde ich ihn darüber informieren und die Dinge werden sich ändern.

Wenn mein Jacov, ein wunderbarer Mensch übrigens, wieder angefangen hat zu trinken, wird er in derselben Straße in derselben Bar und in demselben Zustand sein wie sonst auch.«

»Wie oft passiert das?«

»Nicht mehr als zweimal im Jahr. Ich schimpfe mit ihm, drohe ihm, habe ihn sogar schon gefeuert. Aber er weiß, dass ich ihn mag. Er und seine Frau Hannelore trauern noch immer um ihre beiden Kinder, die sie bei dem großen Massenverschwinden verloren haben.«

Buck merkte betrübt, dass er Jacov gar nicht richtig kannte. Er hoffte nur, dass Chaim Unrecht hatte und sie Jacov nicht dort finden würden, wo ihn der alte Mann vermutete.

Chaim wies Buck auf einen Parkplatz inmitten einer Reihe von Wagen und Vans an einer befahrenen Straße hin. Mittlerweile war es bereits nach Mitternacht und eine schreckliche Müdigkeit überfiel Buck plötzlich.

»›Der Harem‹?« fragte er, nachdem er das Neonschild einer Kneipe gesehen hatte. »Sind Sie sicher, dass das nur eine Bar ist?«

»Vermutlich nicht, Cameron«, erwiderte Rosenzweig. »Aber ich möchte nicht darüber nachdenken, was da drinnen vor sich geht. Ich habe dieses Etablissement noch nie betreten. Normalerweise warte ich hier draußen, während mein Sicherheitschef hineingeht und Jacov herausholt.«

»Und diese Aufgabe soll ich jetzt übernehmen?«

»Ich bitte Sie nicht gern darum. Aber Sie müssen mir vielleicht helfen, denn wenn er sich wehrt, werde ich nicht mit ihm fertig. Natürlich wird er mir nichts tun, nicht einmal, wenn er betrunken ist, aber ein kleiner alter Mann kann keinen kräftigen jungen Mann aus einem Lokal holen, wenn der nicht freiwillig mitgeht.«

Buck parkte den Wagen und blieb nachdenklich sitzen. »Ich hoffe nur, Sie haben Unrecht, Dr. Rosenzweig. Ich hoffe, dass Jacov nicht hier ist.«

Chaim lächelte. »Sie denken, weil er gläubig geworden ist, wird er sich nicht betrinken, nachdem man auf ihn geschossen hat? Sie sind wirklich sehr naiv, mein junger Freund, für einen so versierten Journalisten zu naiv. Ihr neuer Glaube hat Ihr Urteilsvermögen getrübt.«

»Ich hoffe nicht.«

»Sehen Sie diesen grünen Truck dort drüben, den alten englischen Ford?« Buck nickte. »Der gehört Stefan, einem meiner Diener. Er wohnt irgendwo zwischen hier und dem Teddy-Kollek-Stadion und er ist Jacovs Trinkkumpan. Stefan hat nicht so große Alkoholprobleme wie Jacov. Er kann einen Stiefel vertragen, wie wir sagen. Heute ist er nicht bei der Arbeit erschienen, aber wenn ich eine Wette abschließen müsste, würde ich sagen, dass Jacov sofort zu ihm gerannt ist, nachdem er den Soldaten der Weltgemeinschaft entkommen ist. Erschüttert und außer sich, hat er sich bestimmt von Stefan in ihr Lieblingslokal schleppen lassen. Ich kann Jacov das nicht einmal übel nehmen. Aber ich möchte ihn in Sicherheit bringen. Ich will nicht, dass er sich selbst in der Öffentlichkeit zum Narren macht, vor allem, wo er sich auf der Flucht vor den Truppen der Weltgemeinschaft befindet.«

»Ich wünschte, er wäre nicht hier, Dr. Rosenzweig.«

»Ich auch nicht, aber ich bin nicht so blauäugig wie Sie. Die Weisheit soll mit dem Alter kommen, Cameron. Offen gesagt, wünschte ich, mit dem Alter käme weniger. Ich habe Weisheit erlangt, an die ich mich nicht erinnere. Ich habe so genannte ›reife Augenblicke‹, in denen ich mich in allen Einzelheiten an Dinge erinnere, die vor 60 Jahren passiert sind, aber ich kann mich nicht mehr daran erinnern, dass ich eine Geschichte bereits eine halbe Stunde zuvor erzählt habe.«

»Ich bin noch nicht einmal 33 und ich kenne auch solche Situationen.«

Chaim lächelte. »Und wie heißen Sie noch mal?«

»Lassen Sie uns nach Jacov suchen«, erklärte Buck. »Ich sage, er ist nicht dort drin, auch wenn Stefan da ist.«

»Ich hoffe, dass Jacov doch da ist«, widersprach Chaim, »denn wenn er es nicht ist, dann bedeutet es, dass er vermisst wird, dass man ihn verhaftet hat oder Schlimmeres.«

Dr. Floyd Charles' Geschichte ähnelte Rayfords so sehr, dass es schon beinahe unheimlich war. Auch seine Frau hatte ihren Glauben sehr ernst genommen, während ihm die Anerkennung in seinem Beruf wichtiger gewesen war.

»Und Sie sind ziemlich regelmäßig zum Gottesdienst gegangen?«, fragte Rayford, der das, was Floyd ihm erzählte, aus eigener Erfahrung nur zu gut kannte. »Sie wollten nur nicht so tief hineingeraten wie Ihre Frau?«

»Genau«, bestätigte Floyd. »Sie hat mir immer gesagt, meine guten Taten würden mich nicht in den Himmel bringen, und wenn Jesus wiederkäme, bevor ich gestorben sei, würde ich zurückbleiben müssen.« Er schüttelte den Kopf. »Ich hörte zu, ohne richtig auf sie zu hören, Sie wissen schon, was ich meine.«

»Sie erzählen meine Geschichte, Bruder. Haben Sie auch Kinder verloren?«

»Nicht bei der Entrückung. Meine Frau hatte eine Fehlgeburt und unser fünfjähriges Mädchen haben wir an ihrem ersten Schultag bei einem Busunglück verloren.« Floyd schwieg.

»Das tut mir Leid«, sagte Rayford.

»Es war schrecklich«, fuhr Floyd mit belegter Stimme fort. »Gigi und ich brachten sie an diesem Morgen bis zur Ecke, und Donna war so unglaublich fröhlich. Wir hatten gedacht, sie würde scheu sein oder Angst haben; um ehrlich zu sein, wir hatten sogar gehofft, dass es so sein würde. Aber sie konnte es gar nicht erwarten, in ihren neuen Sachen zur Schule zu gehen. Gigi und ich fühlten uns so, wie sich unsere Tochter an ihrem ersten Schultag fühlen sollte: Wir waren nervös, hatten Angst. Ich sagte zu meiner Frau, mir sei nicht wohl bei dem

Gedanken, sie in diesen alten unpersönlichen Bus zu setzen. Ich hätte dabei das Gefühl, sie in die Höhle des Löwen zu schicken. Gigi war der Meinung, wir sollten Gott vertrauen, dass er sie beschützen würde. Eine halbe Stunde später bekamen wir den Anruf.«

Rayford schüttelte den Kopf.

»Ich war danach schrecklich verbittert«, fuhr Floyd fort. »Die ganze Sache trieb mich noch weiter von Gott fort. Gigi hat gelitten, hat sich das Herz aus dem Leib geschluchzt und das hat mich beinahe umgebracht. Aber sie hat ihren Glauben nicht verloren. Sie hat für Donna gebetet, Gott gebeten, für sie zu sorgen, ihr bestimmte Dinge zu sagen, all das. Das war eine große Belastung für unsere Ehe. Wir haben uns für eine Weile getrennt. Es war meine Entscheidung, nicht ihre. Ich konnte es einfach nicht mehr ertragen, sie so leiden zu sehen und mitzuerleben, dass sie trotzdem an ihrem Kirchenspielchen festhielt. Sie sagte, es sei kein Spiel, und falls ich Donna jemals wiedersehen wollte, müsste ich ›mit Jesus ins Reine kommen‹. Na ja, ich kam mit Jesus ins Reine. Ich habe ihm gesagt, was ich von dem hielt, was meinem kleinen Mädchen zugestoßen war. Lange Zeit ging es mir sehr schlecht.«

Sie saßen am Küchentisch, wo Rayford Hatties gleichmäßigen Atem hören konnte.

»Wissen Sie, was mich überzeugt hat?«, fragte Floyd plötzlich.

Rayford schnaubte. »Abgesehen von der Entrückung, meinen Sie? Danach bin ich jedenfalls endlich aufgewacht.«

»Eigentlich war ich schon vorher überzeugt. Ich habe nur nichts unternommen, falls Sie wissen, was ich meine.«

Rayford nickte. »Sie wussten, dass Ihre Frau Recht hat, aber Sie haben es Gott nicht gesagt?«

»Genau. Aber was mich schließlich überzeugt hat, war Gigi. Sie hat nie aufgehört, mich zu lieben, trotz allem. Ich war ein Schuft, Mann. Gemein, bösartig, selbstsüchtig, grob, erniedrigend. Sie wusste, dass ich trauerte, litt. Der Mittelpunkt meines Lebens war fort. Ich habe Donna so sehr geliebt, dass es war, als hätte man mir das Herz aus dem Leib gerissen. Aber als ich versuchte, den Schmerz mit Arbeit zu kompensieren und mich meinen Mitarbeitern und allen anderen gegenüber unmöglich benahm, wusste Gigi genau, wann sie mich anrufen oder mir einen kleinen Gruß schicken musste. Jedes Mal, Rayford, jedes Mal erinnerte sie mich daran, dass sie mich liebte, dass ich ihr wichtig war, dass sie mich zurückhaben wollte und bereit war zu tun, was immer ich brauchte, damit unser Leben leichter wurde.«

»Wow.«

»›Wow‹ ist genau das richtige Wort. Sie litt genauso sehr wie ich, aber sie lud mich zum Abendessen ein, brachte mir Mahlzeiten, wusch meine Wäsche – sie ist auch ihrem Beruf nachgegangen – und putzte meine Wohnung.« Er lachte leise. »Sie hat mich beschämt.«

»Sie hat Sie zurückgewonnen?«

»Allerdings. Sie hat mir sogar geholfen, meine Trauer zu überwinden. Es dauerte einige Jahre, aber ich wurde ein glücklicherer, produktiverer Mensch. Ich wusste, es war Gott, der ihr half, sich so zu verhalten. Aber ich dachte noch immer, dass Gott, falls tatsächlich an dieser Sache mit dem Himmel und der Hölle etwas dran war, bestimmt freundlich auf mich herabsehen würde, weil ich ja jeden Tag anderen Menschen half. Ich tat es sogar aus dem richtigen Motiv heraus. Oh, ich liebte die Aufmerksamkeit, aber ich half allen. Ich gab immer mein Bestes, ob bei einem Obdachlosen oder einem Millionär. Das machte keinen Unterschied für mich. Wenn jemand ärztliche Hilfe brauchte, bekam er sie.«

»Gut für Sie.«

»Ja, gut für mich. Aber wir beide wissen, was es mir genutzt hat, als Jesus wiederkam. Ich wurde zurückgelassen.«

Floyd sah nach Hattie. Rayford holte ihnen währenddessen eine Flasche Cola aus dem Kühlschrank.

»Ich möchte ja nicht schlecht über eine alte Freundin reden«, sagte Rayford schließlich, »aber ich schlage vor, Sie denken einmal darüber nach, was für ein Mensch Ihre Frau gewesen ist, bevor Sie Hattie als Ersatz in Betracht ziehen.«

Floyd verzog nachdenklich die Lippen und nickte.

»Ich sage nicht, dass Hattie nicht so ein Mensch werden könnte«, fügte Rayford hinzu.

»Ich weiß. Aber es gibt keinen Hinweis darauf, dass sie es versucht.«

»Wissen Sie, was ich tun werde?«, fragte Rayford und erhob sich. »Ich werde meine Tochter anrufen und ihr sagen, dass ich sie liebe.«

Floyd sah auf seine Uhr. »Sie wissen, wie viel Uhr es jetzt dort ist, wo sie sich aufhält?«

»Das ist mir egal. Und ihr wird es auch egal sein.«

Buck und Chaim wurden von Männern und Frauen gleichermaßen angestarrt, als sie sich dem »Harem« näherten. Das Lokal war viel größer, als es von außen aussah. Mehrere Räume, die alle vollgestopft waren mit Menschen, die dicht gedrängt beieinander standen und sich zum Teil leidenschaftlich küssten, zum Teil aber auch tanzten, führten zu der Hauptbar, auf der Frauen tanzten und Leute aßen und tranken.

»Oh, oh!«, stöhnte Rosenzweig. »Genau wie ich befürchtet hatte.«

Buck hielt aufmerksam Ausschau nach Jacov. Er wandte jedoch jedes Mal den Blick ab, wenn jemand ihn herausfordernd anstarrte. Nicht alle Paare waren Mann und Frau. Es gab auch viele gleichgeschlechtliche Pärchen. Dies war nicht das Israel, das er kannte.

Buck bemerkte nicht, dass Chaim vor ihm stehen geblieben war, und prallte gegen ihn.

»Oh, Stefan!«, schimpfte Rosenzweig, und als Buck sich umdrehte, bemerkte er einen jungen Mann mit einem gefüllten Glas in der Hand. Sein dunkles Haar war feucht und klebte am Kopf und er lachte hysterisch. Buck betete, dass er allein sein würde.

»Ist Jacov bei dir?«, fragte Rosenzweig.

Stefan lachte und verschluckte sich beinahe. Er beugte sich vor, hustete und verschüttete seinen Drink auf Rosenzweigs Hose.

»Stefan! Wo ist Jacov?«

»Na ja, er ist nicht bei mir!«, rief Stefan. Er richtete sich auf und lachte noch mehr. »Aber er ist hier, das stimmt!«

Bucks Herz sank. Er wusste, dass Jacov es mit seiner Umkehr ernst gemeint hatte und Gott hatte dies mit dem Siegel auf seiner Stirn bestätigt. War sein Zusammenstoß mit der Weltgemeinschaft doch schlimmer gewesen, als Buck sich vorstellen konnte?

»Wo?«, fragte Rosenzweig angewidert.

»Da drin!« Stefan deutete hustend und lachend mit seinem Drink auf einen anderen Raum. »Er steht auf einem Tisch und amüsiert sich wie noch nie in seinem Leben! Und jetzt lassen Sie mich durch, damit es nicht noch einen Unfall gibt.« Er zwängte sich vorbei und lachte so sehr, dass ihm Tränen die Wangen hinunterliefen.

Chaim spähte in den anderen Raum, in dem die Musik dröhnte und die Lichter blitzten.

»Oh, nein!«, stöhnte er. »Er ist vollkommen betrunken. Dieser zurückhaltende junge Mann, der einem kaum in die Augen sehen kann, wenn er einen begrüßt, tanzt vor all den Menschen auf dem Tisch! Das kann ich nicht ertragen. Ich werde den Wagen vorfahren. Könnten Sie ihn von diesem Tisch herunterholen und ihn rausschaffen? Sie sind größer und stärker als er. Bitte.«

Buck wusste nicht, was er sagen sollte. Er war nie Rausschmeißer gewesen. Zwar hatte auch er früher das Nachtleben genossen, doch laute Bars wie diese hatte er nie gemocht. Er zwängte sich an Chaim vorbei durch die Menschenmenge, bis er zu etwa zwei Dutzend Leuten kam, die sich um den verrückten jungen Israeli auf dem Tisch geschart hatten. Es war tatsächlich Jacov.

Rayford eilte in den Keller zu Ken. Dieser saß am Tisch, Donny Moores Teleskop lag auf seinem Schoß und sein Mikroskop stand vor ihm auf dem Tisch. Ken las Donnys technische Aufzeichnungen durch.

»Dieser Mann war ein Genie, Ray. Ich lerne eine ganze Menge von Dingen, die uns sehr helfen werden. Wenn Sie dieses Zeug Ihrem anderen Piloten und dem Techniker im Hauptquartier der Weltgemeinschaft zukommen lassen können, dann können die uns sofort benachrichtigen, wenn ihre Deckung auffliegt und wir alle anfangen, um unser Leben zu kämpfen. Was kann ich für Sie tun?«

»Ich möchte Sie am Freitag nach Israel begleiten.«

»Sie sind mit knapper Not entkommen. Hat Ihr Freund Mac nicht gesagt, Sie wären so gut wie tot, wenn Sie geblieben wären?«

»Es sieht mir nicht ähnlich davonzulaufen. Ich kann mich nicht für den Rest meines Lebens vor Carpathia verstecken, so kurz es auch sein mag.«

»Was ist nur in Sie gefahren, Ray?«

»Ich habe gerade mit Chloe gesprochen. Ich habe so das Gefühl, dass es Ärger geben wird. Keinesfalls wird Nicolai sie lebendig aus Israel ausreisen lassen. Wir müssen sie holen.«

»Ich bin dabei. Wie sieht Ihr Plan aus?«

Buck hörte auf, sich zu entschuldigen; man schimpfte sowieso auf ihn. Endlich war er nahe genug, um Jacov zu hören, aber dieser redete Hebräisch und Buck verstand kein einziges Wort. Na ja, fast kein Wort. Jacov sprach mit lauter Stimme und machte ausladende Handbewegungen, um die Aufmerksamkeit der Leute auf sich zu ziehen. Sie lachten ihn aus und schienen ihn zu verspotten, pfiffen und warfen Zigarettenstummel nach ihm. Zwei Frauen bespritzten ihn mit ihren Drinks.

Sein Gesicht war gerötet, und er wirkte betrunken, aber er trank nicht, zumindest nicht im Augenblick. Buck erkannte das Wort »Yeshua«, das hebräische Wort für »Jesus«. Und »Hamashiach«, »Messias«.

»Was sagt er?«, fragte er einen Mann in der Nähe. Der Betrunkene sah ihn an, als käme er von einem anderen Planeten. »Sprechen Sie Englisch?«, presste Buck heraus.

»Tötet die Engländer!«, erwiderte der Mann. »Und die Amerikaner auch!«

Buck wandte sich an andere. »Sprechen Sie Englisch?«, fragte er. »Spricht jemand hier Englisch?«

»Ich«, antwortete ein Barmädchen. Sie hielt ein Tablett mit leeren Gläsern in der Hand. »Machen Sie schnell.«

»Was sagt er?«

Sie blickte zu Jacov hoch. »Er? Er redet schon den ganzen Abend denselben Quatsch. ›Jesus ist der Messias. Ich weiß es. Er hat mich errettet.‹ Was soll ich Ihnen sagen? Der Boss hätte ihn schon lange rausgeschmissen, aber er ist sehr unterhaltsam.«

Jacov war kaum mehr als unterhaltsam. Sein Motiv war vielleicht das richtige, aber er bewirkte nichts. Buck ging näher an ihn heran und packte ihn am Knöchel. Jacov sah zu ihm herunter.

»Buck! Mein Freund und Bruder! Dieser Mann wird es euch bestätigen! Er war dabei! Er hat gesehen, wie das Wasser zu Blut und dann wieder zu Wasser wurde! Buck, kommen Sie hier herauf!«

»Lassen Sie uns gehen, Jacov!«, sagte Buck und schüttelte den Kopf. »Ich werde nicht auf den Tisch kommen! Niemand hört zu! Kommen Sie! Rosenzweig wartet.«

Jacov wirkte verblüfft. »Er ist da? Hier? Lassen Sie ihn doch hereinkommen!«

»Er war hier drin. Und jetzt lassen Sie uns gehen.«

Eifrig kletterte Jacov vom Tisch herunter und folgte Buck nach draußen. Immer wieder schlugen ihm die Leute auf den Rücken. In der Nähe der Tür entdeckte Jacov seinen Freund Stefan, der sich in die andere Richtung entfernte.

»Warten Sie! Da ist mein Freund! Ich muss ihm sagen, dass ich gehe!«

»Das wird er schon merken«, entgegnete Buck und führte ihn zur Tür hinaus.

Im Wagen funkelte Rosenzweig Jacov an. »Ich habe nicht getrunken, Doktor«, verteidigte er sich. »Nicht einen einzigen Tropfen!«

»Oh, Jacov«, sagte Rosenzweig, als Buck anfuhr. »Du stinkst wie eine Whiskyflasche. Und ich habe dich auf dem Tisch gesehen.«

»Sie können gerne meinen Atem riechen!«, sagte er und beugte sich vor.

»Ich möchte deinen Atem nicht riechen!«

»Nein! Kommen Sie! Ich werde es Ihnen beweisen!« Jacov hauchte Rosenzweig an. Chaim verzog das Gesicht und wandte sich ab.

Rosenzweig sah Buck an. »Er hat heute Knoblauch gegessen, aber ich rieche keinen Alkohol.«

»Natürlich nicht!«, bestätigte Jacov. »Ich habe gepredigt! Gott hat mir den Mut dazu gegeben! Ich gehöre zu den 144 000, wie Rabbi Ben-Judah sagt! Ich werde ein Evangelist für Gott sein!«

Chaim sank in seinem Sitz zusammen und hob beide Hände. »Au weia«, stöhnte er. »Ich wünschte, du wärst betrunken.«

Nachdem er gehört hatte, was hinter den Kulissen in Israel vorgefallen war, stimmte Ken mit Ray überein, dass Carpathia vermutlich einen »tragischen Unfall« inszenieren würde, der »außerhalb seiner Kontrolle« lag, irgendetwas, für das er einem anderen die Schuld geben konnte. »Aber wie man es auch dreht und wendet, Menschen, die wir lieben, werden dabei ums Leben kommen.«

»Ich möchte nicht tollkühn sein, Ken«, meinte Rayford. »Aber ich werde mich nicht hier verstecken und hoffen, dass sie rauskommen.«

»Ich fliege Ihren Schwiegersohn schon seit der Entrückung, und wissen Sie, es gehört schon einiges dazu, um tollkühner zu sein als dieser Junge. Wir werden uns mit Ihrem Copiloten drüben in Verbindung setzen müssen. Ich kann Ihnen eine Menge über die Gulfstream beibringen, aber ohne Landebahn kann sie niemand runterbringen.«

»Und das bedeutet?«

»Sie haben bestimmt geplant, die drei schnell an Bord zu nehmen, nicht? Vermutlich auf diesem Rosen-Dingsbums-Anwesen?«

»Ja, ich wollte Tsion vorschlagen, er solle irgendwelche Pläne für Samstag bekannt geben, irgendetwas, von dem Carpathia denkt, dass er es auf keinen Fall verpassen möchte. Dann fliegen wir am Freitag Abend nach Mitternacht dorthin und holen sie raus.«

»Wenn wir uns nicht irgendwo in der Nähe des Flughafens treffen, werden wir sie abholen müssen, und das bedeutet, wir brauchen einen Hubschrauber.«

»Können wir denn keinen mieten? Ich könnte David Hassid, unseren Mann im Hauptquartier der Weltgemeinschaft, bitten, dafür zu sorgen, dass einer in Jerusalem oder auf dem Ben-Gurion-Flughafen auf uns wartet.«

»Schön, aber wir werden zwei Piloten brauchen. Es ist ausgeschlossen, dass McCullum sich frei macht, um uns zu helfen.«

»Und was bin ich, gehackte Leber?«

Ken schlug sich an den Kopf. »Wissen Sie was?«, sagte er. »Ich bin ein Idiot. Sie können tatsächlich einen Hubschrauber fliegen?«

»Mac hat es mir beigebracht. Ich lande in der Nähe des Hauses und bringe sie zu Ihnen zum Flugplatz, richtig?«

»Es wäre besser, Sie besorgen sich einen Lageplan des Hauses, bevor wir starten. Sie werden sehr wenig Zeit haben. Es ist gefährlich, einen von diesen Dingern in einem Wohngebiet runterzubringen. Jemand sieht Sie in seinem Garten, und die Polizei ist da, bevor sie wieder in der Luft sind.«

»Weiß Ihre Frau, wo Sie gewesen sind?«, fragte Rosenzweig Jacov, als Buck vor dem Apartmenthaus vorfuhr, in dem der Chauffeur wohnte.

»Ich habe sie angerufen. Sie wollte wissen, wovon um alles in der Welt ich spreche.«

»Warum sind Sie denn zuerst in dieses schreckliche Lokal gegangen?«

»Ich bin zu Stefans Haus geflüchtet. Er wollte in die Bar. Und ich dachte, was für einen besseren Ort könnte es geben, um mit dem Predigen anzufangen?«

»Du bist ein Dummkopf«, sagte Rosenzweig.

»Ja, das bin ich!«

Buck warf Jacov sein Handy hin. »Rufen Sie Ihre Frau an, damit sie sich nicht zu Tode erschreckt, wenn Sie heimkommen.«

Doch bevor Jacov wählen konnte, klingelte das Telefon.

»Was ist das?«, fragte er. »Ich war das nicht.«

»Drücken Sie den grünen Knopf und melden Sie sich mit: ›Bucks Apparat‹.«

Es war Chloe. »Sie will sofort mit Ihnen sprechen, Mr. Williams.«

Buck nahm das Telefon und wies Jacov an: »Warten Sie hier, bis wir Ihre Frau warnen können, dass Sie kommen.«

Chloe erzählte Buck von dem Anruf ihres Vaters und seiner Bitte, ihm einen Lageplan von Rosenzweigs Anwesen zu schicken.

»Ich werde das Thema anschneiden, wenn es besser passt«, flüsterte Buck.

Später, als sie endlich durch das Tor zu Chaims Haus fuhren, schien nicht der geeignete Zeitpunkt zu sein, davon anzufangen. Rosenzweig war noch immer ein Carpathia-Anhänger und würde es nicht verstehen. Er könnte die Sache sogar verderben. Buck blieb im Wagen sitzen, als Rosenzweig ausstieg.

»Kommen Sie nicht mit hinein?«

»Darf ich mir den Wagen kurz ausleihen?«

»Nehmen Sie den Mercedes.«

»Der hier ist prima«, erwiderte Buck. »Wenn Chloe noch wach ist, sagen Sie ihr, dass sie mich anrufen kann.«

»Wo fahren Sie hin?«

»Das möchte ich lieber nicht sagen. Wenn Sie es nicht wissen, brauchen Sie auch nicht zu lügen, wenn jemand fragt.«

»Das ist entschieden zu viel Schwindelei für mich, Cameron. Passen Sie gut auf und kommen Sie schnell wieder zurück, ja? Morgen ist ein großer Tag für Sie und Ihre Freunde. Oder besser gesagt, heute.«

Buck fuhr geradewegs zur Klagemauer. Wie zu erwarten, drängte sich nach der Auseinandersetzung zwischen den beiden Zeugen und Carpathia und den Drohungen, die Nicolai über das internationale Fernsehen gegen sie ausgestoßen hatte, eine große Menschenmenge in der Nähe des Zaunes, hinter dem Eli und Moishe standen. Die Truppen der Weltgemeinschaft waren natürlich auch zahlreich vertreten. Bewaffnete Soldaten hielten die Menge in Schach.

Buck parkte den Wagen weit vom Tempelberg entfernt und mischte sich unter die Zuschauer, als sei er nur ein neugieriger Tourist. Moishe und Eli standen Rücken an Rücken der Menge gegenüber. Buck hatte sie noch nie in einer solchen Stellung gesehen und fragte sich, ob Moishe nach irgendetwas suchte. Eli sprach mit seiner lauten, durchdringenden Stimme, aber im Augenblick wetteiferte er mit dem Kommandeur der Truppen der Weltgemeinschaft und seinem Lautsprecher. Der Offizier machte seine Durchsage in verschiedenen Sprachen, zuerst auf Hebräisch, dann auf Spanisch und zuletzt in einer asiatischen Sprache, die Buck nicht benennen konnte. Schließlich wiederholte er sie in gebrochenem Englisch mit hebräischem Akzent. Daran erkannte Buck, dass der Offizier Israeli war.

»Achtung, meine Damen und Herren! Ich bin vom Supreme Commander der Weltgemeinschaft gebeten worden, die Bürger an die Proklamation Seiner Exzellenz, des Potentaten Nicolai Carpathia, zu erinnern –« An dieser Stelle brach die Menge in Jubel und Applaus aus. »Die beiden Männer, die Sie hier vor sich sehen, stehen unter Hausarrest. Sie dürfen diesen Bereich bis zum Ende der Konferenz der Zeugen am Freitag Abend nicht verlassen. Bei Zuwiderhandlung ist jeder Beamte der Weltgemeinschaft und jeder Bürger berechtigt, sie gewaltsam zurückzuhalten, zu verwunden oder zu töten. Falls sie nach diesem Zeitpunkt an irgendeiner anderen Stelle, ich wiederhole, an irgendeiner anderen Stelle gesehen werden, sollen sie zu Tode gebracht werden.«

Die Menge in der Nähe des Zaunes brach erneut in Jubel aus. Die Leute lachten, deuteten mit den Fingern auf die beiden Männer und spuckten sie an. Doch noch immer hielten die Zuschauer einen Abstand von mindestens zehn Metern, da sie Angst hatten, von den Zeugen angegriffen zu werden. Zwar behaupteten viele, die beiden hätten aus Lust und Laune einige Menschen ermordet, die ihnen zu nahe gekommen seien, aber Buck selbst hatte gesehen, wie ein Soldat sie mit einem Gewehr bedroht hatte. Er war durch Feuer verbrannt worden, das aus dem Mund der Zeugen gekommen war. Ein anderer Mann, der mit einem Messer auf sie losgegangen war, schien gegen eine unsichtbare Mauer geprallt zu sein und fiel tot um.

Die Zeugen ließen sich von dieser Ankündigung und dem Offizier natürlich gar nicht beeindrucken. Sie blieben reglos Rücken an Rücken stehen, doch es bestand ein großer Unterschied zwischen dem ersten Mal, als er sie gesehen hatte, und diesem Abend. Wegen des unglaublich großen Interesses, das durch die Übertragung aus dem Teddy-Kollek-Stadion auf sie gelenkt worden war, und der Tatsache, dass sie sowohl von Leon Fortunato als auch Carpathia selbst erwähnt worden waren, wimmelte es jetzt nur so von Reportern vor der Klagemauer.

Riesige Lampen erleuchteten den Platz; ein heller Spot war auf die beiden Zeugen gerichtet. Doch niemand sah sie jemals kommen oder gehen; niemand wusste, woher sie stammten. Sie waren von Anfang an seltsam gewesen. Jemand behauptete, sie seien die Reinkarnation von Mose und Elia, aber Buck war der Meinung, dass sie die beiden alttestamentlichen Gestalten höchstpersönlich waren.

Ihre Augen glühten, ihre Stimmen waren übernatürlich laut und ohne Lautsprecheranlage eine Meile weit zu hören.

Ein Israeli stellte auf Hebräisch eine Frage und der Offizier der Weltgemeinschaft übersetzte sie in alle Sprachen. »Er möchte wissen, ob er bestraft würde, wenn er diese Männer jetzt auf der Stelle töten würde.« Die Menge jubelte erneut. Der Offizier der Weltgemeinschaft gab ihm eine Antwort.

»Wenn jemand sie noch in dieser Nacht töten würde, würde er nur bestraft werden, wenn ein Augenzeuge gegen ihn aussagen würde. Ich kann nicht sehen, dass es hier irgendwelche Augenzeugen gibt.«

Die Menge lachte und klatschte zustimmend, auch die anderen Soldaten stimmten in den Jubel ein. Buck zuckte zusammen. Die Weltgemeinschaft hatte gerade die Erlaubnis erteilt, die Zeugen zu ermorden, ohne eine Bestrafung fürchten zu müssen! Buck war versucht, die Leute zu warnen, nicht eine solche Dummheit zu begehen. Er hatte persönlich miterlebt, was früheren Attentätern zugestoßen war. Doch Eli schnitt ihm das Wort ab.

Er bewegte kaum seine Lippen, sprach jedoch so laut, als würde er aus vollem Halse schreien. »Kommt näher und stellt diese Warnung vom Herrn der Heerscharen nicht in Frage. Derjenige, der es wagt, die Hand zu erheben gegen die Knechte des allerhöchsten Gottes, ja die Gesandten dessen, der hoch über dem Himmel thront, soll sterben!«

Die Menge und die Soldaten wichen vor seiner kraftvollen Stimme zurück. Doch schon bald rückten sie langsam und spottend wieder vor. Eli unterbrach sie erneut. »Versucht nicht die Erwählten, denn die Hand zu erheben gegen die Stimmen, die in der Wüste rufen, ist so, als würde man den eigenen Kadaver vor den Augen anderer Schakale verbrennen. Gott selbst wird euer Fleisch verbrennen, und es wird von euren Knochen fallen, bevor ihr noch einen Atemzug getan habt!«

Ein hysterisch lachender Mann zog eine Maschinenpistole hervor. Buck hielt die Luft an, als er sie über der Menge schwenkte und einige schrien ihm Warnungen zu. Die Waffe hatte eine Reichweite von mehr als 300 Metern. Warum, fragte sich Buck, würde ein Mann mit einer solchen Waffe es riskieren, sie vor den Zeugen und ihrer Macht hervorzuholen?

Der Offizier der Weltgemeinschaft trat zwischen den Mann und den Eisenzaun, hinter dem die Zeugen standen. Er sprach den Mann auf Hebräisch an, aber offensichtlich verstand dieser ihn nicht. »Englisch!«, schrie der Mann. Er schien aber kein Amerikaner zu sein.

»Wenn Sie das als einen Dienst für die Weltgemeinschaft tun«, erklärte der Offizier auf Englisch, »müssen Sie die volle Verantwortung für die Konsequenzen übernehmen.«

»Sie haben gesagt, es gäbe keine Augenzeugen!«

»Sir, die ganze Welt sieht über Fernsehen und Internet zu.«

»Dann werde ich ein Held sein! Aus dem Weg!«

Der Offizier rührte sich nicht, bis der Mann mit der Waffe auf ihn zielte. Daraufhin verschwand er in der Dunkelheit und der Mann stand allein vor dem Zaun. Doch sonst war niemand da. Die Zeugen waren verschwunden.

»Ihr droht, mein Fleisch zu verbrennen, ja?«, wütete der Mann. »Stellt euch zuerst diesem Kugelhagel, ihr Feiglinge!«

Der Offizier der Weltgemeinschaft trat wieder an seinen Lautsprecher und sprach sehr eindringlich zu der Menge.

»Wir werden das Gebiet hinter dem Zaun absuchen! Wenn die beiden nicht da sind, so ist das ein Verstoß gegen den direkten Befehl des Potentaten. Sie dürfen von jedem erschossen werden – ohne Furcht vor Strafe!«

8

Obwohl es schon sehr spät war, herrschte auf dem Tempelberg Feststimmung. Hunderte von Menschen schlenderten herum, plauderten über die Frechheit der beiden alten Männer, sich Carpathia zu widersetzen. Doch die beiden wussten ja, was ihnen drohte und innerhalb weniger Minuten würden sie bestimmt tot sein.

Buck wusste es natürlich besser. Er hatte Bruce Barnes' und später Tsion Ben-Judahs Lehren gehört und wusste, was die Zeugen mit dem »festgesetzten Zeitpunkt« meinten. Nach biblischer Prophezeiung war den Zeugen von Gott die Macht verliehen, 1 260 Tage in Sackleinen gekleidet zu prophezeien. Sowohl Bruce als auch Tsion führten aus, dass diese Zeit ab der Unterzeichnung des siebenjährigen Friedensvertrages des Antichristen mit Israel gezählt wurde. Diese sieben Jahre waren gleichzeitig die Trübsalszeit. Eine solche Vereinbarung war gut zwei Jahre zuvor unterzeichnet worden und 1260 Tage waren ungefähr dreieinhalb Jahre. Buck rechnete damit, dass der von den Zeugen genannte Zeitpunkt erst in gut einem Jahr kommen würde.

Plötzlich ertönte vom Ölberg die Stimme der beiden und die Menge setzte sich in diese Richtung in Bewegung. Mordlust flackerte in ihren Augen. Die Soldaten schlossen sich ihnen mit schussbereiten Waffen an. Die Zeugen sprachen mit so lauter Stimme, dass sie trotz des Aufruhrs und Lärms ganz deutlich zu verstehen waren.

»Hört auf uns, Diener des allmächtigen Gottes, des Schöpfers des Himmels und der Erde! Seht her, wir sind die beiden Ölbäume, die beiden Leuchter, die vor dem Gott der Erde stehen. Falls ein Mensch uns Schaden zufügen will, schlägt Feuer aus unserem Mund und verzehrt unsere Feinde. So wird jeder sterben, der uns schaden will. Hört und lasst euch warnen!

Wir haben die Macht bekommen, den Himmel zu verschließen, so dass es nicht regnet in den Tagen unseres Wirkens als Propheten. Ja, wir haben Macht, das Wasser in Blut zu verwandeln und die Erde mit allen möglichen Plagen zu schlagen, sooft wir wollen.

Und was ist unsere Prophezeiung, o du Generation von Schlangen und Vipern, die du die Heilige Stadt, in der der Messias getötet wurde und auferstanden ist, Ägypten und Sodom gleichgemacht hast? Dass Jesus von Bethlehem, der Sohn der Jungfrau Maria, im Anfang bei Gott war und er war Gott und er ist Gott. Ja, er hat alle Prophezeiungen des kommenden Messias erfüllt und er wird regieren und herrschen jetzt und in alle Ewigkeit, Amen!«

Die wütenden Schreie der Israelis und der Touristen schallten durch die Nacht. Keuchend folgte Buck der aufgebrachten Menge. Keine Fernsehscheinwerfer hatten die Zeugen erfasst, und nichts beleuchtete sie vom Himmel, doch strahlten sie so hell wie der Tag in dem dunklen Olivenhain. Es war ein Ehrfurcht gebietender, beängstigender Anblick, und Buck verspürte den Drang, auf die Knie zu fallen und Gott anzubeten, der treu zu seinem Wort stand.

Als die Menge den Fuß des ansteigenden Hügels erreicht hatte, holte Buck sie ein.

»Es ist an uns zu sagen, wann Regen fällt«, riefen die Zeugen und ein Regenguss vom Himmel durchnässte die Menge, auch Buck. Seit 24 Monaten war kein Regentropfen mehr gefallen. Die Menschen verrenkten sich den Hals, wandten ihre Gesichter dem Himmel zu und öffneten den Mund. Doch der Regen hörte in dem Moment, in dem er begonnen hatte, wieder auf, als ob Eli und Moishe einen Hahn aufgedreht und sofort wieder zugedreht hätten.

»Und es ist an uns, den Himmel für die Zeit unseres Wirkens als Propheten zu verschließen!«

Die Menge war verblüfft und stieß erneut Drohungen aus. Langsam schoben sie sich zu dem erleuchteten Paar auf dem Berg vor, doch knapp 30 Meter von ihnen entfernt brachten die beiden sie allein mit ihrer Stimme zum Innehalten.

»Bleibt stehen und hört uns an, oh ihr Bösen aus Israel! Ihr, die ihr den Namen des Herrn, unseres Gottes schmäht, indem ihr Tiere in dem Tempel opfert, den ihr behauptet, zu seiner Ehre errichtet zu haben! Wisst ihr nicht, dass Jesus, der Messias, das Lamm war, das die Sünden der Welt getragen hat? Eure Opfer von Tierblut sind ein übler Geruch in der Nase eures Gottes! Wendet euch von euren bösen Wegen ab, oh ihr Sünder! Seht euch selbst als die Leichen, die ihr bereits seid! Tretet nicht näher an die Erwählten heran, deren Zeit noch nicht gekommen ist!«

Doch entsetzt musste Buck beobachten, wie zwei Soldaten der Weltgemeinschaft mit schussbereiten Waffen an ihm und der Menge vorbeieilten. Immer wieder rutschten sie auf dem feuchten Gras aus. Unaufhaltsam drängten sie den Berg hinauf, der erhellt war von dem Licht, das die Zeugen ausstrahlten.

»Weh über euch, die ihr die Ohren vor den Warnungen der Erwählten verschließt!«, riefen die Zeugen. »Flieht in die Höhlen, um euch zu retten! Eure Mission ist dem Untergang geweiht! Euer Körper wird verzehrt werden! Eure Seele wird keine Erlösung finden!«

Doch die Soldaten ließen sich nicht aufhalten. Buck blinzelte, er wusste, was kommen würde. Die Menge schrie, drohte den Zeugen mit der Faust und forderte die Soldaten auf, das Feuer zu eröffnen. Ohrenbetäubende Schüsse ertönten, orangefarbene Blitze zuckten aus den Gewehrmündungen.

Die Zeugen standen Seite an Seite und blickten ihre Angreifer, die flach auf dem Bauch lagen, unbeeindruckt an. Die Menge verstummte, die Schüsse verhallten. Alle starrten die beiden Zeugen an und fragten sich, wie die Soldaten sie aus so kurzer Entfernung hatten verfehlen können. Die Soldaten rollten sich auf die Seite und wechselten mit einem lauten Klick ihre Magazine aus. Sie schossen erneut.

Die Zeugen hatten sich nicht gerührt. Bucks Blick hing an ihnen, als ein blendend weißer Blitz aus ihrem Mund fuhr und sie einen Schwall Schwefeldampf unmittelbar auf die Soldaten zu spucken schienen. Die Angreifer hatten keine Zeit, sich zusammenzurollen, bevor sie verbrannten. Ihre Waffen blieben auf ihren Arm- und Handknochen liegen, während ihr Fleisch von den Knochen fiel und ihr Brustkasten und ihr Becken sich gespenstisch vom Gras abhoben.

Innerhalb von Sekunden verwandelte die weiße Hitze ihre Gewehre in eine tropfende Flüssigkeit und ihre Knochen zu Asche. Die Menschen flohen schreiend und in Panik den Berg hinunter und hätten Buck beinahe überrannt, als sie sich an ihm vorbeidrängten. Mit gemischten Gefühlen hatte Buck dieses Schauspiel verfolgt, wie immer, wenn er Menschen sterben sah. Die Zeugen hatten erklärt, dass die Seelen der Angreifer verloren sein würden. Sie waren gewarnt gewesen.

Entsetzt über den Verlust von Leben und die ewige Verdammnis, die die Soldaten nun erwartete, spürte Buck, wie ihm die Knie weich wurden. Er konnte den Blick nicht von den Zeugen abwenden. Die Helligkeit des todbringenden Feuers brannte noch immer in seinen Augen, und es war, als wäre das Licht, das von ihnen ausgegangen war, nun fort. In der Dunkelheit erkannte er, dass sie nun langsam den Berg hinabstiegen. Warum, fragte er sich, erschienen sie nicht einfach da, wo sie hingehen wollten, so wie es am Abend zuvor und auch jetzt wieder auf dem Ölberg geschehen war? Sie waren wirklich nicht einzuschätzen, und als sie sich ihm jetzt näherten, hielt er die Luft an.

Er kannte sie. Er hatte mit ihnen gesprochen. Sie schienen das Volk Gottes zu kennen. Sollte er etwas sagen? Und was konnte man sagen? *Schön, euch wiederzusehen? Was ist los? Gute Arbeit bei den Soldaten?*

Wenn er früher schon einmal in ihrer Nähe gewesen war, hatte sich immer der Eisenzaun zwischen ihnen befunden. Natürlich konnte man sich als Mensch vor Wesen wie diesen, die die Feuermacht Gottes in sich trugen, nicht schützen. Buck fiel auf die Knie, als sie an ihm vorbeigingen, und er sah auf, als er sie murmeln hörte:

»Der Herr der Heerscharen hat geschworen: ›Es soll gehen, wie ich's denke und soll zustande kommen, wie ich's im Sinn habe.‹«

Bei den Worten Gottes fiel Buck mit dem Gesicht zu Boden und begann zu weinen. Gottes Plan würde sich erfüllen. Niemand konnte sich gegen die Gesalbten Gottes wenden, bis Gott es zuließ. Die Zeugen würden ihren Dienst während des großen und schrecklichen Tages des Herrn fortführen, und keine Ankündigung, keine Strafe und kein Hausarrest würde sie davon abhalten.

Wenn nur Chaim Rosenzweig dies hätte miterleben können, dachte Buck, als er zu seinem Parkplatz am Tempelberg zurückkehrte.

Als Buck bei Chaims Haus ankam, wurde er von Jonas, dem Torwächter hineingewunken. Er schloss ihm auch die Haustür auf, da sonst niemand mehr wach war. Buck sah zu Chloe herein. Er war dankbar, dass sie noch schlief. Dann trat er auf den Balkon vor ihrem Schlafzimmer hinaus. Seine Augen mussten sich erst wieder an die Dunkelheit gewöhnen.

Er befand sich auf der der Einfahrt gegenüberliegenden Hausseite, wo Jonas jetzt Nachtwache hielt. Etwa alle halbe Stunde drehte dieser eine Runde über das Grundstück. Buck wartete, bis Jonas erneut vorbeikam, dann überprüfte er, ob die Möglichkeit bestand, hinter dem Geländer des Balkons hinaufzusteigen.

Auf der einen Seite zog sich ein Abflussrohr nach oben, das zwar alt, aber noch immer intakt und stabil war. Auf der anderen Seite befanden sich einige in den Stuck eingelassene Telefon- oder Fernsehkabel. Wie auch immer, sie würden ihn nicht tragen. Bei dem Abflussrohr dagegen waren alle paar Zentimeter vorstehende Schweißnähte zu finden. Daran ließ sich gut hochklettern. Das hieß, falls man keine Angst hatte.

Buck hatte sich nie für einen ängstlichen Menschen gehalten. Es widerstrebte ihm nur, Rosenzweigs Misstrauen zu wecken, indem er ihn nach den Plänen für das Haus fragte, und er war sicher, dass ihm bisher noch kein Weg zum Dach aufgefallen war. Er musste wissen, ob ein Hubschrauber darauf würde landen können. Es gab keinen anderen Weg, dies herauszufinden.

Buck wischte sich die Hände ab, bis sie trocken waren. Dann band er sich seine Schuhe noch einmal fest zu und rollte sich die Hosenbeine hoch. Er stellte sich auf das Geländer, zog sich hinauf und begann, das Abflussrohr hochzuklettern. Als er sich drei Meter über dem Balkon befand und an einem kleinen Glasfenster der dritten Etage vorbeikam, machte er den Fehler, nach unten zu sehen. Bis zum Dach waren es noch weitere drei Meter, aber selbst wenn er von der Stelle, an der er sich befand, hinunterfiel, würde er vom Geländer aufgespießt werden. Hier gab es keinen Spielraum, keinen Ausweg, keinen Raum für einen Irrtum. Ein Fehltritt, eine kleine Schwäche, einmal das Gleichgewicht verlieren, er würde unweigerlich fallen und konnte nur hoffen, so weit in der Mitte des Balkons aufzutreffen, dass er nicht über das Geländer stürzte. Wenn er auf dem Boden aufschlug, wäre er *mit Sicherheit* tot. Wenn er auf dem Balkon landete, wäre er *vermutlich* tot.

Also, was sollte er nun tun? Weitermachen und die Mission zu Ende bringen oder sich schnell wieder in Sicherheit bringen? Er beschloss weiterzumachen. Etwa einen Meter vom Dach entfernt wurde er erneut unsicher, aber er wusste auch, dass er sich nicht in Gefahr befand, wenn er sich zusammenriss. Falls er jedoch Panik bekam oder nach unten sah, wäre er verloren. Als er sein linkes Bein über den Vorsprung des flachen Daches schob, stellte er sich vor, wie er als menschliche Fliege aus eigener Schuld am Dach eines dreistöckigen Gebäudes hing.

Ich bin ein Idiot, schalt er sich, aber er fühlte sich sehr viel besser, als er auf dem Dach stand. Es war eine helle, sternklare Nacht, kühl und windstill. Er entdeckte Sicherungskästen, Ventilatoren, Abflussrohre und hier und da Ventile. Rayford oder wer auch immer würde einen ziemlich großen, freien Bereich benötigen, auf dem er den Hubschrauber würde aufsetzen können.

Auf Zehenspitzen schlich Buck über das Dach, da er wusste, dass seine Schritte unten sehr viel lauter zu hören sein würden. Sehr zu seinem Erstaunen entdeckte er einen alten Hubschrauberlandeplatz. Die Markierungen waren verblichen, aber was immer dieses Gebäude gewesen war, bevor der Nationalheld darin eingezogen war, es hatte über einen Hubschrauberlandeplatz verfügt. Er nahm an, dass Rosenzweig davon wusste und ihm dieses Abenteuer hätte ersparen können, wenn er ihn gefragt hätte.

Auch nahm er an, dass es einen Zugang vom Dach zum Haus geben musste, wenn ein Hubschrauberlandeplatz vorhanden war. Er sah sich um und entdeckte schließlich eine schwere Metalltür. Sie war verrostet und verbogen, aber nicht abgeschlossen. Buck konnte sich allerdings vorstellen, wie laut das Quietschen und Stöhnen des Metalls im Inneren zu hören sein würde, wenn er nicht vorsichtig war.

Ganz langsam versuchte er, die Tür zu öffnen und zu bewegen. Er lehnte sich mit der Schulter gegen die Mauer und schob seine Finger in den Spalt, damit sie nicht zu schnell aufging. Stöhnend und ächzend schaffte er es, die Tür einen Spaltbreit aufzuziehen. Das machte zwar Lärm, aber es war nicht so schlimm, und er nahm an, dass niemand es gehört hatte. Falls Soldaten angerannt kämen oder falls er jemanden im Haus geweckt hätte, würde er sich schnell vorstellen und erklären, was er vorhatte.

Buck versuchte, sich durch die Öffnung zu zwängen, aber der Spalt war noch zu schmal. Vorsichtig zog er sie noch ein Stück weiter auf. Schließlich passte er hindurch und fand sich auf der obersten Stufe einer staubigen und mit Spinnweben verhangenen Holztreppe wieder. Sie knarrte, während er sich langsam vortastete. Im Dunkeln suchte er nach einem Lichtschalter, obwohl er in dieser Hinsicht keine große Hoffnungen hegte. Er fand tatsächlich nichts und schob vorsichtig seinen Fuß vor. Plötzlich strich etwas an seiner Stirn vorbei. Erschrocken fuhr er zusammen. Beinahe wäre er vor Schreck die Treppe hinuntergefallen, doch er konnte sich noch gerade abfangen, indem er sich gegen die raue Holzwand drückte.

Vorsichtig tastete er in der Dunkelheit herum und fand eine frei hängende Glühbirne mit einem Schalter an der Fassung. War es möglich, dass sie noch funktionierte? Wie viel Glück konnte ein Mensch in einer einzigen Nacht haben? Er betätigte den Schalter und das Licht ging an. Buck schloss instinktiv die Augen vor der Helligkeit und gleichzeitig hörte er den Glühfaden platzen. Damit war zu rechnen gewesen, denn die Glühbirne war bestimmt jahrelang nicht mehr benutzt worden.

Er öffnete die Augen wieder und blinzelte. Der Raum lag im Dunkeln, doch vor seinen Augen tanzten noch gelbe Sternchen. Er tastete sich die Treppe hinunter und kam an eine zweite, große Holztür. Er fand den Türknauf, der sich auch ohne weiteres herumdrehen ließ. Aber die Tür rührte sich nicht. Und er spürte, dass sie nicht klemmte. Er hatte den Eindruck, dass sie verschlossen war. Seine Finger ertasteten das Schloss unter dem Griff. Diese Tür würde sich ohne Schlüssel nicht öffnen lassen. Er würde den Raum auf demselben Weg verlassen müssen, den er gekommen war.

Entmutigt zog Buck sich zurück. Irgendwie würde er von innen diese Tür finden und Chaim nach dem Schlüssel fragen.

Als er das Abflussrohr erreichte, war er gezwungen, nach unten zu sehen, bevor er sich über den Dachvorsprung schwang und hinunterkletterte. Das war ein Fehler. Jetzt würde er sich überwinden müssen. Und wie lange war er fort gewesen? Er beschloss, die nächste Runde von Jonas abzuwarten. Schon bald wurde ihm klar, dass der Nachtwächter gerade erst seine Runde gedreht haben musste. Erst knapp eine halbe Stunde später schlenderte Jonas erneut vorbei.

Buck umklammerte das Abflussrohr mit beiden Händen, schwang sein Bein über die Brüstung, suchte mit dem Fuß nach der ersten Schweißnaht und kletterte hinunter. Er wollte gerade auf das Geländer vor seinem und Chloes Zimmer steigen, als er aus den Augenwinkeln heraus eine Bewegung wahrnahm. Er glaubte gesehen zu haben, wie sich eine Gardine bewegte.

War Chloe wach? Hatte sie ihn gehört? Konnte sie ihn sehen? Er wollte sie nicht erschrecken. Aber wenn das nun jemand von der Weltgemeinschaft war? Wenn sie sich nun auch schon hier breit gemacht hatten? Natürlich konnten es auch Chaims Sicherheitsleute sein. Würden sie etwas unternehmen, bevor er in der Lage war, sich zu erkennen zu geben?

Buck hing am Abflussrohr und fühlte sich wie ein Idiot. Er hätte einfach auf die Terrasse springen und im Schlafzimmer verschwinden sollen. Aber er musste sicher sein, dass niemand am Fenster stand. Er ließ sich mit einer Hand los und beugte sich so weit hinunter, wie er konnte. Nichts.

Er spreizte die Knie und senkte den Kopf. Waren die Vorhänge jetzt offen? Er glaubte sich zu erinnern, dass sie geschlossen gewesen waren. Während er versuchte, noch etwas mehr zu erkennen, rutschte zuerst ein Fuß, dann der zweite von der Schweißnaht ab. Jetzt hing er nur noch an einer Hand. Er konnte nur hoffen, dass niemand ihn durch das Fenster beobachtete, denn niemand – und schon gar nicht er – konnte sich lange so halten.

Buck rutschte ab und fiel nach unten, seine Nase nur Zentimeter von der Glastür entfernt. Als seine Füße den Balkon berührten, starrte er in ein zweites Augenpaar in einem leichenblassen Gesicht.

Bei dem Aufprall verlor Buck das Gleichgewicht und er fiel rückwärts über das Geländer. Kopfüber stürzte er darüber, und es gelang ihm gerade noch, sich an den Stäben festzuhalten, damit er nicht mit dem Kopf zuerst auf der Terrasse aufschlug.

Unter Aufbietung aller Kräfte zog sich Buck wieder hoch. In der Zwischenzeit hatte Chloe natürlich zu schreien begonnen. Er schwang die Beine über das Geländer und landete schließlich auf dem Balkon.

»Ich bin es nur, Liebes«, sagte er, während Chloe noch immer mit weit aufgerissenen Augen aus dem Fenster starrte.

Er rieb sich den Rücken und öffnete die Tür.

»Was um alles in der Welt ist passiert?«, fragte sie immer und immer wieder. »Ich hätte beinahe eine Fehlgeburt gehabt.«

Buck versuchte, es ihr zu erklären, während er sich auszog. Er war schrecklich müde. Es klopfte an der Tür.

»Alles in Ordnung, Madam?«, fragte jemand. »Wir haben einen Schrei gehört.«

»Ja, vielen Dank«, brachte sie heraus, dann begann sie zu kichern. Der Soldat entfernte sich brummend.

»Frisch verheiratet!«

Buck und Chloe lachten, bis ihnen die Tränen die Wangen hinunterliefen.

»Auf jeden Fall habe ich einen alten Hubschrauberlandeplatz entdeckt«, erklärte Buck, als er sich im Bett ausstreckte, »und –«

»Das weiß ich bereits«, erwiderte Chloe. »Ich habe Chaim danach gefragt, als er nach Hause gekommen ist.«

»Tatsächlich?«

»Allerdings.«

»Aber er soll doch nicht erfahren, dass wir etwas planen –«

»Ich weiß, du Superdetektiv. Ich habe ihn nur nach diesem Haus gefragt. Es war früher eine Botschaft. Daher also der –«

»Hubschrauberlandeplatz.«

»Richtig. Er hat mir sogar die Tür gezeigt, die zum Dach führt. Unmittelbar daneben hängt der Schlüssel an einem Nagel. Ich wette, man könnte die Tür sogar damit aufschließen.«

»Ich bin ein solcher Trottel«, erklärte er.

»Du bist *mein* Trottel. Hast mich zu Tode erschreckt. Wenn ich eine Waffe gehabt hätte, hätte ich dich erschossen. Ich habe überlegt, ob ich nach draußen laufen und dich über das Geländer schubsen sollte.«

»Und was hat dich davon abgehalten?«

»Irgendetwas sagte mir, dass du das sein müsstest. Du sahst nicht sehr gefährlich aus, als du da gehangen hast.«

»Willst du denn nicht wissen, wohin ich gefahren bin?«

»Ich nehme an, du bist zur Klagemauer gefahren; darum habe ich dich nicht angerufen.«

»Du kennst mich viel zu gut.«

»Ich wusste, du würdest sehen wollen, wie die Zeugen auf Carpathias Drohung reagieren. Waren viele Menschen da?«

Rayford konnte nicht schlafen, was selten der Fall war. Immer wieder sah er auf seine Uhr und überlegte, wie spät es in Israel war. Sollte er Buck oder Chloe anrufen? Sie würden ihm vermutlich sagen, die Lage habe sich entspannt und sie seien nicht der Meinung, dass sie in Gefahr waren. Aber Buck hatte nicht so eng mit Carpathia zusammengearbeitet wie er. Er kannte den Mann nicht so gut wie er. Außerdem würde er gern mit Tsion sprechen. Obwohl der Rabbi sich fest darauf verließ, dass Gott ihn beschützen würde, konnte man nicht vorsichtig genug sein. In der Bibel stand ganz deutlich, dass die Versiegelten Gottes eine Zeit lang vor den Gerichten Gottes geschützt waren. Ihnen würde kein Leid geschehen, aber es war nichts davon zu lesen, ob auch Nichtjuden wie Rayford und seine Familie unter diesem Schutz standen.

Und wenn auch die 144 000, zu denen Tsion ganz eindeutig gehörte, vor den Gerichten geschützt waren, so schien es doch unwahrscheinlich, dass keiner von ihnen in dieser Zeit durch andere Ursachen sterben würde. Rayford konnte es kaum erwarten, sie aus Israel herauszuholen. Als die Morgendämmerung in Chicago heraufzog, schlief er endlich ein. Am späten Vormittag, als er erwachte, waren die Israelreisenden bereits auf dem Weg zur Abendveranstaltung, die er über Internet verfolgen würde.

Wieder einmal hatte Buck mehrere Stunden geschlafen und Chloe hatte ihn nicht gestört.

»Du hast einen anderen Rhythmus als ich«, erklärte sie. »Wenn du so lange aufbleibst und James Bond spielst, brauchst du deine Ruhe. Im Ernst, Buck, du musst gesund bleiben. Seit Monaten schon rackerst du dich ab und jemand muss ja auf dich aufpassen.«

»Ich versuche, auf dich aufzupassen«, erklärte er.

»Ja, indem du mitten in der Nacht auf meinem Balkon herumschnüffelst.«

Chaim hatte mit Fortunato vereinbart, dass Jacov wegen des Zwischenfalls am Abend zuvor nicht strafrechtlich verfolgt werden würde, wenn Chaim damit einverstanden war, dass er Tsion nicht mehr fahren würde. Aber Jacov war über die Aussicht, die Abendveranstaltung nicht besuchen zu dürfen, so aufgebracht, dass Dr. Rosenzweig schließlich damit einverstanden war, ein Auge zuzudrücken: Buck fuhr. Jacov fuhr mit und brachte einen Gast mit: Stefan.

Als sie am späten Nachmittag beim Stadion eintrafen – die unvermeidliche Eskorte der Weltgemeinschaft hatte sie dieses Mal über die Schleichwege geführt, die Jacov ihnen am Tag zuvor gezeigt hatte –, stieg Jacov mit so strahlendem Gesicht aus dem Wagen aus, dass Buck unwillkürlich lächeln musste.

Chloe wollte an diesem Abend einmal zu Hause bleiben. Buck machte sich Sorgen. Er hatte mehr Widerspruch von ihr erwartet, und jetzt fragte er sich, ob es ihr vielleicht doch schlechter ging, als sie sich anmerken ließ. Natürlich hatte die Flucht vor der Weltgemeinschaft am Abend zuvor sie arg mitgenommen, und er hoffte, dass ihr klar war, dass ähnliche Zwischenfälle für sie und das ungeborene Baby nicht gut waren.

Den ganzen Tag lang war im Fernsehen darüber berichtet worden, dass die beiden Prediger an der Klagemauer die Anweisungen des Potentaten bewusst missachtet hatten. Den Berichten zu Folge hatten die beiden, als die Truppen der Weltgemeinschaft versuchten, sie zu verhaften und ihrer gerechten Strafe zuzuführen, zwei Soldaten kaltblütig ermordet. Augenzeugen auf dem Ölberg berichteten, die beiden hätten Flammenwerfer in ihren Kleidern versteckt gehabt und sie hervorgezogen, als die Soldaten nur wenige Meter von ihnen entfernt gewesen wären. Die Waffen seien ihnen nicht abgenommen worden, obwohl die beiden Prediger seit den frühen Morgenstunden bereits wieder ihre Stellung an der Klagemauer bezogen hätten.

Übertragungen vom Schauplatz zeigten große Menschenmengen, die die beiden verspotteten und verlachten, jedoch einen größeren Abstand als sonst zu ihnen hielten.

Buck fragte Tsion: »Warum lässt Nicolai nicht eine Bombe auf sie fallen oder greift sie mit Raketen oder so etwas an? Was würde in diesem Fall passieren, da es ja erst in einem Jahr so weit ist?«

»Selbst Nicolai weiß, wie heilig der Tempelberg ist«, erklärte Tsion, als er aus dem Van ausstieg. Er eilte ins Stadion, um der jubelnden Menge zu entkommen.

»Wie gern würde ich sie alle begrüßen«, sagte er, »aber ich fürchte das Chaos, das dadurch entsteht.« Er fand einen Sitzplatz. »Auf jeden Fall«, fuhr er fort, »würde Carpathia keine Gewalttätigkeiten dort erlauben, zumindest nicht, wenn sie bis zu ihm zurückverfolgt werden könnten. Seine Drohung, sie zu töten, wenn sie nach dem Ende der morgigen Veranstaltung noch dort bleiben, ist ein Trick. Offen gesagt, ich bin froh, dass er damit an die Öffentlichkeit gegangen ist. Ich rechne damit, dass die beiden seine Autorität verhöhnen, indem sie bleiben, wo sie sind.«

Jacov und Stefan sahen ganz anders aus als in der Nacht zuvor. Rosenzweig schien Recht zu haben. Stefan konnte Alkohol sehr viel besser vertragen als Jacov. Ihm schien es verhältnismäßig gut zu gehen. Er war recht amüsant. Sie suchten sich einen guten Platz, und Jacov bat Buck, für seine Frau zu beten, die die Veranstaltung zu Hause vor dem Fernsehgerät verfolgen würde.

»Sie macht sich Sorgen um mich«, erklärte er. »Sie denkt, ich hätte den Verstand verloren. Ich habe ihr gesagt, ich hätte nichts verloren, sondern – im Gegenteil – etwas gefunden!«

Die Soldaten der Weltgemeinschaft blickten jeden, der am Programm beteiligt war, drohend an, als wollten sie ausdrücken, sie täten nur, was ihnen aufgetragen worden sei. Wenn es nach ihnen ginge, würden sie die Menge derer, die sich ihrem Potentaten widersetzten, vernichten.

An diesem zweiten Abend rechnete man nicht mit unerwarteten Zwischenfällen. Nicolai und seine Leute würden bestimmt nicht schon wieder auftauchen. Doch wegen der Vorfälle des vergangenen Abends war die Menge der Zuschauer größer denn je. Die Gläubigen waren da, aber auch viele neugierige Skeptiker waren gekommen.

Wieder begann der Abend mit einer einfachen Begrüßung, dem Singen eines Liedes und der Vorstellung von Tsion Ben-Judah. Erneut wurde er mit donnerndem Applaus begrüßt. Doch er lächelte nur und hob die Hände. Buck stand wieder auf seinem Platz und beobachtete ehrfurchtsvoll den Mann, der ihm ein geistlicher Vater geworden war – der Rabbi, der durch das Studium der alttestamentlichen Prophezeiungen zu Jesus gefunden hatte, leitete nun über Internet eine Herde von Millionen Menschen. Da stand er, ein kleiner Mann mit einer Bibel und einigen Notizen in der Hand. Aber er zog eine gewaltige Menschenmenge in seinen Bann.

»Ich habe gehört, dass Sie heute viel gelernt haben«, begann Tsion. »Und heute Abend werden Sie noch mehr lernen. Ich habe Sie im Voraus vor vielen Gerichten gewarnt, den sieben Siegelgerichten, den sieben Posaunengerichten und schließlich den sieben Zornesschalen, die dann die Wiederkunft von Jesus Christus einleiten werden.

Ich habe die siebenjährige Trübsalszeit von der Unterzeichnung des Vertrages zwischen der Weltregierung und dem israelischen Volk ab verfolgt. Nach den Gerichten zu urteilen, die bisher über die Welt hereingebrochen sind, möchte ich sagen, dass wir auf einem Felsvorsprung stehen. Wir haben alle sieben Siegelgerichte und die ersten drei der sieben Posaunengerichte bereits überstanden. Als Nächstes kommt das vierte Posaunengericht.

Um den Menschen, die von diesen Dingen noch nichts wissen, zu zeigen, dass wir wissen, wovon wir sprechen, werde ich Ihnen sagen, was auf uns zukommt. Wenn es dann eintrifft, kann kein Mensch mehr leugnen, dass er gewarnt worden ist und dass diese Warnung bereits seit Jahrhunderten in der Bibel steht. Gott möchte nicht, dass auch nur ein Mensch verloren geht, sondern dass alle umkehren und ihr Leben ändern. Dies ist der Grund für diese Zeit der Versuchung und der Mühsal. Obwohl er lange Geduld gehabt und seine Gemeinde schließlich zu sich geholt hat, lässt er nun ein Gericht nach dem anderen auf eine ungläubige Welt hereinbrechen. Warum? Ist er wütend auf uns? Sollte er das nicht sein?

Aber nein! Nein! Tausendmal Nein! In seiner Liebe und Gnade hat er alles versucht, unsere Aufmerksamkeit zu bekommen. Wir alle, die wir bis zu diesem Tag auf der Erde zurückgeblieben sind, haben es versäumt, auf seinen liebevollen Ruf zu antworten. Und jetzt benutzt er jeden Pfeil in seinem Köcher und macht mit jedem Gericht deutlicher, was er meint. Zweifelt noch jemand daran, dass all dies Gottes Werk ist?

Kehrt um! Verändert euer Leben! Wendet euch zu ihm hin. Nehmt sein Geschenk an, bevor es zu spät ist! Die Kehrseite der Gerichte, die endlich die Aufmerksamkeit einiger Menschen auf Gott lenken, ist die, dass Tausende dabei ums Leben kommen. Riskieren Sie es nicht, zu diesen Menschen zu gehören. Wahrscheinlich ist, dass drei Viertel von uns, die wir bei der Entrückung zurückgelassen wurden, am Ende der Trübsalszeit ums Leben gekommen sein werden – erlöst oder verloren.

Ich möchte Ihnen heute Abend von dem vierten Posaunengericht erzählen in der Hoffnung, dass nicht erst die Katastrophe selbst Sie überzeugen wird. Denn Sie könnten dabei sehr leicht Ihr Leben verlieren.«

9

Am Donnerstag kurz nach Mittag gesellten sich Rayford und Ken zu Floyd und Hattie, um sich die Übertragung der Veranstaltung in Jerusalem anzusehen. Die Piloten hatten ihre Flugpläne erstellt und zeichneten ihre Flugroute in den Mittleren Osten auf. Sie rechneten damit, dass Tsion eine Veranstaltung für den Samstag ankündigen würde. Das wäre für sie das Zeichen, nach Israel aufzubrechen. Sie würden versuchen, gegen Mitternacht am Freitagabend in Jerusalem anzukommen, ihre Passagiere an Bord zu nehmen und sofort wieder zu starten.

Rayford fuhr im Sessel hoch, als Tsion sagte: »Ich habe vor, all dies in einer kleinen Lob- und Dank-Veranstaltung am Samstagmittag zusammenzufassen. Wir werden uns in der Nähe des Tempelbergs treffen.«

»Bingo!«, bemerkte Rayford. »Weisen Sie mich noch heute Nachmittag auf die Gulfstream ein, dann können wir uns abwechseln.«

»Aber Sie müssen doch auch noch den Hubschrauber fliegen. Haben Sie einen auftreiben können?«

»Das wird kein Problem sein. Auf in den Kampf!«

Hattie sah Rayford eindringlich an. »Gefällt Ihnen das?«

»Komisch, dass ausgerechnet Sie das fragen«, erwiderte er, »da ich weiß, wie Sie zu Carpathia stehen.«

»Ich rechne damit, dass ich bei dem Versuch, ihn zu töten, sterben werde. Sie tun so, als könnten Sie nicht verlieren.«

»Wir haben bereits gewonnen«, sagte Ritz. »Es geht nur darum, durchzuhalten. Die Bibel hat die Geschichte bereits erzählt und wie Tsion immer sagt: ›Wir gewinnen.‹«

Hattie schüttelte den Kopf, rollte sich auf die Seite und drehte ihnen den Rücken zu. »Sie sind ziemlich sorglos, wenn man bedenkt, dass Sie es mit einem Mann wie Nicolai zu tun haben.«

Ken fing Rayfords Blick auf. »Sie wissen, wann wir aufbrechen müssen, wenn man die Zeitverschiebung und alles mit einrechnet?

Aber natürlich wissen Sie das. Sie fliegen diese Route ja schon länger als ich.«

Buck fiel es schwer zu glauben, was in den 24 Stunden seit dem Beginn der Konferenz alles geschehen war. Er vermisste Chloe, aber er war innerlich so ruhig wie seit langem nicht mehr.

»Wir alle haben bei der Entrückung und während der zehn Gerichte Menschen verloren, die uns nahe standen«, begann Tsion seinen Vortrag. »Der so genannte ›Zorn des Lammes‹, das große Erdbeben, hat große Teile der Welt vernichtet, und nur dieses Land und dieses Volk sind verschont geblieben. Die ersten drei Posaunengerichte haben ein Drittel der Bäume und der Grünflächen der Erde vernichtet, ein Drittel der Fische getötet, ein Drittel der Schiffe sinken lassen und ein Drittel des Wassers vergiftet. Und all das ist in der Bibel vorausgesagt worden.

Wir kennen die Abfolge dieser Ereignisse, aber wir wissen nicht, wann Gott sie senden wird. Viele dieser Gerichte könnten sogar an nur einem Tag kommen. Mit Sicherheit kann ich nur sagen, was als Nächstes kommen wird. Wie Sie sehen, werden die Gerichte zunehmend schlimmer. Das vierte Posaunengericht wird den Himmel und die Temperatur auf der Erde betreffen.

In Offenbarung, Kapitel 8, Vers 12 heißt es: ›Der vierte Engel blies seine Posaune. Da wurde ein Drittel der Sonne und ein Drittel des Mondes und ein Drittel der Sterne getroffen, so daß sie ein Drittel ihrer Leuchtkraft verloren und der Tag um ein Drittel dunkler wurde und ebenso die Nacht.‹

Egal, ob dies nun bedeutet, ein Drittel eines jeden Sternes oder ein Drittel aller Sterne, die Auswirkungen werden dieselben sein. Tag oder Nacht, der Himmel wird ein Drittel dunkler sein, als wir es gewohnt sind. Nicht nur das, ich entnehme dieser Stelle auch, dass während einem Drittel des Tages Dunkelheit herrschen wird. Die Sonne wird also nur noch zwei Drittel der Zeit scheinen. Und wenn sie scheint, wird sie nur zwei Drittel ihrer gewohnten Helligkeit haben.

Der Prophezeiung entnehmen wir, dass die Erde später noch verbrannt werden wird; es ist also wahrscheinlich, dass die Dunkelheit und die Abkühlung zeitlich begrenzt sein werden. Doch wenn dies geschieht, wird es in den meisten Teilen der Welt zu Winter-ähnlichen Bedingungen führen. Ich kann es nur immer wieder betonen: Bereiten Sie sich vor! Und wenn Freunde, Nachbarn und andere wegen der Dunkelheit und Finsternis verzweifeln, zeigen Sie ihnen, dass dies alles vorhergesagt wurde und dass Gott damit ihre Aufmerksamkeit auf sich lenken möchte.«

Tsion fasste zusammen, was in den Seminaren und Workshops an verschiedenen Stellen in der Stadt erarbeitet worden war, und forderte die Zuhörer auf, mutig zu predigen: »... bis zur herrlichen Wiederkunft Christi in weniger als fünf Jahren. Ich glaube, dass jetzt die Zeit der Ernte ist, vor der zweiten Hälfte der Zeit, die in der Bibel die ›Zeit der großen Trübsal‹ genannt wird.

Eines Tages wird die Weltregierung von ihren Bürgern fordern, ein Zeichen zu tragen, damit sie einkaufen oder verkaufen können. Sie können versichert sein, dass dies nicht das Zeichen sein wird, das wir auf unseren Stirnen erkennen!«

Tsion gab noch praktische Ratschläge für das Anlegen von Vorräten. »Wir müssen Gott vertrauen«, schloss er. »Er möchte, dass wir weise wie Schlangen und sanft wie Tauben sind. Dazu gehört, dass wir uns praktisch auf eine Zukunft vorbereiten, die uns im Wort Gottes geschildert worden ist.

Morgen Abend werde ich eine schwierige Botschaft weitergeben müssen. Wenn Sie Offenbarung, Kapitel 9, lesen, werden Sie wissen, worum es geht.«

Während Tsion seine Ansprache beendete, klingelte Bucks Telefon.

»Hier spricht Mac. Können Sie reden?«

Buck wandte sich von der Bühne ab und zog sich in eine stille Ecke zurück. »Ja.«

»Haben Sie einen Evakuierungsplan für sich, Ihre Frau und Ben-Judah?«

»Wir arbeiten daran.«

»Sie werden ihn brauchen. Ich sage Ihnen, Junge, diese Burschen sind wirklich verrückt. Carpathia verbringt die Hälfte seines Tages damit, über die beiden Zeugen zu wüten, und die andere Hälfte mit der Planung des Mordes an Mathews.«

»Mathews beunruhigt ihn mehr als Tsion?«

»Ich würde keinen Pfennig darauf wetten, dass Mathews die nächsten Wochen überlebt. Und Carpathia denkt, Tsion stellt für ihn kein Problem dar. Was immer er am Samstag vorhat, seien Sie vorsichtig. Nicolai hat seine Truppen so aufgehetzt, dass sie wissen, sie könnten Tsion töten, ohne dafür bestraft zu werden. Nicolai würde es als Unfall tarnen, eine Unstimmigkeit unter den Gläubigen oder so etwas, und er würde trotzdem als Held dastehen.«

»Diese Leitung ist doch sicher, oder?«

»Natürlich.«

»Wir werden lange vor dieser Versammlung fort sein.«

»Gut! Brauchen Sie etwas? Ich stehe jeden Tag mit David Hassid in Verbindung.«

»Rayford versucht, einen Hubschrauber für uns aufzutreiben.«

»Sie können sich nicht einfach wegschleichen und abfliegen?«

»Wir trauen niemandem, Mac.«

»Das ist gut. Ich werde David empfehlen, Ihnen einen Hubschrauber zu besorgen, der aussieht wie unserer.«

»Weiß, mit dem Emblem der Weltgemeinschaft?«

»Niemand wird Sie behelligen, wenn Sie darin gesehen werden.«

»Bis wir ihn auf der Landebahn stehen lassen und in der Gulfstream davonfliegen.«

»Ritz hat eine Gulf? Ich bin richtig neidisch.«

»Kommen Sie mit uns, Mac.«

»Sie wissen, dass ich das nur zu gern tun würde. Aber jemand muss die Ohren hier offen halten.«

»Die Veranstaltung morgen werden wir uns nicht ansehen können, oder?«, sagte Rayford, als Ken ihn am Flughafen Palwaukee auf die Gulfstream einwies.

»Klar können wir das. Sie brauchen Ihren Laptop nur an mein Satellitenleitsystem anzuschließen, dann können wir ins Internet. Die Bildqualität wird nicht ganz so gut sein, es wird auch dann und wann aussetzen, aber wenigstens werden wir die Ansprache hören können.«

Rayford legte zum vierten Mal eine glatte Landung hin, und Ken war der Meinung, dass er nun bereit sei. Als sie in einem wieder aufgebauten Hangar saßen, um ihre Flugroute festzulegen, kam der junge Mechaniker herein.

»Captain Steele«, sagte Ernie. »Während Sie in der Luft waren, habe ich für Sie einen Anruf entgegengenommen. Hatten Sie Ihr Telefon abgestellt?«

»Ja«, erwiderte Rayford und stellte es wieder an. »Ich wollte nicht abgelenkt werden.«

»Eine Miss Hattie Durham hat angerufen. Sie möchte, dass Sie sie zurückrufen.«

Auf der Heimfahrt rief Rayford sie an. »Es wäre mir egal, und wenn Floyd gesagt hätte, Sie wären fit genug für einen Marathonlauf, Hattie. Sie werden nicht mitfliegen, zumindest nicht in meinem Flugzeug.«

»Ihrem Flugzeug?«, fragte Ritz lachend.

»Ich meine, Kens Flugzeug.«

»Es gehört auch nicht mir, Bruder!«, widersprach Ken.

»Wem auch immer. Auf jeden Fall würde Floyd ganz bestimmt nicht sein Einverständnis zu einer solchen Reise geben. Lassen Sie mich mit ihm sprechen.«

»Er weiß nicht einmal, dass ich anrufe. Ich kenne seine Antwort im Voraus. Darum habe ich ihm auch nichts gesagt. Und wagen Sie das auch nicht, Rayford.«

»Hattie, Sie benehmen sich wie ein Kind. Sie denken, ich würde Sie auf eine so gefährliche Mission mitnehmen, nachdem Sie so krank gewesen sind? Sie sollten es doch eigentlich besser wissen.«

»Ich dachte, Sie wären es mir vielleicht schuldig.«

»Hattie, diese Diskussion ist beendet. Wenn Sie in den Mittleren Osten fliegen wollen, um Carpathia zu töten, dann suchen Sie sich eine andere Mitfahrgelegenheit.«

»Lassen Sie mich mit Ken sprechen.«

»Er wird Sie auch nicht –«

»Lassen Sie mich einfach mit ihm sprechen!«

Rayford reichte das Telefon an Ritz weiter, der ihn verwirrt und mit gerunzelter Stirn ansah.

»Ja, Püppchen«, sagte dieser. »Nein, tut mir Leid, wir alten Fliegerhasen sagen so etwas immer … Na ja, sicher, ich würde auch gern eine Puppe sein … Oh nein, Madam. Ich sehe keine Möglichkeit. Natürlich gefällt es mir nicht, dass Sie jetzt schlecht von mir denken, aber die Wahrheit ist, wenn ich mich manipulieren ließe, dem Schmollen eines verwöhnten, hübschen Mädchens nachzugeben, hätte ich nicht schon zwei Scheidungen hinter mir, oder? … Sie können einen anderen anbetteln und anflehen, aber ich werde nicht die Verantwortung dafür übernehmen, dass Sie knapp 48 Stunden nach einer Fehlgeburt nach Übersee fliegen … Ja, es tut mir wirklich Leid für Sie und wie alle anderen in Ihrem Leben mag ich Sie irgendwie. Aber das ist der Grund, warum ich mich nicht an so einer Dummheit beteiligen werde … Das verstehe ich natürlich. Ich würde ihn selbst gern töten. Aber ich habe eine Aufgabe zu erledigen und die ist schon gefährlich genug. Ich werde die Leute rausholen und nicht davor zurückschrecken, über Leichen zu gehen, wenn es denn sein muss. Zumindest bei dieser Reise. Wie wäre es, wenn Sie erst mal wieder gesund werden, dann denke ich mal drüber nach, ob ich Sie ein anderes Mal hinfliege, damit Sie Nicolai töten können … Nein, ich mache mich nicht über Sie lustig. Aber

Sie benehmen sich im Augenblick wirklich ziemlich kindisch, meinen Sie nicht auch, Süße?«

Ritz schüttelte den Kopf und klappte das Telefon zu. »Der kleine Hitzkopf hat mich aufs Korn genommen. Man muss sie trotzdem mögen. Und sie ist ja auch wirklich ein atemberaubendes kleines Ding, nicht?«

Rayford schüttelte den Kopf. »Ritz, Sie stehen bestimmt unter den ersten zehn Gesuchten auf der Fahndungsliste der Feministinnen. Mann, was für ein Wortgefecht!«

Rayford bekam Panik, als er bei ihrer Ankunft Hattie nicht in ihrem Bett vorfand. »Ist sie im Bad?«, fragte er Floyd.

»Ich wünschte es«, erwiderte der Doktor. »Sie läuft irgendwo herum.«

»Läuft herum!«

»Beruhigen Sie sich. Sie bestand darauf herumzulaufen und will sich von mir nicht helfen lassen. Sie ist im anderen Teil des Hauses.«

Rayford suchte die leere, noch mehr beschädigte Hälfte des Hauses nach ihr ab. Hattie lief langsam und mit verschränkten Armen über den unebenen Fußboden eines unmöblierten Raumes. Er starrte sie nur an, vermied es jedoch, die Frage zu stellen, die ihm auf der Zunge lag. Sie beantwortete sie trotzdem.

»Ich versuche nur, wieder zu Kräften zu kommen.«

»Nicht für diese Reise.«

»Damit habe ich mich abgefunden. Aber Ken hat versprochen –«

»Das hat Ken doch nicht ernst gemeint und Sie wissen das genau. Und würden Sie uns allen jetzt bitte den Gefallen tun, sich an die Anweisungen des Doktors zu halten?«

»Ich kenne meinen Körper besser als Sie. Es ist an der Zeit, dass ich anfange, meine Muskeln wieder zu trainieren. Floyd hat selbst gesagt, dass ich die Auswirkungen des Giftes, was immer es gewesen ist, überwunden habe. Aber nur, weil mein Baby den Großteil davon abbekommen hat. Dafür wird Nicolai bezahlen.« Hattie wurde plötzlich schwindelig.

»Sehen Sie?« sagte Rayford. »Sie übertreiben es.« Er half ihr zur anderen Seite des Hauses, aber sie weigerte sich, sich hinzulegen.

»Ich werde mich eine Weile hinsetzen«, verkündete sie.

Floyd war sichtlich verärgert. »Das wird ja lustig werden, wenn ihr Jungs fort seid.«

»Kommen Sie mit uns«, forderte Ken ihn auf. »Sie sieht so aus, als käme sie sehr gut allein zurecht.«

»Keine Chance. Sie weiß vielleicht nicht, wie krank sie ist, aber ich weiß es.«

»Dann hoffen wir nur, dass wir Ihnen nicht noch mehr Verwundete mitbringen«, bemerkte Ken.

Rayford nickte. »Ich habe bereits genug Verwundete in diesem Krieg gesehen. Das reicht mir für mein ganzes Leben.«

Mac bestätigte Buck, dass der Anschlag auf Tsion und die beiden Zeugen für Samstagmittag in der Nähe des Tempelberges geplant war.

»Sie können kaum glauben, dass Tsion ihnen direkt in die Hände gespielt hat. Sie haben vor, einen Bombenanschlag zu inszenieren, bei dem jeder im Umkreis von 100 Metern um die Klagemauer getötet werden wird. Das Ganze soll dann so aussehen, als wären es Terroristen gewesen.«

»Tsion war der Meinung, Carpathia würde an einer heiligen Stätte so etwas nicht versuchen.«

»Es wird nie zu ihm zurückverfolgt werden können. Sie versuchen bereits, es Mathews in die Schuhe zu schieben. Das Seltsame ist, dass Mathews gern die Verantwortung dafür übernehmen möchte. Er sagt, die Zeugen und Tsion seien die größten Feinde der Religion, die er je erlebt habe. Er ist sehr aufgebracht. Sie werden dann doch hoffentlich schon fort sein, oder?«

»Ja, gegen ein Uhr nachts machen wir uns auf den Weg.«

»Perfekt. Wir haben bereits einen Hubschrauber organisiert, der so aussieht wie der von Carpathia. Und Ihr Gastgeber hat bisher noch keine Einsicht gezeigt?«

»Rosenzweig ist noch immer davon überzeugt, dass Carpathia ein guter Mensch ist, den wir bedauerlicherweise alle falsch verstehen. Er wird sehr überrascht sein, wenn wir mitten in der Nacht verschwinden. Normalerweise geht er als Erster zu Bett, und wir alle werden dafür sorgen, dass das an diesem Abend auch so sein wird. Wir können nicht packen und dürfen auf keinen Fall etwas tun, das ihn misstrauisch werden lässt, bis wir sicher sind, dass er eingeschlafen ist. Wenn es jedoch hart auf hart kommt, wird er sicher still halten, bis wir fort sind.«

Ein Risikofaktor bei dem Plan war, dass, wie es schien, alle ins Stadion mitkommen wollten. Die Drohungen gegen die Zeugen, die öffentliche Fehde zwischen Carpathia und Ben-Judah, das alles erregte die Neugier der Menschen. Das Stadion würde regelrecht überfüllt sein von Menschen. Zwar hatte Chloe Buck versichert, sie sei froh, dass sie einen Abend zu Hause geblieben sei, aber an diesem Abend wollte sie mit dabei sein und versprach, vorsichtig zu sein und sich nicht zu viel zuzumuten. Ja, sagte sie, sie würde die Abendveranstaltung bestimmt durchhalten können.

Jacov sollte wieder fahren. Dr. Rosenzweig war zu dem Schluss gekommen, die Sanktionen gegen ihn seien lächerlich.

»Aber wenn die Eskorte der Weltgemeinschaft ihn nun hinter dem Steuer entdeckt?«, fragte Buck. Er wollte kein unnötiges Aufsehen erregen.

»Dann können sie es Fortunato berichten, und ich werde darauf bestehen, persönlich mit Nicolai zu sprechen. Aber, Cameron, es wird ihnen egal sein. Sie werden ihn selbstbewusst am Lenkrad sitzen sehen und annehmen, es sei eine neue Abmachung getroffen worden. Sie wissen sicher, dass Jacovs Frau mitkommen wird?«

»Was?«

»Und Stefan.«

»Oh Chaim! Das wird ja ein Zirkus.«

»Und ihr Boss.«

»Ihr Boss? Und wer ist das jetzt?«

Chaim lächelte ihn an. »Sie wissen nicht, wer der Chef meines Fahrers und meines Dieners ist?«

»Sie? Sie wollen mitkommen?«

»Ich will nicht nur, ich *werde* mitkommen. Und wir alle werden in diesem Mercedes sitzen, so als würden wir einen Schulausflug machen. Das wird ein Spaß!«

»Chaim, das ist nicht ratsam!«

»Seien Sie nicht albern. Sie und Tsion haben mich gebeten mitzukommen. Ich habe Sie beobachtet. Ich bin fasziniert. Vielleicht höre ich Tsion sogar heute Abend noch zu.«

»Heute Abend?«

»Heute Abend. Er wird über einige schreckliche Dinge sprechen, die vom Himmel über uns hereinbrechen werden. Er wird in der Stimmung sein und weitermachen wollen. Sicher wird er versuchen wollen, seinen alten Freund davon zu überzeugen, dass Jesus der Messias ist.«

»Aber er wird nach der Veranstaltung sehr müde sein. Und werden Sie nicht auch müde sein?«

»Zu müde für eine gute Diskussion? Sie kennen die Juden nicht, Cameron. Und ganz bestimmt kennen Sie Ihren eigenen Rabbi nicht. Ich staune über Sie! Ein guter, äh, Missionar, ach, wie nennen Sie das noch gleich, richtig, Evangelist wie Sie – und Sie wollen jetzt die Verabredung mit einem potenziellen neuen Christen verschieben?«

»Meinen Sie es ernst?«

»Vielleicht nicht, aber wer weiß das schon? Sie dürfen die Neugierigen nicht leichtfertig behandeln, habe ich Recht?«

Buck schüttelte den Kopf. »Unter normalen Umständen. Aber Sie machen sich nur lustig über uns.«

»Ein Versprechen ist ein Versprechen, mein junger Freund. Und ich halte mein Wort.«

»Sie wissen doch, dass Tsion sich auf die morgige Mittagsveranstaltung am Tempelberg vorbereiten muss.«

»Aber das ist doch erst am Mittag! Er ist ein Dutzend Jahre älter als Sie, mein Freund, aber er ist noch fast 30 Jahre jünger als ich. Er ist ein harter Mann. Und wer weiß? Wenn er Recht hat, dann ist die Kraft Gottes auf ihm. Er wird überleben. Er kann bis in die frühen Morgenstunden mit einem alten Mann diskutieren und sich trotzdem noch auf diese kleine Abschlussveranstaltung morgen vorbereiten. Und auch dahin werde ich Sie begleiten.«

Buck war außer sich, als er endlich mit Tsion allein war. Der Rabbi machte sich weniger Gedanken um Rosenzweigs Anwesenheit im Stadion als um seinen Plan, am kommenden Tag am Tempelberg zu sein.

»Aber wir werden dann doch längst fort sein«, sagte Buck. »Er wird wissen, dass diese Veranstaltung nicht stattfindet. Alle müssen unbedingt erfahren, dass wir fort sind, damit niemand den Fehler macht, zum Tempelberg zu kommen. Nicolai könnte über unsere Flucht so wütend sein, dass er den Angriff trotzdem durchführt, um andere Gläubige zu töten.«

Tsion nickte grimmig. »Ich möchte so gern glauben, dass die Versiegelten unter Gottes besonderem Schutz stehen, aber ich weiß einfach nicht, ob sich dieser Schutz über die Gerichte Gottes hinaus erstreckt. Offensichtlich wacht Gott darüber, dass die Gerichte ausgeführt werden, und er kann seine Engel anweisen, die Versiegelten zu verschonen. Aber dem Antichristen hat er enorme Freiheiten zugestanden. Ich möchte nicht dafür verantwortlich sein, wenn ihnen etwas zustößt, nur weil ich von falschen Voraussetzungen ausgegangen bin.«

Buck blickte auf die Uhr. In einer Stunde wurden sie im Stadion erwartet. »Eines wissen wir ganz sicher. Den beiden Zeugen an der Klagemauer wird nichts zustoßen, egal, was Nicolai für morgen inszeniert.«

»Falls sie da sind«, meinte Tsion lächelnd.

»Oh, sie werden da sein«, widersprach Buck.

»Wieso sind Sie da so sicher?«

»Weil Nicolai sie bei Androhung der Todesstrafe gewarnt hat, in der Öffentlichkeit zu erscheinen. Was wäre öffentlicher als der Ort, an dem sie seit mehr als zwei Jahren stehen?«

»Da haben Sie Recht«, sagte Tsion und klopfte Buck auf die Schulter. »Sie müssen einen guten Lehrer haben.«

Während Ken die Gulfstream über den Atlantik steuerte, telefonierte Rayford mit Dr. Floyd Charles in ihrem Versteck.

»Ich bin versucht, ihr einen Mickey zu geben«, beschwerte sich Floyd.

»Diesen Ausdruck habe ich seit Jahren nicht mehr gehört«, erwiderte Rayford. »Was ist das?«

»Man tut einem anderen ein Schlafmittel in sein Getränk«, erklärte Floyd, »und sagt, es sei ein harmloses Mittel zum Aufpäppeln. Ich könnte sie für 24 Stunden außer Gefecht setzen, aber das würde ihr Immunsystem nicht verkraften.«

»Ziehen Sie das tatsächlich in Erwägung?«

»Nein. Aber sie macht mich verrückt. Ich musste sie regelrecht festhalten, damit sie nicht die Treppen hoch und runter springt.«

»Die Treppe!«

»Ja! Ich bin froh, dass sie sich jetzt kräftiger fühlt und ironischerweise scheint ihre Mordlust Carpathia gegenüber ihre Genesung zu beschleunigen. Aber ich kann nicht zulassen, dass sie jetzt anfängt, Treppen zu steigen, wo sie noch so schwach ist. Ehrlich, Ray, es ist, als würde man ein Kleinkind hüten. Ich blicke auf und schon läuft sie wieder herum.«

»Könnte sie die Treppe hinuntersteigen?«

»Ray, ich habe zwar nur ein Medizinstudium hinter mir, aber ich wüsste nicht, wie eine Person die Treppe hinuntergehen könnte, ohne sie auch hinaufzusteigen.«

»Sie könnten sie hochtragen und hinuntergehen lassen. Vielleicht würde sie das müde machen, ohne sie zu sehr anzustrengen.«

Es folgte eine lange Pause, so dass Rayford fragte, ob Floyd noch am Apparat sei.

»Ich bin noch dran«, erwiderte er. »Ich denke nur darüber nach, was für eine gute Idee das ist.«

»Da sind Sie sprachlos, nicht? Dann und wann sind sogar Piloten recht nützlich.«

»Das Problem ist nur, Ray, ich suche nach Gründen, um sie zu berühren, sie festzuhalten, sie zu trösten. Und jetzt sagen Sie mir, ich soll sie tragen, und gleichzeitig sagen Sie mir, ich solle meine Gefühle für sie überdenken?«

»Jetzt nehmen Sie sich doch zusammen, Doc. Sie sind doch kein Teenager mehr. Ich hatte gehofft, Ihre Besessenheit von ihr sei nicht nur rein körperlicher Natur, aber ich hätte es wissen sollen. Sie kennen Sie kaum, und was Sie wissen, treibt Sie, wie Sie selbst gesagt haben, zur Verzweiflung. Reißen Sie sich zusammen, bis wir zurückkommen und Ihnen helfen, den Verstand nicht zu verlieren.«

»Ja, ja.«

»Ich meine es ernst.«

»Ich weiß. Ich habe Sie verstanden.«

»Und Doc, denken Sie daran, dass unsere oberste Priorität ihre Seele sein sollte.«

»Ja.«

»Ich höre keine große Begeisterung in Ihren Worten, Floyd.«

»Nein, ich habe es verstanden.«

»Wenn sie Ihnen auch nur ein wenig bedeutet außer Ihrem Wunsch, sie in die Arme zu nehmen, werden Sie sich vor allem wünschen, sie in der Familie willkommen zu heißen.«

»Buck, wir haben ein Problem«, sagte Chloe und zog ihn in einen leeren Raum. »Ich bin gerade zu der Tür zum Dach gegangen, damit wir keine Überraschung erleben, und der Schlüssel ist weg.«

»Was?«

»Der Schlüssel, den Rosenzweig an einem Nagel am Türrahmen aufbewahrt hat. Er ist weg.«

»Vermutet er, dass wir etwas vorhaben?«

»Wie könnte er? Ich habe ihn ganz beiläufig danach gefragt. Er hat das Thema angeschnitten. Ich habe ihn nur nach der Geschichte des Hauses gefragt.«

»Sieht die Tür von innen so stabil aus, wie sie mir von außen vorkam?«

»Sie ist stabil wie eine Ziegelmauer. Wenn wir sie durchbrechen oder einschlagen müssten, würden wir die Toten auferwecken, ganz zu schweigen von den Wachen und Chaim selbst.«

»Wir müssen den Schlüssel finden oder Chaim dazu bringen, uns zu erzählen, was er damit angestellt hat.«

»Denkst du, Jacov könnte etwas darüber wissen?«

Buck zuckte die Achseln. »Wenn ich ihn frage, wird er vermuten, dass etwas vorgeht. Ich kann ihn nicht da mit hineinziehen.«

»Aber er ist doch ein Bruder, Buck.«

»Aber ein ganz neuer. Ich sage ja nicht, dass er uns absichtlich verraten würde.«

»Hast du das mit seiner Frau gehört?«

»Dass sie heute Abend mitkommt, ja. Was denkt sie über seinen Glauben?«

»Dann hast du es noch nicht gehört.«

»Nein.«

»Chaim sagt, Jacov würde behaupten, seine Frau sei nun auch eine Christin. Chaim dachte, das sei spöttisch gemeint, und hat mich gebeten, mit meinem Jesus-Blick heute Abend nachzusehen, ob auch sie das Zeichen hat.«

Buck schüttelte den Kopf. »Wir sprechen über eine große Ernte. Ich werde für Rosenzweig beten.«

Jacovs Frau Hannelore war deutschstämmige Jüdin mit sandfarbenem Haar, klein und mit schüchternen, blauen Augen. Sie gesellte sich zu Jacov, Stefan, Buck, Chloe, Tsion und Chaim auf der Einfahrt und einer der Wachposten öffnete ihnen die Türen des Mercedes-Vans. Chloe umarmte sie fest, und obwohl sie eine Fremde war, strich sie Hannelore das Haar aus der Stirn.

Buck umarmte sie ebenfalls und flüsterte ihr ins Ohr: »Willkommen in der Familie.«

»Meine Frau versteht nicht sehr gut Englisch«, erklärte Jacov.

»Nun, wie sieht es aus?«, fragte Chaim mit strahlendem Blick. »Hat sie das –«, an dieser Stelle senkte er die Stimme und brummte – »geheime Zeichen?«

»Sie hat es tatsächlich, Dr. Rosenzweig«, erwiderte Chloe. Ganz offensichtlich fand sie sein Necken überhaupt nicht amüsant.

»Oh gut!«, freute er sich und setzte sich auf den Beifahrersitz. »Dann sind Sie alle eine große, glückliche Familie, nicht? Und wie steht es mit dir, Stefan? Hast du dich auch schon in die Reihen der Heiligen der Trübsalszeit eingereiht?«

»Vielleicht heute Abend!«, erwiderte Stefan. »Gestern Abend beinahe!«

»Du meine Güte«, sagte Chaim kopfschüttelnd. »Dann werde ich ja in der Minderheit sein, oder?«

Jacov und Chaim saßen auf den vorderen Plätzen, Hannelore wählte den Platz unmittelbar hinter Jacov, daneben Chloe, und Tsion saß hinter Chaim. Buck und Stefan zwängten sich auf die hinteren Plätze. Jacov fuhr langsam die Einfahrt hinunter, als Jonas vor den Wagen trat und ein Zeichen gab, dass Chaim das Fenster öffnen sollte. Er sprach Hebräisch mit Chaim.

Buck flüsterte Tsion zu: »Was ist los?«

Tsion wandte sich dem Fenster zu und erklärte leise. »Sie haben einen Anruf von Leon erhalten. Er schickt einen Hubschrauber. Die Straßen sind verstopfter denn je, das Stadion ist bereits voll. Sie mussten die Tore zwei Stunden früher öffnen.« Er hörte weiter zu. »Jonas hat Fortunato gesagt, wir wären zu siebt, würden sowieso nicht in einen Hubschrauber passen. Offensichtlich hat Fortunato ihm aufgetragen, Chaim mitzuteilen, dass wir auf uns selbst gestellt seien, wenn wir die Hilfe der Weltgemeinschaft ablehnen. Chaim sagt gerade, der Torwächter habe das Richtige getan. Einen Augenblick. Er flüstert. Oh nein.«

»Was ist los?«

»Fortunato hat ihn gewarnt, dass Jacov nicht mit von der Partie sein sollte. Chaim ist zornig, fordert, noch einmal mit Leon zu sprechen.«

Jonas bedeutete Jacov, den Wagen zu dem Wächterhäuschen am Tor zu fahren. Chaim wurde ein Telefon gereicht, und er begann sofort, einen Schwall hebräischer Worte auszustoßen.

»Dann werde ich Englisch sprechen, Leon. Ich habe gedacht, Sie würden jede Sprache der Welt sprechen, wie Ihr Boss das zu tun scheint. Ich könnte ihn auch Potentat nennen, weil ich ihn immer bewundert habe, aber Sie werde ich nicht einmal ›Sir‹ nennen, geschweige denn ›Supreme Dingsbums‹. Also hören Sie mir zu. Ich bin ein persönlicher Freund des Potentaten. Er hat die Sicherheit meiner Gäste garantiert. Ich werde heute Abend mit Jacov im Stadion sitzen und – ja, draußen in der Menge! Ich werde mich nicht hinter der Bühne verstecken … Für Sie ist er vielleicht nur ein Fahrer oder Diener. Aber für mich gehört er zur Familie, und ich lasse nicht zu, dass man ihm droht. Vor Ihren Soldaten davonzulaufen und sinnlos in die Luft zu schießen, mag vielleicht töricht gewesen sein, aber er hätte es nicht getan, wenn er nicht das Gefühl gehabt hätte, dass unsere Gäste in Gefahr wären und dass diese Gefahr von den Leuten ausging, die ihre Sicherheit garantieren sollten!«

Tsion legte Rosenzweig die Hand auf die Schulter, als wolle er ihn beruhigen. Buck sah, wie der Hals des alten Mannes sich rötete und die Adern an den Schläfen hervortraten. »Ich brauche Sie nicht daran zu erinnern, dass Rabbi Ben-Judah vor nicht allzu langer Zeit seine Familie verloren hat, nur weil er im Fernsehen über seine Glaubensüberzeugung sprach! Wie ein gewöhnlicher Krimineller wurde er aus seinem

Heimatland vertrieben! ... Ja, ich weiß, wie beleidigend dies für die Juden gewesen sein musste! Ich bin selbst Jude, Leon! ... Tsion hat mir versichert, dass sein Glaube nicht nur reiner Glaube, sondern auch wissenschaftlich begründet ist, aber darum geht es hier nicht! ... Nein! Ich gehöre nicht zu ihnen, wie Sie sagen. Aber wenn ich der Meinung wäre, dass Nicolai diese Menschen, die Gott so hingebungsvoll und leidenschaftlich suchen, mit genauso großer Verachtung betrachtet wie Sie, könnte ich vielleicht einer von ihnen werden!

Und jetzt werden wir in meinem wohlbekannten Fahrzeug zum Stadion fahren. Wir werden uns in den Verkehr stürzen, weil wir Abkürzungen kennen, und ich nehme auch an, dass Tsions Anhänger gern Platz für ihn machen werden ... Als Zugeständnis an Sie werde ich einen anderen Fahrer nehmen –« Chaim bedeutete Stefan, mit Jacov den Platz zu tauschen – »aber wir sind unterwegs, und wir verlassen uns auf den Schutz, den der Potentat persönlich zugesichert hat.

... Wie bitte? Es tut mir Leid, dass Sie sich so viel aus Titeln machen, Leon. Aber nein, es tut mir nicht Leid, dass ich Sie beleidigt habe. Sie haben mich auch beleidigt, wie wäre es damit? Ich habe versucht, mich zusammenzunehmen, und mein Lebensstil hat sich trotz des Reichtums und der Auszeichnungen, die meine Formel mit sich brachten, nicht verändert ... Ich bestehe nicht auf irgendeinem neuen Titel und will auch nicht aufs Podest gehoben werden, und ehrlich gesagt, es passt auch zu Ihnen überhaupt nicht. Wir fahren jetzt los, Leon, und mein neuer Fahrer scheint sich der Tatsache nicht bewusst zu sein, dass ich mit einem normalen Telefon mit Schnur telefoniere! Auf Wiederhören!«

Er lachte. »Stefan, du Schlange! Du hast beinahe das Kabel aus der Wand gerissen!«

»Bin ich tatsächlich eine Schlange?«, fragte Stefan lächelnd. »Sie haben mich auf den Fahrersitz gesetzt.«

Chaim drehte sich nach hinten um. »Tsion, mein Sohn, wissen Sie, was Leon sagte, als wir losgefahren sind?«

»Ich kann es mir nur vorstellen.«

»Dass er sich gern einen angemessenen Titel für einen Mann meines Standes überlegen würde! Haben Sie je jemanden kennen gelernt, der den Sinn eines Gesprächs so vollkommen missverstanden hat?«

»Nie«, erwiderte Tsion.

Buck war verblüfft, dass eine so gefährliche Fahrt so fröhlich verlaufen konnte.

10

Rayford übernahm den größten Teil des Fluges über den Atlantik und plante seine Ankunftszeit so, dass sie nur ein Minimum an Zeit auf dem Boden verbringen mussten. Mac hatte ihn darüber informiert, dass sich Carpathia und sein Gefolge noch immer im »King David«-Hotel aufhielten und dass die Condor 216 nach wie vor auf dem Ben-Gurion-Flughafen in Tel Aviv stand. Rayford ging davon aus, dass die Sicherheitsvorschriften auf dem »Ben Gurion« sehr viel strenger waren, aber Carpathias Hubschrauber startete vorwiegend vom Flughafen in Jerusalem aus.

»Sie fliegen den Hubschrauber, während ich am Flughafen mit laufenden Motoren warte, ja?«, sagte Ken.

»Solange niemand merkt, dass ich mich unerlaubt von der Truppe entfernt habe. Falls das bekannt wird und ich in einem Hubschrauber der Weltgemeinschaft erwischt werde, ist die Mission beendet.«

»Und was machen wir dann, Ray?«

»Ich besitze zwar noch meinen Sicherheitsausweis, aber …«

»Aber wenn sie es wissen und Sie gefasst werden, wie bekomme ich unsere Leute dann in die Gulfstream?«

Rayford schüttelte den Kopf. »Ich muss noch einmal versuchen, Mac zu erreichen.«

»Sie übernehmen das Flugzeug, ich wähle. Sonst habe ich sowieso viel zu viele Flugstunden.«

Ken reichte Rayford das Telefon. »Mann, bin ich froh, dass Sie anrufen«, seufzte Mac. »Vor einer Stunde bin ich über Ihre unerlaubte Abwesenheit informiert worden. Mich haben sie noch nicht in Verdacht, aber sie denken, Sie würden sich in Jerusalem aufhalten.«

»Solange sie nicht in den Vereinigten Staaten nach mir suchen.«

»Ich würde damit rechnen, dass sie das tun, Ray. Sie suchen ganz Jerusalem nach Ihnen ab und sie werden Sie finden.«

»Sie werden nicht vermuten, dass ich so dumm bin, mich auf dem Flugplatz aufzuhalten.«

»Vielleicht nicht, aber bleiben Sie an Bord der Gulfstream.«

»Sie haben uns gerade eine sehr wichtige Frage beantwortet, Mac. Vielen Dank.«

»Was? Sie wollten den Hubschrauber fliegen? Das wäre nicht klug. Auch wenn Ihr Lehrer wirklich gut war, ich glaube nicht, dass es ratsam gewesen wäre.«

»So ist es sowieso besser. Ken ist schon bei Rosenzweig gewesen. Wenn wir nicht zu viel Aufmerksamkeit auf uns lenken, sollten wir in der Lage sein, das durchzuziehen. Wo wird sich Carpathia befinden?«

»Er hat keine Pläne wegzufliegen, und ganz bestimmt wird er es nicht wagen, noch einmal ins Stadion zu platzen. Er wird sich heute Abend in der Nähe des ›King David‹ aufhalten und plant, morgen Vormittag von Tel Aviv aus nach Neu-Babylon zu fliegen. Er wird lange fort sein, bevor hier die Gewalttätigkeiten ausbrechen.«

»Wie werden Sie ihn nach Tel Aviv bringen?«

»Mit dem Helikopter von Jerusalem aus.«

»Wenn diese Hubschrauber identisch sind, woher soll ich wissen, welchen wir uns ausleihen können?«

»Sie werden nebeneinander nach Süden ausgerichtet stehen. Nehmen Sie den westlichen. Niemand wird sie bewachen wie die Condor am Gurion.«

»Haben Sie den gesehen, den David geliefert hat?«

»Nein, aber er ist da. Die Leute vom Flughafen haben angerufen und gefragt, was sie damit machen sollten. Sie wären stolz auf mich, Ray. Ich habe mich benommen, als sei ich ein hohes Tier. Ich habe dem Burschen gesagt: ›Was sollten Sie denn Ihrer Meinung nach mit einem Ersatzhubschrauber anstellen? Lassen Sie nur die Finger davon! Wenn ich herausfinde, dass jemand ihn angerührt hat, der nicht zu meiner Crew gehört, dann werden Köpfe rollen.‹ Damit habe ich mir seine Aufmerksamkeit gesichert.«

»Sie sind Spitze, Mac. Wir werden Folgendes tun: Ich werde die Gulfstream landen und so tun, als sei ich geschäftlich hier. Ich werde tanken und einen Systemcheck vornehmen. Ken wird sich zum Hubschrauber begeben und starten, während ich auftanke. Wird man ihn sehen?«

»Nicht, wenn er geradewegs nach Süden fliegt, die Lichter ausgeschaltet lässt, bis er sich von der Landebahn entfernt hat. Es müsste schon wirklich ein übler Zufall sein, wenn ihn jemand entdecken würde. Schwierig wird es sein, etwa 20 Minuten später wieder zu starten. Sie wollen sicherlich die Freigabe erst kurz vor seiner Landung mit

Ihren Passagieren bekommen, sonst werden Sie sich verdächtig machen. Sie werden sich über Ihr Handy verständigen müssen, damit der Tower nicht mithören kann. Rollen Sie zum hinteren Ende der Landebahn, wo es dunkler ist. Ken kann erneut ohne Licht landen. Vielleicht bekommt jemand das mit, aber sie sind eine Viertelmeile entfernt und können Ihnen nichts tun, also machen Sie ruhig weiter. Wenn Sie Glück haben, wird niemand den Hubschrauber starten oder landen sehen. Der Kollege, der ihn für mich herübergeflogen hat, hält sich in Haifa auf. Ich habe ihm gesagt, ich würde ihn anrufen, wenn ich ihn bräuchte. Ansonsten wird er ihn nach Neu-Babylon zurückbringen, nachdem wir gestartet sind.«

»Beten Sie für uns, Mac. Wir denken zwar, dass wir bereit sind, aber man kann ja nie wissen.«

»Das werde ich, Ray. Jeden wachen Augenblick. Lassen Sie mich eine Sekunde mit Ken sprechen.« Ray reichte ihm das Telefon.

»Vielen Dank, Sir«, sagte Ken. »Ich freue mich auch darauf, Sie kennen zu lernen, obwohl das, wie ich die Sache sehe, erst sein wird, wenn Sie in genauso großen Schwierigkeiten stecken wie Ray. Seien Sie vorsichtig. Wir werden in Verbindung bleiben.«

Buck war immer wieder über die Cleverness seiner Frau erstaunt. Trotz ihrer Jugend kannte Chloe die Menschen. Sie wusste, wann sie handeln, wann sie sprechen sollte und wann nicht. Sie wartete, bis sie das Stadion beinahe erreicht hatten und im Verkehr stecken blieben, bevor sie das Thema des fehlenden Schlüssels anschnitt.

»Wissen Sie, Dr. Rosenzweig«, begann sie, »ich habe unsere Koffer aus dem Schrank im Flur geholt, und mir fiel auf, dass der Schlüssel, den Sie mir neulich gezeigt haben, verschwunden ist.«

»Oh, er ist doch nicht verschwunden, wenn ich weiß, wo er ist, oder?«

Sie lachte. »Nein. Ich wollte es Ihnen nur sagen, für den Fall, dass Sie es nicht wissen.«

»Hatten Sie Angst, ich würde Ihnen vorwerfen, ihn gestohlen zu haben?«, fragte er neckend.

Chloe schüttelte den Kopf. »Es ist mir nur aufgefallen«, entgegnete sie. »Das ist alles.«

»Er befindet sich in sicherer Verwahrung«, erwiderte er. Sie zuckte die Achseln, als ginge sie das nichts an. *Sie macht ihre Sache gut*, dachte Buck. »Es war nur irgendwie dumm von mir, ihn all die Jahre dort hängen zu lassen. Ein Sicherheitsrisiko, wissen Sie?«

»Ach ja?«, fragte sie. »Ich würde eher denken, es wäre ein größeres Sicherheitsrisiko, wenn er draußen hinge.« Das fand der alte Mann so lustig, dass der Wagen hüpfte und schwankte, so sehr musste er lachen. »In den Staaten«, fuhr sie fort, »gibt es kaum Türen, die von innen und außen abgeschlossen werden können.«

»Wirklich? Hier findet man das häufig, vor allem bei Türen, die selten benutzt werden. Ich denke, in der Zeit, als dieses Haus noch eine Botschaft beherbergte, wurde die Tür häufig benutzt und vermutlich von außen mit einem Schlüssel verschlossen oder aufgeschlossen.« Chloe schien sich mehr für die Menschenmenge außerhalb des Wagens zu interessieren. »Jacov«, sagte Chaim, »du hast den Schlüssel doch noch, nicht?«

»Allerdings!«, rief dieser von hinten. »Und im Augenblick bohrt er sich durch meine Hosentasche in mein Bein!«

Chaim beugte sich zu Chloe hinüber, als wollte er ihr ein Geheimnis anvertrauen. »Ich bin sicher, dass dies der einzige Schlüssel ist, den ich noch für dieses Schloss habe. Ich glaube zwar nicht, dass ich den Ausgang jemals benutzen werde, aber es erscheint mir unvorsichtig, keinen Ersatzschlüssel dafür zu haben. Jacov wird das gleich am Montag erledigen.«

Sie nickte und wandte sich zu Buck um. Was sollte er tun?, fragte er sich. Ihn Jacov aus der Tasche stehlen? Er wollte nicht, dass Jacov von ihrer Flucht erfuhr, bis sie fort waren. Rosenzweig auch nicht, trotz seiner ungewöhnlich kriegerischen Auseinandersetzung mit Leon Fortunato.

Stefan wurde in einen reservierten Parkplatz in der Nähe des Westeingangs eingewiesen, und Buck war dankbar, dass dies der letzte Abend der Konferenz war. Sie hatte alle ihre Vorstellungen übertroffen. Wo sollten sie all diese Menschen unterbringen? Mit jedem Abend wurde die Menge größer. Jetzt standen die Menschen Schulter an Schulter, das Stadion war voll, und die Menschen drängten sich noch draußen vor dem Stadion und hielten den Verkehr auf. Überall wimmelte es nur so von Reportern und Fernsehteams, die von der Weltgemeinschaft kontrolliert Zutritt erhalten hatten. Dies war ganz eindeutig Nicolais Art, jede Einzelheit zu überwachen.

Tsion und die anderen begaben sich zur Bühne, wo das Komitee bereits auf sie wartete. Buck war beeindruckt von dem autoritären Tonfall, den Tsion auf einmal anschlug. Vermutlich war ihm klar geworden, dass er als Hirte die Verantwortung für diese riesige Herde trug. An den vorangegangenen Abenden hatte er sich dem Moderator unterworfen und war nur auf der Bühne erschienen, um zu predigen. Jetzt schien er Entscheidungen zu treffen, zumindest in einigen Dingen.

»Buck«, sagte er und winkte ihn zu sich. Als Buck näher kam, packte Tsion ihn beim Ellbogen und zog ihn zum Moderator. »Ich glaube, Sie kennen Daniel schon?« Buck nickte und schüttelte diesem die Hand. »Daniel, hören Sie zu«, fuhr Tsion fort, »ich möchte, dass fünf Plätze für meine Gäste freigehalten werden. Dazu gehören Dr. Rosenzweig, zwei seiner Angestellten, einer mit Frau, und Bucks Frau. Ist das möglich?«

»Natürlich.«

»Und ich möchte, dass Buck wie gewöhnlich den Bereich hinter der Bühne frei hält.« Er wandte sich an Buck. »Wird Chloe ohne Sie zurechtkommen?«

»Natürlich, Sir. Die Frage ist, wie ich ohne sie zurechtkomme.«

Tsion war zu konzentriert, um die Ironie darin zu erkennen. »Daniel, ich möchte, dass Dr. Rosenzweig angemessen begrüßt wird. Er hat nicht darum gebeten. Es ist nur eine Sache der Höflichkeit, die seiner Stellung innerhalb dieses Landes zukommt.«

»Ich werde dafür sorgen.«

»Nach Ihrer Begrüßung kündigen Sie das Treffen des Komitees am Samstag am Tempelberg an, heißen Dr. Rosenzweig bei uns willkommen, beten, stimmen ein Lied an und dann übernehme ich. Keine Fanfare dieses Mal. Die Leute kennen mich jetzt schon.«

»Aber Doktor Ben-Judah –«

»Bitte, Daniel. Wir stehen hier in vorderster Front und es wird zunehmend gefährlicher. Wir sind Feinde des Weltsystems und werden viele Gelegenheiten haben, dieses bloßzustellen. Mir hier einen großen Bahnhof zu bereiten, dient keinem Zweck und wird nur unnötig die Aufmerksamkeit –«

»Entschuldigen Sie, Doktor. Mr. Williams, ich bin sicher, Sie stimmen mit mir überein, dass diese Menschen es kaum erwarten können, Dr. Ben-Judah ihre Hochachtung zu erweisen, da sie ihn vermutlich zum letzten Mal in Person sehen werden. Bitte lassen Sie mich –«

»Wenn sie spontan reagieren, werde ich ihre Ovationen in dem Geist annehmen, in dem sie mir dargebracht werden. Aber ich möchte keine große Vorstellung.«

Daniel wirkte sehr niedergeschlagen. »Sind Sie sicher?«

»Ich weiß, Sie werden das schon richtig machen.«

Rayford erhielt einen Anruf von Floyd Charles. »Was ist los, Doc?«, fragte er.

»So etwas haben Sie noch nie gehört«, begann Floyd. »Es tut mir Leid, wenn ich Sie störe, aber es scheint wichtig zu sein. Hattie hat lange mit einem Jungen namens Ernie telefoniert, einem Freund von Ken.«

»Ja, den kenne ich.«

»Sie hatte ihn zufällig am Apparat, als sie versucht hat, Sie am Flugplatz zu erreichen.«

»Ja, und?«

»Nun, sie würde sich gern mit ihm treffen.«

»Weiß sie, dass er bestimmt zehn Jahre jünger ist als sie?«

»Etwa derselbe Altersunterschied wie zwischen Buck und Ihrer Tochter?«

Rayford hielt inne. »Machen Sie sich tatsächlich Gedanken um eine Beziehung? Das glauben Sie doch nicht wirklich?«

»Nein, und er ist Christ. Scheint sehr nett zu sein.«

»Er ist ein As auf seinem Gebiet, aber er und Hattie? Machen Sie sich darum keine Gedanken.«

»Das ist ja auch nicht das Problem. Sie möchte ihn zu uns einladen.«

»Hoppla!«

»Genau das habe ich auch gedacht. Er soll doch nicht wissen, wo wir uns aufhalten, oder?«

»Nein. Er ist zwar auch Christ, aber wir wissen nicht, wen er kennt und ob er reif genug ist, seinen Mund zu halten.«

»Genau meine Meinung. Ich wollte nur sicher gehen.«

»Sie darf nicht einmal andeuten, wo wir uns aufhalten.«

»Verstanden. Ich könnte sie für gutes Verhalten belohnen und sie in ein oder zwei Tagen zum Flughafen hinausfahren. Dann kann sie wenigstens ein Gesicht mit seinem Namen verbinden.«

»Wir werden vorher zu Hause sein, Doc. Wir werden ein Picknick daraus machen. Die ganze ›Tribulation Force‹ endlich wieder zusammen, außer David und Mac natürlich.«

Nachdem die Gruppe hinter der Bühne gebetet hatte, blieb Tsion allein mit gesenktem Kopf und geschlossenen Augen stehen. Buck konnte nicht sagen, ob Tsion mehr oder weniger nervös als gewöhnlich war. Er behielt ihn im Auge, bis Daniel an ihm vorbei auf die Bühne stieg. Tsion blickte auf und winkte Buck zu sich heran.

»Bleiben Sie neben mir stehen, Cameron, ja?« Buck fühlte sich geehrt. Er trat neben Tsion und beobachtete, wie Daniel die Zuhörer begrüßte und die Veranstaltung am Samstag ankündigte.

»Die meisten von Ihnen werden dann bereits abgereist sein, aber wenn Sie hier in der Nähe wohnen und es schaffen können, dann sind Sie herzlich willkommen. Denken Sie jedoch daran, dieses Treffen soll nur ein Dankeschön an das Komitee sein.« Daraufhin bat er Dr. Rosenzweig aufzustehen. Er wurde mit herzlichem Applaus begrüßt.

»Wie wollen Sie den Schlüssel bekommen?« Tsion wandte Buck wieder seine Aufmerksamkeit zu.

»Ich weiß es noch nicht genau, aber vielleicht bitte ich Jacov einfach darum und sage ihm, er solle keine Fragen stellen. Ich denke, er wird mir vertrauen, bis ich es ihm erklären kann.«

Tsion nickte. »Heute Abend trage ich eine schwere Last, Cameron«, flüsterte er plötzlich. Buck wusste nicht, was er antworten sollte. Als Tsion den Kopf erneut neigte, legte Buck ihm den Arm um die Schulter. Entsetzt stellte er fest, dass Tsion zitterte.

Daniel betete und stimmte das Lied »Heilig, heilig, heilig« an.

»Ausgezeichnete Wahl«, murmelte Tsion, aber er sang nicht mit. Buck versuchte es und nickte, als Tsion sagte: »Beten Sie für mich.«

Das Lied ging zu Ende. Tsion sah Buck an, der ihm ermutigend zulächelte. Daniel sagte: »Und nun möchte ich Sie einladen, auf das Wort Gottes zu hören.« Buck beobachtete fasziniert, wie sich die Menge erhob und klatschte. Keine Rufe, kein Jubel, keine Pfiffe. Nur ein langer, respektvoller und begeisterter Applaus, der Tsion zu überwältigen schien. Er winkte scheu und trat, nachdem er sich seine Notizen zurechtgelegt hatte, vom Rednerpult zurück, bis sich der Applaus gelegt hatte.

»Ich habe den Eindruck, dass Gott heute Abend zunächst einmal die Suchenden einladen möchte, nach vorne zu kommen und Christus in ihr Leben aufzunehmen«, sagte er. Unmittelbar auf seine Worte kamen Menschen aus dem ganzen Stadion und sogar von draußen in einer langen Reihe nach vorne. Viele weinten und die im Stadion sitzenden Christen applaudierten erneut. »Sie kennen die Wahrheit«, sagte Tsion. »Gott hat Ihre Aufmerksamkeit auf sich gelenkt. Sie brauchen kein weiteres Argument, Sie brauchen keine weitere Bitte. Es ist genug, dass Jesus gestorben ist und dass er *für Sie* gestorben ist.«

Immer mehr Menschen kamen. Tsion bat die Gläubigen, mit jedem zu beten, der wollte, und eine Stunde lang schien es so, dass wirklich jeder außer den Soldaten der Weltgemeinschaft Erlösung suchte.

»Die Fernsehanstalt der Weltgemeinschaft überträgt diese Veranstaltung in die ganze Welt und auch übers Internet ist sie zu sehen«, erklärte Tsion. »Ich bin sicher, ihre Vertreter sind der Meinung, dass jeder vernünftig denkende Mensch unsere Botschaft durchschauen würde und dass die Weltgemeinschaft keine Angst zu haben braucht, uns dies verkündigen zu lassen. Sie werden sagen, unsere Botschaft würde ihrer Botschaft der Ökumene und der Toleranz widersprechen, und ich sage, sie haben Recht. Es gibt Richtig und Falsch, es gibt absolute Wahrheiten und einige Dinge können, sollten und werden nicht ewig toleriert werden.

Die Sendeanstalt der Weltgemeinschaft wird die Übertragung nicht abbrechen, damit es nicht so aussieht, als hätten sie Angst vor unserer Botschaft, vor der Wahrheit Gottes, vor einem christlichen Rabbi, der daran glaubt, dass Jesus Christus der lang ersehnte Messias ist. Ich habe Hochachtung vor dem Mut der Weltgemeinschaft und nutze ihre Großzügigkeit bedenkenlos aus. Kostenlos wird unsere Botschaft in jedes Land der Welt gesendet. Wir brauchen keine Dolmetscher hier, und wie wir gehört haben, geschieht dasselbe Wunder auch über das Fernsehen. Wenn Sie weder Hebräisch noch Englisch sprechen, aber trotzdem jedes Wort verstehen, was ich sage, dann darf ich Ihnen sagen, dass Gott in Ihrem Geist wirkt. Der größte Teil dieser Botschaft wird auf Englisch gesprochen, wenn ich auch die Bibelstellen auf Hebräisch, Griechisch und Aramäisch lese. Amüsiert musste ich feststellen, dass nicht einmal meine Mitarbeiter dies gemerkt haben. Sie hören alles in ihrer Sprache.

Gott wirkt auch in Ihrem Herzen. Sie müssen nicht hier im Stadion sitzen, um Christus heute Abend in Ihr Leben aufzunehmen. Sie brauchen mit niemandem zusammen zu sein, mit niemandem zu beten oder irgendwohin zu gehen. Sie müssen Gott nur sagen, dass Sie einsehen, dass Sie ein Sünder und von ihm getrennt sind. Sagen Sie ihm, Sie wissen, dass Sie sich den Weg zu ihm nicht verdienen können. Sagen Sie ihm, Sie glauben, dass er seinen Sohn Jesus Christus gesandt hat, damit er am Kreuz für Ihre Vergehen stirbt, dass er von den Toten auferweckt worden ist, seine Gemeinde zu sich geholt hat und wieder auf die Erde zurückkommen wird. Nehmen Sie ihn da, wo sie sich befinden, als Ihren Herrn und Retter an.«

Tsion Ben-Judah wirkte erschöpft und trat zurück, um zu beten. Als die Menschen, die nach vorne gekommen waren, nach einer Weile schließlich zu ihren Plätzen zurückkehrten, trat Tsion erneut an das Rednerpult. Er ordnete seine Notizen, aber seine Schultern sackten zusammen und er schien schwer zu atmen. Buck machte sich Sorgen um ihn.

Tsion räusperte sich und atmete tief durch, doch seine Stimme klang plötzlich sehr schwach. »Mein Text heute Abend«, brachte er mühsam heraus, »ist in Offenbarung, Kapitel 8, Vers 13 zu finden.« Zehntausende von Menschen im Stadion schlugen ihre Bibeln auf. Tsion eilte zurück zu Buck, während dieser noch die Bibelstelle suchte. Er blickte überrascht hoch.

»Sind Sie in Ordnung, Tsion?«

»Ich denke schon. Könnten Sie die Stelle für mich lesen, falls das nötig sein sollte?«

»Sicher. Sofort?«

»Ich werde es versuchen, aber ich werde Sie rufen, wenn ich Sie brauche.«

Tsion eilte zum Podium zurück, sah sich die Stelle an, dann blickte er in die Menge. Er räusperte sich. »Haben Sie Geduld mit mir«, sagte er. »In dieser Stelle werden wir gewarnt, dass drei entsetzliche Schrecken über die Erde hereinbrechen werden, nachdem diese um ein Drittel verdunkelt worden ist. Diese Schrecken sind besonders geheimnisvoll, so sehr, dass sie im Voraus vom Himmel angekündigt werden.«

Tsion räusperte sich erneut, und Buck hielt sich bereit, falls er gebraucht werden würde. Er wünschte, Tsion würde ihn einfach um seine Mithilfe bitten. Doch plötzlich nahm er den modrigen, rauchigen Geruch der beiden Zeugen wahr, und er war verblüfft, als Eli und Moishe neben ihn traten. Er wandte sich um und starrte in Elis unergründlich tiefe Augen. Buck hatte noch nie so dicht neben den Propheten gestanden, und er musste dem Drang widerstehen, sie zu berühren.

»Zeig dich nicht deinen Feinden«, sagte Eli. »Seid nüchtern und wacht; denn euer Widersacher, der Teufel, geht umher wie ein brüllender Löwe und sucht, wen er verschlinge.«

Buck brachte kein Wort heraus. Er versuchte zu nicken, um zu zeigen, dass er ihn gehört und verstanden hatte, aber er konnte sich nicht rühren.

Moishe beugte sich vor und fügte hinzu: »Dem widersteht fest im Glauben.«

Sie gingen an ihm vorbei und blieben unmittelbar hinter Tsion stehen. Die Menge schien so verblüfft zu sein, dass sie weder jubelte noch klatschte, sondern nur mit dem Finger auf sie zeigte und sich vorbeugte, um zuzuhören.

Moishe sprach: »Meine geliebten Brüder. ›Der Gott aller Gnade aber, der euch in der Gemeinschaft mit Christus zu seiner ewigen Herrlichkeit berufen hat, wird euch, die ihr kurze Zeit leiden müsst, wiederaufrichten, stärken, kräftigen und auf festen Grund stellen.‹«

Buck hatte den Eindruck, als könne sich Tsion nicht mehr auf den Beinen halten, aber er machte nur Platz für die beiden. Keiner von ihnen trat jedoch vor das Mikrofon. Moishe zitierte laut Tsions Bibelstelle, so dass alle im Stadion und die Menschen vor dem Fernsehschirm ihn hören konnten.

»›Und ich sah und hörte: Ein Adler flog hoch am Himmel und rief mit lauter Stimme: Wehe! Wehe! Wehe den Bewohnern der Erde! Noch drei Engel werden ihre Posaunen blasen.‹«

Um Buck herum ertönte das Entsichern von Maschinengewehren. Die Soldaten ließen sich auf die Knie fallen, legten ihre Waffen an und zielten auf die beiden Zeugen. Er wollte rufen: »Es ist doch noch nicht der festgesetzte Zeitpunkt, ihr Idioten!«, aber er sorgte sich um Tsions Sicherheit, um Chloe, ihre Freunde und um sich selbst.

Aber niemand gab einen Schuss ab. Und gerade als es so schien, als wollten ein oder zwei abdrücken, marschierten Eli und Moishe von der Bühne, vorbei an Buck und vorbei an den Soldaten, die sie ins Visier genommen hatten. Die Soldaten krochen vor ihnen davon, einige fielen hin, und ihre Waffen fielen krachend auf den Boden.

Buck hörte Tsion von der Bühne aus sagen: »Falls wir uns auf dieser Seite des Himmels oder in dem Tausendjährigen Reich, das unser Herr auf der Erde aufrichten wird, nicht mehr sehen sollten, werde ich Sie über das Internet grüßen und Ihnen das 9. Kapitel der Offenbarung auslegen! Gott segne Sie alle, während Sie die Gute Nachricht Christi an die ganze Welt weitergeben!«

Die Versammlung ging früh zu Ende, und Tsion eilte so verängstigt, wie Buck ihn noch nie gesehen hatte, zu ihm. »Sorgen Sie dafür, dass unsere Passagiere so schnell wie möglich in den Wagen steigen!«

11

Rayford und Ken sahen sich auf dem Flug in den Mittleren Osten schweigend die Übertragung der Veranstaltung aus Israel an, wo es noch nicht ganz neun Uhr abends war.

»Wir sind pünktlich und können um Mitternacht landen«, brach Rayford das Schweigen. Als sich Ken plötzlich regte, blickte er zu seinem Ko-Piloten. »Oh, tut mir Leid, Ken, ich wollte Sie nicht aufwecken.«

Ken rieb sich die Augen. »Habe nicht richtig geschlafen«, erwiderte er. »Nur nachgedacht. Wissen Sie, wenn alles, was Ben-Judah sagt, wahr ist, werden wir bald die Hälfte unserer Zeit damit verbringen, am Leben zu bleiben. Was werden wir tun, wenn wir ohne das ›Zeichen des Tieres‹ weder kaufen noch verkaufen können?«

»Wie Tsion sagte, wir müssen jetzt schon anfangen, uns Vorräte anzulegen.«

»Wissen Sie, was das bedeutet? Wir werden eine ganz für sich lebende Gesellschaft von Christen sein. Vielleicht werden wir viele Millionen sein, aber wir werden trotzdem in der Minderheit sein und als Kriminelle und Flüchtlinge betrachtet werden.«

»Als ob ich das nicht wüsste!«

»Wir werden niemandem mit dem anderen Zeichen vertrauen können.«

»Und vergessen Sie nicht, es wird eine Menge Leute ohne Zeichen geben.«

Ken schüttelte den Kopf. »Nahrungsmittel, Gesundheitswesen, Transportwesen, alles in der Hand der Weltgemeinschaft. Wir werden uns abstrampeln und unseren Lebensunterhalt auf einem riesigen, schwarzen Markt zusammenkratzen. Wie viel Geld haben wir?«

»Die ›Tribulation Force‹? Nicht sehr viel. Buck und ich haben zwar gut verdient, aber dieser Verdienst fällt ja jetzt weg. Tsion und Chloe haben auch kein Einkommen. Wir können kaum damit rechnen, dass Mac und David sich um uns kümmern, obwohl ich sicher bin, dass sie tun, was sie können. Mit Floyd habe ich noch nicht über eventuelle Reserven gesprochen.«

»Ich habe eine ansehnliche Summe gespart.«

»Buck und ich auch, aber das ist nichts im Vergleich zu dem, was wir für Flugzeug und Treibstoff, geschweige denn zum Überleben brauchen.«

»Das wird nicht lustig, oder?«

»Das können Sie laut sagen.«

Ken zog ein gelbes Notizbuch aus seiner Tasche. Ray bemerkte, dass die Seiten Eselsohren hatten und mehr als die Hälfte davon beschrieben waren. »Ich weiß, dass wir niemals irgendetwas unterschrieben oder versprochen haben, als wir zusammenkamen«, sagte Ken, »aber ich habe in der letzten Zeit viel nachgedacht. Ich war nie für Sozialismus oder Kommunismus oder auch nur gemeinschaftliches Leben. Aber ich habe den Eindruck, dass wir von jetzt an ziemlich viel gemeinsam haben werden.«

»Im neutestamentlichen Sinne, wie Tsion sagt.«

»Richtig, und ich weiß zwar nicht, wie es Ihnen geht, aber ich habe kein Problem damit.«

Rayford lächelte. »Ich habe gelernt, Gott vollkommen zu vertrauen«, erwiderte er. »Falls Sie das meinten.«

»Ich weiß nicht, wie Sie es mit zukünftigen Mitgliedern halten werden und so, aber wir sollten vielleicht die Regel aufstellen, dass wir alles, was wir haben, der Sache zur Verfügung stellen.«

Rayford kräuselte die Lippen. Bisher war das kein Thema gewesen. »Sie meinen, wir sollten alle bitten, ihre Geldmittel allen anderen zur Verfügung zu stellen?«

»Wenn sie es mit ihrer Mitgliedschaft ernst meinen.«

»Ich bin bereit, und ich weiß, dass Buck, Chloe und Tsion es auch wären. Es ist nur so, dass wir, realistisch gesehen, relativ wenig Geld besitzen. Buck und ich haben zwar ungefähr eine halbe Million Dollar und früher war das einmal viel, aber es wird nicht lange ausreichen, und es wird auch nicht genug sein, um gegen Carpathia offensiv zu werden.«

»Sie wechseln das besser in Gold um, und zwar schnell.«

»Denken Sie?«

»Ich habe 90 % meines Vermögens in Edelmetallen angelegt«, erklärte Ritz. »Als die drei Weltwährungen eingeführt wurden, ahnte ich, was auf uns zukommt. Jetzt sind wir bei einer und egal, was passiert, ich habe eine Tauschware. Mit 40 habe ich angefangen, ernsthaft zu sparen. Weiß nicht einmal, warum. Na ja, ich meine, jetzt weiß ich es natürlich. Tsion glaubt, dass Gott in unserem Leben wirkt, bevor wir gläubig werden. Seit fast 20 Jahren lebe ich nun schon allein und besitze einige Charterflugzeuge. Ich bin ein Geizhals. Habe mir nie einen neuen Wagen gekauft, meine Kleider habe ich viele Jahre lang getragen. Ich besitze nur eine billige Uhr. Ehrlich gesagt habe ich Millionen verdient und fast 80 % davon gespart.«

Rayford pfiff durch die Zähne. »Habe ich erwähnt, wie hoch der jährliche Mitgliederbeitrag für die ›Tribulation Force‹ ist?«

»Sie machen Witze, aber was sonst soll ich mit den Millionen in Gold anfangen? Uns bleiben noch knapp fünf Jahre. Ein Urlaub scheint im Augenblick nicht angebracht zu sein, denken Sie nicht? Um Klartext zu reden, Ray, ich möchte einige von diesen Gulfstreams kaufen und ein Gebot für den Flughafen in Palwaukee abgeben.«

»Den Flughafen?«

»Er ist doch buchstäblich ein Geisterflughafen. Der Besitzer sagte mir, ich würde mehr Flüge von dort unternehmen als sonst jemand. Ich weiß, er würde gern verkaufen, und ich kaufe ihn besser, bevor Carpathia das unmöglich macht. Wir würden ihn mit einigen kleinen Flugzeugen, einigen Hubschraubern, Öltanks, einem Tower und verschiedenen Geräten ausstatten.«

»Sie haben tatsächlich nachgedacht, nicht wahr?«

Ken nickte. »Über mehr als das.« Er hob sein Notizbuch hoch. »Ich habe meine Ideen in diesem Buch aufgeschrieben. Landwirtschaftliche Zusammenarbeit, Fischereibetriebe, sogar Privatbanken.«

»Ken! Jetzt mal im Ernst! Fischerei?«

»Ich habe gelesen, dass Carpathia seinen zehn Handlangern – den zehn ›Königen‹, wie Tsion sie nennt – Herrschaftsgebiete zuteilt für das Recht, ihre Wasserwege auszubeuten, und ich denke, dass sie etwas vorhaben. Er könnte leicht alle Farmen schließen, bombardieren, überfallen, niederbrennen, die Geräte konfiszieren oder was ihm sonst noch einfällt. Aber wie sollte er die ganzen Meere unter seiner Kontrolle behalten? Unter den Christen befinden sich Menschen, die über die entsprechende Ausrüstung und die für die Fischerei nötige Erfahrung verfügen – ich spreche hier von Leuten, die das kommerziell betreiben –, und wir bieten ihnen einen Markt von Millionen von Christen. Irgendwie wird uns schon gelingen, das zu koordinieren, Hilfe zu bieten bei der Verarbeitung und dem Transport; wir werden einen vernünftigen Prozentsatz für uns behalten und damit die Arbeit der ›Tribulation Force‹ finanzieren.«

Rayford überprüfte seine Geräte. Danach starrte er Ken an. »Wie sind Sie darauf gekommen?«

»Sie dachten, ich sei ein Bauerntrottel, oder?«

»Ich wusste es besser, weil Mac diese Rolle gern spielt, und er ist sehr klug. Aber haben Sie auf diesem Gebiet Erfahrung oder –«

»Sie würden mir nicht glauben, wenn ich es Ihnen sagte.«

»Im Augenblick glaube ich Ihnen alles.«

»Londoner Wirtschaftsschule.«

»Jetzt halten Sie mich aber zum Narren.«

»Ich habe es Ihnen ja gesagt.«

»Was, Sie meinen es ernst?«

»Das war vor 35 Jahren, aber ja. Ich bin bei der ›Air Force‹ ausgeschieden und wollte in die Wirtschaft gehen, doch zuerst wollte ich mir Europa ansehen. England gefiel mir; ich weiß wirklich nicht mehr, warum, aber ich habe die Schule mit guten Noten abgeschlossen.«

»Sind Sie in der Highschool gut zurechtgekommen?«

»Ja, ich kann nicht klagen. Habe die Abschlussrede gehalten und alles. Ich dachte, ich würde Englischlehrer werden. Ich rede nur so schnoddrig, weil man so leichter Zugang zu den Menschen bekommt.«

»Erstaunlich.«

»Ich staune selbst manchmal über mich.«

»Das glaube ich.«

In festlicher Stimmung verließen die Zuhörer das Stadion. Buck konnte seine Gruppe nicht entdecken, andererseits wollte er auch Tsion nicht aus den Augen verlieren. Der Rabbi unterhielt sich mit Daniel und dem Komitee, aber er wirkte sehr erregt und zerstreut, als könnte er es nicht erwarten wegzukommen. Buck suchte das Stadion ab, vor allem die reservierten Plätze, aber er konnte keinen der gesuchten fünf Menschen entdecken. Er dachte, dass Rosenzweig vielleicht von Autogrammjägern oder Menschen umlagert sein würde, die ihm gute Wünsche mit auf den Weg geben wollten, vielleicht sogar von eifrigen Gläubigen, die ihn »bekehren« wollten, aber er konnte keine solche Gruppe entdecken. Da waren nur die Menschenschlangen, die fröhlich unter der strengen Aufsicht der Weltgemeinschaft das Stadion verließen.

Buck sah zu Tsion und den anderen hin. Auch diese Gruppe schien kleiner zu werden, und er wollte nicht, dass Tsion allein zurückblieb. Er gehörte zu den bekanntesten Menschen der Welt, darum würde er nicht in der Menge untertauchen können.

Buck eilte zu Daniel zurück, aber Tsion hielt ihn auf. »Cameron, bitte!«, sagte er todernst. »Holen Sie die anderen und lassen Sie uns aufbrechen! Ich möchte noch heute Abend mit Chaim sprechen und wir müssen uns unbedingt an unseren Zeitplan halten. Alles ist vorbereitet und wir können Rayford und Ken nicht im Stich lassen.«

»Ich weiß, Tsion. Ich suche die anderen, aber –«

Tsion packte Buck am Arm. »Gehen Sie einfach los und treiben Sie sie auf. Und dann so schnell wie möglich zum Wagen. Ich habe ein ganz schreckliches Gefühl, und ich kann nur annehmen, dass das vom Herrn kommt. Wir müssen unbedingt so schnell wie möglich zu Chaims Haus zurückkehren. Bestimmt wird es von den Truppen der Weltgemeinschaft beobachtet, und wir könnten sie in falscher Sicherheit wiegen, wenn sie wissen, dass wir da sind und uns für die Nacht fertig machen.«

Daniel und nur vier oder fünf Komiteemitglieder blieben hinter der Bühne. »Ich möchte Sie nicht allein lassen, Tsion. Wenn keine Augenzeugen da sind, könnte die Weltgemeinschaft alles tun, was sie will, und einem anderen die Schuld dafür zuschieben.«

»Gehen Sie nur, Cameron. Bitte. Ich komme schon klar.«

»Daniel«, sagte Buck, »würden Sie ein Auge auf Tsion werfen, bis ich zurückkomme?«

Daniel lachte. »Auf den Rabbi aufpassen? Ich denke, das kann ich.«

Mit ernstem Gesicht zog Buck Daniel näher zu sich heran und flüsterte ihm ins Ohr: »Er ist vielleicht in großer Gefahr. Versprechen Sie es mir.«

»Ich werde ihn nicht aus den Augen lassen, Mr. Williams.«

Buck rannte die Treppe hinauf, über die Bühne und sprang hinunter. Von unten konnte er noch weniger sehen als von der Bühne aus, darum wollte er wieder hochklettern. Ein Soldat der Weltgemeinschaft hielt ihn auf. »Sie können nicht da hoch.«

Buck griff nach seinem Ausweis. »Ich gehöre zum Programmkomitee«, erklärte er.

»Ich weiß, wer Sie sind, Sir. Ich würde Ihnen raten, nicht dort hochzusteigen.«

»Aber ich muss durch den hinteren Ausgang zu unserem Van gehen, und ich versuche, unsere Begleiter zu finden.«

»Sie können auf dem Weg, den alle anderen auch nehmen, zu Ihrem Wagen gelangen.«

»Aber ich kann meine Leute doch nicht verlassen und wir müssen uns zuerst hinter der Bühne mit jemandem treffen.«

Buck wollte erneut auf die Bühne klettern, als der Soldat ihn zurückrief. »Sir, bringen Sie mich nicht dazu, Gewalt anzuwenden. Sie dürfen nicht auf diesem Weg zurückgehen.«

Buck mied den Blickkontakt mit dem Soldaten, um ihn nicht noch mehr aufzuregen. »Sie verstehen nicht. Ich bin Cam –«

»Ich weiß, wer Sie sind, Sir«, erwiderte der Soldat streng. »Wir alle wissen, wer Sie sind, wer zu Ihrer Gruppe gehört und mit wem Sie sich treffen wollen.«

Buck blickte ihn nun an. »Und warum wollen Sie mich nicht durchlassen?« Der Soldat schob seine Uniformkappe zurück und Buck entdeckte das Kreuzeszeichen auf seiner Stirn. »Sie sind, Sie sind ein –?«

»Seit heute Abend«, flüsterte er. »Ich bin hierher abgestellt worden. Die Leute in der Menge bemerkten mein Zeichen und natürlich sah ich auch ihre Zeichen. Ich muss meine Mütze tief in die Stirn ziehen, damit ich nicht entlarvt werde. Ich bin so gut wie tot, wenn ich entdeckt werde. Lassen Sie mich mitkommen.«

»Aber Sie befinden sich doch in einer strategisch so wichtigen Position! Sie können so vieles bewirken! Die anderen Christen werden Sie nicht verraten. Sie werden vermuten, dass Sie aus einem guten Grund noch für den Potentaten arbeiten. Befindet sich Tsion in Gefahr?«

Der Soldat hob die Waffe. »Gehen Sie!«, bellte er, dann senkte er die Stimme wieder. »Ihre Gruppe befindet sich bereits im Wagen. Scharfschützen warten auf eine gute Schussposition, um Ben-Judah zu erschießen. Ich bezweifle, dass Sie ihn herausbringen können.«

»Ich muss!«, zischte Buck. »Ich werde wieder zu ihm gehen!«

»Man wird auf Sie schießen!«

»Dann schießen Sie doch auf mich! Lenken Sie die Aufmerksamkeit von ihm ab! Rufen Sie um Hilfe! Tun Sie etwas!«

»Können Sie ihn denn nicht anrufen?«

»Er hat kein Telefon bei sich und die Nummer des Moderators kenne ich nicht. Tun Sie, was Sie tun müssen, aber ich gehe.«

»Meine Aufgabe ist es, alle von der Bühne fern zu halten.«

Buck drängte an ihm vorbei und rannte zwei Stufen auf einmal nehmend die Treppe hoch. Hinter sich hörte er den Soldaten rufen: »Warten Sie! Stop! Wache!« Als Buck die Bühne erreichte, warf er einen Blick zurück und sah, dass der Soldat in sein Walkie-Talkie sprach und schließlich das Gewehr anlegte und auf ihn zielte. Buck spurtete hinter die Bühne und lief geradewegs auf Tsion zu, der jetzt nur noch mit Daniel allein dastand. Daniel entdeckte Buck und zog sich zurück, als sei seine Aufgabe erledigt. Buck wollte ihm zurufen, noch zu bleiben, als ein Schuss fiel.

Tsion und Daniel und auch einige Nachzügler, die nur wenige Meter entfernt standen, gingen zu Boden. Soldaten der Weltgemeinschaft setzten sich sofort zur Bühne in Bewegung, als sie die Schüsse hörten. Buck eilte zu Tsion, um ihm aufzuhelfen.

»Daniel, helfen Sie mir, ihn in den Wagen zu schaffen!«

Sie drängten sich an erschrockenen Menschen vorbei zum Mercedes. Draußen schrien die Menschen und schoben sich gegenseitig so weit vom Stadion fort, wie es möglich war. Die hintere Tür des Wagens und die Seitentür standen offen. Buck sprang hinten hinein, während Daniel Tsion durch die Seitentür schob und die Tür schloss.

Alle hielten ihre Köpfe geduckt, bis Stefan auf die Straße einbog. Aus dem Stadion ertönten weitere Schüsse, und Buck konnte nur beten, dass die Weltgemeinschaft ihre Frustration nicht an anderen ausließ und weitere Märtyrer schuf.

Tsion weinte, während er die Menschen beobachtete, die aufgescheucht davonliefen.

»Genau das habe ich befürchtet«, sagte er. »Dass ich diese Menschen ins feindliche Lager bringe, sie zur Schlachtbank führe.«

Chaim war seltsam still. Er sprach kein einziges Wort und schien sich auch nicht zu rühren. Stur starrte er geradeaus. Bei der ersten Ampel nahm Stefan die Hände vom Lenkrad, ballte die Fäuste und schüttelte sie, als würde er feiern. Chaim sah ihn an und wandte den Blick sofort wieder ab.

Die Ampel sprang um, aber ein Beamter der Weltgemeinschaft hielt den Verkehr noch auf, ließ zuerst die Autos von der anderen Seite passieren. Stefan nutzte diesen Augenblick und bog den Rückspiegel so, dass er sich sehen konnte. Er schob sein Haar zurück und betrachtete seine Stirn.

Chaim blickte ihn gelangweilt an. »Du kannst dein Zeichen selbst nicht sehen. Nur andere können es erkennen.«

Stefan wandte sich zu ihm um. »Tatsächlich?«, fragte er.

»Ja«, erwiderte Chloe und Tsion nickte.

Stefan versuchte, allen im Wagen die Hand zu schütteln, und Chaim hob resigniert beide Hände. Er zuckte die Achseln und schüttelte den Kopf. »Ich werde es nicht mit Gewissheit wissen, wenn es nicht auch mir passiert.«

Buck sah, wie die Beamten zur Kreuzung rannten.

»Fahr los, Stefan!«, rief er.

Stefan wandte sich um und sah, dass der Polizist ihnen den Weg noch nicht freigegeben hatte. »Aber –«

»Vertrauen Sie mir, Stefan! Fahren Sie los!«

Stefan trat das Gaspedal durch und der Mercedes schoss vor. Der Polizist trat mit erhobenen Händen vor den Wagen, sprang aber schnell zur Seite, als Stefan keine Anstalten machte, anzuhalten.

»Bringen Sie uns so schnell Sie können zu Chaims Haus«, sagte Buck. Das ließ sich Stefan nicht zweimal sagen.

»Also, Ken«, sagte Rayford, »als Wirtschaftsexperte: Trauen Sie den Banken?«

»Ich habe den Banken auch nicht getraut, bevor Carpathia an die Macht kam.«

»Und wo haben Sie Ihre Goldbarren versteckt?«

»Einige Goldbarren. Vorwiegend Münzen. Wer hat schon so viel Geld, dass er es gegen viele Goldbarren eintauschen kann?«

Rayford schnaubte. »Wer hat schon Geld für *eine* Goldmünze? Sie werden schon einen ganzen Laden leerkaufen müssen, damit Sie nicht Hunderte als Wechselgeld zurückbekommen.«

»Ich hoffe, es kommt nicht dazu, dass man das Gold tatsächlich als Währung einsetzen muss. Und was mein Versteck betrifft, sagen wir, wenn ich Palwaukee wirklich kaufe, dann lege ich mir damit tatsächlich einen Vermögenswert zu.«

»Sie wollen doch nicht sagen. ...«

»Ich weiß, was Sie denken. Der Kerl sollte eigentlich wissen, dass Geld an Wert verliert, wenn man es irgendwo versteckt, wo es sich nicht vermehren kann.«

»Genau. Auch wenn ich nur ein kleines Portfolio habe.«

»Erst vor kurzem habe ich alles vergraben. Direkt unter meiner Hütte. Jahrelang habe ich nur den Gewinn gelagert. Nach der Entrückung, die für mich ja nur das große Massenverschwinden war, ahnte ich, was mit unserer Wirtschaft passieren würde.« Ken lachte.

»Was ist los?«

»Ich dachte, ich hätte bei dem Erdbeben alles verloren. Du meine Güte, ich hätte mich beinahe selbst umgebracht, als ich danach suchte. Der Boden war ganz aufgebrochen und meine Goldbarren und die Kisten mit den Münzen rutschten durch eine Spalte sechs Meter in die Tiefe. Es hätten auch gut 30 Meter sein können oder bis zum Mittelpunkt der Erde. Ich wusste gar nicht, dass das Geld mir so viel bedeutete, ehrlich nicht. Sich kurz nach dem Erdbeben durch die Erde zu graben, war das Dümmste, was man machen konnte, wo es doch immer noch Nachbeben gab. Aber ich war vollkommen außer mir, dachte, wenn ich mein Gold nicht finde, dann könnte ich ebenso gut sterben. Ich würde sowieso unter der Erde begraben werden. Schließlich fand ich es, und ich fühlte mich wie ein Schulkind, das seine lang verlorenen Murmeln wiedergefunden hatte. In diesem Augenblick wusste ich, dass ich wirklich übel dran war. Das erfuhr ich auch von Ihrem Schwiegersohn.«

»Wie?«

»Ich hatte den Eindruck, dass er religiös war, und obwohl ich nicht daran glaubte, konnte ich nicht leugnen, dass er andere Prioritäten gesetzt hatte als alle anderen Menschen, die ich kannte. Ich meine, ich wusste, dass er ›ein Hundertprozentiger‹ war, das war offensichtlich. Meine Zukunft war eng verknüpft mit der Sicherheit meines Geldes. Er vertraute Jesus mit seinem ganzen Leben. Mann, das klang in meinen Ohren so dumm, aber er verhielt sich bewundernswert. Ich beneidete ihn, wirklich. Nach diesem Erdbeben fand ich mich im Krankenhaus wieder, und ich konnte mir nicht vorstellen, dass dieser Williams in den Trümmern nach seinen Besitztümern graben würde. Und dann tauchte er plötzlich auf und hatte schon wieder eine seiner verrückten Ideen.«

»Ich wünschte, das hier wäre nur eine Idee«, entgegnete Rayford. »Egal, wie man es auch dreht und wendet, es wird eine lange Nacht werden.«

»Vielleicht sollten wir auf dem Rückweg in Griechenland oder der Türkei zwischenlanden und nicht versuchen, den ganzen Weg in einem Mal zu schaffen. Dort drüben gibt es einige Leute, denen ich vertraue, einen in jedem Land. Noch keine Christen, denke ich, aber sie würden uns niemals verraten, wenn Sie wissen, was ich meine.«

Rayford schüttelte den Kopf. »Wir bekommen genug Treibstoff und ich würde viel lieber ohne Zwischenlandung nach Hause zurückkehren.«

»Wie Sie meinen.«

Als Stefan in Chaims Einfahrt einbog, bat der alte Mann Stefan auf Hebräisch, Jonas, dem Torwächter, etwas zu sagen. Als Jonas ihm auf Hebräisch antwortete, fragte Buck Tsion, was sie sagten. Der Rabbi legte den Finger an die Lippen. »Später«, flüsterte er.

Im Haus sahen sie sich im Fernsehen die Berichterstattung und Kommentare zu der Veranstaltung an. Einer nach dem anderen verschwanden Tsion, Buck und Chloe, um zu packen.

Buck spürte, dass Chaim genauso darauf brannte, mit Tsion die anstehende Diskussion über den Glauben zu führen, wie Tsion selbst. Vielleicht sogar noch mehr, da er spürte, dass Tsion ungewöhnlich zerstreut war. Aber Menschen dabei zu unterstützen, zum Glauben an Jesus Christus zu kommen, war für Tsion noch wichtiger als sein eigenes Leben. Er würde sich diese Gelegenheit mit Rosenzweig nicht entgehen lassen.

Buck musste sich von Jacov den Schlüssel besorgen und war froh über die Gelegenheit, die beiden Freunde allein zu lassen, damit sie sich ungestört unterhalten konnten. Doch als er sich auf die Suche nach seinem neuen Bruder machte, erfuhr er, dass Jacov nicht mehr da war.

»Wo kann ich ihn finden?«, fragte er.

»Zu Hause, nehme ich an«, erklärte ihm jemand vom Personal in gebrochenem Englisch. Er gab ihm die Nummer, doch als Buck sie wählte, meldete sich niemand.

»Wo könnte er sonst sein?«, fragte Buck.

»Sie haben es nicht von mir«, erklärte der Mann in verschwörerischem Tonfall, »aber da gibt es eine Bar, den ›Harem‹. Sie ist zu finden in der –«

»Ich weiß, wo sie ist«, erwiderte Buck. »Vielen Dank.«

Er eilte zum Haus zurück und unterbrach Chaim und Tsion. »Es tut mir Leid«, sagte er, »aber ich muss mit Jacov sprechen und er ist nicht in seiner Wohnung.«

»Oh«, antwortete Chaim, »er sagte etwas davon, dass er zu Hannelores Mutter wollte. Aber er wird morgen sowieso am Tempelberg sein.«

»Ich muss aber noch heute Abend mit ihm sprechen.«

Chaim nannte ihm den Namen der Frau und Buck suchte die Nummer aus dem Telefonbuch heraus. Eine deutsche Frau meldete sich und gab den Hörer an Jacov weiter.

»Es wird schwierig sein, heute Abend noch wegzukommen, Mr. Williams«, sagte er. »Hannelores Mutter nimmt das alles nicht besonders gut auf, und wir haben uns bereit erklärt, heute Nacht hier zu bleiben und darüber zu sprechen. Bitte beten Sie für uns.«

»Das werde ich, aber Jacov, ich brauche diesen Schlüssel.«

»Den Schlüssel?«

»Den Schlüssel, den Sie für Dr. Rosenzweig nachmachen lassen sollen.«

»Braucht er ihn denn?«

»Ich brauche ihn, und ich möchte, dass Sie mir vertrauen und nicht nach dem Grund fragen.«

»Haben Sie Angst vor Eindringlingen? Die Tür war verschlossen. Sie ist die stabilste im ganzen Haus.«

»Ich weiß. Ich brauche ihn, Jacov. Bitte.«

»Ich habe ihn gar nicht mehr. Ich habe ihn Stefan gegeben. Ich arbeite zwar morgen, aber am Montag habe ich wieder frei. Er sagte, er würde ihn nachmachen lassen.«

»Und wo wohnt er?«

»In der Nähe des Stadions, aber ich habe in den Nachrichten gehört, dass heute Abend kein Verkehr mehr durchgelassen wird.«

»Wir haben auch die Nachrichten gesehen, aber das wurde nicht gesagt.«

»Es ist gerade gebracht worden. Unmittelbar nach der Veranstaltung wurde ein Soldat der Weltgemeinschaft ermordet. Das muss der Schuss gewesen sein, den wir gehört haben. Die Weltgemeinschaft sucht nach den Mördern. Sie sind der Meinung, dass es von einem oder mehreren der Zuschauer getan worden ist.«

»Jacov, hören Sie mir zu. Ich habe Ihnen erzählt, wobei es bei der Schießerei ging.«

»Aber Sie haben nicht gesagt, dass ein Soldat erschossen wurde. Waren einige der Zeugen bewaffnet? Vielleicht wollten sie Sie beschützen und dachten, der Soldat würde tatsächlich auf Sie schießen.«

»Oh bitte, Gott, ich hoffe nicht.«

»Man kann nie wissen, mein Freund. Auf jeden Fall wird es Ihnen heute Abend nicht mehr gelingen, zu Stefan zu kommen, ohne aufgehalten zu werden. Und Sie wissen, dass man Sie erkennen wird.«

»Jacov, Sie müssen mir einen Gefallen tun.«

»Oh, Mr. Williams, ich möchte Ihnen so gern helfen, aber ich kann heute Abend nicht zu Stefan fahren. Wir versuchen gerade, meine Schwiegermutter davon zu überzeugen, dass das alles nicht Stefans Idee war. Aus irgendeinem Grund glaubt sie, dass er hinter der ganzen Sache steckt. Sie hat ihn immer gehasst und gibt ihm die Schuld für alles Schlimme, was ich je getan habe. Jetzt sagt sie, sie wünschte, er und ich wären noch immer Trinker und nicht so verrückte religiöse Menschen und Feinde des Potentaten. Sie verlangt von Hannelore, dass sie mich verlässt.«

»Sie sollen nur Dr. Rosenzweig gegenüber nicht erwähnen, dass ich nach dem Schlüssel gefragt habe.« Eine lange Stille folgte. »Ich weiß, dass ich Sie bitte, etwas geheimzuhalten vor Ihrem –«

»Vor dem Mann, dem ich mein Leben verdanke. Er ist wie ein Vater zu mir gewesen. Sie müssen mir alles erzählen, bevor ich dem zustimmen kann. Wenn ich ihm etwas verheimlichte, das ihm schadet, würde ich mir nie vergeben. Warum brauchen Sie den Schlüssel und warum darf er nichts davon wissen?«

»Jacov, Sie wissen, dass er noch kein Christ ist.«

»Ich weiß! Aber das macht ihn doch nicht zu unserem Feind! Ich bete, dass ich derjenige sein darf, der ihn zu Christus führt. Aber andererseits ist der Rabbi Dr. Rosenzweigs Freund.«

»Er ist nicht unser Feind, Jacov, aber er ist naiv.«

»Naiv. Dieses Wort kenne ich nicht.«

»Er ist noch immer ein Freund des Potentaten.«

»Er weiß es noch nicht besser.«

»Das meine ich ja mit ›naiv‹. Wir brauchen den Schlüssel, um zu fliehen, bevor die Leute von der Weltgemeinschaft wissen, dass wir fort sind. Und wir können es nicht riskieren, dass er Nicolai oder dessen Leuten etwas davon erzählt.«

Jacov schwieg einen Augenblick. »Ich wusste nicht, auf was ich mich einlasse«, bemerkte er schließlich. »Ich würde diese Entscheidung niemals rückgängig machen und ich glaube wirklich an Gott. Aber ich hätte nie gedacht, dass ich mich auf einen Kampf gegen Carpathia einlasse.«

»Jacov, können Sie Stefan Bescheid geben, dass ich den Schlüssel unbedingt brauche? Vielleicht kann er sich hinausschleichen und ihn bringen. Er ist dort bekannt, und es wäre nicht ungewöhnlich, wenn er zur Arbeit fährt, selbst zu dieser Stunde, oder?«

»Ich werde es versuchen. Aber jetzt müssen zwei Menschen Ihr Geheimnis wahren.«

»Können wir uns hundertprozentig auf ihn verlassen?«

»Ich denke schon. Aber was wird Dr. Rosenzweig denken, wenn er erfährt, dass wir bei Ihrer Flucht geholfen und ihm nichts erzählt haben?«

Buck überlegte, ob er ihm raten sollte zu erzählen, die Mitglieder der *Tribulation Force* hätten sie gezwungen, ihnen zu helfen. Aber es war eine Sache, alle Mittel einzusetzen, um Carpathia und seine Gefolgsleute zu täuschen. Etwas anderes war es, den Mann anzulügen, den sie für Gott zu erreichen suchten. Buck blickte auf die Uhr. Schon fast elf. Es war unwahrscheinlich, dass Stefan es noch rechtzeitig schaffen würde.

»Jacov, können wir diese Tür aufbrechen?«

»Das dürfte nicht so einfach sei, Mr. Williams.«

Rayford war noch eine Stunde von Jerusalem entfernt, als er sich beim Tower meldete, der ihn sowieso bald auf seinem Radarschirm entdecken würde. Er identifizierte sein Flugzeug und niemand fragte ihn nach näheren Einzelheiten.

»Errechnete Ankunftszeit in Jerusalem zum Auftanken gegen 24 Uhr«, informierte er den Tower.

»Verstanden, Gulf. Over und out.«

Er wählte Chloes Nummer. »Alles in Ordnung, Liebes?«

»Hier geht alles ein wenig drunter und drüber, Dad. Ich möchte dich nicht mit den Einzelheiten langweilen, aber wir halten uns an den Plan. Irgendwie werden wir um halb eins auf dem Dach warten.«

»Ich kann es kaum erwarten, dich zu sehen, Liebes.«

»Ich vermisse dich auch, Dad. Ich werde dich anrufen, falls es Probleme gibt.«

»Ich dich auch. Ken wird im Vogel sitzen, wir sehen uns also erst an Bord der Gulfstream.«

Buck klopfte leise an die Tür. Chaim und Tsion unterhielten sich angeregt. Tsion warf ihm einen Blick zu, der ihm sagte, dass er zu einem sehr ungünstigen Zeitpunkt hereinplatzte.

»Es tut mir sehr Leid, Sie zu stören, Tsion, aber ich muss mit Ihnen sprechen.«

»Sie stören doch nicht!«, erwiderte Rosenzweig. »Ich muss mich selbst kurz entschuldigen. Nehmen Sie sich ruhig Zeit. Ich möchte Ihre Frau fragen, ob sie morgen zum Tempelberg fahren möchte. Jacov und ich werden etwas später auch hinkommen.«

Er ging lächelnd an Buck vorbei, doch er war sehr abwesend. Buck entschuldigte sich bei Tsion.

»Buck, ich weiß, dass wir nur noch wenig Zeit haben, aber er steht kurz davor!«

»So kurz, dass wir ihm trauen können?« Buck brachte Tsion auf den neuesten Stand.

Tsion stellte das Fernsehgerät wieder an. Auf dem Bildschirm erschien das Gesicht des Soldaten der Weltgemeinschaft, der absichtlich über Bucks Kopf weggeschossen hatte. Unter seinem Foto standen sein Geburtsdatum und sein Todesdatum.

»Ich bin schuld an seinem Tod«, sagte Buck. Seine Kehle war wie zugeschnürt.

»Sie haben wahrscheinlich mein Leben gerettet«, widersprach Tsion. »Preis sei Gott, dass er jetzt im Himmel ist. Buck, ich weiß, das ist hart, und ich möchte niemals abstumpfen gegenüber dem hohen Preis, den wir zahlen müssen. Niemand würde jetzt noch einen Pfennig für unsere Zukunft geben. Ich weiß nicht, wie lange der Herr uns noch verschonen wird, damit wir sein Werk tun können. Aber ich fürchte, wenn wir zulassen, dass Carpathia uns heute Abend verletzt, tötet oder auch nur von der Flucht abhält, wird es ein schrecklicher Schlag für die Sache sein. Sie wissen, dass mein Leben nicht mehr sehr wichtig für mich ist. Meine Familie ist im Himmel, und ich sehne mich danach, auch dorthin zu gehen. Aber Gott wird nicht zulassen, dass wir umsonst sterben. Es gibt noch so viel zu tun.

Aber ich fürchte, wir müssen uns tatsächlich Chaim anvertrauen. Er hat den Torwächter gefragt, ob die Videoüberwachungsanlage laufe. Der Mann erwiderte, sie würde wie gewöhnlich erst um Mitternacht eingeschaltet. Und Chaim hat ihm gesagt, er solle sie jetzt einschalten.«

Panik überkam Buck. Hatte die Kamera ihn vielleicht auch am Abend zuvor aufgenommen?

»Dann müssen wir es ihm sagen«, erklärte Buck. »Wenn seine Sicherheitsleute einen Hubschrauber hören und sehen, dass er von der Weltgemeinschaft kommt, werden sie nicht wissen, was sie tun sollen.«

»Genau das wollen wir ja, Cameron. Wir müssen sie ablenken, damit wir entwischen können. Bestimmt werden sie nicht auf einen Hubschrauber feuern, der so aussieht wie Carpathias. Aber es wird nicht lange dauern, bis sie sich erkundigt haben und die Weltgemeinschaft weiß, dass wir ihren Hubschrauber benutzen.«

»Wie können wir Chaim überzeugen, ohne dass er denkt, wir würden überreagieren?«

»Er war heute Abend da, Buck. Und Sie hätten seine Reaktion hören sollen. Ich sage Ihnen, es dauert nicht mehr lange.«

»Was hält ihn zurück?«

»Seine Bewunderung und Liebe zu Carpathia.«

Buck brummte. »Dann wollen wir ihm erzählen, was Rayford in der Condor 216 gehört hat.«

»Über mich, meinen Sie?«

»Und über ihn.«

»Wird er das glauben?«

»Das bleibt ihm überlassen, Tsion. Es wird allem widersprechen, was er für Carpathia empfindet.«

»Dann sollten wir es tun.«

Mitternacht rückte näher, als Rayford wie geplant in den israelischen Luftraum flog. Er meldete sich beim Tower vom Ben-Gurion-Flughafen und bekam die Landeerlaubnis zum Auftanken auf dem Flughafen in Jerusalem.

»Es ist schon eine Weile her, seit ich so viel Angst gehabt habe«, sagte er.

»Wirklich?«, fragte Ken. »Diese Aufregung ist für mich in letzter Zeit zu einer normalen Erfahrung geworden.«

Rosenzweig kam mit Chloe im Schlepptau zu Buck und Tsion zurück. Sie trug ihren Schlafanzug und ihren Morgenmantel. Buck starrte sie verwirrt an.

»Dr. Rosenzweig besteht darauf, dass ich mich um des Babys willen ausruhe«, sagte sie. »Dem kann ich nicht widersprechen. Ich bin nur gekommen, um gute Nacht zu sagen.«

Buck wusste, sie würde in ihr Zimmer eilen, um sich umzuziehen, aber er sagte: »Bleib einen Augenblick bei uns, Liebes. Wir müssen Chaim etwas sagen, und du musst ihm vielleicht etwas erzählen, das du von deinem Vater gehört hast.«

12

Jerusalem Tower, hier spricht Gulfstream Alpha Tango, over.«

»Tower, Alpha Tango. Gehen Sie auf Landeanflug.«

Rayford gab die Koordinaten ein und landete auf dem Flughafen, auf dem mehr Betrieb herrschte als gewöhnlich. Um so normal wie möglich zu erscheinen, erkundigte er sich beim Tower danach. Dieser informierte ihn darüber, dass die reicheren Teilnehmer dieser großen Konferenz im Kollek-Stadion in kleineren Flugzeugen nach Tel Aviv flogen, um dort ihre internationalen Flüge nach Hause zu erreichen.

»Gibt es irgendwelche Verzögerungen beim Auftanken?«

»Negativ, Alpha. Sie haben Landeerlaubnis.«

»Sehen Sie die Hubschrauber?«, fragte Ray, als er sich im Landeanflug befand.

»Ich sehe einen«, antwortete Ken. »Weiß mit schwarzen Buchstaben an der Seite.«

»Machen Sie keine Witze.«

»Das tue ich nicht. Er gehört zur Weltgemeinschaft, aber es ist nur einer.«

»Das gefällt mir nicht, Ken.«

»Warum hat Mac nicht Bescheid gesagt, wenn es Probleme gibt?«

Rayford schüttelte den Kopf. »Ich möchte ihn nicht anrufen. Vielleicht kann er nicht sprechen.«

»Vielleicht weiß er ja gar nicht, dass einer seiner Vögel fort ist. Haben Sie daran schon gedacht?«

Rayford wählte Macs Nummer. »McCullum.«

»Mac! Ich bin es. Was ist los?«

»Ja, hallo, Sergeant Fitzgerald. Natürlich können Sie weitermachen.«

»Wir können weitermachen?«

»Es besteht keine Notwendigkeit zu warten, Sergeant. Bestimmt nicht. Auf Wiedersehen.«

»Nehmen Sie Ihr Telefon mit, Ken!«, rief Rayford über den Lärm der Motoren hinweg, als Ritz die Tür öffnete.

Ken schlug sich gegen den Kopf und suchte sein Telefon aus seiner Tasche heraus. »Ich glaube, ich werde alt«, sagte er und rannte zum Hubschrauber. Rayford wünschte, an der Seite des Flugzeugs würden sich Rückspiegel befinden, damit er sehen konnte, wann Ken den Hubschrauber erreichte.

Chaim Rosenzweig war Buck nie älter erschienen. Da es bereits sehr spät war, war er natürlich schon müde. Aber sein Gesicht sah auch vor Enttäuschung und Anspannung ganz grau aus. Buck, Tsion und Chloe hatten ihm von den Gesprächen erzählt, die Rayford an Bord der Condor belauscht hatte. Chaim war sprachlos, als er hörte, dass Carpathia über seine Bitte gelacht hatte, Tsions Sicherheit nach dessen Fernsehsendung zu gewährleisten.

»Ihnen ist sicher klar«, sagte Chloe, »dass Sie als Einziger außerhalb unseres Kreises von dieser geheimen Abhöranlage wissen. Wir legen unser Leben in Ihre –«

Rosenzweig winkte traurig ab. »Die Erkenntnis, dass Nicolai etwas sagt und etwas ganz anderes tut und dass er mir ins Gesicht lügt, ist hart. Er hätte die Ermordung Ihrer Familie verhindern können, Tsion. Oh Gott, oh Gott, oh Gott! Wie konnte ich nur so blind sein? Ich weiß, Sie haben versucht, mir die Augen zu öffnen, aber ich wollte ja nicht sehen.«

»Doktor«, erwiderte Tsion schnell, »wir werden unsere Diskussion per Telefon, E-Mail oder so Gott will persönlich fortführen, aber wir müssen jetzt aufbrechen. Unsere Informanten berichten, dass die Weltgemeinschaft morgen einen Terroranschlag auf den Tempelberg plant, und dann wollen wir schon lange fort sein.«

»Ich verstehe«, erwiderte Chaim. »Ich werde Sie zum Flughafen –«

»Es ist bereits alles arrangiert«, unterbrach ihn Buck. »Wir müssen in zehn Minuten auf dem Dach sein.«

»Natürlich. Gehen Sie nur. Ich werde Sie decken. Machen Sie sich um mich keine Gedanken.«

Chloe ging auf ihr Zimmer, um sich umzuziehen, und Buck erklärte Chaim, dass der Schlüssel nicht da war.

»Brechen Sie die Tür auf«, erwiderte dieser müde. »Werkzeuge sind im Keller.«

»Buck!« rief Chloe von der Tür aus. »Du bist im Fernsehen! Schnell, stell es an!«

»... Die Polizeikräfte der Stadt sind der Meinung, dass Videoaufzeichnungen diesen Mann als den mutmaßlichen Mörder eines Soldaten der Weltgemeinschaft entlarvt haben. Der Mord wurde am Abend nach der Konferenz im Teddy-Kollek-Stadion begangen. Dieser Mann wurde als der Amerikaner Cameron Williams, ein ehemaliger Mitarbeiter der Pressestelle der Weltgemeinschaft, identifiziert. Wie berichtet wird, befindet sich Williams in Begleitung von Rabbi Tsion Ben-Judah und hält sich im Haus des israelischen Nobelpreisgewinners Dr. Chaim Rosenzweig auf. Supreme Commander Leon Fortunato berichtete weiter ...«

Tsion und Buck folgten Rosenzweig in den Keller. Buck zwängte sich an dem alten Mann vorbei, knipste das Licht an und nahm einen Hammer, eine Schaufel und einen Betonklotz an sich.

»Haben Sie einen Vorschlaghammer?«

»Wenn Sie hier keinen finden, habe ich keinen«, antwortete Chaim. »Wir müssen uns beeilen.« Das Telefon klingelte. »Das wird die Weltgemeinschaft sein«, erklärte er. Jonas, der Mann an der Pforte, gab auf Hebräisch eine Erklärung über die Gegensprechanlage ab, aber Buck verstand die Wörter »Rosenzweig« und »Fortunato«.

»Jemand soll mir das Telefon bringen«, forderte Rosenzweig. »Ich bin im hinteren Flur.« Er wandte sich an Buck und Tsion und forderte diese auf, zu der Tür zum Dach voranzugehen. Ein Diener brachte ihm das schnurlose Telefon. Leon Fortunato war am Apparat.

»Natürlich ist er hier, Leon«, erklärte er. »Und er schläft tief und fest. Denken Sie nicht einmal daran, mitten in der Nacht in mein Haus einzudringen. Sie haben mein Wort, dass er auch morgen früh noch da sein wird. Sie können ihn dann befragen. Ich werde ihn sogar gern zu Ihnen bringen ... Oh Leon, das ist absoluter Blödsinn und Sie wissen das. Er hat diesen Mann genauso wenig ermordet wie ich. Ihr Mann wurde von Ihren eigenen Leuten erschossen ... Haben Sie die Mordwaffe gefunden? Fingerspuren? Vergleichen Sie die Kugeln und sie werden Sie zu Ihren eigenen Waffen führen. Ich kenne Mr. Williams seit Jahren und habe ihn nie mit einer Waffe gesehen. Ich warne Sie, Leon! Sie sind meine Gäste und ich werde sie nicht aufwecken! ... Ja, ich habe Sie gewarnt! Sie sind nicht mein Supreme Commander ... Sie wollen mir drohen? Sie kennen meine Stellung in diesem Lande und mein Verhältnis zu Nicolai! Wenn ich den Menschen erzähle, dass Sie mitten in der Nacht Gestapo-Aktionen durchführen ... Verbrechen? Sie würden mich eines Verbrechens beschuldigen, weil ich nicht respektvoll genug mit Ihnen gesprochen habe? Sie rufen mich um Mitternacht, nein, sogar nach Mitternacht an und sagen mir, dass Sie meinen Gast für einen Mörder halten, und dann erwarten Sie von mir, dass ich Ihnen ›den nötigen Respekt‹ erweise? Ich sage Ihnen was, Leon, Sie kommen persönlich zu einer vernünftigen Stunde, und ich werde dafür sorgen, dass mein Gast Zeit für Sie hat … Verlassen Sie sich darauf, Leon. Wenn Sie heute Nacht noch jemanden schicken, werde ich nicht öffnen.«

Buck bedeutete Chaim, sich zurückzuziehen, damit der Lärm, der unweigerlich beim Aufbrechen der Tür entstehen würde, nicht über das Telefon zu hören war. Chaim nickte und eilte davon. Buck schlug mit dem Hammer auf das oberste Scharnier der schweren Tür. Chloe erschien mit zwei Taschen und ging noch einmal fort, um das Gespäck von Tsion zu holen.

Dieser machte sich mit der Schaufel an dem Türknauf zu schaffen, aber beide Männer erreichten nichts.

»Treten Sie einen Schritt zurück, Tsion«, forderte Buck ihn auf und hob den schweren Betonklotz über den Kopf. Er taumelte unter dem Gewicht und ließ ihn dann gegen die obere Hälfte der Tür krachen. Einige weitere Schläge und das Holz würde nachgeben.

Rayford tankte gerade die Gulfstream auf, als der Anruf von Ken kam. »Ich bin unterwegs«, meldete dieser.

»Gott beschütze Sie.«

Er behielt seine Uhr im Blick und war versucht, Chloe anzurufen und solange mit ihr zu telefonieren, bis alle im Hubschrauber saßen. Aber er wollte sie nicht ablenken. Der fehlende Helikopter hatte ihn bereits verwirrt, aber Mac hatte ihm trotzdem ganz eindeutig grünes Licht gegeben. Er konnte es kaum erwarten zu hören, was los gewesen war.

»Schaltet alle Lichter aus!«, rief Buck, als er die schwere Holztür mit einem letzten Schlag endlich aufgebrochen hatte. Er hörte Chaim herumlaufen und das Licht ausschalten.

Über die Gegensprechanlage gab Chaim dem Mann am Tor eine Anweisung auf Hebräisch.

»Was hat er gesagt?«, fragte Chloe. Alle drei standen mit einer schweren Tasche in der Hand an der eingeschlagenen Tür.

»Er hat ihm gesagt, dass er niemanden hereinlassen soll. Alle würden schlafen. Aber das wird sie nicht lange aufhalten.«

»Lasst uns gehen«, forderte Buck. »Ich höre einen Hubschrauber.«

»Deine Einbildung spielt dir einen Streich«, bemerkte Chloe. »Ich glaube, es sind die Leute der Weltgemeinschaft in der Einfahrt.«

»Ihr seid beide paranoid«, erklärte Tsion und kletterte durch die eingeschlagene Tür.

»Ich nehme deine Tasche«, sagte Buck.

»Buck! Du sollst mich doch nicht bemuttern.«

»Ich denke eher an das Baby. Und jetzt los.«

»Wir haben uns gar nicht von Chaim verabschiedet!«

»Er wird es verstehen. Geh. Geh.«

Als sie durch die Tür kletterten, kehrte Chaim zurück. »Ich warte auf eine Nachricht vom Tor«, flüsterte er. »Gerade ist ein Fahrzeug der Weltgemeinschaft vorgefahren.«

Buck umarmte ihn in der Dunkelheit. »Im Namen von uns allen –«

»Ich weiß«, unterbrach ihn Chaim. »Das alles tut mir Leid. Gebt Bescheid, wenn ihr in Sicherheit seid.«

Ein nervöses Kribbeln machte sich in Rayfords Körper breit. Nachdem er die Maschine aufgetankt und mit Ken Ritz' internationaler Kreditkarte bezahlt hatte, ließ Rayford die *Gulfstream* in die Nähe der Stelle rollen, an der Ken mit dem Hubschrauber landen würde. Von seinem Standplatz aus würde er die Ankunft des Hubschraubers beobachten können.

Sein Telefon klingelte. »Rayford, ich bin es, Mac. Endlich bin ich allein. Hören Sie zu und sagen Sie kein Wort. Leon persönlich hat veranlasst, dass mein Hubschraubermann aus Haifa geholt und in die Luft geschickt wird. In der Nähe des Stadions hat es einen Zwischenfall gegeben. Ich sollte den Job nicht übernehmen, weil ich ja morgen die Condor zurückfliegen muss. Ich dachte, der Hubschrauber sei rechtzeitig wieder da, und als das nicht der Fall war und Sie angerufen haben, gab ich mein Okay zur Benutzung des Helikopters 1. Ja, das bedeutet, dass Ihre Leute in Carpathias Hubschrauber sitzen, aber niemand wird etwas merken, wenn er ihn schnell zurückbringt. Ich saß mit Leon im Wagen, darum habe ich so seltsam gesprochen.

Aber da gibt es jetzt ein Problem. Leon hat eine Reihe von Wagen mit einer aus der Luft gegriffenen Beschuldigung gegen Buck zu Rosenzweigs Haus geschickt. Ich habe gehört, wie sie sagten, das Video würde beweisen, dass die Beschuldigung aus der Luft gegriffen ist, aber die Wahrheit hat sie noch nie aufhalten können. Offensichtlich will der alte Mann sie nicht hereinlassen, und sie haben Angst, dass Ihre Leute fliehen könnten. Leon hat den Hubschrauber angefordert, damit er das Haus anstrahlt. Wenn er Ihren Mann sieht, wird er denken, ich sei es, bis er fragt und herausfindet, dass ich es nicht bin.

Ich werde tun, was ich kann, um sie in die Irre zu führen, Ray, aber ich darf mich nicht verraten. Ich wollte Ihnen nur mitteilen, was auf Sie zukommen wird. Haben Sie noch Fragen?«

»Danke, Mac. Hat Leon Unterstützung mitgenommen?«

»Zwei bewaffnete Soldaten begleiten ihn, ja.«

»Was soll Ken tun, wenn er ihm begegnet?«

»Den Coolen spielen und so tun, als sollte er da sein, aber so schnell wie möglich verschwinden.«

»Ich mache jetzt besser Schluss für den Fall, dass Ken versucht, mich zu erreichen.«

»Wir haben beide Recht«, flüsterte Chloe, als sie in die kühle Nachtluft traten. Zwei Fahrzeuge der Weltgemeinschaft standen vor dem Tor und ein Hubschrauber leuchtete die Gegend mit einem großen Suchscheinwerfer ab. »Weiß Ken denn nicht, wo wir sind?«

»Das kann ich mir nicht vorstellen«, erklärte Buck. »Aber wir können ihn ja schlecht herunterwinken, ohne uns selbst zu verraten. Komm schon, Ken! Genau hier, Mann!«

Plötzlich schwebte direkt über ihnen der Helikopter 1 der Weltgemeinschaft herein. Ken öffnete die Tür: »Los, kommt schon, schnell!« Buck warf ihre Taschen hinein und half Chloe an Bord. Er wagte nicht nach unten zu sehen und darüber nachzudenken, was die Soldaten jetzt tun würden.

Tsion und Buck sprangen an Bord. Ken telefonierte: »Wir sind nicht allein, Ray! Zwei auf dem Boden, einer in der Luft! … In Ordnung, ich verschwinde!« Ken flog in Richtung Norden davon.

Tsion, Buck und Chloe fassten sich an den Händen und beteten. Buck fragte sich, wie lange es dauern würde, bis die Bodentruppen merken würden, dass etwas schief gelaufen war. Drei Minuten später auf dem Weg zum Flughafen in Jerusalem fand er es heraus. Über das Funkgerät kam eine Durchsage. »Helikopter 1 der Weltgemeinschaft, hier spricht Helikopter 2, over.«

Ken sprach ins Telefon. »Keine Sorge, Ray, ich werde nicht antworten. Übrigens, ich dachte, wir wären Helikopter 2 … Erzählen Sie es mir später. Ich bin unterwegs … Macs Stimme? Woher sollte ich das wissen? Ich habe nur einmal am Telefon mit ihm gesprochen … aus den Südstaaten? In Ordnung, ich werde es versuchen! Ich bin gleich da, halten Sie sich bereit!«

»Helikopter 2 an Helikopter 1, bitte melden.«

»Sprechen Sie, Zwei«, meldete sich Ken, wobei er einen Südstaatenakzent imitierte.

»Ich wusste gar nicht, dass Sie in der Luft sind, Cap.«

»Roger, Zwei.« Ken klopfte beim Sprechen auf das Mikrofon. »Ich … schlechte … Verbindung … Sie … over?«

»Wiederholen Sie, Cap.«

Eine wütende Stimme unterbrach sie. »McCullum ist nicht in der Luft, Helikopter 2! Er ist bei uns. Finden Sie heraus, wer das ist!«

»Helikopter 2 an Helikopter 1, identifizieren Sie sich, over.«

Ken zögerte.

»Identifizieren Sie sich, Helikopter 1, sonst werden Sie der Luftpiraterie angeklagt werden.«

»Hier spricht Helikopter 1, sprechen Sie.«

»Identifizieren Sie sich, Pilot.«

»Schlechte Verbindung, ich melde mich wieder.«

Der Pilot von Helikopter 2 fluchte. »Ich fordere Sie auf, sofort zu landen und sich zu ergeben, Eins.«

»Bin auf dem Weg nach Tel Aviv, Zwei. Wir sehen uns dort.«

»Negativ! Landen Sie am Flughafen Jerusalem und bleiben Sie an Bord!«

»Negativ, Zwei. Wir sehen uns am Ben-Gurion.«

Helikopter 2 forderte alle Luftfahrzeuge in diesem Sektor auf, Hilfe zu leisten.

»Und was jetzt?«, fragte Buck.

»Lichter aus und niedrig fliegen«, erwiderte Ken.

»Aber nicht zu niedrig.«

»Hoch genug, um über die Stromkabel hinwegzufliegen«, beruhigte Ken. »Niedrig genug, um unter dem Radar wegzutauchen.«

»Werden wir es schaffen?«

»Das hängt davon ab, wo er sich befand, als er sich zuerst gemeldet hat. Wenn er sich noch in Chaims Nähe aufgehalten hat, dann haben wir einen guten Vorsprung. Ich bezweifle, dass er so niedrig bleiben oder so schnell fliegen wird. Auf jeden Fall ist er nicht dumm genug zu glauben, unser Ziel wäre tatsächlich der Ben-Gurion-Flughafen. Irgendjemand wird uns unweigerlich entdecken und dann wird er uns zum Flughafen verfolgen. Also, keine Zeit für einen Besuch der Toilette oder Platzwechsel am Flughafen, falls es das ist, was Sie wissen wollen.«

Rayford verfolgte von seinem Standplatz in der Nähe der Landebahn aus den Funkverkehr und widerstand dem Drang, Ken Ratschläge zu geben. Wenn dieser nicht vernünftig genug war, so tief wie möglich zu bleiben und den Hubschrauber mit Höchstgeschwindigkeit zu fliegen, dann würde nichts, was Rayford sagte, ihnen helfen.

Über Funk wurde nun der Bericht eines kleinen Flugzeugs durchgegeben, das den niedrig fliegenden Hubschrauber mit ausgeschalteten Lichtern gesichtet hatte.

»Helikopter 2 folgt ihm. Helikopter 1, Sie verstoßen gegen internationales Flugrecht, weil Sie ohne Licht und mit viel zu hoher Geschwindigkeit fliegen und außerdem noch einen Regierungshubschrauber entführt haben. Fliegen Sie auf direktem Weg zum Flughafen Jerusalem und bleiben Sie an Bord oder Sie tragen die entsprechenden Konsequenzen.«

Das Flughafenpersonal trat nun in Aktion, Fahrzeuge rasten über die Landebahnen.

»Achtung, bitte. Der Flughafen Jerusalem ist wegen eines Notfalls vorübergehend geschlossen. Alle Starts und Landungen werden bis auf weiteres verschoben. Cessna X-Ray Bravo, haben Sie verstanden?«

»Roger.«

»Piper Zwo-Niner Charley Alpha?«

»Roger.«

»Gulfstream Alpha Tango?«

»Roger«, meldete sich Rayford, aber er stellte den Motor nicht ab. Er hoffte, Ken würde verstehen, warum er am falschen Ende der Landebahn wartete. Er würde ohne Starterlaubnis abheben müssen und außerdem noch in der falschen Richtung.

Und da kam auch schon der Hubschrauber. Ken würde keine Zeit haben, sich über Telefon zu melden und das Funkgerät war keine Alternative. Rayford überprüfte seine Instrumente. Er war bereit.

Ken wollte den Hubschrauber an der Stelle aufsetzen, von wo aus er auch gestartet war.

»Die Gulfstream steht dort drüben!«, rief Buck. »Und da kommt schon das Sicherheitspersonal!«

Ken zog den Hubschrauber wieder hoch und setzte in Rayfords Nähe auf. Die Tür der Gulfstream stand offen. Buck, Chloe und Tsion machten sich bereit, aus dem Hubschrauber zu springen.

»Einen Augenblick noch«, rief Ken. »Wenn sie sehen, dass wir an Bord der Gulfstream gehen, können sie die Maschine leicht blockieren! Ich muss noch ein wenig Katz und Maus mit ihnen spielen und ihnen vormachen, Rayford sei nicht beteiligt!«

Während sich die Sicherheitsfahrzeuge näherten, ging Ken wieder in die Luft und blieb ganz in der Nähe der Stelle, wo er zuerst heruntergegangen war, in der Luft stehen.

»Gehen Sie runter, Helikopter 1!«, ertönte die Stimme des Piloten von Helikopter 2 über das Funkgerät. »Und bleiben Sie an Bord. Ich wiederhole, bleiben Sie an Bord.«

Ken setzte auf, stellte den Motor jedoch nicht ab, während die Bodenfahrzeuge auf ihn zurasten.

»Stellen Sie den Motor aus, Eins!«, tönte es aus dem Funkgerät. Buck und die anderen sahen Helikopter 2 aus Rayfords Richtung einschweben.

»Bleibt außer Sichtweite und vergesst eure Taschen, Leute«, rief Ken. »Wenn wir nahe genug sind, nehmt die Beine in die Hand und rennt zur Gulfstream!«

»Wollen wir das tatsächlich versuchen?«, fragte Chloe. »Es ist doch hoffnungslos!«

»Solange ich atme, gibt es immer Hoffnung«, widersprach Ken.

Rayford starrte aus dem Fenster des Cockpits und stellte sich vor, dass Ken und der gesamte Rest seiner Familie jede Sekunde von bewaffneten Soldaten der Weltgemeinschaft umringt sein würden. Natürlich würden sie ihn niemals verraten, aber würde er es wagen abzuwarten, bis der Flughafen wieder geöffnet werden würde? Er war am Boden zerstört, wollte etwas tun, irgendetwas.

Ken war ein sehr cleverer Bursche. Und Ray hatte den Eindruck, dass sich die Rotoren noch drehten. Was hatte er vor? Wollte er sich noch ein wenig von Helikopter 2 jagen lassen? Das war hoffnungslos.

»Stellen Sie den Motor ab, Eins!«, ertönte erneut der Befehl. »Sie sind umstellt und können nicht entkommen!«

Helikopter 2 befand sich etwa zehn Meter von Ken entfernt. Auch er stand am Boden und seine Rotoren drehten sich ebenfalls noch. Verblüfft beobachtete Rayford, wie Ken den Hubschrauber wieder hochzog und direkt auf die Gulfstream zuflog. In unmittelbarer Nähe der geöffneten Tür setzte er auf.

»Auf geht's, Kinder!«, rief Ken. »Sofort!«

Er riss die Tür auf und zerrte Buck am Vordersitz vorbei und nach draußen. Buck wartete am Boden und fing Tsion auf, der von Ken herausgeschubst wurde. Tsion eilte die Treppen der Gulfstream hinauf und stand bereit, um die Tür zu schließen.

Buck war dankbar, dass Ken mit Chloe nicht ganz so grob verfuhr. »Geh sofort an Bord!«, sagte er. »Tsion schließt die Tür!«

Entsetzt beobachtete Rayford, wie die Fahrzeuge der Weltgemeinschaft wieder in ihre Richtung rasten. Er musste unbedingt starten. Das Bodenpersonal konnte nicht sehen, dass die Leute an Bord seines Flugzeugs gegangen waren. Darum meldete er sich über Funk. »Gulf Alpha Tango an Bodenkontrolle. Erbitte Erlaubnis, diesem Treiben hier aus dem Weg zu rollen.«

»Roger, Gulf. Machen Sie Platz für die Sicherheitsfahrzeuge.«

Rayford begann zu rollen, obwohl er wusste, dass erst zwei an Bord waren. Die Motoren der Gulfstream heulten auf, während er langsam an Helikopter 1 vorbeirollte. Seine Tür schleifte über den Boden und sprühte Funken. Er konnte den Boden nicht verlassen, bis alle an Bord waren, und dann musste er den Druck in der Kabine ausgleichen, bevor er zu sehr an Höhe gewann.

Bucks Gehirn arbeitete in Zeitlupe und ein Kaleidoskop von Bildern zog vor seinem inneren Auge vorbei. Im Bruchteil einer Sekunde erinnerte er sich daran, wie ein Soldat ihm in Ägypten eine Kugel in die Ferse geschossen hatte, während er Tsion an Bord eines von Ken geflogenen Learjets schob. Und während er nun versuchte, die Tür der Gulfstream zu erreichen, sah er ganz deutlich durch die Rotoren des Hubschraubers, dass Soldaten der Weltgemeinschaft auf sie zurannten und zielten.

Buck schrie: »Ken! Ken! Lauf! Lauf! Lauf!«, während Ritz ihn allmählich einholte. Buck rannte, so schnell er konnte, und Ken hielt sich unmittelbar hinter ihm. Die *Gulfstream* beschleunigte, und Buck spürte, wie er mitgerissen wurde. Er sah zurück zu Ken, dessen Gesicht nur Zentimeter von seinem entfernt war. Verzweifelte Entschlossenheit war in seinen Augen zu lesen.

Buck wollte gerade die Stufen hinaufspringen, als Kens Stirn aufplatzte. Buck spürte die Hitze und roch das Metall der vorbeifliegenden Kugel, die ihn am Ohr streifte. Kens Gehirnmasse spritzte ihm ins Gesicht. Mit weit aufgerissenen Augen ging Ken zu Boden.

Buck wurde mitgerissen. Er schluchzte und schrie. Sein Arm hatte sich in dem Draht verfangen, der die geöffnete Tür hielt. Er wollte abspringen, zurück zu Ken laufen, irgendjemanden töten. Aber er war unbewaffnet und Ken musste schon tot gewesen sein, bevor er auf dem

Boden aufschlug. Doch trotz seiner Trauer, seines Entsetzens und Zorns wandten sich Bucks Instinkte dem eigenen Überleben zu.

Die *Gulfstream* war nun so schnell, dass Buck nicht mehr mithalten konnte. Tsion beugte sich, so weit er konnte hinaus, und bemühte sich, die Tür mitsamt Buck ins Flugzeug zu ziehen. Doch je mehr er zog, desto mehr verhedderte sich Buck. Chloe half ihm mit, sie weinte und schrie, und Buck machte sich Gedanken um das Baby.

Er hob die Beine, damit seine Schuhe nicht über den Boden schleiften. Die *Gulfstream* hatte nun Startgeschwindigkeit erreicht, die Tür stand noch immer offen, und Buck hing daran. Buck wusste, Rayford hatte keine Wahl, als abzuheben.

Buck versuchte, vorzuschwingen, um die Füße auf die Treppe zu bekommen, doch in diesem Augenblick machte es ihm der Wind unmöglich, sich zu bewegen. Er lag nun beinahe horizontal neben der Maschine und die Vibrationen in der Aluminiumhaut des Flugzeugs veränderten sich, als die Räder vom Boden abhoben. Er blinzelte in den Wind, der ihm in den Augen brannte, und er konnte sehen, dass Rayford Glück hatte, wenn er den drei Meter hohen Zaun am Ende der Landebahn überflog.

Das Flugzeug schaffte es knapp über den Zaun, und Buck hatte das Gefühl, er hätte den Zaun mit der Zehe berühren können. Eines war sicher: Nun, da sich das Flugzeug in der Luft befand, würde er es nicht mehr schaffen, sich hineinzuschieben. Die Tür würde von Hand geschlossen werden müssen. Er konnte darauf warten und in den Tod stürzen oder er konnte sein Glück im Gebüsch auf der anderen Seite des Zauns probieren.

Buck zog und zerrte, bis er sich endlich von dem Haltedraht der Tür befreit hatte. Die entsetzten Gesichter seiner Frau und seines Pastors waren die letzten Bilder, die er wahrnahm, bevor er fiel. Er schlug in den Büschen auf und blieb zerkratzt und blutend inmitten des dichten Gestrüpps liegen.

Sein Körper zitterte unkontrollierbar, und er hatte Angst, in einen Schockzustand zu fallen. Dann hörte er, wie die *Gulfstream* wendete, und er wusste, Chloe würde niemals zulassen, dass ihr Vater ohne ihn davonflog. Doch wenn sie zurückkamen, wenn sie landeten, um nach ihm zu suchen, waren alle so gut wie tot. Ken war bereits tot. Das reichte für eine Nacht.

Er befreite sich von dem Buschwerk und merkte, dass seine Verletzungen versorgt werden mussten. Knochen schienen nicht gebrochen zu sein, und als er sich zitternd in der kalten Nachtluft erhob, spürte er die Ausbuchtung in seiner Tasche. War das möglich? Hatte sein Telefon den Sturz überstanden?

Er wagte es nicht zu hoffen, als er es aufklappte. Die Tastatur leuchtete auf. Er wählte Rayfords Nummer.

»Mac?«, hörte er die Stimme seines Schwiegervaters. »Hier ist ein ganz schönes Chaos und wir brauchen Hilfe!«

»Nein!«, rief Buck mit rauer Stimme, »ich bin es und ich bin okay. Fliegt weiter, ich werde später zu euch stoßen.«

Rayford fragte sich, ob er träumte. Er war sicher, seinen Schwiegersohn getötet zu haben. »Bist du sicher, Buck?«, rief er.

Chloe, die verzweifelt in sich zusammengesunken war, riss ihrem Vater das Telefon aus der Hand.

»Buck! Buck! Wo bist du?«

»Auf der anderen Seite des Zauns in einem dichten Gestrüpp. Ich glaube nicht, dass sie mich gesehen haben, Chloe! Niemand kommt in diese Richtung. Falls sie mitbekommen haben, dass ich zu dem Flugzeug gelaufen bin, müssen sie denken, ich hätte es geschafft, an Bord zu kommen.«

»Wie hast du überlebt?«

»Keine Ahnung! Bist du in Ordnung?«

»Ob ich in Ordnung bin? Natürlich! Noch vor zehn Sekunden dachte ich, ich sei Witwe! Ist Ken bei dir?«

»Nein.«

»Oh nein! Sie haben ihn gefasst?«

»Er ist tot, Chloe.«

13

Rayford beschloss, so schnell er konnte nach Norden zu fliegen. Die Truppen der Weltgemeinschaft würden vermutlich denken, er sei auf Westkurs gegangen.

»Tsion, sehen Sie doch bitte in Kens Sachen nach. Vielleicht finden Sie ja die Adresse seiner Freunde in Griechenland. Er hat gesagt, wir sollten entweder in Griechenland oder der Türkei zwischenlanden, falls das nötig werden sollte.«

Tsion und Chloe öffneten Kens Tasche. »Ich kann gar nicht glauben, dass Ken tot ist, Rayford«, sagte Tsion. »Er hat sein Leben riskiert und mich in Sicherheit gebracht, als ein Kopfgeld auf mich ausgesetzt war.«

Rayford brachte kein Wort heraus. Er und Ken hatten sich auf Anhieb gut verstanden und sofort Freundschaft geschlossen. Wegen ihrer gemeinsamen Flugstunden hatte er mehr Zeit mit ihm verbracht als alle anderen Mitglieder der *Tribulation Force* mit Ausnahme von Buck. Und da er Ken auch altersmäßig näher stand, empfand er eine Art Seelenverwandtschaft mit ihm. Er wusste, dass Gewalt und Tod der Preis dieses Abschnitts in der Geschichte war, aber wie sehr hasste er den Schock und die Trauer über Verluste. Wenn er an das dachte, was er bereits erlebt hatte – zuerst die Entrückung, bei der er zurückgeblieben war, dann der Verlust seiner Frau und seines Sohnes, der Verlust von Bruce, Loretta, Donny und seiner Frau, Amanda … und vielen anderen –, würde er verrückt werden.

Ken war jetzt an einem besseren Ort, redete er sich ein, aber wirklich beruhigen konnte ihn diese Vorstellung nicht. Und doch musste er sich daran klammern. Verlust empfand nur er. Ken war endlich frei.

Rayford war todmüde. Eigentlich hatte Ken den Rückflug übernehmen sollen. Ken hatte sich ausgeruht, damit er die Mitglieder der *Tribulation Force* in die Staaten zurückfliegen konnte.

»Was ist denn das hier?«, fragte Chloe plötzlich. »Er hat Listen und Ideen und Pläne für Geschäfte und –«

»Das werde ich euch später erzählen. Er war ein echter Unternehmer.«

»Und ein brillanter noch dazu«, fügte Tsion hinzu. »Ich hätte ihn niemals für einen solchen Denker gehalten. Einiges von dem hier liest sich wie ein Manifest für das Überleben der Heiligen.«

»Aber keine Namen? Nichts, das aussieht wie ein Kontakt in Griechenland? Ich werde trotzdem in diese Richtung fliegen, nur für den Fall. Viel weiter komme ich sowieso nicht mehr.«

»Aber wir können doch nicht landen, ohne einen Kontaktmann vor Ort, oder, Daddy?«

»Das wäre nicht ratsam.«

»Kann uns vielleicht Mac weiterhelfen?«

»Er würde mich anrufen, wenn er könnte. Ich bin sicher, sie haben auch ihn in dieses Chaos mit hineingezogen. Betet, dass er es irgendwie schafft, sie von sich abzulenken.«

Bucks Gesichtsverletzungen waren tief, lagen aber unterhalb der Wangenknochen, so dass sie wenig bluteten. Sein rechter Daumen fühlte sich an, als sei er bis zum Handgelenk zurückgebogen worden. Die Blutung an seinem linken Ohr, wo ihn die Kugel gestreift hatte, konnte er nicht zum Stillstand bringen. Schnell zog er Hemd und Unterhemd aus und wischte sich mit dem Unterhemd das Gesicht ab. Das Hemd zog er wieder an und hoffte, er würde nicht zu sehr wie ein Monster aussehen und Leute, die ihm vielleicht helfen konnten, abschrecken.

Buck kroch durch das Gestrüpp in Richtung Flughafen, traute sich aber nicht in die Nähe des Zauns. Obwohl keine Suchscheinwerfer in diese Richtung gerichtet waren, bot der Zaun doch den perfekten Hintergrund, vor dem ein aufmerksames Auge eine Bewegung wahrnehmen konnte. Er lehnte sich mit dem Rücken gegen einen großen Busch und atmete tief durch. Seine Knöchel und Knie taten ihm weh, auch sein rechter Ellbogen. Vermutlich hatte er den Aufprall auf dem dornigen Busch mit der rechten Seite abgefangen. Er hielt sein Handy gegen das Licht und erkannte verschwommen sein Spiegelbild in der beleuchteten Tastatur.

Ein Schmerz durchzuckte ihn unterhalb des Knies, und als er seine Hosenbeine hochrollte, stellte er fest, dass beide Schienbeine bluteten. Seine Muskeln schmerzten, aber unter den gegebenen Umständen hatte er noch Glück gehabt. Er hatte sein Telefon und er konnte gehen.

»Wir haben hier vielleicht etwas gefunden«, verkündete Tsion. Aus den Augenwinkeln heraus sah Rayford, wie der Rabbi Chloe eine Seite aus einem Telefonverzeichnis zeigte.

»Das sieht mir griechisch aus. Was meinst du, Dad? Er hat die Nummer von einem gewissen Lukas Miklos, Spitzname Laslo, aufgeschrieben.«

»In welcher Stadt?«

»Steht hier nicht.«

»Irgendwelche anderen Notizen? Kannst du sagen, ob es ein Freund oder eine Geschäftsverbindung ist?«

»Warten Sie«, wandte Tsion ein. »Neben dem Namen befindet sich ein Stern und ein Pfeil zu dem Wort ›Lignit‹. Ich kenne dieses Wort nicht.«

»Ich auch nicht«, entgegnete Rayford. »Das klingt wie ein Mineral oder so etwas. Wähle seine Nummer, Chloe. Wenn ich in Griechenland landen will, muss ich in wenigen Minuten mit dem Landeanflug beginnen.«

Buck konnte sich nicht an den Nachnamen von Jacovs Schwiegermutter erinnern. Und auch Stefans Nachnamen hatte er noch nie gehört. Chaim wollte er nicht anrufen; auf seinem Grundstück wimmelte es vermutlich nur so von Soldaten der Weltgemeinschaft. In der Dunkelheit machte er sich in einem großen Bogen um den Flughafen auf den Weg zur Hauptstraße, wobei er sich immer im Schatten hielt. Auf der Straße würde er sicher jemanden finden, der ihn mitnahm, oder er würde ein Taxi anhalten. Da er nicht wusste, wohin er sich sonst wenden sollte, würde er zur Klagemauer gehen. Nicolai hatte Moishe und Eli öffentlich gewarnt, nach dem Ende der Konferenz von dort zu verschwinden, daher wusste Buck, dass sie mit Sicherheit dort sein würden.

»Ja, hallo Madam«, sagte Chloe. »Spricht jemand von Ihnen Englisch? ... Englisch? ... Es tut mir Leid, ich verstehe Sie nicht. Spricht jemand von Ihnen –« Sie legte die Hand auf den Hörer. »Ich habe sie aufgeweckt. Es hört sich so an, als hätte sie Angst. Sie holt jemanden. Sie scheint ihn aufzuwecken.

Ja! Hallo? Sir? ... Sind Sie Miklos? ... Sprechen Sie Englisch? ... Nicht sehr gut? Verstehen Sie Englisch? ... Gut! Es tut mir Leid, dass ich Sie aufgeweckt habe, aber ich bin eine Freundin von Ken Ritz!« Chloe bedeckte erneut den Hörer mit der Hand. »Er kennt ihn!«

Chloe fragte, wo er wohne und ob es in der Stadt einen Flughafen gäbe und ob sie ihn nach ihrer Landung besuchen und mit ihm über Ken sprechen könnten. Bereits nach wenigen Minuten hatte sich Rayford mit dem Tower in Ptolemais im Norden Griechenlands in Verbindung gesetzt.

»Mazedonien«, seufzte Tsion. »Preist den Herrn.«

»Wir sind noch nicht in Sicherheit, Tsion«, warnte Rayford. »Wir müssen erst einmal sehen, ob man diesem Miklos vertrauen kann.«

Zum ersten Mal war Buck froh, dass die Weltgemeinschaft den amerikanischen Dollar als Einheitswährung gewählt hatte. Er hatte genügend Bargeld bei sich und damit würde er sich Schweigen erkaufen können. Irgendwo tief in seiner Brieftasche steckte auch sein falscher Ausweis ... was gut war, wenn er nicht gerade durchsucht wurde und beide Ausweise gefunden wurden.

»Mr. Miklos war misstrauisch«, berichtete Chloe. »Aber nachdem ich ihn davon überzeugt hatte, dass wir Freunde von Ken sind, hat er mir sogar gesagt, wie wir uns beim Tower melden sollen. Du bist Learjet Foxtrot Foxtrot Zulu, das ist das Flugzeug eines seiner Lieferanten für seine Minengesellschaft. Er wird am Flughafen sein, um uns abzuholen.«

»Das Flugzeug sieht aber ganz anders aus als ein Learjet«, wandte Rayford ein.

»Er hat gesagt, der Tower würde nicht darauf achten.«

Als Buck die Straße erreichte, war er erstaunt zu sehen, wie viel Verkehr dort herrschte. Vermutlich strömten die Zeugen noch immer aus Jerusalem heraus. Und der dichte Luftverkehr sagte ihm, dass der Flughafen bereits wieder geöffnet worden war. Er konnte keine Straßensperren entdecken. Die Weltgemeinschaft musste annehmen, dass er sich an Bord der *Gulfstream* befand.

Er setzte sich in Richtung Jerusalem in Marsch. In dieser Richtung war der Verkehr längst nicht so dicht wie in die andere. Mit seinem blutigen Unterhemd winkte er einem Taxifahrer zu, wobei er sich bemühte, mehr weiß als rot zu zeigen. Er richtete sich auf und bemühte sich, nüchtern und gesund zu wirken. Das vierte Taxi hielt neben ihm an.

»Haben Sie Geld, Kamerad?«, fragte der Taxifahrer, bevor er ihm die hintere Tür öffnete.

»Genug.«
»Es sind nicht viele Fußgänger in diese Richtung unterwegs. Sie sind der Erste, den ich seit Wochen hier gesehen habe.«
»Habe meinen Flug verpasst«, erklärte Buck und stieg ein.
»Sie sind ja ganz schön zerkratzt.«
»Ich bin in Ordnung. Habe mich in einem Dornbusch verfangen.«
»Das kann man wohl sagen. Wohin soll ich Sie fahren, Kamerad?«
»Zur Klagemauer.«
»Oje, Sie sollten sich heute Abend von dort fern halten.«
»Warum?«
»Da ist viel los. Sie kennen vielleicht die Geschichte von den beiden –«
»Ja, was ist mit ihnen?«
»Sie sind da.«
»Ja.«
»Und sie sollten nicht da sein, wie Sie sicher wissen.«
»Ich weiß.«
»Man munkelt, der Potentat sei noch immer in Jerusalem, aber nicht in der Nähe der Klagemauer. Eine riesige bewaffnete Menge treibt sich dort herum. Zivilisten und Militärs. Große Sache. Ich bin wirklich ein Fan des Potentaten, aber ein Kopfgeld auf die beiden auszusetzen, war nicht klug.«
»Nicht?«
»Na ja, sehen Sie doch nur, was jetzt los ist. Irgendjemand wird sie heute Abend töten, um zum Helden zu werden. Dort befinden sich sowohl Zivilisten als auch Militärangehörige. Wer sagt denn, dass sie die Waffen nicht gegeneinander richten?«
»Sie denken, es wird heute Nacht passieren?«
»Muss es. Sie haben sich an ihrer üblichen Stelle niedergelassen. Die ganze Stadt ist wegen des blutigen Wassers und der Dürre aufgebracht. Sie schieben ihnen die Schuld daran zu. Und sie sind auch noch stolz darauf. Sie haben eine Menge Kameraden getötet, die versucht haben, sie anzugreifen, aber was für eine Chance haben sie jetzt noch? Sie haben sich hinter diesen Eisenzaun zurückgezogen, das perfekte Ziel für jeden, der sie erschießen möchte.«
»Ich behaupte, sie werden bei Tagesanbruch noch immer da und am Leben sein.«
»Was Sie nicht sagen.«
»Wenn es tatsächlich so ist, würden Sie dann etwas für mich tun?«
»Das hängt davon ab.«

»Wenn ich Recht habe und Sie zugeben müssen, dass es höchst unwahrscheinlich ist –«

»Oh, das kann ich Ihnen garantieren.«

»– und Sie eine Bibel finden, lesen Sie das Buch der Offenbarung.«

»Ach, Sie gehören auch zu denen, oder?«

»Zu denen?«

»Den Zeugen. Ich habe mindestens drei Fuhren von ihnen heute Abend zum Flughafen gebracht, und jeder wollte, dass ich in ihre Reihen eintrete. Werden Sie auch versuchen, mich zu retten, Kamerad?«

»Ich kann Sie nicht retten, Freund. Aber ich bin erstaunt, dass Gott mittlerweile noch nicht Ihre Aufmerksamkeit auf sich gezogen hat.«

»Oh, ich kann nicht leugnen, dass hier komische Dinge vor sich gehen. Aber ich habe eine ziemlich große Sache laufen, falls Sie wissen, was ich meine, und ich glaube nicht, dass es Gott gefallen würde. In dieser Stadt kann man heutzutage ein gutes Geschäft machen, wissen Sie.«

»Und das ist mehr wert als Ihre Seele?«

»Könnte sein. Aber ich sage Ihnen was. Falls diese beiden morgen tatsächlich noch da sind, tue ich, was Sie sagen.«

»Haben Sie eine Bibel?«

»Ich habe es Ihnen doch gesagt. Drei Fuhren Ihrer Sorte heute Abend. Habe drei Bibeln. Wollen Sie mir noch eine vierte schenken?«

»Nein, aber ich könnte eine davon gebrauchen, wenn Sie eine entbehren können.«

»Ich bin Geschäftsmann, Kumpel. Ich werde Ihnen eine verkaufen.«

Rayford stellte den Jet am Ende einer Landebahn ab, wo Flugzeuge ähnlicher Größe standen, und er, Chloe und Tsion begaben sich äußerst vorsichtig in den beinahe verlassenen Terminal. Ein Paar mittleren Alters betrachtete sie misstrauisch aus einer dunklen Ecke heraus. Er war klein und stämmig mit vollen, dunklen Haaren. Sie war ebenfalls etwas dicklich. Ihre Haare waren auf Lockenwicklern aufgedreht und unter einem Schal verborgen. Zögernd kamen die beiden auf die Ankömmlinge zu.

Nach einer zurückhaltenden Begrüßung sagte Lukas Miklos: »Ken Ritz hat Ihnen meinen Namen gegeben?«

»Wir haben ihn in seinem Adressbuch gefunden, Sir«, erklärte Rayford.

Miklos zuckte zusammen und setzte sich. »Woher soll ich wissen, dass Sie ihn gekannt haben?«

»Ich fürchte, wir haben schlechte Neuigkeiten für Sie.«

»Bevor Sie die schlechten Neuigkeiten weitergeben, muss ich wissen, ob ich Ihnen trauen kann. Erzählen Sie mir etwas über Ken, das nur ein Freund wissen könnte.«

Rayford sah die anderen an und äußerte sich vorsichtig. »Früherer Militärangehöriger, flog Charterflüge, besaß viele Jahre lang eine eigene Charterfluggesellschaft. Groß, Ende 50.«

»Wussten Sie, dass er früher eines meiner Transportflugzeuge geflogen hat, als ich begann, Kraftwerke zu beliefern?«

»Nein, Sir. Das hat er nicht erwähnt.«

»Er hat nie von mir gesprochen?«

»Nicht namentlich. Er hat gesagt, er würde jemanden in Griechenland kennen, der uns auf unserem Weg in die Staaten Gastfreundschaft gewähren würde.«

»Von wo?«

»Aus Israel.«

»Und wieso waren Sie dort?«

»Wir haben an der Konferenz der Zeugen teilgenommen.«

Miklos und seine Frau sahen sich an. »Sind Sie Christen?«

Rayford nickte.

»Wenden Sie Ihr Gesicht zum Licht.«

Rayford drehte sich um.

Miklos sah ihn an, dann seine Frau, schließlich wandte auch er sich dem Licht zu und strich sich die Locken aus der Stirn. »Und Sie wollen mir doch jetzt nicht erzählen, dass das hier Dr. Ben-Judah ist?«

»Doch, das ist er, Sir.«

»Oh, oh!«, sagte Miklos und fiel auf die Knie. Er nahm Ben-Judahs Hände und küsste sie, während seine Frau die Hände vors Gesicht schlug. »Ich wusste, dass Sie mir irgendwie bekannt vorkamen, aber dass Sie es wirklich sind!«

»Nur ruhig«, sagte Tsion. »Es ist schön, Sie kennen zu lernen. Aber ich fürchte, wir bringen keine gute Nachricht über unseren Bruder Ken.«

Der Taxifahrer hielt in einer Gasse hinter einem Nachtclub an, wo er offensichtlich über Funk ein Treffen vereinbart hatte. Ein Rausschmeißer trat auf ihn zu.

»Okay, ich weiß, dass er nicht gerade vorzeigbar aussieht, aber keine Sorge, Stallion, er kommt auch nicht mit rein. Hole ihm eine Keffije und einen Agall. Ich werde dich später bezahlen.« Stallion packte den

Australier am Kragen. »Hey, du wirst dein Geld schon bekommen, du übergroßes Baby«, beruhigte ihn der Taxifahrer. »Und jetzt hol die Klamotten; ich will hier verschwinden.«

Eine Minute später warf Stallion die Sachen durch die hintere Fensterscheibe des Taxis. Er drohte dem Fahrer.

»Ich komme zurück«, beruhigte ihn der Australier. »Vertrau mir.«

Buck legte sich die Keffije über die Haare und drückte den Agall darauf. Das Tuch verdeckte seine Ohren und den hinteren Teil seines Halses. Wenn er den Kopf auf eine bestimmte Weise hielt, war auch der größte Teil seines Gesichts nicht zu sehen.

»Woher bekommt er dieses Zeug?«

»Wollen Sie das wirklich wissen? Ein Betrunkener wird sehr erstaunt sein, wenn er aufwacht.«

Bucks Ohr hatte aufgehört zu bluten, aber trotzdem brauchte er medizinische Versorgung. »Wissen Sie, wo ich einen Arzt finde, der keine Fragen stellt?«

»Bargeld sorgt dafür, dass viele Fragen ungestellt bleiben, Kumpel.«

Um drei Uhr morgens fuhren sie so dicht wie möglich an den Tempelberg heran. Buck bezahlte den Australier großzügig.

»Für die Fahrt«, sagte er. »Für die Bibel und für die Kleider.«

»Wie wäre es mit ein wenig Extrageld für die medizinische Versorgung?«

Der Fahrer hatte Buck zu einer Klinik gebracht, wo er die Behandlung bar hatte bezahlen können. Aber allein der Tipp war einige Dollar wert.

»Vielen Dank, Kumpel. Und ich werde mein Versprechen halten. Ich werde mir die Nachrichten ansehen. Wäre nicht erstaunt, wenn sie bereits tot wären.«

Lukas Miklos besaß einen alten Luxuswagen und lebte in einem großen Haus, das nach dem Erdbeben wieder instand gesetzt worden war. Er lud die Mitglieder der *Tribulation Force* ein, eine ganze Woche bei ihm zu bleiben, aber Rayford erklärte ihm, sie brauchten nur ein wenig Ruhe und würden sich am nächsten Abend wieder auf den Weg machen.

»Ken wusste nicht, dass Sie Christ sind, oder?«

Miklos schüttelte den Kopf. Seine Frau entschuldigte sich und ging wieder ins Bett. Rayford und Tsion erhoben sich. Sie lächelte sie schüchtern an und verbeugte sich.

»Sie führt das Büro«, erklärte Miklos. »Sie steht noch vor mir auf.«

Er setzte sich wieder in seinen Schaukelstuhl. »Ken hat mir in einer E-Mail berichtet, was mit ihm geschehen war. Wir hielten ihn für verrückt. Ich wusste, dass das Carpathia-Regime diese Entrückungstheorie ablehnte, und die Weltgemeinschaft hat mir so viele Geschäfte vermittelt, da wollte ich mit niemandem in Verbindung gebracht werden, der sich gegen sie stellt.«

»Sie haben geschäftlich mit der Weltgemeinschaft zu tun gehabt?«

»Oh ja. Daran hat sich auch nichts geändert. Ich habe keine Schuldgefühle, wenn ich mich vom Feind für meine Arbeit bezahlen lasse. Ihre Energieberater kaufen enorme Mengen Lignit für ihre thermoelektrischen Werke. Ken hat immer gesagt, Lignit würde in Ptolemais auf den Bäumen wachsen. Ich wünschte, es wäre so! Aber er hat Recht. Es gibt hier sehr viel davon und ich bin der Hauptlieferant der Weltgemeinschaft.«

»Warum haben Sie Ken nicht erzählt, dass Sie ebenfalls zum Glauben gekommen sind?«

»Aber Mr. Steele, es ist doch erst kürzlich passiert, als ich Dr. Ben-Judah im Fernsehen gesehen habe. Wir haben Ken nicht erreichen können. Vermutlich hat er aber eine E-Mail von mir erhalten.«

Buck ging so nah wie möglich an den Tempelberg heran, bevor er sich unter die Menschenmenge mischte. Niemand wagte es, näher als 30 Meter an Eli und Moishe heranzugehen, am wenigsten die Soldaten der Weltgemeinschaft. Auch viele Zivilisten waren bewaffnet und die Atmosphäre knisterte vor Spannung.

Buck fühlte sich sicher und beinahe unsichtbar in der Dunkelheit, obwohl er die Menschen verärgerte, als er sich an ihnen vorbei nach vorne schob. Wenn er sich auf die Zehenspitzen stellte, konnte er Eli und Moishe erkennen – helle Fernsehscheinwerfer waren auf sie gerichtet. Wieder sprachen sie ohne Verstärkeranlage und waren im ganzen Bereich zu hören.

»Wo ist der König der Welt?«, fragte Eli. »Wo ist er, der auf dem Thron der Erde sitzt? Ihr Männer von Israel seid eine Generation von Schlangen und Vipern; ihr lästert Gott mit euren Tieropfern. Ihr verbeugt euch vor dem Feind des Herrn, vor dem Einen, der danach trachtet, sich dem lebendigen Gott zu widersetzen! Der Herr, der seinen Diener David aus den Klauen des Löwen und aus den Klauen des Bären gerettet hat, wird uns aus der Hand dieses Mannes der Täuschung erretten.«

Die Zuschauer lachten. Buck schob sich näher an den Zaun heran, obwohl ihm jeder Schritt weh tat. Aber er wollte diesen Männern Gottes nahe sein. In den ersten Reihen spotteten die Menschen nicht so laut und waren wachsam.

»Seien Sie vorsichtig, Mann«, sagten einige. »Passen Sie auf. Nicht zu nahe. Die haben Flammenwerfer hinter dem Gebäude.«

Normalerweise hätte Buck darüber gelacht und sich über das herausfordernde Benehmen der beiden Zeugen gefreut, aber Kens schrecklicher Tod beschäftigte ihn noch immer. Instinktiv wischte er sich über das Gesicht, als ob Kens Blut noch immer da wäre, aber seine Hand fuhr über die Stiche, und er schrie beinahe auf vor Schmerz.

Moishe übernahm nun das Reden. »Der Diener Satans kommt zu uns mit einem Schwert, einem Speer und einem Schild. Aber wir kommen im Namen des Herrn der Heerscharen, dem Gott der Armeen seiner Erwählten, die du betrogen hast. Gegen uns wirst du vor dem festgelegten Zeitpunkt nichts ausrichten können!«

Die Zuschauer zischten, buhten und riefen: »Tötet sie! Erschießt sie! Schießt eine Rakete auf sie ab! Werft eine Bombe auf sie!«

»O Männer Israels«, rief Eli. »Wollt ihr kein Wasser zum Trinken oder Regen für eure Ernte? Wir lassen die Sonne auf euer Land brennen und das Wasser zu Blut werden für die Zeit unserer Weissagung, damit alle Welt erfährt, dass es einen Gott in Israel gibt. Und diese ganze Versammlung soll wissen, dass der Herr nicht mit Schwert und Speer errettet: denn der Sieg ist Gottes und er hat euch in unsere Hände gegeben.«

»Zeigt es ihnen! Tötet sie! Vernichtet sie!«

Die Menge sperrte den Mund auf und wich zurück. Buck hatte sich nun nach vorne durchgekämpft und trat näher an den Eisenzaun heran als alle anderen. Er war noch immer weit von den Zeugen entfernt, aber nach dem, was am Abend zuvor geschehen war, hielten ihn die anderen Zuschauer für verrückt. Die Menschenmenge wurde still.

Moishe und Eli standen nun reglos, Seite an Seite. Sie starrten an Buck vorbei, wirkten entschlossen, Carpathia herauszufordern. Er hatte die Erlaubnis gegeben, dass jeder sie töten durfte, sollten sie sich nach der Konferenz noch in Israel zeigen. Und jetzt standen sie hier, wo sie seit der Unterzeichnung des Vertrages zwischen der Weltgemeinschaft und Israel jeden Tag gestanden hatten.

Buck fühlte sich zu ihnen hingezogen, trotz seines verzweifelten Wunsches, unerkannt zu bleiben. Er trat noch näher heran und die Menge verspottete und verlachte ihn wegen seiner Dummheit.

Keiner der Zeugen öffnete den Mund, aber Buck schien es, als sprächen sie mit einer Stimme. Es war, als wäre die Botschaft für ihn allein bestimmt. Er fragte sich, ob auch andere sie hören konnten.

»Wer das Leben gewinnen will, wird es verlieren; wer aber das Leben um Christi willen verliert, wird es gewinnen.«

Sie wussten über Ken Bescheid? Wollten sie Buck trösten?

Plötzlich blickte Moishe in die Menge hinein und rief: »Was nützt es einem Menschen, wenn er die ganze Welt gewinnt, dabei aber sein Leben einbüßt? Um welchen Preis kann ein Mensch sein Leben zurückkaufen? Der Menschensohn wird mit seinen Engeln in der Hoheit seines Vaters kommen und jedem Menschen vergelten, wie es seine Taten verdienen.«

Und genauso plötzlich sprachen die beiden wieder gemeinsam, leiser, ohne ihre Lippen zu bewegen, als wollten sie nur zu Buck sprechen. »Es stehen einige hier, die werden den Tod nicht schmecken, bis sie den Menschensohn kommen sehen in seinem Reich.«

Buck musste einfach etwas sagen. Er flüsterte, den Rücken der Menge zugewandt, damit niemand ihn hören konnte. »Wir wollen zu denen gehören, die den Tod nicht schmecken«, sagte er. »Aber wir haben heute Abend einen der Unseren verloren.« Er konnte nicht mehr weitersprechen.

»Was hat er gesagt?«, hörte er eine Stimme hinter sich fragen.

»Die werden ihn noch abfackeln.«

Wieder sprachen die beiden direkt zu Buck. »Und jeder, der um Christi Namen willen Häuser oder Brüder, Schwestern, Vater, Mutter, Kinder oder Äcker verlassen hat, wird dafür das Hundertfache erhalten und das ewige Leben gewinnen.«

Gott *hatte* Buck bereits einen Ort gegeben, wo er leben konnte, und er hatte in anderen Christen auch eine neue Familie gefunden! Wie sehr wünschte Buck, er könnte die Zeugen geradeheraus fragen, was er tun sollte, wo er hingehen sollte. Wie sollte er wieder mit seiner Frau zusammenkommen, wo er doch gerade vor der Weltgemeinschaft flüchtete? Würde er genauso aus dem Land fliehen müssen, wie er damals Tsion gerettet hatte?

Über Megafon wurde er von Soldaten der Weltgemeinschaft aufgefordert, sich zurückzuziehen. »Und die beiden Zeugen stehen unter Arrest. Sie haben 60 Sekunden Zeit, sich friedlich zu ergeben. Wir haben im Umkreis von 80 Metern Sprengkörper, Minen und Granatwerfer aufgebaut. Ziehen Sie sich jetzt zurück oder bleiben Sie auf eigene Gefahr!«

Während die Ankündigung in verschiedene Sprachen übersetzt wurde, lief die Menge auseinander, zog sich aus der Reichweite der Sprengkörper zurück und duckte sich hinter Wagen und Betonbarrieren. Auch Buck ging langsam rückwärts, den Blick fest auf Eli und Moishe geheftet.

Von rechts eilte ein Soldat der Weltgemeinschaft mit schussbereitem Gewehr auf die beiden Zeugen zu. Als er etwa drei Meter von ihnen entfernt war, rief Eli so laut, dass der Mann allein von der Lautstärke der Stimme gelähmt zu sein schien.

»Wag es nicht, dich den Dienern des allerhöchsten Gottes zu nähern, nicht einmal mit leeren Händen! Rette dich. Suche Schutz in einer Höhle oder hinter einem Felsen!«

Der Soldat rutschte aus und fiel hin, stand wieder auf, dann fiel er erneut, als er zurücktaumelte. Buck ging noch immer rückwärts, den Blick auf die Zeugen gerichtet. Von einem Ast hoch über ihm ertönten zwei laute Gewehrschüsse. Der Scharfschütze war weniger als zwölf Meter von Eli und Moishe entfernt, und was mit den Kugeln passierte, konnte Buck nicht sagen. Eine Flamme aus Moishes Mund traf den Soldaten, der seine Waffe umklammert hielt, bis sein in Brand stehender Körper auf das Pflaster aufschlug. Das Gewehr rutschte einige Meter weiter. Der Mann verbrannte zu einem Häufchen Asche und sein Gewehr schmolz.

Stille legte sich über das Gebiet, während die Soldaten, die Zuschauer und Buck darauf warteten, dass die angedrohten Waffen gezündet wurden. Buck hatte nun die anderen Zuschauer erreicht, die sich unter ein heruntergezogenes Dach kauerten. Als die Minute verstrichen war, wurde es plötzlich so kalt wie im Winter. Buck zitterte und die umstehenden Menschen stöhnten und weinten vor Furcht. Ein Wind kam auf und heulte, und die Zuschauer versuchten, ihre bloße Haut zu bedecken und kauerten sich zusammen, um sich vor dem eiskalten Wind zu schützen. Hagel fiel, als hätte am Himmel ein Lastwagen eine tonnenschwere Ladung Golfbälle abgeladen. Nach zehn Minuten hörte der Niederschlag auf und das ganze Gebiet war zehn Zentimeter hoch mit schmelzendem Eis bedeckt.

Die Elektrizität für die Scheinwerfer fiel aus. Der Platz war plötzlich in tiefe Dunkelheit getaucht. An drei Stellen brannten gleichzeitig Kisten mit Sprengkörpern und zerfielen zu Asche. Dies war der Versuch der Weltgemeinschaft gewesen, die beiden Zeugen zu ermorden.

Zwei Helikopter richteten riesige Suchscheinwerfer auf den Tempelberg, als die Temperatur plötzlich wieder auf über 30 Grad anstieg.

Die Hagelkörner schmolzen zu Wasser, und als es abfloss, hörte es sich an wie ein blubbernder Bach. Innerhalb weniger Minuten hatte sich der Schlamm wieder in Staub verwandelt, als wäre es helllichter Tag und die Sonne hätte ihn ausgetrocknet.

Und die ganze Zeit über jammerte und klagte die Menge, während die Hubschrauber über der Klagemauer kreisten. Eli und Moishe hatten sich nicht gerührt.

Als Rayford, Chloe und Tsion sich zu den Gästezimmern begaben, dankte Rayford Lukas Miklos für seine Gastfreundschaft. »Sie sind für uns eine Gebetserhörung, mein Freund.«

Tsion versprach, Miklos eine Liste mit Christen in Griechenland zu schicken. »Und, Mr. Miklos, würden Sie mit uns für Chloes Mann, Captain Steeles Schwiegersohn, beten?«

»Natürlich«, antwortete Miklos. Er nahm sie an den Händen und neigte den Kopf. Als er an die Reihe kam zu beten, sagte er: »Lieber Jesus Christus, beschütze diesen Jungen. Amen.«

14

Buck war erregt, gleichzeitig aber auch traurig und erschöpft. Er nahm sich ein Taxi und ließ sich zu Chaim Rosenzweigs Haus bringen. In seiner Verkleidung wagte er sich in die Nähe des Hauses und stellte fest, dass die Soldaten der Weltgemeinschaft lange fort waren. Der Torwächter Jonas döste auf seinem Posten.

Weder Jonas noch Chaim hatten sich bisher für den Glauben entschieden und Buck zögerte. Chaim erkannte allmählich die Wahrheit über Carpathia und würde Buck niemals abweisen. Bei Jonas war sich dieser nicht so sicher. Buck wusste nicht, ob der Mann Englisch sprach oder verstand, da er ihn bisher nur Hebräisch hatte sprechen hören. Aber andererseits musste er doch irgendwelche Englischkenntnisse haben, da er schließlich als Erster mit Besuchern zu tun hatte.

Durch die Geschehnisse um Eli und Moishe ermutigt, atmete Buck tief durch und marschierte zum Torhaus. Er wollte den Mann nicht erschrecken, aber er musste ihn aufwecken. Er warf einen Stein an das Fenster. Jonas rührte sich nicht. Buck klopfte leise, dann etwas lauter. Er rührte sich noch immer nicht. Schließlich öffnete Buck die Tür und berührte Jonas am Arm.

Jonas, ein stämmiger Mann Ende 50, sprang auf und blickte ihn mit vor Erschrecken weit aufgerissenen Augen an. Buck riss sich seine Verkleidung vom Kopf. Doch dann wurde ihm klar, dass sein Gesicht schrecklich verunstaltet sein musste; rot, blau und grün, geschwollen, mit Stichwunden, bestimmt sah er aus wie ein Ungeheuer.

Jonas hatte das Herunterreißen der Kopfbedeckung wohl als Bedrohung empfunden. Da er unbewaffnet war, riss er sich seine Taschenlampe vom Gürtel und wich zurück. Buck drehte sich weg. Allein der Gedanke, Jonas könnte mit der Taschenlampe sein verletztes Gesicht treffen, ließ ihn zusammenzucken.

»Ich bin es, Jonas! Cameron Williams!«

Jonas legte seine freie Hand auf sein Herz, vergaß aber, die Taschenlampe sinken zu lassen. »Oh, Mr. Williams!«, sagte er. Sein Englisch war so schlecht, dass Buck kaum seinen eigenen Namen erkannte. Schließlich legte Jonas die Taschenlampe weg und begann mit beiden Händen gestikulierend zu sprechen.

»Sie«, sagte er geheimnisvoll und deutete mit einer ausladenden Handbewegung nach draußen, »dich gesucht haben.«

»Mich persönlich? Oder uns alle?«

Jonas hatte nicht verstanden. »Persönlich?«, wiederholte er.

»Nur nach mir?« erklärte Buck und zeigte auf sich. »Oder auch nach Tsion und meiner Frau?«

Jonas schloss die Augen, schüttelte den Kopf und hielt eine Hand nach oben. »Nicht hier«, erklärte er. »Tsion, Frau, fort. Geflogen.« Er schwenkte die Hände in der Luft.

»Chaim?«, fragte Buck.

»Schläft.« Jonas legte eine Hand an die Wange und schloss die Augen.

»Darf ich hineingehen und schlafen, Jonas?«

Der Mann blinzelte verwirrt. »Ich rufe an.« Er griff nach dem Telefon.

»Nein! Lassen Sie Chaim schlafen! Sagen Sie es ihm später.«

»Später?«

»Am Morgen«, erklärte Buck. »Wenn er aufwacht.« Jonas nickte, behielt das Telefon aber in der Hand, als wollte er wählen.

»Ich gehe hinein und schlafe«, fügte Buck hinzu. »Ich werde Chaim eine Nachricht hinterlassen, damit er sich nicht erschreckt. Okay?«

»Okay!«

»Ich gehe jetzt hinein?«

»Okay!«

»In Ordnung?«

»In Ordnung!«

Buck behielt Jonas im Auge, während er sich rückwärts gehend der Tür näherte. Auch Jonas beobachtete ihn. Er legte das Telefon aus der Hand, winkte und lächelte. Buck winkte ebenfalls, dann drehte er sich um und stellte fest, dass die Tür verschlossen war. Er musste zurückgehen und Jonas erklären, dass er ihn einlassen musste. Und endlich konnte Buck sich zum ersten Mal, seit der Hubschrauber Stunden zuvor das Dach verlassen hatte, entspannen. Er legte Chaim eine Notiz vor die Tür, dass er im Gästezimmer schlief, ihm viel zu erzählen habe und ihn am späten Vormittag sehen würde.

Buck betrachtete sich im Badezimmerspiegel. Er sah schlimmer aus, als er gedacht hatte, und er betete, dass in dieser so genannten

Klinik, die er aufgesucht hatte, wenigstens ein Mindestmaß an Sterilität geherrscht hatte. Die Stiche schienen allerdings gut gemacht worden zu sein, aber er sah einfach schrecklich aus. Seine Augen waren blutunterlaufen, sein Gesicht wies eine Vielfalt von Farben auf, und er sah sich überhaupt nicht mehr ähnlich. Er war froh, dass Chloe ihn so nicht sah.

Er verschloss die Schlafzimmertür, ließ seine Sachen auf den Boden fallen und stieg ins Bett. Nachdem er sich gerade bequem zurechtgelegt hatte, hörte er das leise Klingeln seines Telefons. Das war bestimmt Chloe, aber er wollte nicht noch einmal aufstehen. Er rollte sich herüber, griff nach seiner Hose und bei dem Versuch, das Telefon aus seiner Tasche zu ziehen, fiel er mit lautem Gepolter aus dem Bett.

Er hatte sich nicht verletzt, aber der Lärm weckte Chaim auf. Als Buck sich meldete, hörte er Chaim über die Gegensprechanlage rufen: »Jonas! Jonas! Eindringlinge!«

Bis er Chloe auf den neuesten Stand gebracht und Chaim über die Vorgänge aufgeklärt hatte, ging die Sonne auf. Es war vereinbart worden, dass Chloe, Tsion und Rayford in die Staaten nach Mount Prospect zurückkehren sollten und dass Chaim sich bemühen würde, Buck die Rückkehr zu ermöglichen, wenn er sich erholt hatte.

Chaim war zorniger, als Buck ihn je erlebt hatte. Er erzählte ihm, in den Nachrichten sei immer und immer wieder die Videoaufzeichnung vom Mord an dem Soldaten gezeigt worden. Darauf seien Buck und der Soldat zu sehen, als sie miteinander sprachen.

»Auf dem Band ist ganz klar zu erkennen, dass Sie nicht bewaffnet waren, dass es ihm gut ging, als Sie den Soldaten verlassen haben, und dass Sie sich weder umgedreht haben noch zurückgekommen sind. Er hat über Ihren Kopf hinweg geschossen und Augenblicke später wurde er von Kugeln aus einem aus nächster Nähe abgefeuerten Maschinengewehr getroffen. Wir alle wissen, dass sie aus den Waffen seiner eigenen Leute stammen müssen. Aber das wird natürlich nie herauskommen. Man wird ihm vorwerfen, er habe mit Ihnen zusammengearbeitet, und wer weiß, was sie sich sonst noch werden einfallen lassen!«

Das »was sonst noch« war dann eine von der Weltgemeinschaft erdachte Geschichte. Fernsehberichten zu Folge hatte ein amerikanischer Terrorist mit Namen Kenneth Ritz Nicolai Carpathias Helikopter entführt, um die Flucht von Tsion Ben-Judah mit seinen Begleitern, die in Chaim Rosenzweigs Haus unter Hausarrest standen, zu ermöglichen. Es wurde behauptet, Rosenzweig habe Ben-Judah, den Mordverdächtigen Cameron Williams und dessen Frau bei sich aufgenommen und sich bereit erklärt, sie für die Weltgemeinschaft unter Hausarrest zu stellen. Die eingeschlagene Tür zum Dach wurde gezeigt und mit den Worten kommentiert: »Dies zeigt zweifelsfrei, wie die Amerikaner entkommen sind.«

Ein Sprecher der Weltgemeinschaft erklärte, Ritz sei von einem Scharfschützen erschossen worden, als er auf dem Flughafen in Jerusalem das Feuer auf die Truppen der Weltgemeinschaft eröffnet habe. Die anderen drei Flüchtlinge seien entkommen, und es wurde angenommen, dass Williams, ein ehemaliger Angestellter der Weltgemeinschaft, ein fähiger Jet-Pilot sei.

Nachdem sie sicher in den Staaten angekommen waren, verfolgten auch die restlichen Mitglieder der *Tribulation Force* aufmerksam die Berichterstattung. Sie blieben so oft wie möglich mit Chaim und Buck in Kontakt. Rayford war erstaunt, wie sehr sich Hatties Gesundheitszustand in so kurzer Zeit verbessert hatte. Ihre Krankheit, ihre Verzweiflung und ihr Eigensinn hatten sich in abgrundtiefem Hass und wilder Entschlossenheit ein Ventil gesucht. Sie betrauerte den Verlust ihres Babys so sehr, dass man sie selbst nachts noch unterdrückt weinen hörte.

Auch Chloe kämpfte gegen ihren Zorn an. »Ich weiß, wir dürfen von Carpathia nichts anderes erwarten, Daddy«, sagte sie, »aber ich fühle mich so hilflos, dass ich explodieren könnte. Wenn wir keinen Weg finden, Buck bald hierherzuholen, werde ich persönlich nach drüben reisen. Hast du dir je gewünscht, du könntest derjenige sein, den Gott gebraucht, um Carpathia zu töten, wenn die Zeit gekommen ist?«

»Chloe!«, rief Rayford entsetzt, und er hoffte, dass Chloe nicht merkte, dass er genau um dieses Privileg gebeten hatte. Was geschah nur mit ihnen? Wie konnten sie so viel Hass fühlen?

Buck teilte ihnen mit, Jacov habe ihm geholfen, bei Stefan Unterschlupf zu finden. Rayford hatte ein besseres Gefühl dabei, als wenn er bei Chaim geblieben wäre. Es war klar, dass die Sicherheitskräfte der Meinung waren, Buck sei mit den anderen entkommen, doch wenn er unter einem falschen Namen in einer schlechteren Wohngegend wohnte, konnte er erst einmal wieder zu Kräften kommen, bevor er sich auf die Heimreise machte. Am Telefon erklärte er Rayford, in ein paar Wochen werde er versuchen, von einem der großen internationalen europäischen Flughäfen aus mit einem normalen Linienflug in die Vereinigten Staaten einzureisen.

»Da sie dort nicht nach mir suchen, könnte ich vielleicht mit einem falschen Namen durchschlüpfen.«

Rayford war auch mit Mac McCullum und David Hassid in Kontakt geblieben. Über Davids Kontakte gelang es ihnen, die Computer zu ersetzen, und außerdem bekamen sie noch einige der handgroßen Organizer, über die sie sowohl ins Internet kamen, mit denen sie aber gleichzeitig auch weltweit telefonieren konnten.

Immer wieder beteuerte Tsion, wie zufrieden er mit seinem neuen Computer sei – einem leichten, dünnen, tragbaren Laptop, der, an eine Station angeschlossen, ihm zu Hause alle möglichen Erleichterungen bot. Es war das neueste und schnellste Gerät mit der größten Kapazität auf dem Markt. Tsion verbrachte den größten Teil des Tages damit, mit seiner internationalen Herde zu kommunizieren. Nach der Konferenz in Israel waren viele Menschen hinzugekommen und die Zahl wuchs mit jedem neuen Tag.

Da es Hattie gesundheitlich von Tag zu Tag besser ging, hatte Dr. Floyd Charles Zeit, Kens Platz als technischer Berater der *Tribulation Force* einzunehmen. Er installierte Software, die verhinderte, dass ihre Telefone und Computer angezapft wurden.

Besonders schwer fiel es Rayford, seine Trauer über Kens Tod zu verarbeiten. Er wusste, dass alle ihn vermissten, und Tsions Botschaft bei einem kurzen Gedenkgottesdienst ließ sie alle in Tränen ausbrechen. Chloe suchte zwei Tage lang umsonst im Internet nach noch lebenden Verwandten. Rayford informierte Ernie am Flughafen von Palwaukee von Kens Tod; dieser versprach, die Nachricht an das übrige Personal weiterzugeben und Kens persönliche Sachen wegzuschließen, bis Rayford kommen und sie holen würde. Von Kens Goldschatz erwähnte er Ernie gegenüber natürlich kein Wort, da er wusste, dass die beiden zwar beide Christen waren, sich aber noch nicht so sehr lange kannten.

Buck besorgte sich einen Computer, damit er im Internet Tsions Botschaften lesen konnte. Er konnte keine sichere Software auftreiben, die es ihm ermöglicht hätte, mit Chloe außer über das Telefon zu kommunizieren. Er vermisste sie schrecklich, aber er freute sich zu hören, dass es ihr und dem ungeborenen Baby gut ging.

Sie machte sich daran, ein Geschäftsmodell nach Kens Notizen aufzubauen. Innerhalb eines Monats, erzählte sie Buck, hoffte sie, das Geschäft mit Christen auf der ganzen Welt per Computer führen zu können.

»Einige werden pflanzen und ernten«, erklärte sie. »Andere werden kaufen und verkaufen. Das ist unsere einzige Hoffnung, wenn die Zeit kommt, dass das Zeichen des Tieres die Voraussetzung für legalen Handel ist.« Sie berichtete ihm, sie werde zuerst einmal eine Liste von Farmern, Produzenten und Lieferanten erstellen. Danach würde sie den Markt ausweiten.

»Und wenn du dann das Baby hast, für das du sorgen musst?«, fragte er.

»Ich hoffe, dass mein Mann bis dahin zu Hause ist«, erwiderte sie. »Er hat nichts zu tun, außer eine kleine alternative Internetzeitung zu führen. Ich werde ihm zeigen, wie alles funktioniert.«

»Ihm zeigen, wie was funktioniert? Dein Geschäft oder die Versorgung des Kindes?«

»Beides«, erwiderte sie.

Am Freitagabend erzählte sie Buck am Telefon, dass Rayford plante, am folgenden Tag zum Flughafen von Palwaukee zu fahren.

»Er wird nach Kens Flugzeugen sehen und versuchen, diesen Ernie besser kennen zu lernen. Er ist bestimmt ein guter Mechaniker, aber Ken kannte ihn kaum.«

In dieser Nacht fand Buck im Internet Tsions Botschaft für diesen Tag. Der Rabbi schien niedergeschlagen zu sein, aber Buck war klar, dass Menschen, die ihn nicht persönlich kannten, dies vermutlich nicht bemerken würden. Er berichtete von dem Kummer, den der Verlust von Freunden und Familienmitgliedern mit sich brachte. Kens Namen nannte er zwar nicht, aber Buck konnte zwischen den Zeilen lesen.

Tsion schloss seine Ausführungen, indem er die Leser daran erinnerte, dass mittlerweile mehr als 24 Monate seit der Unterzeichnung des Friedensvertrages zwischen der Weltgemeinschaft (ehemals Vereinte Nationen) und des Staates Israels vergangen seien.

»Ich erinnere euch, meine lieben Brüder und Schwestern, dass es nur noch eineinhalb Jahre bis zur Großen Trübsalszeit, wie die Schrift sie nennt, dauern wird. Bisher ist das, was wir erlebt haben, schlimm gewesen, schlimmer als schlimm. Wir haben die schrecklichsten zwei Jahre in der Geschichte unseres Planeten überlebt, aber diese nächsten eineinhalb Jahre werden noch schlimmer werden. Aber die letzten dreieinhalb Jahre dieser Periode werden so fürchterlich sein, dass alles Vorhergehende wie ein Spaziergang erscheint.«

Buck lächelte darüber, dass Tsion seine Botschaft immer mit einem Wort der Ermutigung schloss, ungeachtet der unangenehmen Wahrheiten, die er weitergeben musste. Am Schluss zitierte er aus dem Lukas-Evangelium, Kapitel 21:

»›Es werden Zeichen sichtbar werden an Sonne, Mond und Sternen, und auf der Erde werden die Völker bestürzt und ratlos sein über das Toben und Donnern des Meeres. Die Menschen werden vor Angst vergehen in der Erwartung der Dinge, die über die Erde kommen; denn die Kräfte des Himmels werden erschüttert werden. Dann wird man den Menschensohn mit großer Macht und Herrlichkeit auf einer Wolke kommen sehen. Wenn all das beginnt, dann richtet euch auf und erhebt eure Häupter; denn eure Erlösung ist nahe.‹«

Am kommenden Morgen sah sich Buck um sieben Uhr einen Fernsehbericht über die Reaktion Nicolai Carpathias auf Eli und Moishe an, die noch immer in Jerusalem vor der Klagemauer standen und über die kommenden Ereignisse predigten. Der Reporter zitierte Supreme Commander Leon Fortunato: »Seine Exzellenz hat die Prediger zu Feinden des Weltsystems erklärt und Peter den Zweiten, den obersten Papst des Enigma-Babylon-Einheitsglaubens ermächtigt, sich der Kriminellen zu entledigen, wie dieser es für geeignet hält. Der Potentat glaubt nicht, und ich stimme darin mit ihm überein, dass er persönlich in Angelegenheiten eingreifen sollte, die in den religiösen Bereich der Weltgemeinschaft fallen. Seine Exzellenz hat mir erst gestern Abend wörtlich gesagt: ›Das heißt, es sei denn, wir müssen feststellen, dass unser Pontifex Maximus unfähig ist, mit diesen beiden Predigern fertig zu werden, die ein ganzes Land mit ihren Tricks und ihrer Massenhypnose lahm legen.‹«

Da dies natürlich eine »ausgewogene« Sendung sein sollte, war Buck nicht erstaunt, einen wütenden Peter Mathews auf dem Bildschirm zu sehen, der zornig eine Antwort gab. »Ach, jetzt ist das auf einmal mein Problem, ja? Hat Seine Exzellenz endlich die Autorität in die richtigen Hände gelegt? Aber natürlich nicht, bevor nicht bewiesen wurde, dass seine Militärs keine Macht über diese beiden Betrüger haben. Wenn die beiden tot sind, wird es in Israel wieder regnen, wird wieder frisches, klares Wasser fließen, und die Welt wird wissen, wo der wahre Sitz der Macht zu finden ist.«

Eine Woche zuvor hatte Buck Chaim dazu gebracht, die beiden Prediger an der Klagemauer zu besuchen, und der alte Mann gab zu, dass diese Erfahrung ihn erschüttert und in Bezug auf Carpathia weiter desillusioniert habe.

»Aber trotzdem, Cameron, solange Nicolai seinen Teil der Vereinbarung einhält und sich an den Vertrag mit Israel hält, werde ich ihm vertrauen. Ich habe keine Wahl. Ich möchte und muss es.«

Buck hatte ihn bedrängt. »Und falls er Israel betrügen sollte, was würden Sie von allem halten, was Sie von Tsion und von meinem Schwiegervater gehört haben? Würden Sie sich uns dann anschließen?«

Rosenzweig gab nicht nach. »Ich bin ein alter Mann«, sagte er, »und irgendwie festgefahren. Ich bedauere es, dass ich so schwer zu überzeugen bin. Sie und Ihre Mitgläubigen beeindrucken mich, und ich hoffe entgegen alle Hoffnung, dass Sie am Ende nicht Recht behalten, denn dann wird es mir sehr schlecht gehen. Aber ich habe mich für die Welt entschieden, die ich sehen und berühren kann. Ich bin nicht bereit, allen Intellektualismus für blinden Glauben über Bord zu werfen.«

»Und Sie meinen, das hätte Tsion getan?«

»Bitte erzählen Sie ihm nicht, dass ich das gesagt habe. Tsion Ben-Judah ist ein brillanter Gelehrter, der nicht in das Bild, das ich von Christen habe, hineinpasst. Aber auch Sie und die anderen passen eigentlich nicht da hinein. Das sollte mir wohl zu denken geben.«

»Gott versucht, Ihre Aufmerksamkeit zu bekommen, Dr. Rosenzweig. Ich hoffe, dass keine drastischeren Schritte nötig sein werden.«

Rosenzweig hatte abgewinkt. »Vielen Dank, dass Sie sich um mich so große Gedanken machen.«

Buck saß kopfschüttelnd vor dem Fernsehgerät. In Illinois war es jetzt elf Uhr abends und seine Familie und Freunde würden das noch nicht gesehen haben. Er wünschte, er könnte sie in einer E-Mail auf die Sendung aufmerksam machen. Aber von seinem Versteck aus konnte er nichts senden, ohne Stefan und sich selbst zu verraten.

Er überlegte, ob er anrufen und eine Nachricht hinterlassen sollte, aber Chloe hatte neuerdings einen so leichten Schlaf, dass sie immer ans Telefon ging, sogar mitten in der Nacht. Und sie brauchte ihren Schlaf.

Sein Hausgenosse war bei der Arbeit. Buck trat hinaus in den Sonnenschein. Er verspürte eine so übermächtige Sehnsucht, zu Hause zu sein, dass er beinahe zu weinen begann. Er blinzelte in die Sonne. Es war ein warmer, windstiller Tag – und plötzlich schien es so, als habe jemand ein Rollo vor der Sonne heruntergezogen.

Die Sonne stand zwar noch immer hoch am Himmel, doch es wurde dunkler und die Temperaturen fielen. Buck wusste sofort, was geschah: Die Prophezeiung aus Offenbarung, Kapitel 8, Vers 12 erfüllte sich vor seinen Augen. Der vierte Engel hatte seine Posaune geblasen und »es wurde geschlagen der dritte Teil der Sonne«. Dasselbe würde mit dem Mond und den Sternen passieren. Wo die Sonne zwölf Stunden pro Tag schien, würde sie nun nur noch acht Stunden scheinen und nur noch mit zwei Dritteln ihrer normalen Helligkeit.

Obwohl er im Voraus gewusst hatte, was passieren würde, empfand er Ehrfurcht vor der Macht Gottes. Seine Kehle war wie zugeschnürt. Er eilte in das leere Haus und fiel auf die Knie.

»Gott«, betete er, »du hast dich mir immer und immer wieder gezeigt, und doch stelle ich fest, dass mein Glaube mit jedem Mal, wo du handelst, mehr gestärkt wird. Alles, was du angekündigt hast, führst du auch aus. Alles, was du vorhersagst, tritt ein. Ich bete, dass dieses Phänomen, das von Tsion und den 144 000 Zeugen in der ganzen Welt angekündigt worden ist, Millionen Menschen für dich erreicht. Wie kann noch jemand an deiner Macht und Größe zweifeln? Du bist ein zorniger, aber auch ein liebender und gnädiger Gott. Danke, dass du mich errettet hast. Danke für Chloe und unser Baby und für ihren Vater, für Tsion und den Doktor. Danke für das Vorrecht, Ken gekannt zu haben. Beschütze unsere Leute, wo immer sie sich aufhalten, und gib mir die Gelegenheit, Mac und David persönlich kennen zu lernen. Zeige uns, was wir tun sollen, wie wir dir am besten dienen können. Führe uns, Herr. Ich vertraue mich dir erneut an und bin bereit, überallhin zu gehen und alles zu tun, was du mir zu tun aufträgst. Ich danke dir für Jacov und Hannelore, für Stefan und die neuen Brüder und Schwestern, die mich aufgenommen haben. Ich möchte, dass Chaim sich für dich entscheidet, Herr. Danke, dass du ein so guter und großer Gott bist.«

Buck war überwältigt, als ihm klar wurde, dass diese Verdunklung alles in der Welt beeinflussen würde. Nicht nur Helligkeit und Temperaturen, sondern auch Transportwesen, Landwirtschaft, Kommunikation, Reisen – und somit auch die Möglichkeit, zu seinen Lieben zurückzukehren.

Er wollte die übrigen Mitglieder der *Tribulation Force* warnen, aber er wartete bis sieben Uhr morgens Chicagoer Zeit. Sie standen gern bei Sonnenaufgang auf, aber heute würde diese nicht für sie aufgehen. Buck fragte sich, wie die verdunkelten Sterne wohl aussehen würden. Er würde es bald wissen. Er wählte Chloes Nummer und weckte sie auf.

Rayford wachte früh auf und sah auf seine Uhr. Es war Viertel vor sieben und noch immer dunkel. Er blieb im Bett liegen, starrte an die Decke und fragte sich, ob ein Unwetter aufgezogen oder ob an diesem Tag einfach nur schlechtes Wetter war. Um sieben hörte er das Läuten von Chloes Telefon. Das war sicherlich Buck. Rayford wollte mit ihm sprechen. Er würde ihr ein paar Minuten Zeit geben und dann hinübergehen.

Rayford legte sich zurück und atmete tief durch. Er fragte sich, was sich heute am Flughafen in Palwaukee ergeben würde. Konnte er es wagen, dem jungen Ernie gegenüber das Thema des vergrabenen Schatzes anzuschneiden? Das würde davon abhängen, wie ihr Gespräch verlief. Er nahm an, es würde eine Weile dauern, bis sie Vertrauen zueinander fassten. Ernie war noch sehr jung.

Chloe klang sehr erregt. Und sie rief nach ihm. Er setzte sich auf. Es war noch zu früh, es konnte nichts mit ihrem Baby sein. War Buck vielleicht etwas zugestoßen?

»Dad! Komm herunter!« Er zog sich einen Morgenrock an.

Sie kam ihm unten an der Treppe entgegen, das Telefon gegen ihr Ohr gedrückt.

»Sieht ein wenig dunkel draußen aus für sieben Uhr«, sagte sie. »Buck sagt, die Sonne hätte sich dort drüben gegen sieben Uhr morgens verdunkelt. Als wir noch geschlafen haben. Sprich mit Daddy, Liebling. Ich werde die anderen aufwecken.«

Rayford war verblüfft. »Unglaublich«, wiederholte er immer wieder. »Wir werden entscheiden müssen, was das für unsere mit Sonnenenergie betriebenen Geräte bedeutet.«

»Ich dachte, der Doktor würde bereits daran arbeiten.«

»Das hat er auch. Uns gefielen nur seine Ergebnisse nicht. Aus irgendeinem Grund entspricht die Summe nicht ihren Teilen. Man kann nicht einfach davon ausgehen, dass man ein Drittel weniger Energie zur Verfügung hat. Er hat die Daten in seinen großen Rechner eingegeben, und dabei ist herausgekommen, dass neben einem Drittel weniger Zeit auch ein Drittel weniger Energie vorhanden ist. Er hat ausgerechnet, was das für uns bedeutet, und das hat uns gar nicht gefallen. Aber wir können natürlich nichts dagegen machen, und es war unmöglich, Energie im Voraus zu lagern, aber wir hoffen natürlich, dass er Unrecht hat.«

»Das hat er leider nicht«, widersprach Buck. »Warte eine Sekunde, Rayford, ich möchte sehen, wer mich da gerade anruft.«

Buck drückte einen Knopf und die Nummer des zweiten Anrufers erschien auf dem Display. Er holte sich das Gespräch mit Rayford zurück. »Es ist Rosenzweig. Ich rufe Chloe später wieder an.«

»Ich werde es ihr sagen. Pass von jetzt an auf die Energie deines Telefons auf.«

»Richtig.« Er drückte einen Knopf. »Dr. Rosenzweig!«

»Cameron, ich muss Sie dringend sprechen. Ich brauche einen Rat.«

»Sollen wir uns sofort treffen?«

»Geht das denn?«

»Ich denke, Sie wissen, was hier passiert«, meinte Buck.

»Natürlich weiß ich das! Ich war schließlich auf der letzten Veranstaltung, als Tsion von dieser Prophezeiung gesprochen hat.«

»Sie geben also zu, dass es gar nichts anderes sein kann?«

»Welcher vernünftig denkende Mensch würde das leugnen?«

Vielen Dank, lieber Gott!, dachte Buck.

»Das Problem ist, was sage ich? Darüber wollte ich gern mit Ihnen sprechen. Die Medien stürzen sich auf diese Sache und wollen einen Kommentar für die morgige Sendung. Immer wieder habe ich betont, dass ich Botaniker bin und nur sagen kann, was dies für die Fotosynthese bedeutet.«

»Und was wird es bedeuten?«

»Na ja, das wird alles ganz schön durcheinander bringen, wenn Sie meine fachliche Meinung hören wollen. Aber die Nachrichtenmenschen machten mich darauf aufmerksam, dass ich immer über wissenschaftliche Themen gesprochen habe, sogar über Themen, die außerhalb meiner Fachkenntnis liegen. Sie erinnern sich, dass Nicolai mich sogar um meine Meinung zu den Ursachen des großen Massenverschwindens gefragt hat. Ich habe mich beinahe selbst von dem Gewäsch über eine spontane atomare Reaktion überzeugen lassen.«

»Sie haben auch beinahe mich überzeugt, Doktor, und ich war internationaler Berichterstatter.«

»Also, ich habe gerade einen Anruf von Fortunato bekommen, und er möchte, dass ich die Meinung der Weltgemeinschaft zu diesem Phänomen weitergebe.«

»Wie kann ich Ihnen helfen?«

»Wir brauchen eine Strategie. Ich überlege, ob ich ihre Blase platzen lasse. Ich könnte andeuten, dass ich ihre Ansicht übernehme – warten Sie nur, bis Sie es sehen –, und wenn ich auf Sendung bin, sage ich, was ich möchte. Zumindest das bin ich Leon schuldig.«

»Sie machen sich Gedanken, was Carpathia denken wird.«

»Natürlich.«

»Dabei wird sich zeigen, wie Ihre Beziehung tatsächlich aussieht.«

»Dann wird sich zeigen, ob ich tatsächlich ein *freier Bürger* bin. Ich habe ihre Darstellung Ihrer Flucht bestätigt. Ich hätte das ganze Regime bloßstellen können, aber Nicolai hatte sich persönlich bei mir entschuldigt und mich gebeten, ihn nicht in Verlegenheit zu bringen.«

»Ach, tatsächlich? Das haben Sie mir gar nicht erzählt.«

»Es schien mir nicht passend. Sie haben keine Ahnung, wie dicht ich davor stand, ihm zu sagen, ich würde den freien Abzug eines Freundes aus dem Land gegen meine Zustimmung für diesen Nachrichtenbericht eintauschen. Aber dazu fehlte mir der Mut.«

»Das war vermutlich sehr klug«, entgegnete Buck. »Ich kann mir nicht vorstellen, dass er sich auf einen solchen Handel einlässt. Wenn er herausfindet, dass ich mich hier direkt vor seiner Nase verstecke, würde ihn das schrecklich wütend machen.«

»Allerdings habe ich den Mut aufgebracht zu fragen, ob er einmal darüber nachgedacht hätte, dass seine Taktiken Ben-Judah und seinen Leuten gegenüber vielleicht der Grund für all die Plagen und Gerichte sein könnten. Er warf mir vor, ich hätte Ihnen diesen ganzen Blödsinn abgekauft. Ich muss mich unbedingt mit Ihnen treffen, Cameron.«

»Können wir einen Treffpunkt vereinbaren, wo wir allein sind?«

Rosenzweig schlug ein Kellerlokal mit dem passenden Namen »Der Keller« vor. Buck bat um einen Tisch in einer Ecke, wo sie sich ungestört das Dokument ansehen konnten, dass Chaim vorlesen sollte. Rosenzweig holte ein Fax mit der offiziellen Stellungnahme der Weltgemeinschaft zu dem hervor, was am Morgen passiert war. Buck musste sich zusammennehmen, um nicht laut loszulachen.

In dem Fax wurde ausdrücklich darauf hingewiesen, dass die vorliegende Mitteilung vertraulich zu behandeln und ausschließlich für Dr. Chaim Rosenzweig bestimmt sei, unter Androhung strafrechtlicher Verfolgung bei Zuwiderhandlung, durch den Supreme Commander der Weltgemeinschaft unter der Autorität von Seiner Exzellenz, und so weiter.

Dort stand zu lesen:

»Dr. Rosenzweig, Seine Exzellenz möchte Ihnen seinen tief empfundenen Dank ausdrücken für Ihre Bereitschaft, die offizielle politische Stellungnahme der Luft- und Raumfahrtbehörde der Weltgemeinschaft zu dem Naturphänomen weiterzugeben, das heute um sieben Uhr Neu-Babyloner Zeit zu beobachten war.«

»Natürlich habe ich nur zugestimmt, um sie mir ansehen zu können, aber Leon fährt in seinem für ihn typischen anmaßenden Tonfall fort. Wie auch immer, das hier ist die Parteilinie.«

Buck las:

»Die Luft- und Raumfahrtbehörde der Weltgemeinschaft versichert der Öffentlichkeit, dass die Verdunklung des Himmels, die an diesem Morgen zu beobachten war, die Folge eines erklärbaren Naturphänomens und kein Grund zur Besorgnis ist. Die besten Wissenschaftler sind zu dem Schluss gekommen, dass sich dieser Zustand in 48 bis 96 Stunden wieder normalisiert haben wird.

Mit Auswirkungen auf die Temperaturen ist nur kurzfristig zu rechnen und die verminderte Helligkeit sollte nicht als Mangel an Sonnenkraft und -energie ausgelegt werden. Zwar mag dieses Phänomen kurzfristige Auswirkungen auf kleinere, mit Sonnenenergie betriebene Geräte wie zum Beispiel Handys, Computer und Rechner haben, doch auf die Energiereserven des Elektrizitätswerks der Weltgemeinschaft wird dies keinerlei messbaren Einfluss haben.

Experten vermuten die Explosion eines massiven Sternes (Supernova) als Ursache für diesen Zustand, die zur Bildung eines Magnetars (oder eines besonders magnetischen Sterns) geführt hat. Ein solcher Himmelskörper kann bis zu 15 Meilen Durchmesser haben und doppelt so schwer sein wie die Sonne. Er entsteht, wenn der massive Stern explodiert und sein Kern unter der Anziehungskraft zusammenschmilzt. Der Magnetar dreht sich mit einer unglaublichen Geschwindigkeit und sorgt dafür, dass die Elemente in seinem Kern eine hohe magnetische Kraft bekommen.

Bei einem solchen Ereignis entstehende Blitze können genauso viel Energie aussenden wie die Sonne in Hunderten von Jahren produzieren würde. Normalerweise geschehen solche Explosionen in der oberen Atmosphäre, die alle Strahlung schluckt. Zwar haben wir keine schädlichen Strahlungen messen können, doch dieser Blitz ist eindeutig in einer so niedrigen Höhe erfolgt, dass er die Helligkeit der Sonne beeinträchtigt hat. Messungen haben eine Verminderung der Helligkeit von 30 bis 35 % ergeben.

Die Luft- und Raumfahrtbehörde der Weltgemeinschaft wird die Situation genau im Auge behalten und gravierende Veränderungen sofort melden. Wir rechnen damit, dass sich die Situation noch vor Ende der nächsten Woche normalisiert haben wird.«

Rosenzweig schüttelte den Kopf und sah Buck an. »Eine überzeugende Fantasterei, nicht?«

»Ich würde es glauben, wenn ich es nicht besser wüsste«, erwiderte Buck.

»Das ist nicht mein Fachgebiet, wie Sie wissen. Aber selbst ich kann das durchschauen. Die Entstehung eines Magnetar würde die Helligkeit der Sonne, des Mondes oder der Sterne in keiner Weise beeinträchtigen, und falls doch, würde er die Helligkeit höchstens noch steigern. Er würde sich auf die Funkwellen auswirken, möglicherweise unsere Satelliten ausschalten. Falls so etwas in unserer Atmosphäre geschehen würde, wie hier angedeutet wird, würde es die Erde möglicherweise aus ihrer Umlaufbahn schleudern. Was immer es war, auf keinen Fall lässt es sich durch die Entstehung eines Magnetar aus einer Supernova erklären.«

»Was meinen Sie, wenn Sie sagen: ›Was immer es war‹? Sie wissen doch genauso gut wie ich, was es war.«

»Tatsächlich glaube ich es zu wissen.«

Dr. Rosenzweig erklärte Buck, was er in der Sendung sagen wollte, wenn er nach den Vorgängen gefragt würde. »Ich werde sogar dieses Dokument in der Hand halten, aufgerollt und zerlesen, als hätte ich Stunden darüber gebrütet.«

»Das gefällt mir«, bemerkte Buck. Er telefonierte mit den Staaten, obwohl das Telefonieren zunehmend schwierig wurde, da es nun länger dunkel war.

Chloe meldete sich. »Ja, Liebling«, sagte sie. »Hat dein Telefongespräch mit Chaim so lange gedauert?«

»Nein, tut mir Leid. Ich bin aufgehalten worden. Ich wollte euch nur sagen, dass ihr euch unbedingt in den Nachrichten seine Einschätzung der Ereignisse ansehen sollt.«

»Und was ist seine Einschätzung?«

»Ich möchte dir die Überraschung nicht verderben. Ihr müsst es euch unbedingt ansehen. Es wird euch gefallen.«

»Wir haben hier bereits Energieprobleme, Buck, und die Verbindung ist auch nicht besonders gut.«

»Spart euch genügend auf, um euch Chaim anzusehen. Ihr werdet froh sein darüber.«

15

Während des Abendessens erzählte Tsion den anderen Mitgliedern der *Tribulation Force* erfreut von der unglaublichen Reaktion vieler Christen im Internet.

»Ich habe nur die einfache Bitte ausgesprochen, dass Übersetzer in den verschiedenen Ländern die täglichen Botschaften in ihre Sprache übersetzen. Ihr könnt euch gar nicht vorstellen, wie viele asiatische, spanische, deutsche und andere Sprachgruppen im Internet zu finden sind. Auf jeden Fall«, fügte er augenzwinkernd hinzu, »habe ich nicht nur viel mehr Freiwillige bekommen, als ich brauchte, sondern einige sehr fähige Computerfachleute bieten kostenlose Software an, die automatisch in andere Sprachen übersetzen. Pfingsten im Internet! Ich kann jetzt in unbekannten Sprachen schreiben!«

Rayford wurde immer ganz warm ums Herz, wenn er sah, mit welcher Freude Tsion seine Arbeit tat. Er hatte genauso viel verloren wie jeder andere in der Gruppe – eine Frau und zwei Kinder. Chloe hatte ihre Mutter und ihren Bruder verloren und jetzt auch noch zwei Freunde. Rayford hatte den Verlust von zwei Ehefrauen, seinem Sohn, seinem Pastor und einigen Freunden zu beklagen. Alle am Tisch, Doktor Charles und Hattie eingeschlossen, hatten Grund, den Verstand zu verlieren, wenn sie sich gestatteten, darüber nachzudenken.

Ein Lächeln war alles, was sie zu Stande bringen konnten, wenn Tsion eine solche Geschichte erzählte oder jemand einen trockenen Kommentar machte. Herzhaftes Gelächter oder ausgelassene Stimmung hatte in ihrem Leben keinen Platz mehr.

Trauer ist sehr ermüdend, dachte Rayford. Er freute sich auf den Tag, an dem Gott alle ihre Tränen trocknen und es keinen Krieg mehr geben würde.

Das war einer der Gründe, warum er sich auf die Abendnachrichten freute, die bereits den ganzen Tag angekündigt worden waren. Die Weltgemeinschaft hatte Experten zusammengeholt, die über die offizielle Stellungnahme der Regierung zu den letzten Ereignissen diskutieren würden. Buck hatte angedeutet, dass das, was Chaim sagen wollte, sehr interessant sein würde. Obwohl Rayford sich nicht vorstellen konnte, von Herzen lachen zu können, freute er sich doch auf die Ablenkung.

»Ich hoffe nur«, sagte Tsion, »dass wir feststellen werden, dass sich Chaims Ansichten geändert haben. Als ich noch einmal mit ihm über all die Prophezeiungen gesprochen habe, sagte ich zu ihm: ›Chaim, wie kann ein Mann mit so viel Verstand wie Sie ignorieren, dass es mathematisch einfach unmöglich ist, dass so viele Prophezeiungen in Bezug auf einen Menschen in Erfüllung gehen, es sei denn, es ist der Messias?‹ Er brachte das typische Argument vor, er wisse ja gar nicht, ob die Bibel echt sei. Ich entgegnete: ›Sie zweifeln an Ihrer eigenen Thora? Was denken Sie denn, woher ich dies alles habe?‹ Ich sage euch, es wird nicht mehr lange dauern. Ich möchte nur nicht, dass Chaim zu lange wartet.«

Hattie meldete sich zu Wort. Ihre Stimme war kräftiger als je zuvor. »Denken Sie so etwas auch noch über mich, Dr. Ben-Judah? Oder habe ich Sie davon überzeugt, dass ich ein hoffnungsloser Fall bin?«

Tsion legte die Gabel hin und schob seinen Teller zurück. »Miss Durham«, erwiderte er leise, »sind Sie sicher, dass Sie in der Gegenwart der anderen meine Gedanken zu Ihrer Situation hören wollen?«

»Nur zu«, forderte sie ihn mit strahlendem Lächeln auf. »Ich habe keine Geheimnisse, und ich weiß, ihr anderen auch nicht.«

Tsion verschränkte die Finger. »In Ordnung, da Sie das Thema angeschnitten und Ihre Erlaubnis gegeben haben. Sie und ich, wir haben wenig miteinander zu tun. Ich höre, was Sie sagen, und weiß, wo Sie stehen, und Sie wissen, dass ich mein ganzes Leben der Verbreitung dessen gewidmet habe, was ich glaube. Meine Ansichten sind für Sie also kein Geheimnis. Sie sind fast 20 Jahre jünger als ich, und wir gehören unterschiedlichen Geschlechtern an, es besteht also eine generationenbedingte und eine geschlechterbedingte Barriere zwischen uns, die mich davon abgehalten hat, so offen mit Ihnen zu sprechen, wie ich es vermutlich mit einem anderen getan hätte. Aber es erstaunt Sie vielleicht zu hören, wie oft am Tag Gott mich an Sie erinnert.«

Rayford hatte den Eindruck, dass Hattie mehr als nur überrascht war. Sie hielt ein Glas Wasser in der Hand und ihr amüsiertes Lächeln war auf ihrem Gesicht erstarrt.

»Ich möchte noch einmal betonen, dass ich Sie keinesfalls in Verlegenheit bringen möchte –«

»Oh, Sie können mich nicht in Verlegenheit bringen, Doktor Ben-Judah. Sprechen Sie nur weiter.« Sie lächelte ihn an.

»Wenn Sie mir erlauben, von Herzen zu sprechen …«

»Bitte«, erwiderte sie. Sie stellte ihr Glas ab und lehnte sich zurück, so als wollte sie es genießen. Rayford hatte den Eindruck, dass es ihr gefiel, Tsions Aufmerksamkeit auf sich gezogen zu haben.

»Ich empfinde großes Mitgefühl für Sie«, begann Tsion, »ich wünsche mir, dass auch Sie zum Glauben an Christus kommen.« Und plötzlich konnte er nicht mehr fortfahren. Seine Lippen zitterten und er brachte die Worte nicht heraus.

Hattie zog die Augenbrauen in die Höhe und starrte ihn an.

»Verzeihen Sie«, fuhr er schließlich flüsternd fort. Er nahm einen Schluck Wasser und fasste sich. Unter Tränen sprach er weiter. »Irgendwie hat Gott mir gestattet, Sie durch seine Augen zu sehen – eine verängstigte, zornige, erschütterte junge Frau, die von vielen Menschen in ihrem Leben missbraucht und verlassen worden ist. Er liebt Sie mehr, als jeder andere Mensch auf dieser Welt Sie je lieben kann. Jesus hat seine Zuhörer einmal angesehen und gesagt: ›Jerusalem, Jerusalem, die du tötest die Propheten und steinigst die Boten, die zu dir gesandt sind. Wie oft wollte ich deine Kinder um mich sammeln, so wie eine Henne ihre Küken unter ihre Flügel nimmt; aber ihr habt nicht gewollt!‹

Miss Durham, Sie kennen die Wahrheit. Ich habe gehört, wie Sie das bestätigt haben. Und doch sind Sie nicht bereit. Nein, ich betrachte Sie nicht als hoffnungslosen Fall. Ich bete für Sie genauso sehr, wie ich für Chaim bete, weil Jesus zu den hartherzigen Menschen von Jerusalem gesagt hat: ›Von jetzt an werdet ihr mich nicht mehr sehen, bis ihr ruft: Gesegnet sei er, der kommt im Namen des Herrn!‹

Wenn ich Sie anblicke, kann ich durch ihre zerbrechliche Fassade hindurchsehen und erkennen, was das Leben Ihnen angetan hat. Ich wünsche Ihnen so sehr, dass Sie Frieden finden. Ich denke darüber nach, was Sie in dieser gefährlichen Zeit für Christus tun könnten, und ich wünsche mir, Sie in der Familie willkommen zu heißen. Ich befürchte, dass Sie Ihr Leben aufs Spiel setzen, wenn Sie Gott hinhalten, und ich hoffe nur, dass Sie nicht zu sehr werden leiden müssen, bis er Sie erreicht.

Es tut mir Leid, wenn ich Sie in Verlegenheit gebracht habe, aber Sie haben ja gefragt.«

Hattie saß kopfschüttelnd auf ihrem Platz, und Rayford hatte den Eindruck, dass sie mehr überrascht als verlegen war. Sie reagierte nicht, schüttelte nur weiter den Kopf.

»Um welche Zeit kommt diese Nachrichtensendung?«, fragte sie.

Buck machte es sich mit seinem Notebook vor dem Fernsehgerät gemütlich. Er war dankbar, dass Jacov und Stefan gekommen waren, um sich die Pressekonferenz mit ihm zusammen anzusehen.

»Pressekonferenz« war eigentlich der falsche Ausdruck für diese Veranstaltung, denn die Medien gehörten der Weltgemeinschaft. Nur in Untergrundpublikationen wie der von Buck bekamen die Leser eine objektive Meinung zu hören. Das war es, was Chaims Auftritt so faszinierend machte. Falls er tatsächlich den Mut hatte, das zu sagen, was er Buck erzählt hatte, dann würde es die interessanteste Sendung seit Tsions verblüffendem Fernsehauftritt werden. Nein, Rosenzweig war kein Christ, zumindest noch nicht. Aber ganz eindeutig hatte er es mittlerweile satt, sich von dem Regime für dessen Zwecke missbrauchen zu lassen.

Die Sendung begann mit der Vorstellung der Diskussionsteilnehmer und wie gewöhnlich fehlten auch die obligatorischen Schmeicheleien nicht. Man hatte den Eindruck, dass die Weltgemeinschaft immer, wenn sie der Bevölkerung irgendeine weit hergeholte Theorie verkaufen wollte, alle möglichen hochrangigen Experten vor die Kamera holte und ihre Bedeutung noch ganz besonders betonte.

Der Talkmaster stellte den Leiter der Luft- und Raumfahrtbehörde, den Leiter des Elektrizitätskonzerns, verschiedene Wissenschaftler, Autoren, Würdenträger und sogar Stars aus der Unterhaltungsbranche vor. Jede genannte Person hatte scheu gelächelt, während ihr Lob gesungen worden war.

Buck lachte laut los, als der Talkmaster schließlich sagte: »Last, aber sicherlich nicht least« und die Kamera auf den kleinen, wie Albert Schweizer aussehenden Mann am Ende des Tisches schwenkte. Chaim wirkte weder schüchtern noch demütig, sondern eher belustigt.

Chaim neigte den Kopf, als amüsiere er sich darüber zu hören, wie seine Verdienste aufgezählt wurden: Professor, Autor, Botaniker, Gewinner des Nobelpreises, Ehrendoktor verschiedener Universitäten, Redner, Diplomat, Botschafter, persönlicher Freund und Vertrauter Seiner Exzellenz des Potentaten. Chaim machte eine ungeduldige Handbewegung, als wolle er sagen, sie sollten endlich aufhören. Der Talkmaster schloss mit den Worten: »Ehemaliger Mann des Jahres des ›Global Weekly‹ und Erfinder der Formel, die Israel schließlich zur Weltmacht erhoben hat, Dr. Chaim Rosenzweig!«

Im Studio gab es kein Publikum und sogar das Pressekorps der Weltgemeinschaft war gegen Applaus. Darum wirkte diese pompöse Vorstellung ausgesprochen fehl am Platze.

Der Talkmaster verlas zunächst die vollständige Stellungnahme der Weltgemeinschaft zu dem Naturphänomen, während der Text am Bildschirm mitzuverfolgen war. Bucks Spannung stieg, als der Talkmaster, wie er befürchtet hatte, die einzelnen Diskussionsteilnehmer um ihre Meinung zu dieser Erklärung bat. Er begann mit dem ersten Experten zu seiner Linken. Er würde jeden seiner Gäste in der Reihenfolge seiner Vorstellung zu Wort kommen lassen. Buck hatte Angst, dass die Zuschauer vielleicht die Geduld verlieren und vor Langeweile eingeschlafen sein würden, bis Chaim endlich an die Reihe kam. Einen Vorteil allerdings hatte die Tatsache, dass die Medien von der Weltgemeinschaft kontrolliert wurden: Diese Sendung wurde auf allen 500 Kanälen übertragen.

Buck musste sich ins Gedächtnis rufen, dass sogar für die Millionen von Menschen, die ignorierten, was sie für die Auswüchse eines Verrückten wie Tsion Ben-Judah hielten, die plötzliche Dunkelheit beängstigend war. Sie saßen auf der Suche nach Antworten vor dem Fernsehgerät, und vermutlich war dies in ihren Augen die wichtigste Sendung, die sie sich je angesehen hatten. Buck hoffte nur, dass sie bis zum Schluss dabei blieben. Es würde sich für sie lohnen.

Alle Diskussionsteilnehmer priesen natürlich die schnelle, sorgfältige und effiziente Arbeit der Luft- und Raumfahrtbehörde und versicherten den Zuschauern, dies sei ein unbedeutendes Ereignis, ein vorübergehender Zustand.

»So alarmierend die Dunkelheit auch ist«, bemerkte eine Vertreterin der Energiebehörde der Weltgemeinschaft, »wir stimmen darin überein, dass es nur geringen Einfluss auf die Lebensqualität, so wie wir sie kennen, haben wird. In wenigen Tagen wird sicher wieder alles beim Alten sein.«

Als Chaim endlich an die Reihe kam, fühlte sich Buck eins mit den anderen in den Staaten. Die Vorstellung, dass sie alle sich dieselbe Sendung ansahen, ließ die Entfernung vorübergehend zusammenschrumpfen. Wie sehr sehnte er sich danach, seine Frau jetzt im Arm zu halten.

»Also«, begann Chaim dramatisch, »wer bin ich, dass ich dem, was diese begeisterten Anhänger des interplanetarischen, galaktischen, astronomischen Phänomens gesagt haben, etwas hinzufügen könnte? Zu meiner Vorgängerin, die verspricht, dies würde keinen Einfluss auf unsere Lebensqualität haben, kann ich nur sagen, wie enttäuscht ich bin. Unsere Lebensqualität ist in den vergangenen Jahren nicht besonders hoch gewesen. Ich bin nur ein einfacher Botaniker, der zufällig eine

Formel entdeckt hat, die sich als magisches Wasser herausstellte, und plötzlich ist meine Meinung zu allem, von dem Preis von Würstchen bis hin zu den trotzigen Predigern an der Klagemauer, gefragt.

Sie wollen meine Meinung hören? Gut, ich werde sie Ihnen sagen. Um ehrlich zu sein, ich weiß es nicht. Ich weiß nicht, wer die Lichter ausgeknipst hat, und ich bin nicht sicher, dass ich wissen möchte, wer die beiden Herren an der Klagemauer sind. Ich wünschte nur, sie würden uns das reine Wasser zurückgeben und es ab und zu wieder regnen lassen. Ist das zu viel verlangt?

Aber eines möchte ich Ihnen sagen, da Sie mir gerade zuhören. Sie hören mir doch zu, oder?«

Die Kamera schwenkte von dem sprachlosen Talkmaster auf die schockierten Gesichter der anderen Gäste. Ihrer Meinung nach war klar, dass Rosenzweig nun eindeutig zu weit gegangen war.

»Für niemanden wird es eine Überraschung sein zu hören, dass ich kein religiöser Mensch bin. Natürlich bin ich stolz auf mein jüdisches Erbe. Ich würde es nicht anders haben wollen. Aber für mich ist das eine Frage der Nationalität, nicht des Glaubens. Ich möchte damit sagen: Viele, mich eingeschlossen, waren entsetzt zu hören, was der Familie meines geliebten Protégés und ehemaligen Studenten, des angesehenen Sprachwissenschaftlers und biblischen Gelehrten Rabbi Tsion Ben-Judahs zugestoßen ist.

Ich gestehe, ich musste mich fragen, ob er nicht selbst daran schuld gewesen ist. Die Ermordung gut heißen? Niemals, solange ich lebe. Aber würde ich einem Mann raten, in einer internationalen Fernsehsendung aus dem Land, in dem der Name Jesus Christus den Menschen ein Greuel ist, der Welt zu verkünden, dass er an diesen glaubt? Dass er nun ein Christusjünger geworden ist? Dass er glaubt, dass Jesus der Messias ist?

Wahnsinn.

Ich war umso mehr entsetzt, als er ein Flüchtling wurde, aus seinem Heimatland vertrieben, sein Leben keinen Pfifferling mehr wert war. Aber habe ich den Respekt vor ihm verloren? Bewundere ich ihn deshalb weniger? Wie könnte ich? Wenn man weiß, wie riskant es ist, einen solchen Standpunkt einzunehmen, ist seine Haltung bewundernswert!«

»Vielen Dank, Dr. Rosenz–«, unterbrach ihn der Talkmaster. Offensichtlich hatte er über den Knopf im Ohr eine entsprechende Anweisung bekommen.

»Oh, nein, das werden Sie nicht tun«, widersprach Rosenzweig. »Ich habe das Recht, noch eine Weile zu sprechen, und ich fordere, dass die Sendung nicht abgebrochen wird. Ich möchte nur sagen, dass ich noch immer kein religiöser Mensch bin, aber mein religiöser Freund, der eben erwähnte Rabbi, hat etwas zu genau dem Thema gesagt, über das wir heute gesprochen haben. Sie können sich beruhigen. Ich komme jetzt zur Sache.

Ben-Judah wurde wegen seines Glaubens verspottet, man lachte über seine Behauptung, die biblische Prophezeiung sei wörtlich zu nehmen. Er hat gesagt, es würde ein Erdbeben geben. Es kam. Er sagte voraus, Hagel, Blut und Feuer würden die Pflanzen vernichten. So war es. Er kündigte an, Meteoriten würden vom Himmel fallen und das Wasser vergiften, Menschen töten, Schiffe versenken. All das trat ein.

Er sagte, die Sonne, der Mond und die Sterne würden an Helligkeit verlieren und die Erde würde um ein Drittel dunkler werden. So, ich bin zum Ende gekommen. Ich weiß nicht, was ich davon halten soll, abgesehen davon, dass ich mir mit jedem Tag dümmer vorkomme. Und lassen Sie mich noch eines hinzufügen: Ich möchte wissen, was Dr. Tsion Ben-Judah als Nächstes voraussagt. Sie nicht?« Schnell nannte er noch die Adresse von Tsions Website.

Der Talkmaster war noch immer sprachlos. Er blickte Chaim mit hochgezogenen Augenbrauen an.

»Na, los«, forderte Chaim auf. »Blenden Sie die Sendung aus.«

Rayford war frustriert, dass er es an diesem Tag nicht geschafft hatte, nach Palwaukee zu fahren. Und er würde es auch am nächsten und übernächsten Tag nicht schaffen. Die Reduzierung der Sonnenenergie wirkte sich auf jeden Bereich des bereits jetzt schwierigen Lebens aus und nicht zuletzt auch auf die Übermittlung von Tsions Botschaften. Dr. Rosenzweigs Erwähnung von Tsions Website führte dazu, dass noch mehr Menschen sie abriefen. Und so wurde die Übermittlung von Tsions täglichen Botschaften eine sehr komplizierte Aufgabe, die Rayford zwang, alle anderen Aktivitäten zurückzustellen.

Wiederholte Störungen im Internet wurden den Energieproblemen zugeschrieben. Christen in der ganzen Welt fanden zusammen und versuchten, die Botschaften zu kopieren und weiterzugeben, so gut es möglich war, aber es war natürlich unmöglich zu sagen, wie erfolgreich dieser Versuch war.

Chloes Bemühungen, einen privaten Markt aufzubauen, kamen beinahe zum Stillstand. Im Laufe der folgenden Wochen verschoben sich die Jahreszeiten. Große Städte des Mittelwestens erinnerten an Alaska mitten im Winter. Die Elektrizitätsreserven waren erschöpft.

Hunderttausende von Menschen auf der ganzen Welt starben an Erfrierungen. Die Weltgemeinschaft, die es bequemerweise versäumt hatte, ihre anfängliche Einschätzung zu korrigieren, suchte nun nach jemandem, dem sie die Schuld für diesen Fluch in die Schuhe schieben konnte. Verwirrend an den tragischen Ereignissen war die Rolle von Rabbi Ben-Judah. Hatte er die Katastrophe vorausgesagt, wie Rosenzweig behauptet hatte, oder hatte er sie gar vom Himmel auf sie herabbeschworen?

Peter der Zweite warf Ben-Judah und den beiden Predigern vor, rücksichtslos schwarze Magie einzusetzen, und untermauerte seinen Vorwurf durch Live-Szenen von der Klagemauer. Während in Israel Schnee fiel und die Israelis Höchstpreise für warme Kleidung bezahlten, zu Hause blieben und Baumaterial zum Heizen verwandten, standen Eli und Moishe an ihrem Platz. Sie waren noch immer barfuß! Trugen nur ihre weiten sackartigen Gewänder, die Arme unbedeckt und predigten unaufhörlich.

»Sicher«, wütete der selbsternannte Pontifex Maximus, »wenn es einen Teufel gibt, dann ist *er* der Herr dieser beiden! Nur dämonische Lebewesen könnten den Elementen widerstehen und gegen unsere Götter hetzen!«

Nicolai Carpathia war seltsam schweigsam und sein Gesicht war nur selten zu sehen. Doch dann sprach er endlich zur Weltöffentlichkeit. Während einer kurzen Phase am Mittag, als im Mittleren Osten gerade die Sonne herauskam, konnte Mac Rayford anrufen, der sein Handy mit alten, von einem Generator aufgeladenen Batterien geladen hatte. Die Verbindung war schlecht und sie konnten nicht lange miteinander sprechen.

»Sehen Sie sich die Ansprache des Potentaten heute Abend an, wenn Sie können, Ray!«, rief Mac. »Trotz des Schnees hier haben wir es warm und gemütlich, weil er alle Energie, die wir für seinen Palast brauchen, irgendwie für sich beansprucht. Aber wenn er sich im Fernsehen zeigt, wird er einen dicken Parka tragen, den er sich von der Antarktis hat kommen lassen.«

Mac hatte Recht. Rayford und Floyd sparten so viel Energie wie möglich auf, damit sie das kleine Fernsehgerät einschalten konnten. Alle setzten sich dicht nebeneinander, um sich gegenseitig zu wärmen.

Hattie behauptete wieder: »Ich weiß zwar nicht, wie es euch anderen geht, aber ich bekomme nur, was ich verdient habe.«

»Meine Liebe«, entgegnete Tsion, »Sie werden feststellen, dass keiner der Versiegelten des Herrn auf Grund dieses Gerichts sterben wird. Hiermit möchte Gott nur die Aufmerksamkeit der Nichtchristen auf sich lenken. Wir leiden, weil die ganze Welt leidet, aber es wird uns nicht umbringen. Wollen Sie nicht noch einmal über die ganze Sache nachdenken?«

Sie blieb ihm die Antwort schuldig.

Buck saß zitternd mit Stefan und Jacov zusammen. Sie hatten nicht genügend Energie, um sich Carpathia im Fernsehen anzusehen. Die Gruppe hörte sich eine Radiosendung an, die so leise war, dass sie den Atem anhalten mussten, um zu verstehen, was gesagt wurde.

In Mount Prospect sahen sich Rayford, Tsion, Chloe, Floyd und Hattie an, wie Carpathia in einem kahlen Studio erschien, die Hände in dicken Handschuhen und mit den Füßen stapfend, als würde er sich zu Tode frieren.

»Bürger der Weltgemeinschaft«, sagte er, »ich applaudiere Ihrem Mut, Ihrer Kooperation, Ihrem Gefühl der Loyalität und Einheit, während wir uns der Herausforderung einer weiteren Katastrophe stellen.

Ich spreche in dieser Stunde zu Ihnen, um Ihnen meinen Plan zu unterbreiten, persönlich die beiden Prediger an der Klagemauer zu besuchen, die eingestanden haben, bei den Plagen, die über Israel hereingebrochen sind, ihre Hand im Spiel zu haben. Sie müssen nun gezwungen werden zuzugeben, dass sie hinter diesem bösartigen Angriff auf unser Leben stecken.

Offensichtlich kann ein körperlicher Angriff diesen beiden Männern nichts anhaben. Ich werde an ihre Anständigkeit, ihre Fairness und ihr Mitgefühl appellieren, und ich werde offen sein, bereit zu verhandeln. Sie wollen irgendetwas. Falls es etwas gibt, das ich ihnen anbieten kann, wenn es nicht die Würde meines Amtes bedroht oder den Bürgern schadet, für die ich lebe, werde ich zuhören und alles in Betracht ziehen.

Ich werde morgen nach Israel reisen und die Begegnung wird live im Fernsehen übertragen werden. Da dem Hauptquartier der Weltgemeinschaft in Neu-Babylon natürlich mehr Energiereserven zur Verfügung stehen als den meisten anderen Gebieten, werden wir diese historische Begegnung aufzeichnen, in der Hoffnung, dass Sie alle in der Lage sein werden, sie sich anzusehen, wenn diese Prüfung endlich vorbei ist.

Fasst Mut, meine geliebten Mitbürger. Ich glaube, dass das Ende dieses Alptraums abzusehen ist.«

»Er will persönlich zur Klagemauer gehen?«, fragte Buck. »Habe ich mich verhört?«

Stefan nickte. »Das sollten wir uns ansehen.«

»Sie werden niemanden in die Nähe der Klagemauer lassen«, warnte Jacov.

»Vermutlich«, bestätigte Buck. Er schlug vor, so schnell wie möglich ihre Sachen zusammenzupacken und sich ein Versteck in der Nähe des Eisenzauns zu suchen. »Wir können uns dort eine Schutzhütte bauen.«

»Wir haben doch nur noch wenig Holz als Brennstoff«, wandte Stefan ein. »Dieses grüne Zeug im Keller.«

Der Plan war wirklich überaus gewagt. Bucks Gesicht war an einigen Stellen noch immer nicht verheilt, obwohl die Fäden mehrere Wochen zuvor gezogen worden waren. Er hatte nicht mit einer solchen Kälte in Israel gerechnet. Er und seine beiden Kameraden fanden weniger als 30 Meter von der Klagemauer entfernt eine Treppe, die zu einem verlassenen Gebäude mit einer verschlossenen Tür führte. Carpathia wurde gegen Mittag erwartet, darum bauten sie sich in den frühen Morgenstunden eine Schutzhütte. Falls sich auch andere Menschen in den heulenden Schneesturm hinauswagten, so sahen Buck und seine Freunde sie nicht.

Als sie ihre grobe Hütte mit den Sehschlitzen fertig hatten, waren sie vollkommen durchgefroren. Buck beschloss, noch zu überprüfen, wie die Hütte auf einen Fußgänger wirkte.

»Ich bin gleich zurück«, sagte er.

»Sie wollen noch einmal in dieses Unwetter hinaus?«, fragte Jacov.

»Nur für eine Minute.«

Buck lief etwa 30 Meter von der Hütte weg und versuchte, sie in dem Schneesturm und dem trüben Licht einer Straßenlaterne zu erkennen. *Perfekt,* dachte er. *Niemand wird sie bemerken.* Als er zurückging, sah er in der Dunkelheit zur Mauer hinüber. Er wusste, die Zeugen waren da, konnte sie aber nicht entdecken. Er ging noch näher heran.

Soweit er sehen konnte, standen sie nicht am Zaun. Er näherte sich noch weiter, da er sicher war, sie nicht überraschen oder erschrecken zu können. Sie würden sofort wissen, dass er Christ war. Er trat so nah an den Zaun heran wie nie zuvor und erinnerte sich dabei an das erste Mal, als er mit ihnen aus wenigen Metern Entfernung gesprochen hatte.

Der Wind ließ ein wenig nach und jetzt konnte er die beiden sehen. Sie saßen mit dem Rücken gegen die Wand gelehnt und unterhielten sich. Sie hatten sich nicht zusammengekauert, das Wetter schien ihnen nichts anhaben zu können. Buck wollte etwas sagen, aber ihm fiel nichts ein. Sie schienen keine Ermutigung zu brauchen. Sie schienen gar nichts zu brauchen.

Als sie aufblickten und ihn dort stehen sahen, nickte er ihnen nur zu und hob beide Hände, um ihnen zu zeigen, dass er auf ihrer Seite stand. Sein Herz tat einen Sprung, als er sie zum ersten Mal lächeln sah und Eli grüßend die Hand hob.

Buck rannte zur Hütte zurück.

»Wo sind Sie gewesen, Mann?«, fragte Jacov. »Wir haben gedacht, Sie hätten sich verirrt, wären erfroren oder so etwas.«

Buck setzte sich einfach hin, legte die Arme um die Knie und schüttelte den Kopf. »Mir geht es gut«, erwiderte er.

Die Truppen der Weltgemeinschaft sperrten den Platz ab, nachdem Nicolai und sein Gefolge im Wagen vorgefahren waren. Der Wind und der Schneefall hatten nachgelassen, aber die Mittagssonne hatte kaum genügend wärmende Kraft.

Carpathia blieb im Bus, während die Fernsehleute die Scheinwerfer, Mikrofone und Kameras aufstellten. Schließlich gaben sie dem Potentaten ein Zeichen und mehrere seiner Topleute, angeführt von Fortunato, stiegen aus dem Wagen. Carpathia erschien als Letzter. Er näherte sich dem Zaun, hinter dem die beiden Zeugen noch immer saßen.

Während die Welt am Fernsehgerät zuschaute, sagte Carpathia: »Ich bringe Ihnen herzliche Grüße von der Weltgemeinschaft. Ich nehme an, dass Sie auf Grund Ihrer übernatürlichen Kräfte wussten, dass ich komme.«

Eli und Moishe blieben sitzen und Moishe sagte: »Gott allein ist allmächtig, allwissend und allgegenwärtig.«

»Wie auch immer, ich bin hier im Namen der Weltbürger, um zu entscheiden, was wir tun können, um eine Pause von diesem Fluch zu bekommen, der über unserem Planeten liegt.«

Die Zeugen erhoben sich und traten vor. »Wir werden mit dir allein sprechen.«

Carpathia nickte seinen Gefolgsleuten zu und Fortunato führte sie widerstrebend zum Wagen zurück.

»Also gut«, sagte Carpathia. »Wollen wir anfangen?«

»Wir werden nur mit dir allein sprechen.«

Carpathia wirkte verwirrt, dann sagte er: »Diese Leute sind doch nur Fernsehtechniker, Kameraleute und so weiter.«

»Wir werden nur mit dir allein sprechen.«

Nicolai nickte resigniert und schickte auch das Fernsehteam fort. »Können wir die Kameras laufen lassen? Wäre das in Ordnung?«

»Du streitest nicht mit uns«, sagte Eli stattdessen.

»Verzeihung? Sie stecken nicht hinter der Dunkelheit und dem daraus entstandenen Chaos auf der Erde?«

»Nur Gott ist allmächtig.«

»Ich suche Ihre Hilfe als Männer, die behaupten, für Gott zu sprechen. Falls dies von Gott ist, dann bitte ich Sie, mir zu helfen, zu einer Einigung, einer Vereinbarung, einem Kompromiss zu kommen, wenn Sie so wollen.«

»Du streitest nicht mit uns.«

»In Ordnung, das verstehe ich, aber wenn Sie Zugang zu ihm haben –«

»Du streitest nicht mit u–«

»Das habe ich verstanden. Ich bitte Sie –«

Plötzlich sprach Moishe sehr laut. »Du wagst es, die Erwählten des allmächtigen Gottes zu unterbrechen?«

»Ich entschuldige mich. Ich –«

»Du, der du geprahlt hast, wir würden vor dem festgesetzten Zeitpunkt sterben?«

»Zugegeben, das habe ich gesagt –«

»Du, der du den einen, wahren Gott leugnest, den Gott Abrahams, Isaaks und Jakobs?«

»Im Geist der Ökumene und der Toleranz, ja, ich bin tatsächlich der Meinung, dass man seine Sichtweise einer Gottheit nicht auf ein Bild begrenzen sollte. Aber –«

»Es gibt einen Gott und einen Mittler zwischen Gott und den Menschen, den Menschen Christus Jesus.«

»Das ist natürlich eine gültige Sichtweise, genau wie viele der anderen Sichtweisen –«

»Es steht geschrieben: ›Gebt acht, daß euch niemand mit seiner Philosophie und falschen Lehre verführt, die sich nur auf menschliche Überlieferung stützen und sich auf die Elementarmächte der Welt, nicht auf Christus berufen.‹«

»Verstehen Sie denn nicht, dass Sie einen solchen Exklusivitätsan–«

»Du streitest nicht mit uns.«

»Ach, jetzt sind wir also wieder ganz am Anfang? Im Geist der Diplomatie, lassen Sie mich vorschlagen –«

Aber die beiden Zeugen wandten sich ab und setzten sich wieder.

»Das war es also? Vor den Augen der Welt weigern Sie sich zu sprechen? Zu verhandeln? Ich höre von Ihnen nur, dass ich mich nicht mit Ihnen streite? Mit wem denn dann? In Ordnung, wie Sie wollen!«

Carpathia stellte sich vor die Hauptkamera und starrte hinein. Er sprach mit müder Stimme, aber wie üblich sehr deutlich und akzentuiert. »Nach näherer Betrachtung war für den Tod eines Soldaten der Weltgemeinschaft bei der Konferenz der Zeugen keiner der Christen verantwortlich oder irgendein Mitglied von Dr. Ben-Judahs innerem Kreis. Der Mann, der von den Truppen der Weltgemeinschaft am Flughafen getötet wurde, war kein Terrorist. Mein guter Freund Dr. Chaim Rosenzweig hat zu keinem Zeitpunkt auf unseren Befehl hin Dr. Ben-Judah oder seine Leute festgehalten. Keinesfalls werden Sympathisanten von Dr. Ben-Judah und seiner Lehre als Flüchtlinge oder Feinde der Weltgemeinschaft betrachtet. Allen Bürger steht es frei, zu reisen und ihr Leben im Geist der Freiheit zu gestalten.

Ich weiß nicht, mit wem ich verhandeln sollte, aber ich versichere wem auch immer, dass ich bereit bin, welche Zugeständnisse auch immer zu machen, damit diese Plage der Dunkelheit endlich zu Ende geht.«

Er drehte sich auf dem Absatz um, grüßte sarkastisch zu den beiden Zeugen hin und stieg wieder in den Bus. Während das Fernsehteam die Ausrüstung abbaute, sprachen die beiden Zeugen wie mit einer Stimme von der Stelle, an der sie saßen, so laut, dass sogar Carpathia sie hören konnte.

»Weh, weh, weh über alle, die nicht aufsehen und ihre Häupter erheben!«

Zwei Tage später stand die Sonne wieder hell am Himmel und die Erde begann aufzutauen. Buck schmiedete Pläne für einen Heimflug unter seinem eigenen Namen.

»Ich bekomme keinen Direktflug nach Chicago«, berichtete er Rayford, »nicht einmal, nachdem Midway wieder aufgebaut worden ist. Ich muss über Europa fliegen.«

»Gibt es einen Linienflug über Athen?«

»Ich werde mich erkundigen. Warum?«

Rayford bat ihn, nach Lukas Miklos zu sehen.

»Ich werde fragen, ob er zum Flughafen kommen kann. Es wird deine Heimreise nicht verzögern, und ich denke, es würde ihm wirklich Mut machen.«

In Mount Prospect erzählte Tsion Rayford, er arbeite an seiner bisher dramatischsten und unheimlichsten Warnung. In der Zwischenzeit sendete er weiterhin seine Nachrichten weltweit über Internet: »Nachdem die Prophezeiung aus dem Lukas-Evangelium, Kapitel 21, in Erfüllung gegangen ist, fordere ich Sie, Christen und Nichtchristen, gleichermaßen, auf, den Himmel zu beobachten. Ich bin fest davon überzeugt, dass dies die Botschaft der beiden Zeugen ist.«

Floyd Charles grub das Teleskop von Donny Moore aus und reinigte es. Zusammen mit Millionen von Menschen auf der ganzen Welt begann er, den Himmel im Auge zu behalten. Doch als Tsion in einer seiner täglichen Botschaften verkündete, er suche nach einem Weg, eine Webcam zu erstellen, die es anderen ermöglichen würde, den Himmel durch dasselbe Teleskop zu beobachten, erhielt Rayford einen dringenden Anruf von David Hassid aus Neu-Babylon.

»Ich bin froh, dass ich Sie erwischt habe«, sagte er atemlos. »Wie weit sind Sie mit der Teleskop-Webcam-Idee?«

»Das dauert noch ein paar Tage. Unsere Leute arbeiten dran.«

»Das sollten Sie lieber lassen. Mit der richtigen Software und einem cleveren Astronomen könnt ihr Jungs in null Komma nichts aufgespürt werden.«

Rayford schlug sich mit der Hand an die Stirn. »Danke für den Tipp, David. Daran hätte ich nie gedacht.«

»Auf jeden Fall hat der Potentat höchstpersönlich den Kauf eines riesigen Teleskops genehmigt, und ich werde mit den Leuten, die es bedienen, zusammenarbeiten. Man kann es über verschiedene Computer gleichzeitig überwachen.«

»Also gut, David, Sie wissen, wonach wir suchen.«

»Allerdings.«

16

In der darauf folgenden Woche wurde in allen Nachrichtenprogrammen berichtet, Sternbeobachter auf der ganzen Welt hätten, wie es zuerst schien, eine Sternschnuppe entdeckt. Aber diese Sternschnuppe, die zuerst in Asien beobachtet wurde, war nicht wie normalerweise eine oder zwei Sekunden am Himmel zu sehen und verschwand dann wieder. Auch war es kein Flugobjekt in einer Erdumlaufbahn.

Astronome erklärten dieses Phänomen so, dass bedingt durch die Lichtgeschwindigkeit und die Entfernung von der Erde Sternschnuppen bereits Jahre zuvor entstanden, bevor sie auf der Erde gesehen wurden.

Doch mehrere Stunden, nachdem alle Amateure und professionelle Teleskopbeobachter auf der Welt sie entdeckt hatten und beobachteten, wurde klar, dass dies kein gewöhnlicher Stern war. Experten, die nicht in der Lage waren, ihn zu identifizieren, stimmten darin überein, dass er sehr klein war, dass er senkrecht nach unten fiel und bereits seit langer Zeit unterwegs war. Er gab wenig Hitze ab, schien aber sein eigenes Licht auszustrahlen, gleichzeitig aber auch Licht von Sternen und der Sonne zu reflektieren, je nach Tageszeit.

Je eingehender er beobachtet wurde, desto weniger schien er eine Bedrohung für die Erde zu sein. Der Leiter der Luft- und Raumfahrtbehörde erklärte, er würde vermutlich verglühen, sobald er in die Erdatmosphäre eintrete.

»Aber selbst wenn er intakt bleibt, besteht eine hohe Wahrscheinlichkeit, dass er im Wasser landet und keinen Schaden anrichtet. Berechnungen bezüglich seiner Masse und Dichte ergaben, dass er, wenn er auf Land aufträfe, viel weniger Schaden anrichten würde, als er selbst erleiden würde. Aller Wahrscheinlichkeit nach wird er verdampfen.«

Trotzdem schien niemand sein Teleskop davon abwenden zu können. Man berechnete schließlich, dass der herabstürzende Gegenstand irgendwo in einer unbewohnten Gegend des Fruchtbaren Halbmondes niedergehen würde, in der Nähe der so genannten »Wiege der Zivilisation«.

Wissenschaftler der Weltgemeinschaft erreichten den errechneten Punkt gerade rechtzeitig, um den Aufschlag mitzuverfolgen. Sie berichteten, dass der Gegenstand durch die Erdoberfläche in eine tiefe Spalte gerutscht zu sein schien. Luftaufnahmen des Gebiets zeigten, dass es unmöglich war, zu Fuß oder mit einem Fahrzeug näher an die Aufschlagstelle heranzukommen, um den Gegenstand und seine Auswirkungen auf die Erdkruste näher zu untersuchen.

Während Flugzeuge noch immer über der Aufschlagstelle kreisten und Aufnahmen machten, wurde von allen seismologischen Sensoren auf der ganzen Welt eine geologische Eruption mit einem sehr hohen Ausschlag auf der Richterskala verzeichnet. Der Gegenstand, der auf die Erde gefallen war, hatte augenscheinlich eine vulkanähnliche Aktivität tief unter der Erdoberfläche ausgelöst.

Die Schockwelle allein brachte die Aufklärungsflugzeuge von ihrem Kurs ab. Die Piloten hatten Mühe, ihre Flugzeuge in der Luft zu halten. Was die Wissenschaftler am meisten erstaunte, war, dass der erste Hinweis auf das, was unter der Erdoberfläche passiert war, eine pilzförmige Wolke war, die tausendmal größer war als jede durch Bomben oder natürliche Phänomene hervorgerufene Wolke. Auch breitete sie sich mit einer Kraft und Geschwindigkeit aus, wie man es noch nie erlebt hatte. Einzigartig an dieser Eruption war auch, dass sie aus der Spalte unter dem Meeresspiegel kam und nicht aus einem Vulkan.

Tausend Meilen entfernt aufgestellte Kameras nahmen Bilder von ihr auf. Die Wolke wurde nicht von unberechenbaren Winden vorwärtsgetrieben, sondern sie breitete sich in alle Richtungen aus und drohte auf der ganzen Welt die Sicht auf die Sonne zu versperren.

Es war jedoch keine Rauchwolke, die sich nach einer Weile auflöste. Der dicke Rauch, der vom Boden aufstieg, war dicht und schwarz wie bei einer Gasexplosion. Wissenschaftler befürchteten, dass der Rauch von einem riesigen Feuer stammte, das irgendwann aufsteigen und seine Flammen meilenweit in die Luft lodern lassen würde.

Früh am darauf folgenden Montagnachmittag musste Buck niedergeschlagen zur Kenntnis nehmen, dass sein Flug nach Athen und weiter in die Staaten gestrichen worden war. Die sich über die Erde ausbreitende Rauchwolke hatte erneut das Tageslicht verdunkelt. Buck hatte sich darauf gefreut, während seines zweistündigen Aufenthalts in

Griechenland Lukas Miklos kennen zu lernen. Er wollte dann in ein anderes Flugzeug umsteigen und nonstop nach Chicago weiterfliegen. Von dort würde er, nachdem er sich vergewissert hatte, dass niemand ihm zu ihrem Versteck folgte, nach Mount Prospect weiterfahren. Er und die anderen Mitglieder der *Tribulation Force* hatten sich bereits überlegt, wie sie eventuelle Verfolger abschütteln könnten.

Im Schutz der Dunkelheit eilte Buck zu Chaim Rosenzweigs Haus.

»Genießen Sie bitte Carpathias Aussage, Sie stünden nicht mehr unter Verdacht, mit Vorsicht«, warnte Chaim. »Nicolai spricht nicht mit mir. Leon schäumt vor Wut. Zwar können sie diese Übereinkunft nicht so ohne weiteres redigieren, aber sie finden bestimmt bald einen Grund.«

»Keine Sorge. Ich bin so versessen darauf, Chloe zu sehen, dass ich sogar aus eigener Kraft fliegen würde.«

»Nehmen Sie sich vor Enigma-Babylon in Acht.«

»Was hat Peter jetzt vor?«

»Haben Sie es noch nicht gehört?«

Buck schüttelte den Kopf. »Ich bin zu sehr damit beschäftigt, mich reisefertig zu machen.«

Chaim stellte das Fernsehgerät an. »Ich könnte das auswendig zitieren, da ich es heute schon so oft gehört habe. Außer dem rauchenden Vulkan wird nichts anderes in den Nachrichten gebracht.«

Die Sendungen zeigten Mathews, wieder begleitet mit seiner fantasievollen Amtsrobe, der direkt in die Kamera sprach: »Die Weltgemeinschaft mag eine stillschweigende Übereinkunft mit den religiösen Terroristen haben, aber die Zeit ist gekommen, dem Gesetz Genüge zu tun. Der Enigma-Babylon-Welteinheitsglaube ist die akzeptierte Religion auf der ganzen Welt. So weit es in meiner Macht steht – und ein aufmerksames Lesen der Charta der Weltgemeinschaft hat ergeben, dass dies ganz eindeutig in meinen Zuständigkeitsbereich fällt –, werde ich Verstöße dagegen ahnden. Ich möchte es noch einmal in voller Deutlichkeit sagen: Ich betrachte Ausschließlichkeitsansprüche und intolerante Glaubensüberzeugungen als der wahren Religion zuwiderlaufend. Falls die Weltgemeinschaft auf Grund von unangebrachten diplomatischen Bemühungen den Eindruck hat, sie müsse Abweichungen von der kosmischen Wahrheit zulassen, sieht sich Enigma-Babylon gezwungen, in die Offensive zu gehen.

Atheist oder Agnostiker zu sein, ist eine Sache. Selbst diese sind unter unserem allumfassenden Banner willkommen. Aber es ist illegal, eine Form der Religion zu praktizieren, die unserer Mission entgegensteht. Wer einen solchen Glauben praktiziert, wird die Konsequenzen tragen müssen.

Und diese Konsequenzen werden folgendermaßen aussehen: Es ist von Dienstagnacht, zwölf Uhr an ein Verbrechen, die Website der so genannten ›Tribulation Force‹ abzurufen. Die Lehren des Gurus dieser Sekte, Dr. Tsion Ben-Judah, widersprechen unseren Glaubensüberzeugungen, und wir werden nicht zulassen, dass dieses tödliche Gift wie eine Droge konsumiert wird.

Wir haben eine Technologie installiert, die die Internet-Aktivität eines jeden Bürgers aufzeichnet, und diejenigen, die nach dem gesetzten Zeitpunkt diese Website abrufen, werden mit Geld- und Gefängnisstrafen belegt.«

Ein Reporter der Weltgemeinschaft unterbrach ihn. »Ich habe zwei Fragen, Pontifex Maximus: Erstens, wie bringen Sie Gefängnisstrafen für Leute, die eine Website abrufen, in Einklang mit Toleranz, Glaube und Liebe? Und zweitens, wenn Sie die Internet-Aktivität eines jeden Bürgers überwachen können, warum können Sie dann nicht zurückverfolgen, von wo aus Ben-Judah sendet, und ihn verhaften lassen?«

»Es tut mir Leid«, antwortete einer der Assistenten, während Peter der Zweite eilig hinausgeschoben wurde, »aber wir haben im Voraus angekündigt, dass wir keine Zeit für Fragen haben werden.«

Ich würde mir gern die Stirn dieses Reporters ansehen, dachte Buck. Er wünschte, er würde noch immer unentdeckt aus dem Lager von Carpathia berichten können.

In Chicago war es früher Morgen, als Rayford in Bucks Range Rover nach Palwaukee fuhr. Er hatte das Gefühl gehabt, trotz des verhangenen Himmels dorthin fahren und den Zustand von Kens Suburban überprüfen zu müssen. Er schien in besserer Verfassung als der Rover zu sein. Die *Tribulation Force* würde ihn gut gebrauchen können, aber Rayford wusste nicht, was mit den Sachen eines Toten zu tun war, vor allem eines Mannes, der keine Verwandten mehr hatte.

Plötzlich hörte Rayford eine Stimme, die aus dem Wageninneren zu kommen schien. Doch das Radio war abgestellt, und er war allein, aber er konnte die Worte deutlich vernehmen: »Wehe! Wehe! Wehe den Bewohnern der Erde! Noch drei Engel werden ihre Posaunen blasen.«

Sein Telefon klingelte. Es war David aus Neu-Babylon.

»Captain Steele, ich stehe gerade draußen und weiß nicht, wie die jetzt das erklären werden, aber ich wette, dass es nicht in die Nachrichten kommen wird.«

»Ich habe es gehört. Es muss auch gar nicht in die Nachrichten kommen.«

»Alle hier drin haben es gesehen, noch bevor wir es gehört haben. Na ja, zumindest haben unsere Geräte es entdeckt. Durch diese Rauchwolke konnten wir nichts erkennen. Aber weil wir leistungsfähige Funkempfänger haben, konnten wir es hier sichtbar machen. Ich habe einen Türken gefragt, in welcher Sprache gesprochen worden sei, und er sagte, in Türkisch. Na ja, ich habe es in Englisch gehört, Sie wissen schon, was ich denke.«

»Sie haben den Engel *gesehen*?«

»Also, wir haben die ganze Nacht gearbeitet, weil die Sonde eines Kollegen etwas entdeckt hatte. Die digitale Bildanzeige zeigte einen Himmelskörper, einen Kometen oder etwas Ähnliches. Er verfolgte ihn zurück, nahm Messdaten auf und was nicht noch alles, und wir alle fingen an, es zu studieren. Na ja, ich bin kein Astronom, darum hatte ich keine Ahnung, was ich da vor mir hatte. Ich habe ihnen gesagt, mir würde das ziemlich klein vorkommen und nicht besonders dick. Der Leiter dieser Abteilung hatte dann plötzlich eine Idee. Er sagte: ›In Ordnung, nehmen wir einmal an, dass es dichter und kleiner ist. Sehr viel kleiner.‹ Er gab die entsprechenden Daten ein und veränderte das Bild, und plötzlich spuckte der Computer Bilder aus, die wir sehen und verstehen können. Es wirkte transparent und menschenähnlich, aber nicht richtig. Auf jeden Fall folgten wir diesem Ding, und dann ordnete der Boss an, alle Satellitenschüsseln auf dieses Ding zu richten und es zu verfolgen. Und als Nächstes haben wir diese Ankündigung gehört.

Na ja, es war nicht so ganz deutlich zu verstehen, mit Rauschen und Knacken, und wir haben das erste Wort nicht mitgekriegt, aber natürlich habe ich Dr. Ben-Judahs Ausführungen gelesen, darum weiß ich, was es ist, und die nächsten beiden Worte waren ja dieselben und deutlich. Ich sage Ihnen, Captain, alle waren zu Tode erschrocken, und ich meine wirklich alle. Die Männer haben sich schreiend zu Boden geworfen.

Sie haben das Band immer und immer wieder abgespielt und ich habe es sogar kopiert. Aber wissen Sie was? Wenn man es abspielt, ist die Sprache nur auf Griechisch zu hören. Alle haben es in ihrer Sprache verstanden, aber es war Griechisch.«

Auch Buck hörte den Engel, dachte aber, die Stimme käme aus dem Fernsehen, bis er Chaims Gesicht sah. Der alte Mann war ausgesprochen verängstigt. Wie konnte er oder irgendjemand sonst jetzt noch die Existenz Gottes leugnen? Hier ging es nicht mehr um Unwissenheit. Hier ging es um eine bewusste Entscheidung.

Rayford stellte den Wagen in der Nähe des Hangars ab, in dem Ken Ritz vor seinem Umzug gewohnt hatte. Dort entdeckte er Ernie, der gerade den Kopf unter die Motorhaube von Kens Suburban steckte. Er sah auf und blinzelte, als Rayford sich näherte. Ernie lächelte, schüttelte ihm begeistert die Hand und schob seine ölverschmierte Kappe zurück. Das Zeichen auf seiner Stirn war ganz deutlich zu sehen, und er zeigte es mit Stolz, aber er zitterte auch.

»Das war ganz schön beängstigend, oder?«, fragte er.

»Für uns, die wir wissen, dass es kommen würde, sollte das eigentlich nicht so sein«, erwiderte Rayford. »Sie haben nichts zu befürchten. Nicht einmal den Tod. Keiner von uns möchte sterben, aber wir wissen ja, was danach kommt.«

»Ja«, sagte Ernie und rückte seine Kappe wieder zurecht. »Aber trotzdem!«

»Was macht Kens Wagen?«

Ernie wandte sich wieder dem Motor zu. »Ist noch ganz gut in Schuss für das, was er schon alles durchgemacht hat, würde ich sagen.«

»Ist das eine Therapie für Sie?«

»Es tut mir Leid«, sagte Ernie. »Ich war nie ein guter Schüler. Was bedeutet das?«

»Hilft es Ihnen, sich an Ken zu erinnern, ohne dass es besonders schmerzlich für Sie ist?«

»Ach so, na ja, ich kannte ihn ja nicht so lange. Ich meine, ich war schockiert, und ich werde ihn vermissen. Aber ich habe nur Aufträge für ihn erledigt. Er hat mich dafür bezahlt, wissen Sie.«

»Aber Sie waren doch beide Christen –«

»Ja, und das war auch gut so. Er hat mich auf die Website von diesem Ben-Judah aufmerksam gemacht.«

Ein Wagen fuhr neben dem wieder aufgebauten Tower vor und zwei Männer in Hemd und Krawatte stiegen aus. Der eine war ein großer Farbiger, der andere ein stämmiger Weißer. Der Erste ging in den Tower. Der andere kam auf Ernie und Rayford zu. Ernie tauchte wieder unter der Motorhaube auf und zog sich seine Kappe tief in die Stirn.

»Hallo, Bo!«, sagte er. »Haben Sie die Stimme aus dem Himmel gehört?«

»Ich habe sie gehört«, erwiderte Bo offensichtlich angewidert. »Wenn du glaubst, dass das eine Stimme aus dem Himmel war, dann bist du noch dümmer, als ich dachte.«

»Was war es denn dann?«, fragte Ernie, während Bo Rayford betrachtete.

»Natürlich wieder diese verrückten Fundamentalisten, die uns schon die ganze Zeit zum Narren halten. Fall doch darauf nicht herein.«

Ernie stieß ein verlegenes Lachen aus und blickte Rayford unsicher an.

»Hallo«, sagte Bo und nickte Rayford zu. »Kann ich Ihnen irgendwie helfen?«

»Nein, danke. Ich bin nur ein Freund von Ken Ritz.«

»Ja, das war schrecklich.«

»Eigentlich bin ich nur vorbeigekommen, um mich um seine Sachen zu kümmern. Ich glaube nicht, dass er noch Verwandte hat.«

Ernie richtete sich auf und drehte sich so schnell um, dass selbst Bo verwirrt schien. Es war klar, dass beide etwas sagen wollten, aber jeder blickte den anderen an und wartete. Dann sprachen beide gleichzeitig.

»Und da dachten Sie, Sie würden einfach mal vorbeikommen und sehen, was Sie –«, sagte Bo, als er von Ernie unterbrochen wurde: »Nein, das ist richtig. Keine Verwandten. Tatsache ist, vor etwa einer Woche oder so hat er mir gesagt, ich –«

Ernie brach als Erster ab und der Mann brachte seinen Gedanken zu Ende: »– was Sie zur Seite schaffen können, richtig?«

Rayford zuckte bei solcher Gefühllosigkeit zusammen. »Das ist ganz und gar nicht der Grund. Ich –«

»Ich kenne solche Typen wie Sie. Warum nehmen Sie nicht einfach Ihre opportunistischen Beine in die Hand und verschwinden hier, solange Sie noch können?«, unterbrach ihn Bo.

Rayford kochte innerlich. »Warum kümmern Sie sich nicht um Ihre Angelegenheiten, während ich mit Ernie spreche?«

Bo trat noch näher an Rayford heran, so dass dieser sich fragte, ob er sich selbst würde verteidigen müssen. »Weil Ernie für mich arbeitet«, erklärte Bo, »und mich alles auf diesem Grundstück etwas angeht. Auch der Nachlass von Ritz.«

Rayford atmete tief durch und nahm sich zusammen. »Dann werde ich gern mit Ernie in seiner Freizeit sprechen und –«

»Und auf seinem eigenen Land«, fügte Bo hinzu.

»Prima, aber was gibt Ihnen das Recht, Ken Ritz' Sachen an sich zu nehmen?«

»Was gibt Ihnen das Recht dazu?«

»Ich habe keinen Anspruch darauf erhoben«, erwiderte Rayford. »Aber ich denke, die Entscheidung darüber ist noch zu treffen.«

Ernie schien sich unwohl zu fühlen. »Äh, Bo, Sir, Ken hat mir gesagt, falls ihm jemals etwas zustoßen sollte, könnte ich seine Sachen haben.«

»Ach ja, tatsächlich!«

»Wirklich. Die Flugzeuge, diesen Wagen, seine persönlichen Sachen. Was immer ich möchte.«

Rayford blickte Ernie misstrauisch an. Er wollte die Aussagen eines Mitchristen nicht in Zweifel ziehen, vor allem nicht in Gegenwart eines Außenseiters, aber das kam ihm wirklich zu seltsam vor. »Aber Sie haben mir doch erzählt, Sie hätten sich kaum gekannt.«

»Ich werde das schon regeln«, schaltete sich Bo ein. »Das ist Mist, Ernie, und du weißt das! Ritz war Miteigentümer dieses Flugplatzes und –«

Rayford legte den Kopf zur Seite. Das passte gar nicht zu dem, was Ken ihm über seine Kaufabsichten erzählt hatte.

Bo hatte Rayfords Reaktion scheinbar bemerkt und nahm an, dass er mehr wusste, als Bo gedacht hatte.

»Na ja«, korrigierte er sich mitten im Satz, »er hat auf jeden Fall ein Kaufgebot abgegeben. Oder wollte es. Tatsächlich wurde ein Angebot gemacht. Falls es also Wertgegenstände auf diesem Land gibt, dann würden diese dem Flughafen von Palwaukee gehören.«

Rayford spürte, dass er innerlich zu kochen begann. »Ach so, das macht natürlich Sinn. Er stirbt, bevor das Geschäft abgeschlossen ist, darum übernehmen Sie sein Vermögen im Austausch gegen was? Werden Sie den Namen des Flugplatzes in ›Ritz Memorial‹ umändern? Sie nehmen seinen Besitz, und was bekommt er, eine posthume Besitzurkunde, während Sie den Flugplatz für ihn führen und die Gewinne einstreichen?«

»Und was geht Sie das an, Sie Lackaffe?«

Rayford musste beinahe lachen. Erlebte er gerade einen Rückfall in die Kindheit? Wie kam er dazu, sich mit einem vollkommen fremden Menschen zu streiten?

»Wie ich schon sagte, ich erhebe keine Ansprüche, aber mich geht das sehr wohl etwas an. Ich werde dafür sorgen, dass mit dem Vermächtnis meines Freundes nichts passiert, das er nicht wollte.«

»Er wollte, dass ich es bekomme«, behauptete Ernie. »Das habe ich doch gesagt!«

»Ernie«, erwiderte Bo, »steck deine ölverschmierte Nase in deine eigenen Angelegenheiten, hast du mich verstanden? Und wisch dir diesen Dreck von der Stirn, du rotznäsiger Lümmel.«

Ernie zog sich die Kappe in die Stirn und wirbelte herum, um sich wieder am Motor zu schaffen zu machen.

»Ich nehme das Zeug, das er mir versprochen hat, das sage ich dir gleich«, murmelte er. »Sie werden mich nicht dazu bringen, aufzugeben, was von Rechts wegen mir gehört. Keine Chance.«

Rayford war angewidert von Ernies offensichtlichen Lügen, aber noch mehr schämte er sich, dass dieser das Zeichen Gottes trug.

Und dann ging ihm ein Licht auf. Nur Christen konnten das Zeichen sehen. Stritt er sich hier wirklich mit einem Mitchristen? Rayford warf schnell einen Blick auf Bos Stirn, die ganz deutlich zu erkennen war.

Selbst in dem dichten Rauch war Bos Haut so sauber wie die eines Babys.

Buck war unruhig. Er saß zusammen mit Chaim Rosenzweig in dessen Wohnzimmer und wusste nicht, was er noch sagen sollte.

»Doktor«, sagte er, »wie können Sie all das erleben, was wir in den vergangenen Jahren erlebt haben, und noch immer nicht erkennen, dass Jesus der Messias ist? Ich möchte Sie nicht beleidigen. Sie wissen, dass ich Sie sehr mag, genau wie Tsion, meine Frau und ihren Vater. Sie haben dem internationalen Publikum im Fernsehen erzählt, dass sich Ben-Judahs Interpretationen dessen, was kommen wird, als richtig erwiesen haben. Verzeihen Sie mir, wenn ich so offen spreche, aber die Zeit wird knapp. Sie sollten eine Entscheidung treffen.«

»Ich gestehe, dass ich ausgesprochen beunruhigt bin«, erwiderte Rosenzweig, »vor allem, seit Ben-Judah bei mir gewesen ist. Sie haben meine Argumente gegen Gott in der Vergangenheit gehört, aber nein, nicht einmal ich kann leugnen, dass er heute am Werk ist. Das ist zu offensichtlich. Aber ich muss sagen, ich verstehe Ihren Gott nicht. Er scheint mir so böse zu sein. Warum kann er nicht durch Wunder die Aufmerksamkeit der Menschen auf sich lenken, wie er es in der Bibel getan hat? Warum macht er alles immer schlimmer, bis der Mensch gar keine andere Wahl mehr hat? Ich muss gestehen, dass es mir überhaupt nicht gefällt, von dem Einen, der meine Hingabe möchte, in diese Sache hineingezwungen zu werden. Ich möchte freiwillig kommen, aus eigenem Antrieb, falls überhaupt.«

Buck erhob sich und zog den Vorhang zurück. Der Himmel wurde immer dunkler und in der Ferne hörte er ein leises Grollen. Sollte er sich vom Fenster fernhalten? Es würde nicht regnen. Was war das nur für ein Lärm? In dem dichten Dunst konnte er kaum weiter als 20 Meter sehen.

»Doktor Rosenzweig, Gott hat Sie über das hinaus gesegnet, was ein Mensch verdient hat. Wenn schon Ihr Reichtum an Freunden, Bildung, Wissen, Kreativität, Bewunderung und Einkommen Sie nicht zu ihm ziehen, was sonst kann er tun? Er möchte nicht, dass jemand verloren geht, darum versucht er nun, durch Gerichte die Aufmerksamkeit der Menschen auf sich zu ziehen. Er macht deutlich, dass es langsam Zeit wird, eine Entscheidung *für* oder *gegen* ihn zu fällen.«

Rosenzweig wirkte auf einmal älter, als er war. Er war müde, ausgelaugt, einsam und schien dringend Ruhe zu brauchen. Aber überall war das Leben hart. Buck wusste, dass von nun an alles nur noch schwieriger werden würde. Der alte Mann schlug die Beine übereinander. Er schien sich unwohl zu fühlen, stellte beide Füße wieder auf den Boden. Er wirkte abwesend, und er und Buck mussten in dem zunehmenden Lärm lauter sprechen, um sich verständlich zu machen.

»Ich möchte noch einmal betonen, dass es mir sehr viel bedeutet, dass Sie alle für mich beten, mehr, als ich sa–« Er runzelte die Stirn. »Was ist das für ein Lärm?«

Das Grollen war nun nicht mehr dumpf, sondern klang irgendwie metallen.

»Es klingt, als würden Ketten aneinanderschlagen«, erklärte Buck.

»Ein niedrig fliegendes Flugzeug?«

»Die Flughäfen sind doch geschlossen, Doktor.«

»Es wird lauter! Und dunkler! So dunkel, als sei es bereits Nacht. Ziehen Sie den Vorhang bitte ganz auf, Cameron. Ach, du meine Güte!«

Der Himmel war pechschwarz und der Lärm ohrenbetäubend. Buck drehte sich um und sah Chaim an, auf dessen Gesicht sich ebenfalls großes Entsetzen abmalte. Metall klirrte gegen Metall, bis beide Männer sich die Ohren zuhielten. Etwas klirrte gegen die Fenster, und der Lärm hatte sich zu einer Kakophonie gesteigert, die selbst die Mauern zu durchdringen schien.

Buck starrte aus dem Fenster und sein Herz klopfte zum Zerspringen. Aus dem Rauch kamen Wesen geflogen – bösartige, hässliche, schwarz-braun-gelb-farbene, fliegende Ungeheuer. Sie kamen in Schwärmen wie Heuschrecken und sahen aus wie kleine Pferde von fünf oder sechs Zentimetern Länge und mit Schwänzen, die denen von Skorpionen glichen. Die Wesen versuchten, ins Haus einzudringen. Und sie sahen an Buck vorbei, als ob Chaim ihr Ziel wäre.

Der alte Mann stand mitten im Zimmer.

»Cameron, sie sind hinter mir her!«, schrie er. »Sagen Sie mir, dass ich träume! Sagen Sie mir, dass das nur ein Alptraum ist!«

Die Wesen verharrten vor dem Fenster, schlugen mit den Flügeln und versuchten, ihre Köpfe in die Fensterscheibe zu bohren.

»Es tut mir Leid, Doktor«, erwiderte Buck. Er erschauderte und auf seinen Armen zeigte sich Gänsehaut. »Aber das ist leider die Realität. Es ist der erste von den drei großen Schrecken, vor denen die Engel gewarnt haben.«

»Was wollen sie? Was werden sie tun?«

»Tsion sagt, dass sie nicht wie die Heuschrecken Blätter fressen, sondern dass sie nur an denen interessiert sind, die nicht das Siegel Gottes auf ihrer Stirn tragen.« Chaim erbleichte, und Buck hatte Angst, dass er ohnmächtig werden könnte. »Setzen Sie sich, Chaim. Lassen Sie mich das Fenster öffnen –«

»Nein! Sie dürfen sie nicht reinlassen. Ich weiß, dass sie sich auf mich stürzen werden!«

»Vielleicht können wir eines oder zwei zwischen Fliegengitter und Fenster fangen und sie uns einmal richtig ansehen.«

»Ich will sie gar nicht sehen! Ich will sie töten, bevor sie mich töten!«

»Chaim, sie dürfen Sie nicht töten.«

»Woher wissen Sie das?« Rosenzweig klang wie ein kleiner Junge, der an der Zusicherung des Arztes, eine Spritze würde nicht weh tun, zweifelte.

»Ich werde Ihnen nicht sagen, dass sie Sie nicht quälen werden, aber in der Bibel steht, dass die Opfer, die sie angreifen, sterben wollen und es nicht können.«

»Oh nein!«

Buck öffnete das Fenster. Mehrere Wesen flogen gegen das Fliegengitter. Schnell schloss er das Fenster wieder und ließ den äußeren Rollo herunter. Jetzt waren sie gefangen und flatterten aufgeregt herum, prallten immer wieder gegeneinander. Das metallene Rasseln wurde lauter.

»Sind Sie denn kein bisschen neugierig?«, fragte Buck, dem es schwer fiel, sich nicht von ihrem Anblick abzuwenden. »Sie sind faszinierende Hybriden. Als Wissenschaftler müssten Sie doch wenigstens –«

»Ich bin gleich wieder da«, rief Chaim und eilte davon. Als er zurückkam, trug er Imkerkleidung: Stiefel, eine weite Baumwolljacke,

Handschuhe, einen Hut mit Gesichtsschutz, der gleichzeitig den Hals bedeckte und schützte. Er hielt auch einen Schläger in der Hand.

Plötzlich ertönten Schreie – so laut, dass ihnen das Blut in den Adern gefror. Chaim eilte zu einem anderen Fenster, zog den Vorhang zurück und fiel auf die Knie.

»Oh Gott«, betete er, »errette mich von diesen Wesen! Und lass Jonas nicht sterben!«

Buck sah über Chaims Schulter zum Tor hinüber. Da lag Jonas. Er wand sich und schrie, strampelte mit den Beinen und versuchte, mit den Händen sein Gesicht zu bedecken. Überall auf ihm saßen Heuschrecken.

»Wir müssen ihn hereinholen!«, rief Buck.

»Ich kann nicht nach draußen gehen! Sie werden mich angreifen!«

Buck zögerte. Er glaubte, dass die Stiche dieser Wesen ihm nichts würden anhaben können, aber sein Gehirn weigerte sich, diese Information an seine Beine weiterzugeben.

»Ich werde gehen«, sagte er schließlich.

»Wie werden Sie diese Wesen draußen halten?«

»Ich kann es nur versuchen. Haben Sie noch einen Schläger?«

»Nein, aber ich habe einen Tennisschläger.«

»Das muss genügen.«

Buck ging mit dem Tennisschläger bewaffnet hinunter. Chaim rief hinter ihm her: »Ich werde mich in dieses Zimmer einschließen. Passen Sie auf, dass diese Wesen draußen bleiben. Und bringen Sie Jonas in das vordere Gästezimmer. Wird er sterben?«

»Das wird er sich wünschen«, erwiderte Buck.

Er wartete an der Eingangstür. Der Rauch, der tagelang über der Stadt gehangen hatte, war fort, doch heller war es nicht geworden, weil nun diese schrecklichen Wesen den Himmel verdunkelten. Buck bat Gott um Mut, öffnete die Tür und rannte zu Jonas, der nun zitternd am Boden lag.

»Jonas! Kommen Sie mit hinein.«

Aber dieser war bewusstlos.

Buck legte den Tennisschläger auf den Boden, packte den Mann bei den Schultern und rollte ihn herum. Sein Gesicht war vollkommen zerstochen und begann anzuschwellen. Jonas war groß und stämmig; es würde schwierig werden, ihn hineinzutragen. Buck schaffte es auch tatsächlich nicht, ihn hochzuheben.

Die Heuschrecken – diese Bezeichnung beschrieb die angriffslustigen Ungeheuer nur ungenügend – schwirrten drohend um Bucks Kopf herum und einige setzten sich sogar darauf. Er war erstaunt, wie schwer und dick sie waren. Erleichtert nahm er zur Kenntnis, dass sie ihn nicht stachen und bissen, doch er hörte ihr Zischen und hatte den Eindruck, dass sie versuchten, ihn von Jonas wegzutreiben. Eines dieser Biester verharrte über Jonas' Gesicht. Buck schnappte sich schnell den Tennisschläger, holte aus und schlug mit voller Kraft danach, so dass es durch die Fensterscheibe im Haupthaus geschleudert wurde. Er hatte das Gefühl gehabt, ein Spielzeugauto aus Metall zu treffen. Falls er jemals ins Haus zurückkehrte, würde er als Erstes das Fenster zunageln und das Tier aus dem Haus schaffen müssen.

Buck klemmte sich den Tennisschläger unter den Arm und begann, Jonas an den Handgelenken zum Haus zu ziehen. Etwa drei Meter von den Stufen entfernt kam er nicht mehr weiter. Buck stellte fest, dass Jonas' Hosenbund und sein Gürtel tiefe Schleifspuren im Gras hinterlassen hatten. Buck drehte ihn um, klemmte sich die Knöchel des Mannes unter die Arme und marschierte weiter. Als er die Stufen erreichte, schaffte er es irgendwie, Jonas auf seine Schultern zu hieven. Der Mann war bestimmt hundert Pfund schwerer als er.

Im Haus ließ er Jonas auf einen Sessel fallen, der von dem Gewicht beinahe umgekippt wäre. Bevor er die Türe schließen konnte, flog eine weitere Heuschrecke ins Haus. Buck gelang es, die Tür zu schließen, und auch nach dieser Heuschrecke schlug er mit dem Tennisschläger. Sie schlitterte über den Boden und prallte gegen die Wand. Wie betäubt blieb sie liegen. Bucks erstes Opfer wählte diesen Augenblick zum Angriff. Buck schlug erneut nach ihr.

Er wollte das auf dem Boden liegende Tier zertreten, doch er musste feststellen, dass die Schale unzerbrechlich war. Schnell schob er die beiden Tiere mit dem Fuß auf den Tennisschläger und warf sie nach draußen. Sofort knallte er die Tür wieder zu, bevor weitere Tiere ins Haus eindringen konnten. Danach vernagelte er das zerbrochene Fenster und half Jonas ins Gästezimmer. Dort ließ sich Jonas, der mittlerweile wieder bei Bewusstsein war, auf das Bett sinken. Er sprach wirr, stöhnte und zerrte an den Knöpfen seines Hemdes.

Da Buck wusste, dass es für die Schmerzen, die der Mann würde erleiden müssen, keine Erleichterung gab, ließ er ihn widerstrebend zurück und stieg die Treppe zum Wohnzimmer hinauf. Buck verspürte den widersinnigen Wunsch, sich diese Tiere einmal genau anzusehen, natürlich mit einer Glasscheibe dazwischen.

Bevor Chaim die Tür öffnete, forderte er, Buck solle genau überprüfen, dass auch wirklich keine Heuschrecke ins Haus eingedrungen war. Chaim trug noch immer die Imkerkleidung und schwenkte den Knüppel. Nachdem er sich erkundigt hatte, ob Jonas noch am Leben sei, packte Chaim Bucks Arm und zog ihn zum Fenster. Dort hingen noch immer die zornigen Heuschrecken zwischen Fliegengitter und Rollo. Buck wusste, dass jeder Ungläubige auf der Straße bereits Jonas' Schicksal teilte und dass es nicht lange dauern würde, bis die Heuschrecken einen Weg in die Häuser und Wohnungen finden würden. Dieses würde das bislang schlimmste Gericht werden.

17

Zornig packte Rayford Ernie am Kragen und zog ihn zu sich heran.

»So, Sie sind also ein Betrüger, ja, Ernie?«

Ernie wehrte sich nicht, sondern versuchte nur, seine Kappe mit beiden Händen festzuhalten. Rayford ließ seinen Kragen los und fuhr mit der Hand unter seinen Mützenschirm. Ernie zuckte zusammen. Offensichtlich dachte er, Rayford würde ihn schlagen, darum lockerte er seinen Griff an der Mütze, und Rayford stieß ihm die Kappe vom Kopf.

Kein Wunder, dass Ernies Zeichen so auffällig war. Er hatte es mit Ölschmier aufgefrischt.

»Sie haben das Zeichen nachgemacht, Ernie? Das Zeichen der Versiegelten? Sie haben wirklich Mut.«

Ernie erbleichte und versuchte, sich loszureißen, aber Rayford packte ihn am Kragen und verrieb mit dem Daumen das gefälschte Zeichen. Der Schmier ließ sich tatsächlich abreiben.

»Sie scheinen sich Tsions Predigten sehr genau angehört zu haben, dass Sie ein Zeichen fälschen können, das Sie nie gesehen haben.«

»Was um alles in der Welt ist das?«, fragte Bo. Er schien wie erstarrt zu sein.

»Er hat das Zeichen des –«

»Das weiß ich ja«, unterbrach ihn Bo mit vor Angst weit aufgerissenen Augen. Er deutete an Rayford vorbei. »Ich meine das da hinten!«

Rayford drehte sich herum. Als die Rauchwolke näher kam, erkannten sie, dass es sich eigentlich um einen Schwarm Heuschrecken handelte. Selbst aus dieser Entfernung wirkten sie sehr groß. Und es waren so unglaublich viele!

»Ich sage das nur ungern, Jungs, aber Sie befinden sich in großen Schwierigkeiten.«

»Warum?«, rief Bo. »Was ist das?«

»Eine der letzten Warnungen für Sie. Oder ein weiterer Trick der Fundamentalisten. Sie können wählen.«

»Tun Sie, was Sie wollen, Bo!«, sagte Ernie. »Ich verschwinde jedenfalls von hier!«

Er rannte zum Tower, den sich Bo ganz offensichtlich ebenfalls als Ziel gewählt hatte. Ernie hatte Probleme, die Tür zu öffnen. Bo prallte in ihn hinein. Beide gingen zu Boden. Ernie hielt sich das Knie und jammerte.

»Steh schon auf und geh rein, du Weichei!«, sagte Bo.

»Mach die Tür doch selbst auf!«

Bo riss die Tür auf und traf Ernie damit am Kopf. Dieser fluchte, fiel zu Boden und trat die Tür zu, als Bo gerade im Tower verschwinden wollte. Bo fiel auf ein Knie und fluchte, da Ernie ihm einen Finger eingeklemmt hatte. Dieser sprang rasch auf und verschwand in der Sicherheit des Towers.

Als Rayford bei der Tür ankam, wollte er Bo aufhelfen, doch dieser entwand sich ihm. Da hatten ihn auch schon die Heuschrecken erreicht. Er trat, schrie und rannte im Kreis herum, und als Ernie die Tür öffnete, um ihn zu verspotten und über ihn zu lachen, wurde auch er angegriffen. Der Farbige, der mit Bo im Wagen gesessen hatte, erschien im Türrahmen und starrte entsetzt auf die beiden schreienden Männer.

Er schüttelte langsam den Kopf und sah zu Rayford hinüber. Beide entdeckten sofort ihr Zeichen, und dieses Mal wusste Rayford, dass es echt war, weil die Heuschrecken auch seinem Gegenüber nichts taten. Rayford half ihm, die Heuschrecken abzuwehren und die beiden ins Haus zu ziehen. Während Bo und Ernie sich schüttelten und nach Atem rangen, reichte Rayford dem Mann die Hand.

»T. M. Delanty«, sagte dieser. »Man nennt mich T.«

»Rayf–«

»Ich weiß, wer Sie sind. Ken hat mir alles über Sie erzählt.«

»Ich möchte ja nicht unhöflich klingen«, bemerkte Rayford, »aber es ist doch seltsam, dass er nie von Ihnen gesprochen hat.« Seltsamer jedoch war ihre Bekanntschaft mit den beiden leidenden Opfern zu ihren Füßen, dachte Rayford.

»Ich habe ihn darum gebeten. Es freut mich zu hören, dass er genau das war, wofür ich ihn gehalten habe – ein Mann, der zu seinem Wort stand.«

Rayford wollte sich mit T. unterhalten, aber er fühlte sich verpflichtet, Bo und Ernie zu helfen.

»Können wir diese beiden irgendwohin bringen?«

T. deutete mit dem Kopf zu einem Empfangsbereich mit Sofas und Sesseln. »Wenn ich Ben-Judah richtig verstanden habe, werden sie nicht sterben, sich das aber wünschen?«

Rayford nickte. »Sie lesen also seine Botschaften auch?«

»Ja, ich lese Tsions Internet-Auslegungen, genau wie fast jeder Christ auf der Welt.«

»Ich erkundige mich mal lieber, wie es Tsion und den anderen geht«, sagte Rayford und holte sein Telefon heraus.

Chloe meldete sich. »Oh Dad! Es ist schrecklich! Hattie ist angegriffen worden.« Im Hintergrund hörte Rayford ihre Schreie.

»Kann der Doc ihr helfen?«

»Er versucht es, aber sie verflucht Gott und möchte sterben. Tsion sagt, dies sei erst der Anfang. Seiner Meinung nach wird sie fünf Monate lang Schmerzen erleiden. Und dann werden bestimmt auch wir uns wünschen, wir könnten sie von ihrem Leiden erlösen.«

»Wir können beten, dass sie vorher zum Glauben findet.«

»Ja, aber Tsion glaubt nicht, dass dies sofortige Erleichterung bringt.«

Das erschien Rayford seltsam. Er würde später mit Tsion darüber sprechen müssen. »Sonst alle in Ordnung?«

»Ich denke schon. Ich warte noch auf eine Nachricht von Buck.«

Buck war erstaunt festzustellen, dass er sich sogar noch mehr ekeln konnte. Als er und Chaim sich vor das Fenster knieten, ihre Gesichter nur Zentimeter von den Heuschrecken entfernt, sah er, wie die Bibel lebendig wurde. Er konnte sich keinen hässlicheren, Ekel erregenderen Anblick vorstellen als diese Kreaturen vor ihm. Tsion war der Ansicht, dass sie nicht zum Tierreich gehörten, sondern Dämonen in Tiergestalt waren.

Während er ihre einzigartige Gestalt betrachtete, empfand er Mitleid mit Chaim. Sie beide wussten, dass diese Schutzwand ihn letztendlich nicht retten würde. Diese Kreaturen waren hier, um ihn zu quälen, und die Zeit arbeitete für sie. Sie würden einen Weg ins Haus finden, und wenn das geschah, würden sie keine Gnade zeigen.

»Du lieber Himmel, sehen Sie sich das nur an!«, rief Chaim.

Buck konnte nur den Kopf schütteln. Im Vergleich zu der Schönheit der Schöpfung Gottes kamen diese Mischlinge ganz eindeutig aus der Hölle. Ihre Körper waren wie ein Miniaturpferd geformt, das zum Kampf gerüstet war. Sie besaßen Flügel wie fliegende Grashüpfer. Als eins dieser Wesen sich am Fenster niederließ, ging Buck noch näher heran.

»Chaim«, sagte Buck. Seine Stimme klang ihm weit entfernt und ängstlich. »Haben Sie ein Vergrößerungsglas?«

»Sie wollen sie sich noch genauer ansehen? Ich kann ihren Anblick kaum ertragen!«

»Sie sehen aus wie Pferde, aber ihr Maul sieht anders aus.«

»Ich habe ein starkes Vergrößerungsglas in meinem Arbeitszimmer, aber ich werde diesen Raum nicht verlassen.«

Buck rannte davon und holte das Vergrößerungsglas aus dem Arbeitszimmer in der Nähe von Chaims Schlafzimmer. Doch als er zurücklief, hörte er einen schrecklichen, unmenschlichen Schrei und ein Geräusch, als würde jemand auf den Boden schlagen. Dieser Jemand war Chaim Rosenzweig und der Schrei war durchaus menschlich.

Eine der Heuschrecken hatte einen Weg ins Haus gefunden und sich auf Chaims Handgelenk zwischen seinem Handschuh und seinem Ärmel festgebissen. Der alte Mann lag auf dem Boden und zuckte, als habe er einen epileptischen Anfall. Er jammerte und schrie, während er immer wieder mit der Hand auf den Boden schlug, um das Tier loszuwerden.

»Befreien Sie mich davon!«, brüllte er. »Bitte, Cameron, bitte! Ich sterbe!«

Buck ergriff das Tier, aber es schien festzusitzen, als hätte es sich festgesaugt. Es fühlte sich an wie eine Mischung aus Metall und Insektenschleim. An seinem Leib ertastete Buck stachlige Erhebungen. Er bohrte seine Finger zwischen den Hinterleib des Insekts und Chaims Handgelenk und zog daran. Die Heuschrecke löste sich von ihrem Opfer und drehte sich in Bucks Hand, versuchte, von der einen Seite ihn zu stechen und von der anderen ihn zu beißen.

Obwohl sie ihm nichts tun konnte, warf Buck sie instinktiv so fest gegen die Wand, dass es eine Delle im Putz gab und das Tier mit Gepolter zu Boden flog.

»Ist es tot?«, rief Chaim. »Sagen Sie mir, ob es tot ist.«

»Ich glaube nicht, dass wir es töten können«, erklärte Buck. »Aber ich habe schon zwei andere irgendwie betäubt und diese hier regt sich im Augenblick nicht.«

»Zerquetschen Sie es«, beharrte Chaim. »Treten Sie darauf! Zerschmettern Sie es mit dem Knüppel!« Er rollte sich zuckend zur Seite. Buck wollte ihm helfen, aber Tsion hatte gesagt, in der Bibel sei ganz klar gesagt, die Opfer eines Stiches würden keine Erleichterung finden.

Das Vergrößerungsglas lag nur wenige Meter von der reglosen Heuschrecke entfernt am Boden. Buck behielt das Wesen ganz genau im Auge, als er das Glas darüber hielt. Bei so viel Hässlichkeit musste er sich beinahe übergeben.

Es lag auf der Seite, schien sich jedoch langsam wieder zu erholen. Die vier pferdeähnlichen Beine trugen einen pferdeähnlichen Körper mit einem zweigeteilten Hinterleib. Der erste Abschnitt bestand aus sieben Segmenten und wurde von einer metallenen Brustplatte geschützt, die den Lärm erklärte, den die Tiere beim Fliegen machten. Der zweite Abschnitt bestand aus fünf Segmenten und führte zu dem beinahe durchsichtigen skorpionähnlichen Schwanz mit dem Stachel. Buck konnte das schwappende Gift erkennen.

Die Augen die Tieres waren geöffnet und es schien Buck anzustarren. Auf seltsame Weise machte das Sinn. Falls Tsion Recht hatte und dies tatsächlich Dämonen waren, so standen sie in einem schrecklichen Konflikt. Sie würden den Wunsch haben, die Christen zu töten, aber sie hatten Anweisungen von Gott, nur Nichtchristen zu quälen. Was Satan zum Bösen hatte gebrauchen wollen, setzte Gott nun zum Guten ein.

Buck hielt die Luft an, während er das Glas dichter über die Heuschrecke hielt. Noch nie hatte er einen solchen Tierkopf gesehen. Das Gesicht sah aus wie das eines Menschen, aber es war verzerrt und blickte Buck bösartig an. Die Zähne standen in keiner Proportion zu dem übrigen Körper. Es waren die Zähne eines Löwen mit langen Reißzähnen und der Oberkiefer stand über dem Unterkiefer. Die Heuschrecke hatte lange, wehende Haare wie die einer Frau, was höchst ungewöhnlich war, und sie schienen unter einer Kombination von Helm und Krone golden hervorzuquellen.

Obwohl das Insekt nicht größer war als die Hand eines Mannes, schien es demnach unbesiegbar zu sein. Buck fasste Mut, als er sich klarmachte, dass er es mit einem harten Schlag zeitweise außer Gefecht setzen konnte, aber bis jetzt hatte er noch keines getötet oder auch nur ernsthaft verletzt.

Er hatte keine Ahnung, wie er das Ding aus dem Haus schaffen sollte, ohne ein Dutzend anderer hereinzulassen. Buck suchte den Raum ab und entdeckte eine schwere Vase, in der eine große Pflanze steckte. Chaim war bereits so durcheinander, dass er zur Tür kroch.

»Bett«, keuchte er. »Wasser.«

Buck nahm die Pflanze aus der Vase und legte sie auf den Boden. Er drehte die Vase um und stellte sie über die Heuschrecke, die gerade begonnen hatte, sich wieder zu rühren. Es dauerte kaum eine Minute, bis er das metallische Rasseln wieder vernahm. Immer und immer wieder prallte sie gegen die Wand der Vase.

Das Tier versuchte, durch ein kleines Loch aus seinem provisorischen Gefängnis zu schlüpfen, aber es konnte nur den Kopf durchstecken. Buck taumelte und wäre beinahe hingefallen, als es Laute von sich gab, die sich anhörten, als würde es um Hilfe rufen. Wieder und wieder wiederholte es ein Wort, das Buck nicht verstehen konnte.

»Hören Sie das, Dr. Rosenzweig?«, fragte Buck.

Chaim lag keuchend vor der Tür.

»Ich höre es«, stöhnte er, »aber ich möchte es nicht hören! Verbrennen Sie es, ertränken Sie es, tun Sie doch etwas! Aber helfen Sie mir ins Bett und holen Sie mir etwas Wasser!«

Das Wesen stieß jammervolle Laute aus, aber Buck konnte sie einfach nicht identifizieren.

»Diese Dinger sprechen!«, erklärte Buck Chaim. »Und ich glaube, es ist Englisch!«

Rosenzweig zitterte, als wäre die Temperatur plötzlich unter den Gefrierpunkt gesunken.

»Hebräisch«, sagte er. »Es ruft nach Abaddon.«

»Natürlich!«, rief Buck. »Tsion hat uns davon erzählt! Der König über diese Wesen ist der Führer der Dämonen aus der Tiefe, der Herrscher über die gefallenen Horden des Abgrunds. Im Griechischen lautet sein Name Apollyon.«

»Was geht es mich an, wie das Ungeheuer heißt, das mich töten will?«, sagte Rosenzweig. Er griff nach dem Türgriff, konnte die Tür aber mit seinen Handschuhen nicht öffnen. Er schüttelte sie ab, konnte nun jedoch den Arm nicht mehr heben.

Buck half ihm aufzustehen, und als sie das Wohnzimmer verließen, sah er noch einmal zurück zu der Heuschrecke, die noch immer versuchte, sich aus der Vase zu zwängen. Sie blickte ihn mit einem solchen Hass und solcher Verachtung an, dass Buck beinahe erstarrte.

»Abaddon!«, rief es und die dünne, raue Stimme hallte im Flur wieder.

Buck trat mit dem Fuß die Wohnzimmertür zu und führte Chaim in sein Schlafzimmer. Dort zog Buck ihm den Schutzanzug aus und half ihm, sich auf sein Bett zu legen. Er musste erneut würgen, und Buck bemerkte die Schwellungen an seinen Händen, seinem Hals und seinem Gesicht. »K-könnten S-Sie mir e-etwas W-W-Wasser holen, b-bbitte!«

»Das wird nicht helfen«, erwiderte Buck, aber er holte es trotzdem. Da er selbst schrecklichen Durst hatte, goss er sich aus der Flasche, die er im Kühlschrank fand, etwas Wasser in ein Glas und trank es in einem Zug aus. Er nahm sich ein sauberes Glas und ging zu Chaim zurück. Dort stellte er die Flasche und das Glas auf einen Nachttisch neben Chaims Bett. Dieser schien bewusstlos zu sein. Er hatte sich auf die Seite gerollt und sich ein Kissen über den Kopf gezogen, während die schrecklichen Schreie aus dem Wohnzimmer auch weiterhin ertönten.

»Abaddon! Abaddon! Abaddon!«

Buck legte dem alten Mann die Hand auf die Schulter. »Können Sie mich hören, Chaim? Chaim?«

Rosenzweig nahm das Kissen von seinem Ohr. »Wie bitte? Was?«

»Trinken Sie das Wasser nicht. Es ist zu Blut geworden.«

Rayford und T. M. Delanty standen in der leeren Empfangshalle im Tower des Flughafens von Palwaukee und betrachteten Bo und Ernie, die sich gegenseitig verfluchten, während sie sich am Boden wanden.

»Können wir nichts für sie tun?«, fragte T.

Rayford schüttelte den Kopf. »Sie tun mir Leid, und auch alle anderen, die dies erleiden müssen. Wenn sie nur auf uns gehört hätten! Die Botschaft wird schon lange verbreitet, sogar schon vor der Entrückung. Wie mag ihre Geschichte aussehen? Ernie hat mich davon überzeugt, dass er Christ ist – er hatte das Zeichen und alles.«

»Ich war schockiert zu sehen, dass er angegriffen wurde«, berichtete T., »aber das ist zum Teil auch meine Schuld. Tagelang wirkte er interessiert, sagte, Ken würde ihm nahelegen, im Internet Tsion Ben-Judahs Botschaften zu lesen. Er stellte so viele Fragen, vor allem zu dem Zeichen, dass er auf Grund dessen, was er von Tsion gelernt, von Ken und mir darüber gehört hat, in der Lage war, es nachzumachen.«

Rayford sah nach draußen. Der Himmel war noch immer mit Heuschrecken bedeckt, aber alle außer ein paar hatten sich von der Tür entfernt.

»Ich hätte nie gedacht, dass jemand in der Lage sein würde, das Zeichen nachzumachen. Ich hatte gedacht, das Zeichen sei ein stichhaltiger Beweis und würde uns zweifelsfrei zeigen, wer zu uns gehört und wer nicht. Was tun wir jetzt? Machen wir bei jedem, der das Zeichen hat, jetzt den Haltbarkeitstest?«

»Nein«, erwiderte T. »Das brauchen wir nicht.«

»Warum nicht?«

»Sie überprüfen doch auch nicht mein Zeichen, stimmt's? Warum denken Sie, ich sei echt?«

»Weil Sie nicht angegriffen wurden.«

»Genau. In den kommenden zehn Monaten ist das unser Beweis.«

»Warum nur in den kommenden zehn Monaten?«

»Haben Sie denn nicht gelesen, was Dr. Ben-Judah heute geschrieben hat?«

Rayford schüttelte den Kopf.

»Er sagt, die Heuschrecken hätten fünf Monate Zeit, ihre Beute zu suchen und sie zu stechen, und die Opfer würden danach noch fünf Monate leiden. Er glaubt auch, obwohl er zugibt, dass das nur eine Annahme ist, dass die Heuschrecken jeden Menschen nur einmal stechen und dann weiterziehen.«

»Haben Sie sich diese Dinger einmal genau angesehen?«, fragte Rayford, während er eines der Tiere, das am Fenster saß, betrachtete.

»Ich weiß gar nicht, ob ich das überhaupt möchte!«, sagte T. und kam näher. »Mir gefiel nicht einmal das, was ich darüber bei Ben-Judah gelesen habe. Oh Junge, sehen Sie sich das an! Das ist aber wirklich ein hässliches Monster.«

»Seien Sie froh, dass sie auf Ihrer Seite stehen.«

»Das ist wirklich Ironie«, erwiderte T. »Ben-Judah sagt, sie seien Dämonen.«

»Ja, aber sie arbeiten eine Weile für Gott.«

Beide Männer legten den Kopf zur Seite.

»Was ist das für ein Geräusch?«, fragte Rayford. »Tsion sagt, wenn sie fliegen, würde sich das anhören, als würden Pferd und Wagen in die Schlacht ziehen, aber ich höre noch etwas anderes.«

»Singen sie?«, fragte T.

Sie öffneten die Tür einen Spalt, und eine Heuschrecke versuchte, sich hindurchzuzwängen. Schnell schloss Rayford die Tür. Das Tier wand und krümmte sich. Er verminderte den Druck und es zog sich schnell zurück.

»Das ist es!« sagte Rayford. »Sie singen etwas.«

Die Männer verhielten sich still. Die Wolke von Heuschrecken rief auf der Suche nach neuen Zielen wie aus einem Munde: »Apollyon, Apollyon, Apollyon!«

»Warum tut Gott mir so etwas an?«, jammerte Chaim. »Was habe ich ihm denn getan? Sie kennen mich doch, Cameron! Ich bin kein schlechter Mensch!«

»Er hat das nicht getan, Dr. Rosenzweig. Sie haben es sich selbst angetan.«

»Was habe ich getan, was so falsch war? Was ist mein Verbrechen?«

»Zum einen Stolz«, erklärte Buck und zog sich einen Stuhl heran. Er wusste, er konnte für seinen Freund nichts tun, ihm nur Gesellschaft leisten.

»Stolz? Bin ich etwa stolz?«

»Vielleicht nicht bewusst, Doktor, aber Sie haben alles, was Tsion Ihnen über die Verbindung zu Gott gesagt hat, ignoriert. Sie haben auf Ihren eigenen Charme, auf Ihren Wert gezählt, Sie haben darauf vertraut, dass Sie ein guter Mensch sind, und gehofft, das würde ausreichen. Sie haben alle Beweise, dass Jesus der Messias ist, ignoriert und sind zu dem zurückgekehrt, was man Sie gelehrt hat. Sie haben Ihr Vertrauen nur auf das gesetzt, was Sie sehen, hören und fühlen können. Wie oft haben Sie gehört, dass Tsion die Passagen aus dem Brief an Titus, Kapitel 3, Vers 5 und dem Epheser-Brief, Kapitel 2, die Verse 8 bis 9 zitiert hat? Und doch sind Sie –«

Chaim schrie vor Schmerzen auf. »Sagen Sie mir die Stelle noch einmal auf, Cameron, ja?«

»›… hat er uns gerettet – nicht weil wir Werke vollbracht hätten, die uns gerecht machen können, sondern aufgrund seines Erbarmens … Denn aus Gnade seid ihr durch den Glauben gerettet, nicht aus eigener Kraft – Gott hat es geschenkt –, nicht aufgrund eurer Werke, damit sich keiner rühmen kann.‹«

Chaim nickte niedergeschlagen. »Cameron, es tut so schrecklich weh!«

»Ich sage es nur ungern, aber es wird noch schlimmer werden. In der Bibel heißt es, dass Sie sich wünschen zu sterben und nicht in der Lage sein werden, Selbstmord zu begehen.«

Chaim schrie schmerzerfüllt auf. »Würde Gott mich annehmen, wenn ich ihm jetzt mein Leben anvertraue, nur um die Schmerzen zu lindern?«

»Gott weiß alles, Doktor. Er kennt selbst Ihr Innerstes. Wenn Sie wüssten, dass Sie trotzdem leiden müssten, dass es in den kommenden Monaten schlimmer und schlimmer werden würde, egal, wie Sie sich entscheiden, würden Sie ihn dann trotzdem wollen?«

»Ich weiß es nicht!«, antwortete er. »Gott vergebe mir, ich weiß es nicht!«

Buck stellte das Radio an und fand einen Piratensender, der die Predigten von Eli und Moishe von der Klagemauer übertrug. Eli hielt gerade eine Ansprache, die im Augenblick vermutlich kein Nichtchrist gerne hörte.

»Ihr wütet und tobt gegen Gott wegen der schrecklichen Plage, die über euch hereingebrochen ist! Obwohl ihr die letzten sein werdet, so seid ihr nicht die erste Generation, die Gott gezwungen hat, seine liebende Hand von ihr zu ziehen und sie zu strafen.

Hört auf die Worte aus alten Zeiten, auf den Herrn, den Gott Israels: ›Ich versagte euch den Regen drei Monate vor der Ernte. Über der einen Stadt ließ ich es regnen, über der anderen nicht; das eine Feld bekam Regen, das andere nicht, so daß es verdorrte. Zwei, drei Städte taumelten zu der einen; sie wollten Wasser trinken und blieben doch durstig. Und dennoch seid ihr nicht umgekehrt zu mir ... Ich vernichtete euer Getreide durch Rost und Mehltau, ich verwüstete eure Gärten und Weinberge; eure Feigenbäume und eure Ölbäume fraßen die Heuschrecken kahl. Und dennoch seid ihr nicht umgekehrt zu mir ... Ich ließ die Pest gegen euch los wie gegen Ägypten, eure jungen Männer tötete ich mit dem Schwert und gab eure Pferde (den Feinden) zur Beute; und dennoch seid ihr nicht umgekehrt zu mir ...

Ich brachte über euch eine gewaltige Zerstörung wie die, die Gott einst über Sodom und Gomorra verhängte; ihr wart wie ein Holzscheit, das man aus dem Feuer herausholt. Und dennoch seid ihr nicht umgekehrt zu mir ... Darum will ich dir alles das antun, Israel, und weil ich dir all das antun werde, mach dich bereit, deinem Gott gegenüberzutreten. Denn siehe, er formt die Berge, er erschafft den Wind, er verkündet den Menschen, was er im Sinn hat; er macht das Morgenrot und die Finsternis, er schreitet über die Höhen der Erde dahin – Jahwe, Gott der Heere, ist sein Name ...

Ja, so spricht der Herr zum Hause Israel: Suchet mich, dann werdet ihr leben ... Er hat das Siebengestirn und den Orion erschaffen; er verwandelt die Finsternis in den hellen Morgen, er verdunkelt den Tag zur Nacht, er ruft das Wasser des Meeres und gießt es aus über die Erde – Jahwe ist sein Name.

Darum schweigt in dieser Zeit, wer klug ist; denn es ist eine böse Zeit. Sucht das Gute, nicht das Böse; dann werdet ihr leben, und dann wird, wie ihr sagt, der Herr, der Gott der Heere, bei euch sein. Haßt das Böse, liebt das Gute, und bringt bei Gericht das Recht zur Geltung! Vielleicht ist der Herr, der Gott der Heere, dem Rest Josefs dann gnädig ...

Wenn ihr mir Brandopfer darbringt, ich habe kein Gefallen an euren Gaben, und eure fetten Heilsopfer will ich nicht sehen. Weg mit dem Lärm deiner Lieder! Dein Harfenspiel will ich nicht hören, sondern das Recht ströme wie Wasser, die Gerechtigkeit wie ein nie versiegender Bach.‹«

»Wow!«, sagte Buck.

»Bitte, Cameron!«, forderte Chaim. »Stellen Sie das ab! Ich kann das nicht mehr ertragen.«

Buck saß noch weitere zwei Stunden bei Chaim, doch er konnte diesem sein Leiden nicht erleichtern. Der Mann schlug um sich, schwitzte und keuchte. Als er sich schließlich einen Augenblick entspannte, meinte er: »Sind Sie sicher, dass das noch schlimmer wird, bis ich schließlich am Leben verzweifele?«

Buck nickte.

»Woher wissen Sie das?«

»Ich glaube an die Bibel.«

»Und darin steht so etwas? Mit diesen Worten?«

Buck kannte den Vers auswendig. »›In jenen Tagen werden die Menschen den Tod suchen, aber nicht finden; sie werden sterben wollen, aber der Tod wird vor ihnen fliehen‹«, zitierte er.

18

Während der folgenden fünf Monate griffen die dämonischen Heuschrecken jeden an, der nicht das Siegel Gottes auf seiner Stirn trug. Und fünf Monate danach litten diejenigen, die zuletzt gebissen worden waren, noch immer.

Das einprägsamste Bild dieses unendlichen Leidens bekamen die Mitglieder der *Tribulation Force* in Hatties Fall. Ihre Schmerzen waren so groß, dass alle, Rayford, Tsion, Chloe und Floyd, sie anflehten, ihr Leben doch endlich Christus anzuvertrauen. Doch trotz ihrer Schreie zu allen Tages- und Nachtstunden beharrte sie eigensinnig darauf, sie bekäme nur, was sie verdient habe und nichts anderes.

Ihre Schreie rund um die Uhr anzuhören, war so anstrengend für die anderen, dass Rayford beschloss, Hattie in den Keller zu verlegen, wo Ken gewohnt hatte. Im Laufe der Wochen wurde sie nur noch zum Schatten ihrer selbst. Rayford hatte das Gefühl, einen lebenden Leichnam zu besuchen, wenn er nach unten ging, und schon bald ging er gar nicht mehr allein, sondern nur in Begleitung. Es war zu beängstigend.

Doktor Charles versuchte, ihre Symptome zu behandeln, doch er stellte sehr schnell fest, dass das nichts nützte. Die anderen brachten ihr abwechselnd die Mahlzeiten, die sie jedoch kaum anrührte. Sie aß sehr viel weniger, als sie eigentlich zum Überleben benötigte, doch wie es in der Bibel vorhergesagt worden war, konnte sie nicht sterben.

Selbst wenn Rayford Hattie in Begleitung besuchte, konnte er danach nicht gut schlafen. Hattie war zum Skelett abgemagert, ihre dunklen Augen waren tief in die Höhlen eingesunken, ihre Lippen so schmal, dass sich die Zähne darunter abzeichneten.

Sie konnte nicht sprechen, machte sich aber durch Gesten und Grunzen verständlich. Schließlich weigerte sie sich sogar, sich umzudrehen, wenn jemand herunterkam.

Doch als Chloe irgendwie ihre Schwester Nancy ausfindig machte, die in einer Abtreibungsklinik im Westen arbeitete, zwang sich Hattie zu sprechen. Alle anderen Mitglieder von Hatties Familie waren vor der Heuschreckenplage auf unterschiedlichste Art ums Leben gekommen. Jetzt sprach Hattie zum ersten Mal seit Monaten mit ihrer Schwester. Irgendwie war es dieser gelungen, einige Monate lang den Heuschrecken zu entkommen, doch nun war auch sie ein Opfer.

»Nancy, du musst an Jesus glauben«, brachte Hattie mühsam heraus, denn ihr Mund war voller Blasen. »Das ist die einzige Antwort. Er liebt dich. Tu es.«

Floyd hatte Hatties Gespräch mit angehört und bat Rayford und Tsion, mit ihr zu sprechen. Aber sie war noch abweisender als je zuvor.

»Aber Sie kennen doch die Wahrheit«, sagte Tsion. »Und die Wahrheit wird Sie befreien.«

»Verstehen Sie denn nicht, dass ich gar nicht frei sein möchte? Ich möchte nur lange genug am Leben bleiben, um Nicolai zu töten, und das werde ich. Dann ist mir egal, was aus mir wird.«

»Aber uns ist es nicht egal«, sagte Rayford.

»Sie werden schon damit klarkommen«, sagte sie und drehte ihnen den Rücken zu.

Chloe, deren Schwangerschaft sich dem Ende zuneigte, konnte die Treppen nicht mehr laufen. Sie sagte zu Rayford, sie bete darum, dass Buck es irgendwie schaffen würde, nach Hause zu kommen, bevor das Baby geboren wurde.

Tsion hatte mehr zu tun als je zuvor. Er gab die Berichte der 144 000 Zeugen weiter, die ausgeschwärmt waren, um die Gute Nachricht überall auf der Welt zu verbreiten. Viele Wunder waren geschehen. Geschichten von abgelegenen Stämmen drangen zu ihnen, die die Evangelisten in ihrer eigenen Sprache verstanden und auch zum Glauben kamen.

Tsion erreichte täglich fast eine Milliarde Website-Leser und machte sie darauf aufmerksam, dass sich die Zeit, in der die Gläubigen noch ein Mindestmaß an Freiheit genossen, dem Ende zuneigte:

»Jetzt ist unsere Zeit gekommen, meine lieben Brüder und Schwestern. Da alle anderen den Angriffen des Heuschreckenschwarms ausgesetzt waren, müssen sie im Haus bleiben oder wagen sich nur in dicker Schutzkleidung nach draußen. Dies ist unsere Chance, den Mechanismus in Gang zu setzen, der uns helfen wird zu überleben, wenn das Weltsystem eines Tages sein eigenes Zeichen fordert. Und ich glaube, dass dies in nicht allzu ferner Zukunft der Fall sein wird. Ohne das Zeichen werden wir weder kaufen noch verkaufen können, und dieses Zeichen besiegelt das Schicksal des

Trägers für alle Zeiten, wenn er sich dafür entscheidet – genau wie das Zeichen, das wir tragen, uns für die Ewigkeit versiegelt hat.
Ich bitte Sie, Gott nicht als bösartig oder launenhaft zu betrachten, wenn wir das unglaubliche Leiden der Opfer des Heuschreckenbisses sehen. Dies alles gehört zu seinem Plan. Er möchte, dass die Menschen endlich aufhören, sich gegen ihn aufzulehnen und ihm zuhören, damit er ihnen seine Liebe zeigen kann. In der Bibel lesen wir, dass Gott bereit ist zu verzeihen, dass er gnädig und barmherzig ist, langsam zornig wird und voller Güte ist. Wie sehr muss es ihn schmerzen, zu solchen Maßnahmen greifen zu müssen, um seine geliebten Menschen zu erreichen!
Es tut uns weh zu sehen, dass selbst diejenigen, die als Folge dieser letzten Plage Christus den Platz in ihrem Leben einräumen, der ihm gebührt, trotzdem die ganzen fünf Monate leiden müssen, wie in der biblischen Prophezeiung zu lesen ist. Und doch glaube ich, dass wir aufgerufen sind, dies als ein Bild für die traurige Tatsache zu sehen, dass Sünde und Rebellion ihren Preis haben. Es gibt Narben. Wenn jemand Christus annimmt, hat Gott ihn erlöst, und er steht wie ein unbeschriebenes Blatt vor seinem Angesicht. Aber die Auswirkungen seines fehlerhaften Lebens bleiben.
Es freut mich zu hören, dass täglich Menschen auf der ganzen Welt zu Christus finden. Sogar Völker, in denen es früher nur wenige Christen gab, kommen in Scharen zum Glauben.
Natürlich sehen wir auch, dass das Böse auf dem Sprung ist. In der Bibel lesen wir, dass diejenigen, die selbst angesichts dieser schrecklichen Plage rebellisch bleiben, sich selbst und ihre Sünde zu sehr lieben. So sehr das Weltsystem auch versucht, die Tatsachen herunterzuspielen: In unserer Gesellschaft ist ein katastrophaler Anstieg von Drogenmissbrauch, sexueller Ausschweifung, Mord, Diebstahl, Dämonenanbetung und Götzendienerei zu verzeichnen.
Verliert inmitten des Chaos und der Plagen nicht den Mut. Wir wissen aus der Bibel, dass der Dämonenkönig des Abgrunds seinem Namen gerecht wird – ›Abaddon‹ auf Hebräisch und ›Apollyon‹ auf Griechisch, was ›Zerstörer‹ bedeutet. Er führt die dämonischen Heuschrecken auf ihrem Feldzug an. Aber wir als die versiegelten Jünger des Herrn brauchen uns nicht zu fürchten. Denn es steht geschrieben: ›... denn er, der in euch ist, ist größer als jener, der in der Welt ist. ... Wir aber sind aus Gott. Wer Gott erkennt, hört auf uns; wer nicht aus Gott ist, hört nicht auf uns. Daran erkennen wir den Geist der Wahrheit und den Geist des Irrtums.‹«

Überprüft meine Botschaften immer mit dem, was in der Bibel steht. Lest sie jeden Tag. Neue Christen – und keiner von uns ist alt im Glauben, oder?: Lernt den Wert der Disziplin des täglichen Lesens und Studierens kennen. Wenn wir die hässlichen Kreaturen sehen, die in unsere Welt eingedrungen sind, wird offensichtlich, dass auch wir in den Krieg ziehen müssen.
Und schließlich fordere ich euch mit dem Apostel Paulus auf: ›Werdet stark durch die Kraft und Macht des Herrn! Zieht die Rüstung Gottes an, damit ihr den listigen Anschlägen des Teufels widerstehen könnt. Denn wir haben nicht gegen Menschen aus Fleisch und Blut zu kämpfen, sondern gegen die Fürsten und Gewalten, gegen die Beherrscher dieser finsteren Welt, gegen die bösen Geister des himmlischen Bereichs. Darum legt die Rüstung Gottes an, damit ihr am Tag des Unheils standhalten, alles vollbringen und den Kampf bestehen könnt. Seid also standhaft: Gürtet euch mit Wahrheit, zieht als Panzer die Gerechtigkeit an und als Schuhe die Bereitschaft, für das Evangelium vom Frieden zu kämpfen. Vor allem greift zum Schild des Glaubens! Mit ihm könnt ihr alle feurigen Geschosse des Bösen auslöschen. Nehmt den Helm des Heils und das Schwert des Geistes, das ist das Wort Gottes. Hört nicht auf, zu beten und zu flehen! Betet jederzeit im Geist; seid wachsam, harrt aus und bittet für alle Heiligen, auch für mich: daß Gott mir das rechte Wort schenkt, wenn es darauf ankommt, mit Freimut das Geheimnis des Evangeliums zu verkünden ... Bittet, daß ich in seiner Kraft freimütig zu reden vermag, wie es meine Pflicht ist.‹
Bis wir das nächste Mal wieder in Verbindung treten, wünsche ich euch Gottes Segen, Tsion Ben-Judah.«

Buck wusste, dass Jacov, Hannelore und Stefan in ihrem Glauben gewachsen waren, als sie darauf bestanden, in Rosenzweigs Haus zu ziehen und Chaim und Jonas mehrere Monate lang zu pflegen. Sie brachten Hannelores Mutter mit, die Christus an dem Tag, als die Heuschrecken kamen, als Herrn und Erlöser angenommen hatte. Selbst in ihrem Leiden las sie in der Bibel und betete, und immer wieder bat sie Gott, dass auch Chaim und Jonas dies tun würden. Doch selbst nachdem Jonas zum Glauben gekommen war, blieb Chaim entschlossen, diesen Schritt nicht zu tun.

Buck gelang es nicht, einen Flug zurück in die Staaten zu bekommen, darum suchte er unter den Gläubigen nach jemandem, der ihn mit einem gecharterten Flugzeug zurückfliegen konnte, denn er wollte unbedingt die Geburt seines Kindes miterleben. Er versuchte, Mac in Neu-Babylon zu erreichen, aber er bekam keine Verbindung. Schließlich schickte er ihm eine verschlüsselte E-Mail und eine Stunde später erhielt er eine ausführliche Antwort:

»Ich freue mich darauf, Sie kennen zu lernen, Mr. Williams. Natürlich hat mir Ihr Schwiegervater von Ihnen erzählt, aber keine Sorge, ich glaube kein Wort davon. :-)
Wie gefällt Ihnen das E-Mail-System, das David hier mit mir aufgebaut hat? Er hat alle Sicherungssysteme eingebaut, die Sie sich nur vorstellen können. Wenn jetzt jemand hereinkäme, könnte er nicht lesen, was ich gerade geschrieben habe.
Wenn ich Sie richtig verstanden habe, brauchen Sie einen Charterflug in die Staaten. Versuchen Sie es bei Abdullah Smith in Jordanien. Der Name klingt seltsam, aber das hat seinen Grund. Und er ist Christ. Wenn Sie meinen Namen nennen, wird er Ihnen das Doppelte berechnen (war ein Witz!). Wenn er die Aufgabe erledigen kann, wird er gut auf Sie aufpassen.
David Hassid und ich mussten Heuschreckenstiche vortäuschen, um uns nicht zu verraten. Dabei haben wir mehrere andere heimliche Christen hier entdeckt. Carpathia und Leon haben sich in einem Schutzbunker in Sicherheit gebracht, in den die Heuschrecken nicht gelangen konnten, aber fast alle anderen, auch die zehn Herrscher und sogar Peter der Zweite sind gestochen worden und leiden. Wenn Sie Carpathia in den Nachrichten sehen und hören, wie er erzählt, die Geschichten von den giftigen Stichen seien übertrieben, während eine Heuschrecke als Haustier auf seiner Schulter sitzt, glauben Sie kein Wort davon. Es ist eine Fotomontage. Natürlich würden die richtigen Tiere Nicolai oder Leon aus professioneller Höflichkeit nicht beißen.
Ein paar von uns Christen haben so tun können, als würden wir uns nur schneller wieder erholen, wir liegen also nicht einfach 24 Stunden in der Krankenstation herum und hören uns die Schmerzensschreie der anderen an. Carpathia hat ein paar von uns losgeschickt, um einigen der Herrscher, die besonders schlimm dran sind, zu helfen. Allerdings weiß er nicht, dass David angefangen hat, heimlich Literatur zu verschicken, Kopien von Tsions Lehren in verschiedenen Sprachen. Er hat den Laderaum der Condor 216 damit vollgepackt. Christen in den unterschiedlichsten Ländern, in die ich komme, entladen und verteilen sie.

Leon hat davon erfahren, dass die Welt mit christlicher Literatur überschwemmt wird, und er ist schrecklich wütend darüber. Peter der Zweite ebenfalls. Ich hoffe, dass beide eines Tages herausfinden, wie sie transportiert wurde. Aber jetzt noch nicht. Betet für uns. Wir sind eure Augen und Ohren in Neu-Babylon, und wir befinden uns in einer schwierigen Situation, wenn das auch vielleicht nicht so klingen mag. Alle, die nicht mit dem Regime übereinstimmen, werden hier mit dem Tode bestraft. Zwei enge Mitarbeiter von Peter Mathews wurden exekutiert, weil sie einem Angestellten der Weltgemeinschaft etwas erzählt hatten, das Peter nicht verbreitet haben wollte. Carpathia hörte von den Exekutionen und schickte ihm ein Glückwünschtelegramm. Natürlich steht Peter auf Nicolais Abschussliste, zumindest aber ganz bestimmt auf Leons. Leon ist der Meinung, jede Religion sei überflüssig, weil wir ja Seine Exzellenz, den Potentaten, haben, den wir anbeten können.

So, wie ich das sage, klingt das ironisch, aber Leon meint das todernst. David befand sich im Raum, als Leon vorschlug, man solle ein Gesetz erlassen, dass jeder sich in Nicolais Gegenwart verbeugen müsse. Das wäre dann mein Ende.

Die Christen hier können sich aus Angst davor, entlarvt zu werden, nicht treffen, aber wir ermutigen uns gegenseitig auf ganz subtile Weise. Glücklicherweise ist David in eine Position aufgestiegen, die es ihm ermöglicht, eng mit dem Chefpiloten zusammenzuarbeiten. Wir werden also häufig miteinander zu tun haben. Ken Ritz' Idee, einen eigenen Markt aufzubauen, finden wir großartig, und wir sind der Meinung, dass Ihre Frau das hervorragend machen wird. Sie wissen natürlich, wer ihre direkte Konkurrenz sein wird. Carpathia nimmt sich persönlich des Welthandels an. Sie haben das sicher bereits gehört. Er möchte die zehn Könige unter Kontrolle haben.

Wissen Sie, Mr. Williams, ein paar Tage vor dem Heuschreckenüberfall habe ich etwas in der Condor gehört, das eine von Dr. Ben-Judahs Aussagen bestätigt. Sie erinnern sich sicher, dass er einmal schrieb, diese Periode sei nicht nur ein Krieg zwischen Gut und Böse, sondern auch eine Auseinandersetzung zwischen Böse und Böse? Ich denke, er wollte damit sagen, wir sollen uns gegenseitig lieben und aufpassen, dass wir uns in den Krisen nicht gegeneinander wenden und uns gegenseitig bekämpfen. Auf jeden Fall waren Mathews, der heilige Nick und der allgegenwärtige Leon Fortunato an Bord der Condor 216. (Übrigens habe ich endlich herausgefunden, warum Carpathia diese Zahl so liebt. Na ja, eigentlich hat David es mir erzählt. Er dachte, alle wüssten es. Ihr Quiz für die Woche.)

Also, im Flugzeug setzte der alte Mathews Carpathia die Daumenschrauben an. Er forderte dieses und drängte auf jenes, bat um einen größeren Anteil an den Steuern für all die wundervollen Dinge, die Enigma-Babylon für die Weltgemeinschaft tun wird. Nicolai sagte zu allem Ja und Amen. Schließlich verschwand Mathews einmal im Bad, und ich hörte, wie Nicolai zu Fortunato sagte: ›Wenn Sie ihn nicht aus dem Weg schaffen, werde ich das höchstpersönlich übernehmen.‹

Leon erwiderte: ›Er hat seinen Zweck erfüllt und ich arbeite daran.‹

Ich will mich ja nicht beschweren, aber da hier alle krank sind, habe ich mehr Zeit für mich, als ich je wieder haben werde. Alles Gute für das Kleine. Wir werden beten, dass Sie rechtzeitig nach Hause kommen und dass Mama gut wieder auf die Beine kommt und einen richtigen Vater aus Ihnen macht. Gruß an alle.

Im Namen Christi, Mac M.

Rayford, der noch immer den Verlust von Ken Ritz betrauerte, seine Gespräche mit Mac McCullum vermisste und sich über Ernies Täuschungsversuch aufregte, nahm sich die Zeit, T. M. Delanty näher kennen zu lernen. Während Ernie und der unverwüstliche Bo im *Arthur Young Memorial*-Krankenhaus in Palatine lagen, fuhr Rayford mehrmals zum Flughafen hinaus, um Kens Sachen durchzusehen. Dabei traf er immer wieder auf T.

Sie erzählten sich beim Mittagessen ihre Lebensgeschichten, und Rayford wusste, dass er einen neuen Freund gefunden hatte. Nach mehreren Begegnungen brachte er den Mut auf zu fragen: »Wofür steht das T. M.?«

T. blickte ihn ein wenig enttäuscht an. »Wenn ich gewollt hätte, dass die Leute das erfahren, hätte ich meinen Namen nicht abgekürzt.«

»Tut mir Leid. Ich fragte mich nur, warum Sie sich ›T.‹ nennen, das ist alles.«

»Ich habe einen komischen Vornamen, das ist der Grund dafür. Was soll ich Ihnen sagen? Meine Mutter war Afro-Amerikanerin und mein Vater eine Mischung aus Schotte und Ire, leider. Sie nannte mich nach einem alten Lehrer. Tyrola ist ein guter Nachname, aber was würden Sie denn machen, wenn Sie mit einem solchen Vornamen gestraft wären?«

»Ich würde mir eine Fahrkarte kaufen und aus der Stadt verschwinden. Tut mir Leid, dass ich gefragt habe. Und der mittlere Name war keine Alternative?«

»Mark.«

Rayford zuckte die Achseln. »Was gefällt Ihnen daran nicht?«

»Er gefällt mir ja, aber sehe ich aus wie ein Mark? Ich gebe zu, ich sehe auch nicht aus wie ein T.«

Tyrola Mark Delanty war das einzige Mitglied seiner kleinen Gemeinde, das bei der Entrückung zurückgelassen worden war.

»Ich war selbstmordgefährdet«, erklärte er. »Und ich kann nicht sagen, dass ich viel Freude erlebt habe, nicht einmal, seit ich endlich mit Gott ins Reine gekommen bin. Ich habe meine Frau, mit der ich 14 Jahre verheiratet gewesen bin, und sechs Kinder verloren, meine gesamte Verwandtschaft, Freunde, Gemeindeleute, einfach alle.«

Rayford fragte ihn, mit wem er denn jetzt noch Kontakt habe.

»In meiner Nachbarschaft wohnen etwa 30 Christen. Und es werden immer mehr.«

Nach einigen Begegnungen kamen Rayford und T. endlich auf das Thema Ken, Palwaukee, Bo und Ernie zu sprechen. Es stellte sich heraus, dass T. den größten Anteil des Flugplatzes besaß. Er hatte seine Anteile von einer Reihe von Leuten bereits vor dem Massenverschwinden gekauft.

»Ich habe nie viel Geld damit verdient, aber es lief. Ken und mehrere andere flogen regelmäßig von hier aus. Wie Sie wissen, lebte Ken hier, bis das Erdbeben kam und er zu Ihnen zog.«

Bo war der einzige Sohn eines reichen Investors, der fünf Prozent des Flughafens besaß. Er war bei einem Autounfall während der Entrückung ums Leben gekommen.

»Im anschließenden Chaos stellte sich heraus, dass Bo der einzige Erbe war, und er versuchte, sich als Boss aufzuspielen. Ich habe mich über ihn amüsiert, bis er Ernie anbrachte. Zuerst habe ich mich dagegen gewehrt. Er war 19 Jahre alt, hatte mit 14 die Schule geschmissen, allerdings den Ruf, der geborene Mechaniker zu sein. Na ja, es stellte sich heraus, dass das tatsächlich so war, und er hat hier wirklich viel Gutes bewirkt. Erst am Tag des Heuschreckenangriffs ist mir klar geworden, dass Ernie und Bo etwas ausgeheckt hatten.«

»Warum wollten sie Ernie in unsere Gruppe einschleusen?«

»Man munkelte, dass Ken viel Geld besessen hat. Ernie hat, glaube ich, versucht, sich gut mit ihm zu stellen. Er und Bo hätten ihm irgendwie sein Geld abgejagt. Als Ken getötet wurde, liefen sie zu

Höchstform auf. Das traurige Ergebnis dieser komischen Anstrengungen haben Sie ja miterlebt.«

Rayford betrachtete T. und überlegte, ob er fragen sollte, was an den Gerüchten von Kens Reichtum wahr sei. Doch er beschloss, dieses Thema noch nicht weiterzuverfolgen. T. dagegen beantwortete die Frage, die Rayford auf der Zunge gelegen hatte.

»Die Gerüchte sind wahr, wissen Sie?«

»Ich weiß das tatsächlich«, erwiderte Rayford. »Aber woher wissen Sie das?«

»Ken wollte den Flugplatz wirklich kaufen und ich wollte ihn wirklich verkaufen. Das habe ich die ganze Zeit über gehofft, aber ich hatte ein anderes Motiv. Der Wiederaufbau nach dem Erdbeben hat meine letzten Reserven aufgezehrt und ich brauchte Bargeld. Ich wollte ein wenig Geld in unsere kleine Gemeinde stecken und sehen, ob wir nicht in den wenigen uns noch verbleibenden Jahren etwas für Gott tun könnten. Ich fragte Ken, ob er es sich leisten könnte, den Flugplatz zum Marktwert zu kaufen, und er versicherte mir, er könne es.«

»Hat er zufällig gesagt, wo er sein Geld hat?«

T. lächelte. »Wir schleichen noch immer um den heißen Brei. Spielen noch immer Katz und Maus, oder?«

»Ich habe mich das nur gefragt«, erwiderte Rayford.

»Ja, ich denke, wir beide sollten uns beeilen.«

»Was sollte Ihrer Meinung nach mit Kens Vermögen getan werden, T.?«

»Für Gott eingesetzt werden. Jede müde Mark. Das hätte er gewollt.«

»Das denke ich auch. Gehört das Geld irgendjemand anderem? Rechtlich gesehen, meine ich.«

»Nein.«

»Und Sie haben Zugang dazu?«

»Wollen Sie mit mir zusammen graben, Rayford?«

»Ich weiß nicht. Was zahlen Sie?« Rayford grinste.

»Wenn Ken Ihnen nicht ausdrücklich gesagt hat, Sie könnten es haben, dann gehört es, denke ich, von Rechts wegen mir. Es wurde auf meinem Besitz zurückgelassen. Ich weiß nicht genau, wo, und ich weiß auch nicht, wie viel es ist. Aber ich würde es wirklich gern holen, bevor Bo und Ernie wieder auf den Beinen sind!«

Rayford nickte. »Und Ihre kleine Gemeinde kann alles gebrauchen?«

»Wie ich schon sagte, wir wollen sehen, ob wir etwas wirklich Wichtiges damit tun können. Wir würden davon keine Kirche bauen oder unsere Häuser in Ordnung bringen.«

»Haben Sie eine Ahnung, über wie viel Sie hier sprechen?«, fragte Rayford.

»Vielleicht etwas über eine Million.«

»Würde es Sie überraschen zu erfahren, dass es vermutlich fünfmal so viel ist?«

»Verhandeln wir hier, Rayford? Sie wollen etwas davon abhaben, oder? Denken Sie, dass Sie berechtigt dazu sind?«

Rayford schüttelte den Kopf. »Ich würde nur gern seine Flugzeuge kaufen. Ich erhebe keinen Anspruch auf sein Geld oder irgendetwas anderes.«

»Ich sage Ihnen was«, meinte T. »Wenn es nur halb so viel Geld ist, wie Sie denken, werde ich Ihnen seine Flugzeuge schenken.«

»Wie viel für die Gulfstream?«

»Wenn es so viel ist, wie Sie sagen, können Sie die auch haben.«

»Und ich kann von hier abfliegen?«

»Sie können sie hier unterstellen, warten lassen und hier wohnen, wenn Sie wollen.«

»Und kann vielleicht ein Jordanier meinen Schwiegersohn hier einfliegen, ohne dass Fragen gestellt werden?«

»Sie sagen es, Bruder.«

Rayford erklärte ihm die Idee von einem Weltmarkt der Christen, der aus dem Versteck der *Tribulation Force* heraus koordiniert werden sollte.

»Haben Sie vielleicht Interesse, da mit einzusteigen, Lieferungen zu übernehmen, Charterflüge zu organisieren, solche Dinge?«

»Also dafür wäre ich zu haben«, erwiderte T. »Und meine Gruppe von Christen auch, darauf wette ich.«

Buck traf sich mit Abdullah Smith in einem Straßencafé, dessen Besitzerin sich schon wieder auf dem Weg der Genesung befand. Abdullah war so verschwiegen und still wie kaum ein Mensch, den Buck in seinem Leben kennen gelernt hatte. Aber ganz eindeutig trug er das Zeichen auf seiner Stirn und war gesund. Er umarmte Buck sehr herzlich, wenn er auch in der Unterhaltung sehr zurückhaltend war.

»Ich brauchte nur den Namen ›McCullum‹ zu hören, Sir. Wir sind Brüder, wir drei. Ich fliege. Sie zahlen. Mehr gibt es von meiner Seite aus nicht zu sagen.«

So war es auch. Zumindest von Abdullahs Seite. Buck sagte ihm, er müsse wenigstens noch einen Besuch machen und würde ihn um sechs Uhr abends auf dem Flughafen in Amman treffen.

»Ich würde gern im Norden Griechenlands eine Zwischenlandung einlegen und dann auf direktem Weg nach Chicago weiterfliegen.«

Abdullah nickte.

Die Straßen Jerusalems waren größtenteils verlassen. Buck hatte sich an das Wehklagen und Weinen, das an jeder Straßenecke zu hören war, nie gewöhnen können. Wie es schien, litten in jedem Haushalt viele Menschen. Er hatte gehört, dass sich Tausende in Jerusalem die Pulsadern aufgeschnitten hatten, dass viele versucht hatten, sich zu erhängen, Gift genommen und ihre Köpfe vor Gasöfen gehalten hatten, dass sie sogar vor fahrende Züge und von Gebäuden gesprungen waren. Sie wurden natürlich ernstlich verletzt, aber niemand starb. Sie lebten unter Schmerzen weiter.

Rosenzweigs Haus war ein wenig stiller als sonst, aber selbst Chaim bat darum, dass man seinem Leiden ein Ende machte. Jacov berichtete, Chaim habe seit mehr als einer Woche keine Nahrung zu sich genommen – wirklich keine. Er versuchte, sich selbst zu Tode zu hungern oder an Dehydrierung zu sterben. Er sah schrecklich aus, ausgezehrt und blass.

Jonas und Jacovs Schwiegermutter waren sehr tapfer. Obwohl auch sie viel leiden mussten, taten sie, was sie konnten, um sich selbst zu helfen. Sie schliefen, aßen, standen auf und liefen herum. Sie nahmen Arzneien, obwohl sie nicht zu helfen schienen. Doch hier ging es darum, alles zu probieren. Sie freuten sich auf den Tag, an dem sie frei sein würden von den Auswirkungen des Stiches. Jonas vor allem freute sich wie ein Kind, wenn er mit Jacov in der Bibel oder Tsion Ben-Judahs tägliche Auslegung im Internet lesen konnte.

Chaim hingegen wollte nur sterben. Buck saß an seinem Bett, bis der alte Mann vor Schmerzen aufschrie.

»Alles tut weh, Cameron. Wenn ich Ihnen auch nur das Geringste bedeuten würde, würden Sie mich von diesem Elend befreien. Haben Sie doch Mitleid mit mir. Tun Sie das Richtige. Gott wird Ihnen vergeben.«

»Sie bitten mich um das Unmögliche und ich würde es sowieso nicht tun. Ich könnte mir nie verzeihen, wenn ich Sie um die Möglichkeit bringen würde, zu Christus zu finden.«

»Lassen Sie mich sterben!«

»Chaim, ich verstehe Sie nicht. Wirklich nicht. Sie kennen doch die Wahrheit. Ihr Leiden wird in einigen Wochen vorüber sein und –«

»Ich kann das nicht mehr lange aushalten!«

»Und dann haben Sie etwas, wofür Sie leben können.«

Chaim schwieg lange Zeit, als hätte sich Frieden in ihm ausgebreitet. Aber seine nächsten Worte zeigten, dass es nicht so war.

»Um ehrlich zu sein, mein junger Freund, ich verstehe das auch nicht. Ich gestehe, dass ich Christus eigentlich den Platz in meinem Leben einräumen möchte, der ihm zusteht. Aber gleichzeitig tobt in mir ein Kampf und ich kann einfach nicht.«

»Sie können doch!«

»Ich kann nicht!«

»Seien Sie ehrlich: Hier geht es nicht darum, dass Sie nicht können, oder, Doktor?«

Chaim schüttelte niedergeschlagen den Kopf. »Ich will nicht.«

»Und Sie wollen nicht zugeben, dass Ihr Stolz Sie von Gott fern hält.«

»Ich gebe es jetzt zu! Es ist tatsächlich Stolz! Aber er ist da und er ist real. Ein Mensch kann nicht werden, was er nicht ist.«

»Oh, hier irren Sie sich Chaim! Paulus, der ebenfalls orthodoxer Jude gewesen ist, schrieb: ›Wenn also jemand in Christus ist, dann ist er eine neue Schöpfung: Das Alte ist vergangen, Neues ist geworden.‹«

Chaim schlug vor Schmerzen um sich, sagte aber nichts. Für Buck war das bereits ein Fortschritt.

»Chaim?«, fragte er leise.

»Lassen Sie mich allein, Cameron!«

»Ich bete für Sie.«

»Sie vergeuden nur Ihre Zeit.«

»Niemals. Sie bedeuten mir viel, Chaim. Sie bedeuten uns allen viel. Und Gott am meisten.«

»Wenn Gott mich lieben würde, würde er mich sterben lassen.«

»Nicht, bis Sie zu ihm gehören.«

»Das wird niemals passieren.«

»Berühmte letzte Worte. Machen Sie's gut, mein Freund. Ich freue mich darauf, Sie wiederzusehen.«

19

Rayford liebte seine Tochter von ganzem Herzen. Das war schon immer so gewesen. Nicht nur, weil sie als Einzige aus der Familie zurückgelassen war. Auch Raymie hatte er geliebt und er vermisste ihn noch immer schrecklich. Zwei Frauen in weniger als drei Jahren zu verlieren, war ein Schlag, von dem er sich bis zu Jesu Wiederkehr nicht erholen würde.

Aber seine Beziehung zu Chloe war schon immer etwas Besonderes gewesen. Natürlich hatten sie ihre Auseinandersetzungen gehabt, als sie erwachsen wurde, sich mehr und mehr von der Familie löste und eine unabhängige junge Frau wurde. Und doch war sie ihm so ähnlich.

Das hatte es so schwer für sie gemacht zu glauben, dass Gott hinter dem großen Massenverschwinden steckte. Rayford fühlte sich einerseits geschmeichelt, dass sie ihm im Wesen ähnelte, andererseits hatte er Angst gehabt, ihr Pragmatismus könnte sie davon abhalten, zum Glauben an Christus zu kommen. Der schönste Tag seines Lebens, abgesehen natürlich von dem Tag, an dem er selbst sein Leben Christus anvertraut hatte, war der Tag, an dem Chloe ihre Entscheidung traf.

Er war glücklich, als sie und Buck heirateten, trotz des Altersunterschiedes von zehn Jahren. Er wusste nicht, was er denken sollte, als er hörte, dass sie ein Kind erwarteten und er Großvater werden würde, obwohl die kommenden Jahre mehr als schwierig werden würden.

Doch Chloe in der Blüte ihrer Schwangerschaft zu sehen, erfüllte ihn mit großem Stolz. Er erinnerte sich an Irene, die trotz der schwierigen Schwangerschaften immer strahlender ausgesehen hatte, je näher der Geburtstermin gerückt war. Er hatte alle Bücher gelesen, kannte alle Tücken. Rayford verstand, dass Irene ihm nicht hatte glauben wollen, wenn er sagte, dass sie besonders schön aussehe, wenn sie schwanger sei.

Sie hatte dasselbe gesagt, was Chloe jetzt sagte – dass sie sich wie eine Kuh fühle, dass sie einfach schrecklich aussehe. Sie hasste die geschwollenen Gelenke, ihre Rückenschmerzen, ihre Kurzatmigkeit und die mangelnde Beweglichkeit.

»Eigentlich bin ich ganz froh, dass Buck in Israel festhängt«, sagte sie. »Ich meine, ich möchte ihn natürlich zurückhaben, aber er wird denken, dass ich jetzt doppelt so viel wiege wie früher.«

Rayford nutzte die Gelegenheit und setzte sich zu Chloe.

»Liebling«, sagte er, »sei nachsichtig mit mir. Es ist vielleicht nicht richtig zu sagen, dass du tust, was deine Aufgabe ist. Ich weiß, dass du mehr bist als eine Gebärmaschine und dass du der Welt unglaubliche Dinge zu bieten hast. Du hast auch schon vor der Entrückung etwas bewirkt in dieser Welt, aber seither bist du ein richtiger Kämpfer gewesen. Du wirst einen Markt aufbauen, der vielen Millionen Menschen das Leben retten wird. Aber du musst mir einen Gefallen tun und aufhören, darüber zu stöhnen, was diese Schwangerschaft deinem Körper antut.«

»Ich weiß, Daddy«, gab sie zu. »Aber es ist so, ich fühle mich so schrecklich –«

»Du bist schön«, unterbrach er sie. »Einfach wunderschön.«

Er sagte das mit so viel Gefühl, dass es ihr die Sprache verschlug. Natürlich sah sie anders aus. Nichts war mehr dasselbe. Da ihr Geburtstermin immer näher rückte, hatte sie ein volleres Gesicht bekommen und sie war sehr nachdenklich geworden. Aber er konnte noch immer sein kleines Mädchen in ihr entdecken, seine Chloe als Kleinkind, voller Lebenslust und Neugier.

»Ich finde es schade, dass Buck dich so nicht sehen kann. Jetzt sieh mich nicht so an. Ich meine es ernst. Er wird dich ebenfalls wunderschön finden, und glaube es oder nicht, du wirst für ihn auch attraktiv sein. Du bist nicht die erste zukünftige Mama, die Schwangerschaft mit Übergewicht gleichsetzt. Die Ehemänner sehen das nicht so. Er wird dich so sehen, wie ich deine Mutter sah, als du unterwegs warst. Er wird überwältigt sein von dem Wissen, dass du euer Kind trägst.«

Chloe schien das Gespräch gut zu tun.

»Ich kann es wirklich kaum noch erwarten, dass er nach Hause kommt«, sagte sie. »Ich weiß, dass er Israel um sechs Uhr Ortszeit verlässt, aber wer weiß schon, wie lange er sich in Griechenland aufhalten wird?«

»Nicht lange. Er will nach Hause.«

»Und da es ein Charterflug ist, werden sie sich sicher beeilen. Ich wünschte, ich könnte ihn am Flugplatz abholen.«

»Floyd sagt, du solltest nicht –«

»Im Wagen fahren, vor allem nicht auf diesen Straßen, ich weiß. Ich wollte mir das ja auch nicht wirklich antun. Aber Buck und ich sind schon so lange getrennt. Und so sehr wir uns auch Gedanken darum machen, zu diesem Zeitpunkt in der Geschichte ein Kind in die Welt zu setzen, lieben wir dieses Kind doch schon so sehr, dass wir es kaum erwarten können, ihn oder sie in den Armen zu halten.«

»Ich kann es auch kaum erwarten, Großvater zu werden«, sagte Rayford. »Ich bete für dieses Kind, seit ich weiß, dass es auf die Welt kommen wird. Ich mache mir nur Gedanken darum, dass das Leben für uns alle so schwierig werden wird. Vermutlich werde ich gar nicht der Opa sein können, der ich gerne sein würde.«

»Du wirst großartig sein. Ich bin froh, dass du nicht mehr für Carpathia fliegst. Ich würde mir nur ungern immer Sorgen um dich machen müssen.«

Rayford erhob sich und sah aus dem Fenster. Die Morgensonne strahlte vom Himmel herab.

»Ich kehre in den Krieg zurück«, bemerkte er.

»Was heißt das?«

»Na ja, dir kann ich keinen Vorwurf deswegen machen. Du hast Kens Idee bisher so weit gebracht, dass ich nun voll und ganz damit ausgelastet bin. Ich werde fast so viel fliegen wie bei der Pan-Con.«

»Für den Weltmarkt?«

Er nickte. »Ich habe dir doch von T. erzählt.«

»Ja.«

»Wir werden die Luftbrücke von Palwaukee aus starten. Ich werde um die ganze Welt fliegen. Wenn die Fischer in der Behringstraße genauso erfolgreich sein werden, wie du glaubst, werde ich bis zur Wiederkehr Christi viel zu tun haben.«

Floyd Charles klopfte an die Tür.

»Zeit für eine kleine Untersuchung. Soll Ihr Vater draußen warten?«

»Was wird gemacht?«, fragte Chloe.

»Nur die Herztöne abgehört, Ihre und die des Juniors.«

»Dann kann er bleiben. Kann er sie auch hören?«

»Sicher.«

Floyd fühlte zuerst Chloes Puls und hörte mit dem Stethoskop ihr Herz ab. Dann verteilte er Gleitmittel auf ihrem hervorstehenden Bauch und zeichnete mit einem batteriebetriebenen CTG die Herztöne des Fötus auf. Rayford musste gegen die Tränen ankämpfen. Chloe strahlte.

»Das scheint mir ein großer Junge zu sein«, bemerkte Doc Charles.

Als er fertig war, fragte Chloe: »Ist alles in Ordnung?«

»Keine größeren Probleme«, erwiderte er.

Rayford sah Floyd an. Er war nicht so unbeschwert wie sonst. Er hatte nicht einmal gelächelt, als er den Scherz mit dem Jungen gemacht hatte. Chloe wollte das Geschlecht des Babys nicht wissen, und er hatte nie versucht, es herauszufinden.

»Und andere Probleme?«, fragte sie mit leiser Stimme. »Normalerweise sagen Sie doch, dass alles prima ist.«

Sie hatte genau das ausgesprochen, was Rayford gedacht hatte, und sein Herz sank, als Floyd sich einen Stuhl heranzog.

»Sie haben es bemerkt, oder?«, fragte er.

»Oh nein«, stöhnte sie.

Floyd legte ihr die Hand auf die Schulter. »Chloe, hören Sie mir zu.«

»Oh nein!«

»Chloe, was habe ich gesagt? Keine größeren Probleme und das habe ich auch so gemeint. Denken Sie, ich würde das sagen, wenn es nicht so wäre?«

»Und welches ist das kleinere Problem?«

»Eine Verlangsamung des Herzschlages des Babys.«

»Sie machen Witze«, entgegnete Rayford. »Wenn ich raten sollte, würde ich sagen, es schlägt viel zu schnell.«

»Der Herzschlag eines Fötus ist immer schneller als unserer«, erklärte Floyd. »Und die Verlangsamung ist so geringfügig, dass ich ihr in der vergangenen Woche kaum Beachtung geschenkt habe.«

»Das geht schon seit einer Woche so?«, fragte Chloe.

Floyd nickte. »Wir sprechen hier über einen winzigen Bruchteil in sechs Tagen. Das braucht gar nichts zu bedeuten.«

»Aber falls es doch etwas bedeutet«, widersprach Chloe, »was *würde* es bedeuten?«

»Eine tatsächliche Verlangsamung des fötalen Herzschlages gefällt uns nicht. Zum Beispiel fünf Prozent, schon gar nicht zehn Prozent oder mehr.«

»Weil …?«

»Weil das eine Bedrohung für die Lebensfähigkeit des Babys bedeuten könnte.«

»Erklären Sie das, Doktor«, warf Chloe ein.

»Wenn das Baby in Geburtsposition rutscht, kann sich die Nabelschnur um die Brust oder den Hals legen.«

»Und Sie glauben, dass das passiert?«

»Nein. Ich behalte nur den Herzschlag im Auge, Chloe. Das ist alles.«

»Ist das eine Möglichkeit?«

»Alles ist möglich. Darum zähle ich Ihnen auch nicht auf, was alles passieren kann.«

»Und wenn das so geringfügig ist, warum sagen Sie es mir dann?«

»Zum einen haben Sie gefragt. Ich wollte Sie nur auf eine Form der Behandlung vorbereiten, falls die Symptome bleiben sollten.«

»Aber Sie sagten, die Verlangsamung sei so geringfügig, dass man sich keine Gedanken zu machen brauche.«

»Okay, also, wenn die Symptome schlimmer werden.«

»Was würden Sie tun?«

»Zumindest Ihnen den größten Teil des Tages Sauerstoff geben.«

»Ich muss einen Augenblick aufstehen«, sagte Chloe.

Sie wollte sich erheben, und Rayford gab ihr die Hand, um ihr beim Aufstehen zu helfen. Floyd rührte sich nicht.

»Eigentlich«, sagte er, »würde ich es lieber sehen, dass Sie es sehr langsam angehen lassen, bis ich hier wegkomme und Ihnen morgen Sauerstoff besorgen kann.«

»Ich kann nicht mal mehr aufstehen?«

»Nur wenn es unbedingt nötig ist. Wenn es nur darum geht, die Position zu verändern, tun Sie es lieber nicht.«

»In Ordnung«, sagte sie, »mein Dad und ich sind recht bodenständige Leute. Sagen Sie mir jetzt, was schlimmstenfalls passieren kann.«

»Ich habe mit genügend schwangeren Frauen zu tun gehabt, vor allem in dieser Phase der Schwangerschaft, um zu wissen, dass es nicht immer gut ist, alle negativen Möglichkeiten aufzuzählen.«

»Ich bin nicht ›alle‹, Doc. Ich bin Chloe, und Sie kennen mich, und Sie wissen, dass ich Sie zu Tode nerven werde, wenn Sie mir nicht sagen, was schlimmstenfalls passieren kann.«

»In Ordnung«, gab er nach. »Ich werde sehen, ob das Problem mit Sauerstoff zu lösen ist. Wenn das nicht der Fall ist, werde ich Sie rund um die Uhr an Überwachungsgeräte anschließen, die sofort einen Warnton ausstoßen, sollte sich eine bedeutende Veränderung im Herzschlag des Babys einstellen. Schlimmstenfalls werden wir die Wehen einleiten müssen. Das könnte einen Kaiserschnitt bedeuten, weil die Möglichkeit besteht, dass sich die Nabelschnur um den Hals des Babys gelegt hat.«

Chloe schwieg und sah Rayford an. »Sie wollen die Geburt jedoch nicht einleiten, richtig?«, fragte er.

»Natürlich nicht. Mein Motto war immer, die Natur weiß es am besten. Das Baby kommt, wenn es bereit ist. Jetzt weiß ich, dass Gott es am besten weiß. Aber er hat uns auch den Verstand gegeben und Technologien, die es uns gestatten, zu tun, was getan werden muss, wenn nicht alles so läuft, wie wir es uns wünschen.«

Chloe wirkte beunruhigt. »Ich muss eines wissen, Floyd. Bin ich Schuld daran? Hätte ich irgendetwas tun oder etwas anderes unterlassen müssen?«

Floyd schüttelte den Kopf. »Ich war natürlich von Ihrer Reise nach Israel nicht begeistert. Und Ihre Eskapaden in diesem frühen Stadium der Schwangerschaft hätten theoretisch andere Probleme verursachen können.«

»Zum Beispiel?«

»Da nichts davon aufgetreten ist, werde ich auch nicht darüber sprechen. Was soll's? Sie haben bereits alle Stadien durchlaufen – Sie waren davon überzeugt, dass Sie ein Ungeheuer zur Welt bringen werden, dass das Baby bereits tot ist, Sie waren sicher, dass Ihr Baby missgebildet ist. Sie brauchen sich um Dinge, die nicht eingetreten sind, nicht auch noch den Kopf zu zerbrechen. Also, wann erwarten Sie den Papa?«

»Irgendwann heute Abend«, erwiderte sie. »Das ist alles, was ich weiß.«

Abdullah Smith schien erfreut zu sein, als Buck zum verabredeten Zeitpunkt auftauchte.

»Ich habe gehört, Sie wären ein Mann, auf dessen Wort man sich hundertprozentig verlassen kann«, erklärte Buck, »und ich wollte zeigen, dass ich das auch bin.«

Abdullah antwortete wie üblich nicht. Er nahm eine von Bucks Taschen und führte ihn zu seinem Flugzeug. Buck versuchte zu erraten, welches es war. Er ging an kleinen Propellermaschinen vorbei, die sie nie über den Atlantik bringen würden. Aber Abdullah ließ auch einen Learjet und eine brandneue Hajiman, die kleinere Ausgabe der Concorde und genauso schnell, unbeachtet.

Buck blieb abrupt stehen und starrte Abdullah an, als dieser das Plexiglasdach eines ägyptischen Kampfflugzeuges hochhob. Es flog beinahe 2 000 Meilen pro Stunde in sehr großer Höhe, allerdings war der Treibstoffverbrauch sehr hoch.

»Das ist Ihr Flugzeug?«, fragte Buck.

»Gehen Sie bitte an Bord«, erwiderte Abdullah. »Der Benzintank ist vergrößert und ein kleiner Laderaum angefügt worden. Zwischenlandung in Griechenland, in London, Grönland und Wheeling.«

Buck war beeindruckt, dass er seine Route so genau kannte. Seine Hoffnung, dass er die Möglichkeit haben würde, sich auszustrecken, etwas zu lesen, vielleicht sogar zu dösen, würde sich aber nicht erfüllen.

»Der Passagier muss zuerst an Bord gehen«, forderte Abdullah ihn auf.

Buck stieg ein und versuchte zu zeigen, dass er sich mit diesem Flugzeugtyp auskannte, nachdem er eine Reihe von Artikeln über amerikanische Kampfpiloten geschrieben hatte und ein paar Mal mitgeflogen war. Das war vor der Herrschaft von Nicolai Carpathia und dem Ausverkauf dieser Flugzeuge an private Kunden gewesen.

Buck wollte sich gerade seinen Helm und seine Sauerstoffmaske aufsetzen, als Abdullah seufzte und sagte: »Der Gurt.«

Buck saß darauf. So viel zur Angeberei. Er musste aufstehen, so weit das auf dem begrenzten Raum möglich war, während Abdullah den Gurt unter ihm hervorholte. Nachdem Buck angeschnallt war, versuchte er, den Helm aufzusetzen, und wieder musste der Pilot ihm helfen – seine Riemen entwirren, den Helm gerade rücken und ihn ihm auf den Kopf drücken. Er saß extrem fest und drückte an Wangenknochen und Schläfen. Er wollte gerade das Mundstück in den Mund stecken, doch Abdullah erklärte: »Erst in großer Höhe.«

»Richtig. Das wusste ich eigentlich.«

Abdullah passte gerade vor ihn. Buck hatte das Gefühl, als säßen sie in einem Rodelschlitten. Abdullahs Kopf war nur Zentimeter von Bucks Nase entfernt.

Ein Kampfflugzeug von seinem Standplatz auf das Rollfeld, in Position und schließlich auf die Startbahn zu rollen, hätte in den Staaten bis zu einer halben Stunde gedauert. Buck lernte, dass in Amman der Flughafen mit einem Straßenmarkt zu vergleichen war. Keine Linien oder Striche. Wer zuerst kam, wurde zuerst abgefertigt. Man war auf sich selbst gestellt. Abdullah sagte etwas ins Funkgerät über Jet, Charter, Passagier, Ladung und Griechenland, während das Kampfflugzeug unentwegt zur Startbahn rollte. Er wartete nicht auf Anweisungen der Bodenkontrolle.

Der Flughafen in Amman war nach dem Wiederaufbau erst kürzlich wieder eröffnet worden, und obwohl auf Grund der Heuschreckenplage der Flugverkehr drastisch zurückgegangen war, standen doch einige Flugzeuge in Warteposition. Zwei große Flugzeuge warteten ganz vorne in der Reihe, gefolgt von einem Jet, einem Learjet und einem weiteren Großraumflugzeug. Abdullah drehte sich um und deutete auf die Benzinuhr. Der Tank war bis oben hin gefüllt.

Buck hob die Daumen, womit er andeuten wollte, dass er froh sei über den vollen Tank. Abdullah jedoch schien das misszuverstehen. Er dachte, Buck wolle endlich starten, und zwar sofort. Schnell lenkte er das Flugzeug um die anderen Maschinen herum und erreichte die Startbahn. Buck war sprachlos. Er stellte sich vor, dass die anderen Piloten, wenn sie eine Hupe hätten, sicherlich wütend darauf drücken würden.

Als Abdullah die zweite Großraummaschine überholte, begann die erste plötzlich zu rollen. Abdullah reihte sich hinter ihr ein und plötzlich waren er und Buck die Nummer zwei in der Reihe. Buck verrenkte sich den Hals, um zu sehen, ob Fahrzeuge angerast kamen oder ob die anderen Flugzeuge sich einfach wieder in ihre ursprünglichen Positionen einreihten. Der Tower gab keinen Kommentar dazu ab. Sobald der große Jet zum Starten ansetzte, meldete sich Abdullah beim Tower.

»Edward Zulu Zulu Two Niner geht jetzt an den Start«, informierte er den Tower.

Buck rechnete damit, dass jemand widersprechen würde: »Und wohin wollen Sie fliegen, junger Mann?« Aber es kam keine Reaktion.

»Zehn-vier, Abdullah«, lautete stattdessen die Antwort vom Tower.

Es gab kein Aufwärmen, keine Beschleunigung. Abdullah ließ den Jäger bis zum Ende der Startbahn rollen, stellte ihn in Position und trat das Gaspedal durch. Bucks Kopf wurde nach hinten gedrückt, der Druck auf seinen Magen verstärkte sich. Er hätte sich nicht vorbeugen können, selbst wenn er es gewollt hätte. Abdullah verstieß eindeutig gegen alle Regeln des internationalen Luftverkehrs und erreichte in wenigen hundert Metern die Startgeschwindigkeit und hob ab. Er schoss nach oben und über den Jet vor ihm hinweg. Buck hatte das Gefühl, als würden sie senkrecht nach oben fliegen.

Er wurde in seinen Sitz gepresst und starrte in die Wolken. Nur Minuten später schien Abdullah seine Flughöhe erreicht zu haben und die Geschwindigkeit zurückzunehmen und mit dem Abstieg zu beginnen. Es war wie eine Fahrt auf einer Achterbahn. Abdullah drückte einen Knopf und sprach mit Buck.

»Von Amman bis Athen: einmal rauf und wieder runter«, sagte er und man konnte hören, dass er grinste.

»Aber wir fliegen nicht nach Athen, wissen Sie nicht mehr?«

Abdullah schlug sich gegen den Helm. »Ptolemais, richtig?«

»Richtig!«

Das Flugzeug schoss wieder nach oben. Abdullah suchte sich eine aufgerollte Landkarte heraus und sagte: »Kein Problem.«

Und er hatte Recht. Minuten später landete er mit dröhnenden Motoren auf dem kleinen Flughafen.

»Wie lange wollen Sie hier bei Ihren Freunden bleiben?« fragte er, während er zu den Tanksäulen rollte.

Rayford beruhigte Chloe, und sie kamen überein, dass es ihnen lieber wäre, wenn Floyd ihnen die Wahrheit sagte. Sie wollten auf eventuelle Probleme vorbereitet sein. Doch nachdem er ihr ein Glas Wasser gebracht hatte, stieg Rayford die Treppe hinauf, um erst einmal mit Tsion zu sprechen. Der Rabbi begrüßte ihn sehr herzlich.

»Bin fast fertig mit meiner Lektion für heute«, sagte er. »In etwa einer Stunde oder so kann ich sie losschicken. Aber natürlich habe ich Zeit für Sie.«

Rayford berichtete ihm von den möglichen Komplikationen bei der Geburt.

»Ich werde beten«, sagte Tsion. »Und ich möchte Sie bitten, auch für mich zu beten.«

»Sicher, Tsion. Gibt es irgendetwas Besonderes?«

»Ja. Um ehrlich zu sein, ich fühle mich einsam und allein und ich hasse dieses Gefühl.«

»Das ist nur zu verständlich.«

»Ich weiß. Und ich empfinde auch eine tiefe Freude, wie wir sie bekommen, wenn wir Gemeinschaft mit dem Herrn haben. Ich habe ihm das natürlich gesagt, aber ich würde es zu schätzen wissen, wenn ich wüsste, dass auch jemand anderes für mich betet.«

»Das werden wir bestimmt tun, Tsion.«

»Ich bin so gesegnet, dass ich nach dem Verlust meiner Familie nun eine neue liebevolle Familie haben darf. Wir alle haben gelitten. Manchmal glaube ich, dass mich der Schmerz überwältigt. Ich wusste, dass diese Heuschreckenplage kommen würde, aber über die Auswirkungen habe ich nie nachgedacht. In vielerlei Hinsicht wünschte ich, wir wären besser darauf vorbereitet gewesen. Unser Feind ist für Monate ausgeschaltet. Doch da wir in vielen Dingen wie Transport, Kommunikation und Ähnlichem auf ihn angewiesen sind, sind auch wir in unserer Handlungsfähigkeit eingeschränkt«, meinte er. Er erhob sich und streckte sich. »Ich rechne nicht damit, noch einmal glücklich zu sein. Natürlich freue ich mich auf die Geburt des Babys, als wäre es mein eigenes. Das wird einen Sonnenstrahl in unser Leben bringen. Aber allein der Kontrast wird ganz schön ernüchternd sein, oder?«

»Der Kontrast?«

»Dieses Kleine wird nicht wissen, warum Hattie so schreit. Wird nichts von unseren Verlusten wissen. Wird nicht verstehen, dass wir in Angst leben, Staatsfeinde sind. Und wir brauchen ihm nichts von der Verzweiflung der Vergangenheit zu erzählen, wie wir es tun würden, wenn wir es auf das Leben als Erwachsener vorbereiten würden. Wenn es fünf Jahre alt ist, wird es bereits im Tausendjährigen Reich unter Christi Herrschaft leben. Stellen Sie sich das nur vor.«

Tsion hatte eine Art, alles in die richtige Perspektive zu rücken. Doch Rayford war erschrocken über die Angst des Rabbis. Millionen von Menschen auf der ganzen Welt rechneten damit, dass Dr. Ben-Judah ihr geistlicher Führer war. Sie mussten annehmen, er hätte sich mit dem, was auf sie zukommen würde, abgefunden. Doch auch er war noch nicht allzu lange Christ. Zwar war er ein großer Gelehrter und Theologe, doch er war auch nur ein Mensch. Wie die meisten anderen hatte er gelitten. Noch immer erlebte er Tage, in denen er völlig verzweifelt war.

Rayford fühlte sich plötzlich einsam. Floyd würde alle Hände voll zu tun haben, wenn das Baby erst mal geboren war, und Hattie musste ja auch versorgt werden. Buck hatte Rayford mitgeteilt, er freue sich auf ein Mindestmaß an Normalität und Beständigkeit, um sich seiner Internet-Zeitung zu widmen. Chloe würde mit dem Baby und dem Aufbau des Weltmarktes beschäftigt sein. Und Hattie würde es kaum erwarten können, dieses Haus zu verlassen, wenn sie endlich gesund war.

Und auch Rayford war auf dem Sprung. Er freute sich darauf, wieder fliegen zu können. Mit der Tatsache, dass sein Leben aus harter Arbeit bestehen würde, hatte er sich abgefunden. Er würde sehr vorsichtig sein müssen und versuchen, am Leben zu bleiben. Aber die Wiederkehr Jesu schien ihm nun weiter entfernt als je zuvor. Wie sehnte er sich danach, bei Jesus zu sein! Mit seiner Familie vereint zu sein!

Sein Leben als erfahrener Pilot einer angesehenen Luftfahrtgesellschaft schien Jahrzehnte her zu sein. Es fiel ihm schwer, sich bewusst zu machen, dass er vor weniger als drei Jahren noch Ehemann und Vater, wenn auch kein besonders guter, gewesen und in einem Vorort von Chicago gelebt und sich über nichts anderes Gedanken gemacht hatte als über die Frage, wann und wohin er als Nächstes fliegen würde.

Rayford konnte sich nicht beklagen. Er hatte wichtige Aufgaben zu erledigen. Aber zu welchem Preis? Er konnte Tsion gut verstehen. Er musste sich nur um die Mitglieder der *Tribulation Force* kümmern, aber Tsion musste die 144 000 Zeugen zusammenhalten.

Am frühen Nachmittag bekam Rayford einen Anruf von T. Delanty. »Ich will morgen zu graben anfangen«, erklärte dieser. »Wollen Sie mir helfen?«

»Das würde ich um nichts in der Welt verpassen wollen. Wenn mein Schwiegersohn rechtzeitig kommt, bin ich bereit, wenn Sie es sind.«

»Wie wäre es mit sieben Uhr morgens?«

»Warum die Eile?«

»Ich habe gehört, dass es Ernie besser geht. Bo vermutlich auch, aber er hat dreimal versucht, sich umzubringen. Er sieht übel aus.«

»Zahlen Sie ihn aus.«

»Das werde ich und das wird kein Problem sein. Ich werde ihm ein Angebot machen, das er nicht ausschlagen kann. Er hat zwar ein wenig Geld, aber sein Anteil am Flugplatz ist so klein, dass ich es schon schaffen werde, ihn zu vertreiben. Sorgen macht mir allerdings Ernie.«

»Wie kommt das?«

»Er stand Ken ziemlich nahe, Ray. Zumindest so nahe, wie ein Mensch sich erhoffen konnte. Ich weiß, dass Ken ihn für einen Christen hielt; er hat mich auch getäuscht.«

»Und mich auch«, tröstete ihn Rayford.

»Es ist möglich, dass Ken Ernie ins Vertrauen gezogen hat.«

»Nein. Mir hat er es erst auf dem Flug nach Israel erzählt.«

»Sie sagen das, als würden Sie sich schon Jahre kennen. Er kannte Sie kaum, Rayford, und doch hat er Ihnen erzählt, er hätte sein Gold vergraben. Auch ich habe das Gerücht gehört, und ich glaube nicht, dass ich Ken besonders gut kannte. Ernie hat mit ihm zusammengearbeitet, hat sich ihm unentbehrlich gemacht. Ich glaube keine Sekunde lang, dass Ken ihm irgendetwas versprochen hat. Das würde keinen Sinn machen. Aber trotzdem wette ich, dass Ernie mehr weiß, als er zugibt.«

»Sie denken, wenn es ihm besser geht, würde er mit einer Schaufel auftauchen?«

»Das würde ich ihm zutrauen.«

»Zuerst mal, Mr. Williams, nennen Sie mich Laslo. Okay?«

Buck nickte und sie umarmten sich in dem kleinen Terminal des Flughafens. »Und Sie müssen mich Buck nennen.«

»Ich dachte, Sie hießen Cameron.«

»Meine Freunde nennen mich Buck.«

»Dann eben Buck. Ich möchte, dass Sie auch die anderen Christen hier am Ort kennen lernen.«

»Oh Laslo, es tut mir Leid. Ich kann nicht. Ich würde sehr gern und vielleicht komme ich ja einmal hierher zurück. Aber Sie werden sicher verstehen, ich bin schon so lange von meiner Frau getrennt –«

Laslo wirkte verwirrt. »Ja, aber –«

»Wir erwarten bald die Geburt unseres ersten Kindes.«

»Sie werden Vater! Wunderbar. Und alles ist prima, außer dass dies die schlimmste Zeit ... na ja, das wissen Sie ja selbst.«

Buck nickte. »Mein Schwiegervater möchte, dass ich mit Ihnen über Ihre Rolle auf dem internationalen Markt spreche, den wir aufbauen wollen.«

»Ja!«, erwiderte Laslo. Er nahm Platz und deutete auf einen Sessel. »Ich habe gelesen, was Dr. Ben-Judah darüber geschrieben hat. Eine brillante Idee. Was würden wir ohne ihn tun? Wir würden alle sterben, und das ist es, was der Böse möchte, richtig? Bin ich nicht ein guter Schüler?«

»Denken Sie, dass Sie sich an unserer Gesellschaft beteiligen wollen?«

Laslo legte den Kopf zur Seite. »Ich werde tun, was in meiner Macht steht. Meine Firma baut Lignit ab. Es wird für Elektrizitätswerke gebraucht. Wenn bei den Christen Bedarf nach dieser Ware besteht, werde ich gern helfen.«

Buck beugte sich vor. »Laslo, verstehen Sie, was es bedeutet, wenn Bürger der Weltgemeinschaft das Zeichen des Tieres auf ihrer Hand oder Stirn tragen müssen?«

»Ich denke schon. Ohne dieses Zeichen werden sie weder kaufen noch verkaufen können. Aber ich betrachte mich selbst nicht als Bürger der Weltgemeinschaft, und ich würde lieber sterben, als das Zeichen des Antichristen zu tragen.«

»Das ist großartig«, sagte Buck. »Aber verstehen Sie denn nicht, dass auch Sie davon betroffen sein werden? Sie werden nicht mehr verkaufen können. Ihr ganzes Geschäft ist auf dem Produkt aufgebaut, das Sie verkaufen.«

»Aber sie brauchen mein Produkt!«

»Darum werden sie Sie ins Gefängnis stecken und Ihre Minen konfiszieren.«

»Ich werde bis zum Tod gegen sie kämpfen.«

»Ja, vielleicht. Ich schlage jedoch vor, dass Sie sich nach einer anderen Handelsware umsehen, irgendetwas, das Sie international vermarkten können, etwas, das die Christen brauchen und nicht werden bekommen können, wenn das Zeichen des Tieres verlangt wird.«

Laslo schien tief in Gedanken versunken zu sein. Er nickte. »Und ich habe eine andere Idee«, sagte er. »Ich werde mein Lignit-Geschäft ausbauen, und es dann verkaufen, bevor sie mir meine Ware nicht mehr abnehmen.«

»Großartige Idee!«

»Das passiert immer wieder, Buck. Man macht sich seinem größten Kunden so unentbehrlich, dass es für diesen Sinn macht, das Geschäft selbst zu übernehmen.«

»Und wer ist Ihr größter Kunde?«

Laslo lehnte sich zurück und lächelte traurig, aber Buck entdeckte ein Funkeln in seinen Augen. »Die Weltgemeinschaft«, erklärte er.

20

Rayford rannte in Floyd Charles, der aufgebracht Gegenstände durch die Gegend stieß.

»Welchen Wagen kann ich kriegen?«, fragte Floyd.

»Das ist egal, Doc«, erwiderte Rayford. »Der Rover läuft prima. Ich fahre morgen in Kens Suburban zum Flughafen. Mal sehen, ob seine kleine Kirchengemeinde ihn gebrauchen kann. Er gehört sowieso von Rechts wegen ihm.«

»Dann nehme ich den Wagen von Buck.«

»Wohin fahren Sie?«

»Ich muss Sauerstoff besorgen, Ray. Ich möchte nicht plötzlich ohne dastehen, wenn ich ihn brauche. Und ich will nicht, dass Chloe so gestresst ist wie ich.«

»Steht es so schlimm? Muss ich mir Sorgen machen?«

»Nein! Es geht nicht so sehr um Chloe, sondern eher um Hattie. Sie glaubt, es ginge ihr besser, darum will sie aufstehen und uns verlassen. Ohne Hilfe schafft sie das nicht und ich werde ihr nicht helfen. Ihr geht es tatsächlich besser, aber sie hat Untergewicht und ihre Vitalfunktionen liegen unter dem Normalwert. Aber, wie Sie schon sagten, sie muss uns keine Rechenschaft ablegen.«

»Soll ich mal mit ihr sprechen? Vielleicht kann ich sie dazu bringen, sich an Ihre Anweisungen zu halten.«

»Wenn Sie denken, es würde etwas bringen.«

»Wo bekommen Sie den Sauerstoff, in Kenosha?«

»Ich wage es nicht, mich dort noch einmal sehen zu lassen. Ich habe Lea im ›Arthur Young‹ angerufen. Sie stellt ein paar Flaschen für mich bereit.«

»Wissen Sie, nach wem Sie dort sehen können? Nach diesem Ernie.«

»Machen Sie Witze?«

»T. hat mir erzählt, Ernie und sein Freund Bo würden dort behandelt.«

Als Abdullah in Heathrow landete, fühlte sich Buck sehr elend. Verkrampft, gegen seine Übelkeit ankämpfend, erschöpft und angespannt, es war eine Katastrophe. Er wollte nichts weiter als nach Hause zu Chloe. Heathrow war nur noch ein Abklatsch dessen, was es vor dem dritten Weltkrieg und dem großen Erdbeben gewesen war. Aber Carpathia hatte Geld zur Verfügung gestellt, und mittlerweile war der Flughafen auf dem neuesten Stand der Technik, wenn auch nicht mehr ganz so groß wie früher. Bei der sinkenden Bevölkerungszahl war nichts mehr so groß wie früher.

Der Tower von Heathrow weigerte sich zunächst, Abdullah Landeerlaubnis zu geben. Er schien frustriert, rebellierte aber nicht. Buck fragte sich, was er wohl gewesen war, bevor er Christ wurde. Vielleicht Terrorist.

Abdullah schien bewusst zu sein, dass Buck nichts mehr wollte, als so schnell wie möglich in die Staaten zurückzukehren. Mit zwei in Plastikfolie eingewickelten Käsesandwiches, die aussahen, als seien sie schon ein paar Tage alt, kehrte er vom Auftanken zurück. Er bot Buck eines an, doch der lehnte ab, weil ihm übel war. Abdullah nahm scheinbar an, Buck sei zu sehr in Eile, um zu essen, denn sobald er die Starterlaubnis bekam, nahmen sie Kurs auf Grönland.

Buck fühlte sich wie bei einem Marathonlauf. Vermutlich würde er an irgendeinem Punkt anfangen können zu entspannen, aber der Jäger schien immer an der Grenze seiner Leistungsfähigkeit zu fliegen. Als Bucks Telefon klingelte, drehte und wand er sich, um es aus seiner Tasche zu holen.

Abdullah bemerkte dies und fragte ihn, ob irgendetwas nicht stimme. »Müssen wir eine Notlandung machen?«, fragte er.

»Nein!«, rief Buck, der die Erwartung aus Abdullahs Frage heraushörte. Offensichtlich schien ihm ein normales Rennen von Jordanien nach Amerika nicht genügend Aufregung zu bieten. Aber wo sollte man zwischen London und Grönland eine Notlandung vornehmen? Vermutlich würde er nach London zurückkehren müssen, vielleicht würde Abdullah aber eher einen Flugzeugträger ausfindig machen.

Als sie schließlich Grönland als letzten Zwischenstopp erreichten, befreite sich Buck aus seinem Sitz und sah, dass der Anrufer Dr. Charles gewesen war. Er rief ihn zurück.

»Es tut mir Leid, Buck, aber ich kann jetzt nicht sprechen. Ich hole gerade Material aus einem Krankenhaus.«

»Kommen Sie, geben Sie mir einen Tipp, Doc. Alles okay, dort drüben?«

»Sagen wir mal, ich hoffe, Sie kommen pünktlich.«

»Das klingt gar nicht gut. Ist mit Chloe alles in Ordnung?«

»Wir brauchen Sie hier, Buck –«

»Spucken Sie es aus, Doc. Ist sie in Ordnung?«

»Buck, geben Sie mir noch eine Minute, dann können wir sprechen.«

»Bitte!«

Buck hörte, wie Floyd eine Frau mit Namen Lea bat, ihn für einen Augenblick zu entschuldigen.

»In Ordnung, Buck. Kommen Sie wie geplant an?«

»Ich bin erstaunt, dass ich nicht schon vorher da sein werde, aber ja, ich denke, dass ich um zehn Uhr abends ankommen werde.«

»So spät?«

»Sie machen mir Angst, Doc.«

»Um ehrlich zu sein, Buck, ich habe Chloe und Rayford heute nicht die Wahrheit gesagt. Der Herzschlag des Babys verlangsamt sich schon seit einigen Tagen und mittlerweile hat er eine alarmierende Phase erreicht.«

»Das bedeutet?«

»Ich werde Chloe Sauerstoff geben, sobald ich wieder zurück bin. Eigentlich wollte ich das schon vor Stunden tun, aber im Krankenhaus gab es ein paar Probleme. Ich habe bei jemandem vorbeigeschaut, den Rayford kennt und der sich hier erholt. Er schien sehr interessiert daran, von den Gerichten und ihrer Bedeutung zu hören, und hat mich viel zu lange aufgehalten. Hattie hat währenddessen mit seinem jungen Kumpel Ernie telefoniert, der offensichtlich bereits entlassen worden ist.«

Buck stand im kalten Wind Grönlands und brüllte ins Telefon. »Doc, ich habe keine Ahnung, wovon Sie sprechen. Es tut mir Leid, so unhöflich zu sein, aber kommen Sie endlich zur Sache. Warum hielten Sie es für nötig, Chloe und Ray nicht die Wahrheit zu sagen, wo sie doch vor Ort sind und sich um das Problem kümmern können, während ich hier mitten im Nichts stehe und nichts tun kann?«

»Wenn Sie gesehen hätten, wie sie reagiert haben, als ich das Problem nur andeutete, würden Sie wissen, dass ich gut daran getan habe, nichts zu sagen. Chloe muss ruhig bleiben, und wenn sie weiß, wie ernst es ist, wird sie nicht in der Lage sein, ihren Beitrag zu leisten.«

Abdullah gab Buck ein Zeichen, wieder einzusteigen.

»Kann ich weiter telefonieren?«

»Ja, ja!«

Aber der Lärm in der Luft war schrecklich. Buck und Floyd mussten fast jeden Satz wiederholen, doch allmählich begriff Buck, worum es ging.

»Besteht die Möglichkeit, dass Sie die Geburt einleiten, bevor ich da bin?«

»Ich will nichts versprechen.«

»Tun Sie, was das Beste für Chloe und das Baby ist!«

»Genau das wollte ich hören.«

Dafür braucht er meine Einwilligung?, fragte sich Buck.

»Und sagen Sie Rayford die Wahrheit, Doc! Ich denke, auch Chloe kann sie vertragen, aber wenn Sie denken, es würde sie nur zu sehr durcheinanderbringen, dann entscheiden Sie selbst. Sie ist ziemlich zäh, wie Sie sicher wissen.«

»Sie ist auch sehr schwanger, Buck. Ihr Körper wird mit Hormonen überschwemmt, die jede Frau in eine Glucke verwandeln.«

»Sagen oder tun Sie nur nichts, wofür Sie sich später entschuldigen müssen. Sie wird wissen wollen, warum sie nicht umfassend informiert worden ist.«

»Rayford wird Sie abholen, Buck. Ich bekomme gerade einen anderen Anruf herein. Gott beschütze Sie!«

Rayford war erleichtert, als sich Doktor Charles endlich meldete.

»Wo sind Sie, Mann? Sie sind schon seit Stunden fort!«

Floyd erzählte ihm von seiner Begegnung mit Bo und dass er ihm von Gott erzählt hatte.

»Der andere Bursche ist am Morgen entlassen worden. Also, was ist los?«

»Chloe fühlt sich nicht gut und natürlich macht sie sich Gedanken. Können wir irgendetwas für sie tun?«

»Welche Beschwerden hat sie?«

»Kurzatmigkeit. Extreme Müdigkeit.«

»Ich komme, sobald ich kann. Legen Sie sie so, dass ihre Lungen sich gut ausweiten können. Können Sie mit dem CTG umgehen?«

»Wir werden es schon schaffen, wenn es wichtig ist.«

»Sagen Sie mir in zehn Minuten die Ergebnisse durch.«

Buck mochte den Doktor, aber im Augenblick war er einfach nur wütend auf ihn. Als erfahrener Arzt sollte er doch in der Lage sein, sofort zur Sache zu kommen und sich nicht in Nebensächlichkeiten zu verlieren. Und hier saß er nun, schoss wie eine Rakete durch die Luft, um nach Hause zu seiner Frau zu kommen, und dann bekam er eine solche Nachricht! Was sollte er tun außer zu beten? Buck glaubte an das Gebet und betete viel. Aber die Sorge überwältigte ihn und das hätte ihm wirklich erspart bleiben können. Nach seiner Ankunft war noch Zeit genug, sich Sorgen zu machen.

Rayford gab sich alle Mühe, das CTG in Gang zu setzen, und zuerst befürchtete er, der Herzschlag habe vollkommen ausgesetzt.

»Gott, bitte, ein!«, betete er leise. »Nicht auch das noch.«

Obwohl allen klar war, wie unklug es war, mitten in der Trübsalszeit ein Kind in die Welt zu setzen, freuten sich doch alle im Haus auf diese Geburt.

Plötzlich hörten sie den schnellen Herzschlag.

»Zählt man und multipliziert man dann?«, fragte Rayford.

»Ich weiß es nicht«, keuchte Chloe. »Kannst du denn so schnell zählen? Ich finde, er ist noch immer schnell, oder meinst du, dass er sich verlangsamt hat?«

»In ein paar Stunden würde er sich nicht so schnell verändern, dass wir das ohne genaue Messung sagen könnten.«

»Dann mal los.«

Eine LCD-Anzeige leuchtete auf. Als Rayford die Zahl durchgab, sagte Floyd, er würde sich mehr um Chloe sorgen als um das Baby.

»Ich möchte, dass sie tief atmet und allen Sauerstoff aufnimmt, den sie kriegen kann, bis ich komme. Aber Ray, ich habe ein Problem. Ich werde verfolgt.«

»Sind Sie sicher?«

»Keine Frage. Ich habe mehrere Umwege genommen und ich kann ihn nicht abschütteln.«

»Was für ein Wagen?«

»Ein Motorrad. Eines von den kleinen, mit denen man auch im Gelände fahren kann. Keine Chance, dass ich dem davonfahre.«

»Führen Sie ihn eine Weile an der Nase herum. Sehen Sie, ob er vielleicht das Interesse verliert. Manchen Jungen macht es einfach Spaß, anderen Leuten Angst einzujagen.«

»Er ist gerissen, Ray. Er bleibt weit genug zurück, damit es nicht zu auffällig ist, aber er ist schon einige Zeit hinter mir. Ich möchte niemanden zu unserem Versteck führen, aber andererseits braucht Chloe unbedingt Sauerstoff.«

»Ich werde mich um sie kümmern. Halten Sie mich auf dem Laufenden.«

»Äh, mein Benzin wird knapp und diese Motorräder können lange durchhalten.«

»Wie weit ist es bis Palwaukee?«

»Nicht weit.«

»Ich werde T. anrufen. Wer immer Ihnen folgt, wird sich nicht auf das Grundstück wagen. Und T. kann Ihnen auch den Tank füllen.«

»Großartig.«

Rayford rief T. an und informierte ihn über das Problem.

»Oh nein«, sagte T.

»Was denn?«

»Ernie ist Motorradfahrer. Vermutlich ist er Ihrem Mann vom Krankenhaus aus gefolgt. Bestimmt will er herausfinden, wo Hattie wohnt. Sie haben sich häufiger unterhalten.«

»Woher wissen Sie das?«

»Eine Telefonistin hier hat gesagt, dass Hattie angerufen hat und Ernie sprechen wollte. Sie hatte ihr gesagt, er würde im ›Young Memorial‹ liegen. Aber wenn Hattie ihn sehen wollte, brauchte sie Ernie doch nur zu sagen, wo sie sich aufhält, oder?«

»Sie weiß nicht, wo sie ist, T. Sie weiß, dass es Mount Prospect ist, aber sie kann ihm keinesfalls sagen, wie er zu ihr gelangt.«

»Wenn Ihr Mann Ernie hierherführt, werde ich ihm was erzählen. Wir werden ihn davon abhalten, Sie aufzuspüren, da können Sie sicher sein. Was für einen Wagen fährt er und wie sieht er aus?«

»Den Rover und wie Sie.«

»Wie bitte?«

»Er fährt Bucks Rover und er sieht Ihnen sehr ähnlich.«

Rayford legte die Kissen so zurecht, dass Chloe sich zurücklehnen und ihre Arme über den Kopf heben konnte, ohne sich und dem Baby zu schaden. Auf diese Weise konnten sich ihre Lungen weiter ausdehnen, und sie sagte, es ginge ihr jetzt ein wenig besser. Rayford war erschrocken, als er Hattie oben auf der Kellertreppe entdeckte.

Sie sah schrecklich aus, wie ein Gespenst oder schlimmer noch, wie ein Zombie. Dünn, mit eingefallenen Augen und totenblass. Sie humpelte zu Chloe.

»Hattie!«, sagte Chloe. »Es ist ja wirklich lange her.«

»Ich wollte nur sehen, was mein Patenkind macht.«

»Ist noch nicht da, Hattie. Wir lassen es Sie wissen.«

»Und ich wollte Ihnen sagen, dass ich nicht eifersüchtig bin.«

Rayford blinzelte, beobachtete Chloes Reaktion.

»Sind Sie nicht?«, fragte sie. »Das habe ich auch nicht gedacht.«

»Wer würde mir Vorwürfe machen, wenn ich es wäre? Ich habe mein Baby verloren, aber Sie werden Ihres bekommen. Sie haben Glück, ich nicht. Aber so ist mein Leben eben.«

Rayford wollte mit ihr allein sprechen. Keinesfalls sollte Chloe wissen, was vorging.

»Es tut uns Leid, dass Sie Ihr Kind verloren haben, Hattie«, sagte er. »Und wir freuen uns, dass Sie Patentante für Chloes Kind werden wollen.«

»Sie sollte auch für mein Kind Patin werden«, erwiderte sie.

»Das muss sehr schmerzlich sein«, meinte Chloe.

»Das wird es für denjenigen, der schuld daran ist«, erwiderte Hattie.

»Wenn Sie uns jetzt entschuldigen«, schaltete sich Rayford ein, »wir versuchen gerade, uns per Telefon ärztlichen Rat zu holen.« Er wählte Floyds Nummer.

Hattie verschwand, ohne ein weiteres Wort zu sagen.

Floyd berichtete Rayford, er sei noch etwa eine Meile von Palwaukee entfernt.

»Aber dieser Bursche klebt noch immer an meiner Stoßstange.«

Rayford wollte Chloe nicht allein lassen, wollte sie aber auch nicht beunruhigen.

»Wenn du eine Weile allein zurechtkommst, Liebes, würde ich gern mit Hattie sprechen.«

Buck kämpfte gegen seine Müdigkeit an. Das sollte ihn eigentlich nicht überraschen. Er war seit dem frühen Morgen auf den Beinen. Trotz des Lärms und der dünnen Luft wünschte er sich verzweifelt, mit jemandem aus Mount Prospect zu sprechen. Er befürchtete, Chloe aufzuregen, und Rayford pflegte sie vermutlich gerade. Wie er gehört hatte, war Hattie schon seit Monaten leidend. Blieb also nur noch Tsion.

Wie spät war es in den Staaten? Spätnachmittag? Der Rabbi war vermutlich mit den letzten Änderungen seiner täglichen Botschaft beschäftigt. Buck beschloss, ihn trotzdem anzurufen. Sie mussten sich anschreien und jedes Wort wiederholen, aber selbst dieser Kontakt war besser als gar nichts.

»Cameron, mein Freund! Wie schön, von Ihnen zu hören! Wo sind Sie?«

»Zuerst einmal, Tsion, sagen Sie mir, dass ich Sie nicht von Ihrer Arbeit abhalte. Die Welt wartet mit angehaltenem Atem auf alles, was von Ihnen kommt –«

»Ich habe es vor 20 Minuten abgeschickt, Cameron. Es ist die perfekte Zeit für ein Gespräch. Wir alle warten gespannt auf Ihre Rückkehr und das Baby. Also, wo sind Sie gerade?«

»Ich wünschte, ich wüsste es. Wir jagen dem Sonnenuntergang hinterher, aber in großer Höhe in einem alten Kampfflugzeug kann ich nicht einmal hinuntersehen. Ich würde den Atlantik entdecken, das ist alles, was ich weiß.«

»Wir sehen uns in ein paar Stunden. In diesem Leben bleiben uns nur noch wenige kleine Vergnügungen, Buck, und Freunde, Brüder und Ehegatten wiederzutreffen gehört dazu. Wir haben jeden Tag für Sie gebetet, und Sie wissen, dass Chloe sehr aufgeregt ist. Wenn Sie zu Hause sind, werden Sie noch viel Zeit für die Geburt haben. Vermutlich wird Chloe im Krankenhaus in Palatine entbinden.«

Buck zögerte. »Tsion, Sie sind doch ehrlich zu mir, nicht?«

»Immer.«

»Versuchen Sie mich zu beruhigen, weil Sie nichts von den Komplikationen bei Chloe und dem Baby wissen, oder wissen Sie doch etwas?«

»Ihr Schwiegervater hat mich informiert. Dr. Charles scheint es unter Kontrolle zu haben. Rayford hat Ihnen die Neuigkeiten mitgeteilt?«

»Eigentlich hat Floyd das übernommen, und es ist schlimmer, als Rayford und Chloe wissen.«

»Sollte er es ihnen nicht lieber sagen?«

»Er hat seine Gründe. Ich habe mich nur gefragt, ob Floyd mit Ihnen gesprochen hat.«

»Nein, ich habe gehört, wie jemand vor Stunden das Haus verlassen hat. Ich nahm an, dass er es war.«

»Er macht sich Sorgen, dass ich nicht rechtzeitig da bin, falls er die Geburt einleiten muss.«

»Die Geburt einleiten? Warum bringt er sie dann nicht ins Krankenhaus?«

»Offen gesagt, Tsion, ich ersticke an Fragen, seit er angerufen hat. Ich weiß nicht, was Floyd von mir erwartet hat.«

Es entstand eine Pause. »Cameron, Sie können gar nichts tun, bis Sie hier sind, außer zu beten. Sie müssen das dem Herrn überlassen.«

»Darin war ich noch nie besonders gut, Sir. Ich weiß, wir sollen uns keine Sorgen machen, aber –«

»Oh, Cameron, ich denke, der Herr hat gegen eine gewisse Laschheit in diesem Punkt während der Trübsalszeit nichts einzuwenden.

Die Ermahnung, sich keine Sorgen zu machen, galt für die Menschen, die vor den Gerichten gelebt haben. Wenn wir uns keine Gedanken machen über das, was als Nächstes kommt, wären wir keine Menschen. Haben Sie keine Gewissensbisse, weil Sie sich Sorgen machen. Verlassen Sie sich nur auf den Herrn, dass er sich der Dinge annimmt, die Sie nicht ändern können. Und das gehört dazu.«

Buck unterhielt sich immer gern mit Tsion. Sie hatten schon so vieles gemeinsam durchgestanden. Plötzlich wurde ihm klar, dass er bei einem Mann, dessen Frau und Kinder ermordet worden waren, über die schwierige Schwangerschaft seiner Frau jammerte. Und doch besaß Tsion die Fähigkeit, ihm den richtigen Rat zu geben, ihn zu beruhigen. Buck wollte das Gespräch nicht beenden.

»Haben Sie etwas dagegen, noch ein wenig länger mit mir zu sprechen, Tsion?«

»Überhaupt nicht. Ich fühlte mich sowieso gerade ein wenig einsam.«

»Wie geht es Hattie?«

»Sie ist etwas ruhiger geworden. Das Schlimmste hat sie überstanden, obwohl sie noch lange nicht wieder gesund ist.«

»Chloe hat mir erzählt, dass sich geistlich bei ihr nichts tut.«

»Ja, sie ist ein schwieriger Fall, Cameron. Ich habe Angst um sie. Ich hatte gehofft, sie würde sich einfach die Dinge von der Seele reden und zu Gott finden, nachdem sie uns alles gebeichtet hat. Aber sie hat mich davon überzeugt, dass sie es ernst meint. Sie glaubt an Gott, weiß, dass er sie liebt, und weiß, was er für sie getan hat. Aber sie hat beschlossen, dass sie sein Geschenk aus genau dem Grund nicht annehmen will, der uns bewegt hat, es anzunehmen.«

»Weil sie glaubt, dass sie es nicht verdient.«

»Dem kann man schwer widersprechen. Sie ist ein erwachsener Mensch, eine unabhängige Frau. Es ist ihre Entscheidung, nicht unsere. Aber es tut weh zu sehen, dass jemand, den man mag, eine Entscheidung trifft, die ihn seine Seele kosten wird.«

»Ich möchte Sie nicht aufhalten, Tsion, aber wie lautet Ihre Botschaft für heute? Vermutlich werde ich in der nächsten Zeit nicht dazu kommen, sie zu lesen, und ich brauche jede Ermutigung, die ich bekommen kann.«

»Also gut, Cameron. Da wir uns nun dem Ende der durch die Heuschrecken verursachten Leidenszeit nähern, ist es an der Zeit, sich auf die nächsten beiden ›Wehe‹ zu konzentrieren.«

»Die sechste Posaune kommt also als Nächstes? Was wird das sein?«

Tsion seufzte. »Um es kurz zu machen, es wird eine Armee von 200 Millionen Reitern sein, die ein Drittel der Weltbevölkerung töten wird.«

Buck war sprachlos. Er hatte die Prophezeiung gelesen, aber er hatte sich nie vorgestellt, was das bedeutete.

»Welche Ermutigung können Sie den Menschen bei dieser Nachricht geben?«

»Nur dass das, was wir bis jetzt erlebt haben, dass alles, was wir an Hässlichem bisher erlebt haben, angesichts dieses bisher schlimmsten Gerichts verblassen wird.«

»Und die nachfolgenden Gerichte werden noch schlimmer?«

»Schwer vorzustellen, was?«

»Dagegen scheint meine Sorge um das Baby eigentlich bedeutungslos zu sein. Ich meine natürlich, nicht für mich, aber wer sonst sollte sich Gedanken darüber machen, wenn ein Drittel der Weltbevölkerung bald ausgelöscht sein wird?«

»Nur ein Viertel der Menschen, die bei der Entrückung zurückgeblieben sind, werden die Wiederkunft Christi erleben, Cameron. Ich habe keine Angst vor dem Tod, aber ich bete jeden Tag, dass Gott mir das Vorrecht gewährt, ihn auf die Erde zurückkehren zu sehen, um sein Reich aufzurichten. Wenn er mich vorher wegnimmt, werde ich vereint sein mit meiner Familie und anderen geliebten Menschen, aber was für eine Freude wäre es, hier zu sein, wenn Jesus wiederkommt!«

Rayford fand Hattie draußen.

»Was tun Sie?« fragte er.

»Ich schnappe frische Luft. Es ist schön, wieder ein wenig herumlaufen zu können.«

»Der Doc meint, das sei noch ein wenig zu früh.«

»Der Doc ist in mich verliebt, Rayford. Er möchte mich hierbehalten, bewegungsunfähig, falls notwendig.«

Rayford tat so, als würde er den Himmel betrachten. »Wie kommen Sie darauf?«

»Er hat es mir nicht ausdrücklich gesagt«, erklärte sie. »Aber eine Frau spürt so etwas. Ich wette, Sie haben das auch bemerkt.«

Rayford war froh, sagen zu können, er hätte es nicht bemerkt. Er war erstaunt gewesen, als Floyd ihm von seinen Gefühlen erzählt hatte, aber er war auch erstaunt zu hören, dass Hattie es gespürt hatte.

»Hat er es Ihnen gesagt, Rayford?«

»Warum fragen Sie?«

»Er hat es! Ich wusste es! Na ja, ich bin nicht interessiert.«

»Er hat sich zu Ihnen hingezogen gefühlt. Aber ich bin sicher, Sie haben ihn mittlerweile vor den Kopf gestoßen.«

Hattie wirkte enttäuscht. »Dann hat er also den Eindruck, dass es hoffnungslos ist?«

Rayford zuckte die Achseln. »Es ist nicht richtig, dass wir darüber reden.«

»Weiß er, dass Sie mich früher auch sehr mochten?«

»Hattie, Sie benehmen sich wie ein Schulmädchen.«

»Leugnen Sie es nicht.«

»Was soll ich leugnen? Dass ich eine vollkommen unangemessene Zuneigung zu einer jüngeren Frau hatte? Wir beide wissen, dass nichts daraus geworden ist und –«

»Aber nur, weil ein paar Leute verschwunden sind und Sie sich auf einmal schuldig fühlten.«

Rayford drehte sich um und wollte ins Haus zurückkehren.

»Ich mache Sie noch immer nervös, nicht wahr?«

Er wandte sich zu ihr um. »Ich sage Ihnen, was mich nervös macht. Es ist Ihre Besessenheit von diesem Jungen am Flugplatz.«

»Ernie? Ich möchte ihn kennen lernen, das ist alles.«

»Haben Sie ihm gesagt, wo wir sind, wie er zu uns kommen kann?«

»Ich weiß es doch selbst nicht.«

»Haben Sie ihm erzählt, dass Floyd ins Krankenhaus fährt?«

Hattie wandte den Blick ab. »Warum?«

»Haben Sie?«

»Vielleicht.«

»Das war ziemlich dumm, Hattie. Also, wie lautet der Plan? Sein Kumpel Bo lenkt Floyd lange genug ab, dass Ernie sein Motorrad holen und Floyd zu Ihnen folgen kann?«

Hattie wirkte betrübt. »Woher wissen Sie das?«

»Sie arbeiten mit einem Teenager, Hattie. Und Sie benehmen sich ebenfalls wie einer. Wenn Sie dieses Kind so dringend sehen wollen, warum bitten Sie nicht einen von uns, Sie zu ihm zu bringen?«

»Weil Floyd eifersüchtig auf ihn ist und nicht will, dass ich auch nur mit ihm telefoniere. Dann überzeugt er Sie, ich sei zu krank, um irgendwohin zu fahren, damit Sie mich nicht fahren.« Hattie schaute betreten unter sich.

»Ernie versucht also hierherzukommen. Und was will er? Ihre Bekanntschaft schließen?«

»Ja.«

»Quatsch. Wissen Sie, dass er so getan hat, als sei er Christ, um in Kens Nähe zu gelangen und sich vielleicht sogar in unsere Gruppe eingeschlichen hätte, wenn wir ihn nicht vorher entlarvt hätten?«

Hattie unterdrückte nur mit Mühe ein Lächeln. Das machte Rayford wütend.

»Das wussten Sie also auch?«, fragte er.

»Als ich ihm sagte, ich würde eigentlich nicht zur ›Tribulation Force‹ gehören, hat er mir seinen Plan verraten. Das gefiel mir an ihm.«

»Dass er unser Leben in Gefahr bringen würde? Dann ist er also ein Opportunist? Ein Goldgräber?«

Sie zuckte die Achseln. »Die anderen Männer in meinem Leben werden allmählich langweilig.«

Rayford schüttelte den Kopf. »Ich hoffe, Sie sind glücklich mit ihm.«

»Kommt er hierher?«

»Floyd versucht, ihn abzuschütteln, aber vielleicht führt er ihn auch hierher. Chloe braucht dringend Sauerstoff, und wir können keine Rücksicht darauf nehmen, dass Floyd von diesem Kind verfolgt wird. Wir können diesem Jungen nicht trauen. Wenn er erst mal weiß, wo wir wohnen, müssen wir wieder umziehen. Und wo sollen wir hin? Und können wir das überhaupt mit einer Frau, die kurz vor der Geburt ihres Kindes steht? Immer wieder erzählen Sie, Sie hätten Gottes Vergebung nicht verdient, und Sie tun auch tatsächlich alles, um das zu beweisen.«

Rayford marschierte ins Haus und ließ die Tür hinter sich ins Schloss fallen. Er zögerte, überlegte, ob er wieder zu ihr gehen sollte, aber er wusste nicht, was er sagen sollte. Hattie öffnete die Tür.

»Kommen Sie zurück. Chloe ist in Schwierigkeiten?«

»Könnte sein. Sie braucht dringend Sauerstoff.«

»Floyd hat doch sein Telefon bei sich.«

»Ja.«

»Rufen Sie ihn an. Lassen Sie mich mit ihm sprechen.«

Rayford wählte.

»Hallo, Rafe«, meldete sich Floyd. »Er ist mir nicht bis zum Flugplatz gefolgt, aber nachdem ich mit T. gesprochen habe, weiß ich auch, warum. Wir überlegen, ob wir die Wagen tauschen. Dann werden wir ja sehen, ob sich der Junge an ihn ranhängt. Das ist der Vorteil, wenn man sich so ähnlich sieht.«

»Gute Idee, aber Hattie möchte mit Ihnen sprechen.«

»Hi, Doc. Hören Sie, Ernie wird mit mir sprechen. Strecken Sie das Telefon nur zum Fenster hinaus und halten Sie an … Ja, ich denke, das wird er. Auf jeden Fall kann man es ja versuchen.«

21

Ich bin zu schnell geflogen!«

Buck ruckte aus dem Schlaf hoch. Hatte Abdullah etwas gesagt? »Wie bitte?«, rief er.

»Ich bin zu schnell geflogen!«

War er von der Luftpolizei erwischt worden, oder was?

»Dann sind wir also vor unserem Zeitplan?«

»Ja, aber ich habe mehr Treibstoff verbraucht als geplant und wir müssen in New York auftanken.«

Buck wollte nichts weiter, als nach Hause zu kommen.

»Wo werden Sie landen? New York stand als letzter Flughafen auf Carpathias Wiederaufbauliste. Ich schätze, er gibt noch immer den Vereinigten Staaten die Schuld an der Rebellion.«

»Ich kenne einen Flugplatz. Sie werden in zwei Stunden in Wheeling sein.«

Buck sah auf die Uhr. Im Mittelwesten war es jetzt sieben Uhr. Wenn sie um neun Uhr landeten, konnte er vor zehn zu Hause sein. Er würde keine Gelegenheit mehr haben zu schlafen.

Rayford saß bei Chloe. Sie war sehr blass, ihre Lippen hatten sich blau verfärbt. Er hatte das Gefühl, das Baby würde an diesem Abend geboren werden, und er würde alles tun, was er konnte, um dafür zu sorgen, dass es jede Möglichkeit zu überleben bekam.

»Alles in Ordnung, Liebes?«

»Nur ein wenig erschöpft, Dad.« Sie veränderte ihre Position, damit sie besser atmen konnte. Ihm war klar, dass sie keine Ahnung hatte, wie ernst die Situation war. Als sein Telefon klingelte, holte er es so hastig aus der Tasche, dass es hinfiel.

»Tut mir Leid«, sagte er und hob es auf. »Steele.«

»Ray, ich bin es, Doc. Wir haben jetzt den Sauerstoff in T.s roten Jeep gepackt und ich bin unterwegs. Wie geht es unserem Mädchen?«

»Ja.«

»Sie sind bei ihr?«

»Genau.«

»Wie würden Sie ihren Zustand auf einer Skala von eins bis zehn bewerten, wobei eins besonders schlecht ist?«

»Fünf.«

»Ich würde gern die Herzfrequenz des Babys wissen, aber ich kann sowieso nichts tun, bis ich wieder da bin.«

Rayford erhob sich, wandte Chloe den Rücken zu und tat so, als würde er zum Fenster hinaussehen. Hattie stand draußen und sprach sehr lebhaft in ihr Telefon.

»Was macht T.?«, fragte er.

»Ich glaube, der Motorradfahrer hat den Köder geschluckt, aber er wird seinen alten Boss sofort erkennen. Wir können nur hoffen, dass er anhält und mit Hattie spricht.«

»Ich kann natürlich nur raten, Doc, aber ich glaube, genau das tut er gerade. Bitte beeilen Sie sich.«

»Was ist los, Daddy?«, fragte Chloe.

»Doc wurde im Krankenhaus aufgehalten und musste auf dem Rückweg noch eine Besorgung machen. Er ist jetzt mit dem Sauerstoff unterwegs.«

»Gut. Und er dachte, es könnte bis morgen warten.«

»Er hatte es gehofft.«

»Meinem Baby geht es doch gut, nicht?«

»Wenn du weiterhin tief atmest, bis der Sauerstoff da ist«, erwiderte Rayford. Er wollte unbedingt mit Hattie sprechen. »Ich schnappe mal ein wenig frische Luft.«

»Bring mir welche mit«, bemerkte sie lächelnd.

»Tun Sie es einfach, Ernie«, sagte Hattie gerade. Sie wandte Rayford den Rücken zu, als er aus dem Haus kam. »Beweisen Sie, dass Sie ein Mann sind. Ich meine das ernst.« Sie hörte die Tür und klappte ihr Telefon zu.

»Ich habe seinen Eifer ein wenig abgekühlt«, erklärte sie.

»Ach ja? Wie?«

»Ich habe ihm die Situation erklärt und ihm gesagt, es sei dumm von mir gewesen, ihn zu bitten herzukommen. Ich habe ihm gesagt, dass Sie mich vielleicht nach Palwaukee bringen würden, wenn ich kräftig genug bin.«

»Vielleicht. Was wird er jetzt tun?«

»Vermutlich nach Hause fahren.«

»Er wohnt doch am Flugplatz.«

»Genau das meine ich.«

»Er wurde am selben Tag wie Sie gebissen. Wie geht es ihm?«

»Er ist noch ziemlich schwach, glaube ich, aber er sagte, es mache Spaß, wieder Motorrad zu fahren.«

Rayfords Telefon klingelte.

»Entschuldigen Sie mich, Hattie«, sagte er, aber sie rührte sich nicht. »Soll ich hineingehen?«, fragte er, »oder gehen Sie?«

»Oh, Verzeihung!«, sagte sie und ging.

»Steele.«

»Hier spricht T. Der alte Ernie ist abwechselnd blass und rot geworden, als er mich einholte und feststellte, dass ich fahre. Er wollte abhauen, aber ich sagte: ›Deine Freundin ist am Apparat.‹ Er nahm das Telefon und sagte: ›Nein, das ist er nicht.‹ Ich bin sicher, ich klang nicht wie Doc Charles, und sie hat ihn vermutlich gefragt, wer ich bin. Dann hat sie ihm anscheinend die Leviten gelesen, denn er hat sich immer wieder entschuldigt und ein Dutzend Mal ›ja‹ gesagt.«

»Sie behauptet, sie hätte ihm gesagt, er solle sich zurückziehen und dass sie sich ein anderes Mal sehen würden.«

»Doc ist schon lange fort, Ernie wird ihn sowieso nicht mehr aufspüren können. Er ist nach Palwaukee zurückgefahren. Zumindest sagte er, er würde es tun.«

»Sind Sie heute Abend beschäftigt, T.?«

»Ich habe alle anderen nach Hause geschickt und wollte alles für Bucks Ankunft vorbereiten. Wir haben eine Nachricht aus New York bekommen, dass sie dort auftanken und gegen neun Uhr hier sein werden. Wissen Sie, dass sie mit einem Z-zwei-neun kommen?«

»Dem ägyptischen Kampfflugzeug? Sie machen Witze.«

»So lautete die Nachricht. Er könnte es von New York in einer Stunde schaffen, wenn er müsste. Also, was wollten Sie?«

»Könnten Sie Ernie im Auge behalten? Ich traue weder ihm noch Hattie.«

»Was kann er schon tun? Er weiß doch gar nicht, wo Sie stecken.«

»Er könnte mir folgen, wenn ich Buck abhole. Wer weiß?«

»Sollte er in der Nähe sein, wenn Buck landet, werde ich ihn nicht aus den Augen lassen. In Ordnung?«

Buck bekam allmählich Beklemmungen, als Abdullah über Ohio hinwegflog, doch sein Unbehagen wurde von Erregung überdeckt. Er freute sich so sehr, Chloe nach der langen Zeit endlich wiederzusehen. Der Verlauf der Schwangerschaft lag nicht in seinen Händen. Er konnte nur beten und versuchen, so schnell wie möglich zu ihr zu kommen. Gemeinsam würden sie alles durchstehen können. In den folgenden Jahren würde sowieso nichts mehr einfach sein.

Er legte Abdullah die Hand auf die Schulter. »Vielen Dank, dass Sie geflogen sind, Freund!«

»Danke für den Job, Sir! Erzählen Sie McCullum, was für einen angenehmen Flug Sie hatten.«

Buck lachte, aber er achtete darauf, dass Abdullah ihn nicht hören konnte. Nie wieder würde er als Passagier in einem Kampfflugzeug mitfliegen, aber trotzdem war er dankbar, endlich nach Hause kommen zu können.

»Alles in Ordnung? Sind wir auf Kurs, im Zeitplan, haben wir genügend Treibstoff?«

»Alles okay, Mr. Williams. Ich werde einen Platz zum Schlafen brauchen.«

»Ich denke, am Flugplatz wird es eine Übernachtungsmöglichkeit geben. Ich würde Sie ja mit zu uns nehmen, aber wir leben in einem Versteck, und viel Platz haben wir auch nicht.«

»Ich brauche nur sehr wenig«, erwiderte Abdullah. »Nur einen Platz zum Schlafen und eine Steckdose, in der ich meinen Computer anschließen kann.«

»Ihren Computer?«

»Ben-Judah.«

Buck nickte. Was gab es mehr zu sagen?

Rayford war niemals glücklicher gewesen, einen Wagen vorfahren zu sehen. Er rannte hinaus und half Floyd, die Sauerstoffflaschen auszuladen.

»Ich nehme sie schon, Doc. Gehen Sie nur hinein und sehen Sie nach ihr.«

»Lassen Sie die andere noch im Wagen. Sie braucht jetzt Sauerstoff dringender als alles andere.«

Rayford kam nur eine halbe Minute später als Doc ins Haus, doch er hatte Chloe bereits ans CTG angeschlossen. Mit ernstem Gesicht betrachtete er die Daten. Tsion stand an der Treppe und beobachtete die Vorgänge. Hattie stand in der anderen Ecke und verfolgte interessiert die Ereignisse.

Chloe sah noch schlechter aus als kurz zuvor. Doc fluchte.

»Verzeihen Sie mir«, sagte er. »Ich arbeite daran.«

»Was ist los?«, fragte Chloe keuchend.

»In Ordnung«, erwiderte Floyd, »hören Sie zu, vor allem die Patientin. Wir alle werden jetzt zusammenarbeiten müssen. Ich brauche eine möglichst sterile Umgebung. Hattie, Sie könnten vielleicht einen großen Topf mit –«

Aber Hattie tat so, als würde sie nicht zuhören. Ihre Augen funkelten, und sie sah so aus, als stände sie unter Schock. Zitternd wandte sie sich ab und marschierte die Treppe zu ihrem Kellerzimmer hinunter.

»Ich tue, was nötig ist«, bot Tsion an. Er rollte seine Ärmel hoch und kam herangeeilt.

»Werde ich das Baby noch heute Abend bekommen?«, fragte Chloe verzweifelt. »Bevor Buck da ist?«

»Nicht, wenn ich es verhindern kann«, beruhigte sie Doc. »Aber Ihre Aufgabe ist es jetzt, ruhig zu bleiben. Sprechen Sie nicht, wenn es nicht unbedingt sein muss.«

»In Ordnung«, erwiderte sie schnell, »aber ich will jetzt sofort alles wissen. Ich meine es ernst!«

Doc blickte Rayford an. Er zog die Augenbrauen in die Höhe und nickte. »Sagen Sie es ihr.«

»In Ordnung, Ray. Bringen Sie den Sauerstoff her. Chloe, die Herztöne des Babys sind rapide zurückgegangen. Mir fehlt hier die notwendige Ausrüstung, um die Lage der Nabelschnur zu überprüfen, und ich möchte hier auch keinen Kaiserschnitt vornehmen. Eine Fahrt ins Krankenhaus wäre medizinisch gesehen nicht ratsam.«

Chloe zog sich die Sauerstoffmaske vom Mund. Ihr Gesicht hatte bereits wieder etwas Farbe bekommen.

»›Medizinisch gesehen nicht ratsam‹?«, fragte sie. »Sie werden mich mit dieser medizinischen Fachsprache noch zum Wahnsinn treiben. Sie meinen, die Fahrt könnte mich umbringen?«

»Das ist eine überflüssige Frage. Sie werden nicht fahren. Und jetzt seien Sie still. Tsion, reichen Sie mir an, um was ich Sie bitte. Sehen Sie nur zu, dass Ihre Hände sauber bleiben. Ray, Sie waschen sich auch bitte. Bringen Sie mir diese beiden Stühle und ziehen Sie die beiden Lampen heran. Stellen Sie die eine auf den Tisch. Geben Sie mir die Flasche mit ›Betadine‹.«

Nachdem der Raum hergerichtet und gut ausgeleuchtet war, hoben alle drei Männer Chloe vorsichtig auf den provisorischen Entbindungstisch.

»So viel zur Würde«, bemerkte sie hinter ihrer Maske.

»Seien Sie still«, wies Floyd sie zurecht, aber er zwickte sie neckend in ihre Zehe.

»Ich muss eine Frage stellen«, rief Tsion vom Herd herüber. »Wie wollen Sie entscheiden, ob ein Kaiserschnitt notwendig wird?«

»Das ist nur nötig, wenn der Herzschlag des Babys zu langsam wird oder ganz aussetzt. Dann werden wir tun, was getan werden muss. Chloe wird davon nicht mehr so viel mitbekommen. Sie werden betäubt sein, Chloe, aber nicht so sehr, wie es für einen Kaiserschnitt notwendig wäre. Also –«

»Das ist keine Frage«, erwiderte sie trotz der Maske. »Holen Sie das Baby und machen Sie sich um mich keine Gedanken.«

»Aber wenn –«

»Darüber brauchen wir gar nicht zu diskutieren, Doc.«

»In Ordnung, aber das sind alles nur Vorsichtsmaßnahmen. Ich würde nur ungern einleiten. Wir können uns diesen Luxus vielleicht nicht gönnen, aber ich werde so lange es geht damit warten und hoffen, dass sich der Zustand des Babys stabilisiert.«

»Versuchen Sie nur, auf Buck zu warten«, bat Chloe.

»Kein weiteres Wort mehr«, mahnte Doc.

»Tut mir Leid, Floyd«, murmelte sie.

Rayford sah auf seine Uhr. »Was passiert, wenn ich losfahren muss, um Buck abzuholen?«

»Offen gesagt, ich könnte Sie gut gebrauchen. Bucks Wagen steht noch am Flugplatz. Er kann selbst fahren.«

»Dann hat T. keinen Wagen.«

»Er kann mitfahren und seinen Wagen hier abholen.«

»T. will nicht wissen, wo wir wohnen. Das ist leichter für ihn, falls er befragt wird.«

»Aber Sie vertrauen ihm doch«, meinte Doc.

»Uneingeschränkt.«

»Es ist ein Risiko, das er auf sich nehmen muss.«

Wenige Minuten vor neun erreichte Abdullah Illinois. Buck rief Rayford an.

»Dann soll ich T. also mitbringen?«

»Und achtet darauf, dass ihr nicht verfolgt werdet. Es ist eine lange Geschichte.«

»Wir passen immer auf, ob wir verfolgt werden. Irgendetwas Besonderes?«

»T. wird es dir erzählen. Es geht um einen Jungen, der auf dem Flugplatz wohnt.«

»Abdullah bleibt hier. Er wird Wache halten.«

»Abdullah! Du fliegst mit Abdullah Smith?«
»Ich wusste gar nicht, dass du ihn kennst.«
»Gib ihn mir.«
Buck klopfte Abdullah auf die Schulter. »Mein Schwiegervater möchte mit Ihnen sprechen. Rayford Steele.«
Abdullah drehte sich um. »Rayford? Im Ernst?«

Rayford klärte Abdullah schnell über die Situation auf.
»Ich werde aufpassen, dass er nicht wegfährt«, willigte der Pilot ein. »Sie wissen, dass ich das schaffe.«
»Und ob ich das weiß. Wann ist Ihre geschätzte Ankunftszeit?«
»14 Minuten, aber ich versuche, es in elf Minuten zu schaffen.«
Rayford klappte sein Telefon zu und sagte, er würde nach Hattie sehen. Er stieg drei Stufen hinunter und beugte sich vor. Sie lag zusammengekrümmt auf der Couch. Er schüttelte den Kopf und ging wieder nach oben.
»Wie steht es, Doc?«
»Wir werden die Geburt einleiten müssen, aber ich kann es langsam angehen lassen, dann hat Buck genügend Zeit. Sind alle damit einverstanden? Der Herzschlag des Babys ist noch nicht im kritischen Bereich, wird es aber in einer Stunde sein. Ich werde jetzt anfangen.«
Chloe nickte.

»Kleiner Flugplatz«, meinte Abdullah, während sie an Höhe verloren.
»Hoffentlich nicht zu klein für Sie?«
»Ich könnte sogar auf einem Briefumschlag landen, ohne die Briefmarke zu beschädigen.«
Buck wusste genau, dass seine Anspannung daran schuld war, aber er konnte nicht aufhören zu lachen, bis sie ausstiegen. Er streckte sich so stark, dass ihm schwindelig wurde.
»Der Mann am Funkgerät war T., das ist der, den wir kennen lernen werden. Er wird Ihnen zeigen, wo Sie schlafen können, und Sie hoffentlich Ernie vorstellen. Sie wissen ja, was zu tun ist.«
Abdullah lächelte.
Weniger als zehn Minuten später packte Abdullah in dem Zimmer neben Ernie seine Sachen aus. Buck und T. gaben Abdullah ihre Telefonnummern und fuhren los, Buck am Steuer seines Wagens.
»Das war ja wirklich eine Aufregung«, bemerkte Buck.
»Nichts im Vergleich zu dem, was Ihnen bevorsteht.«
»Ich kann es kaum erwarten. Ich sollte Chloe anrufen.«

»Das würde ich jetzt nicht tun. Wie ich höre, gibt der Doktor ihr Sauerstoff und hat die Geburt eingeleitet, aber sie versuchen, noch auf Sie zu warten.«

Buck fuhr schneller. Der Wagen holperte bereits so heftig über die Schlaglöcher, dass sie sich festhalten mussten.

»Was war das?«, fragte Buck und sah angestrengt in den Rückspiegel, dann musste er schnell einem Betonpfeiler ausweichen.

»Ich sehe nichts«, erwiderte T.

Buck zuckte die Achseln. »Ich dachte, ich hätte ein Motorrad gesehen.«

T. sah erneut zurück. »Falls da hinten tatsächlich ein Motorrad ist, hat es das Licht ausgeschaltet. Vermutlich spielt Ihnen Ihre Fantasie einen Streich.«

Buck sah erneut in den Rückspiegel. Seine Fantasie spielte ihm einen Streich und warum auch nicht? Er würde T. ja fahren lassen, doch der wusste nicht, wo sie hin mussten.

»Soll ich Abdullah anrufen?« fragte T. »Hören, ob Ernie noch da ist?«

»Das wäre nicht schlecht.«

T. wählte Abdullahs Nummer. »Wie läuft es, mein Freund? ... Alles in Ordnung? ... Ja, er ist ein faszinierender Junge. Sie werden ihn doch nicht aus den Augen lassen, nicht? ... Nur so ein Ausdruck. Ja, Sie sollten jetzt schlafen. Sie haben ihn lange genug aufgehalten.«

Kurz vor zehn bogen Buck und T. in den Hof hinter dem Versteck ein, und Buck sprang aus dem Wagen, noch bevor er den Motor abgestellt hatte. Chloe, die gerade ihre erste Wehe hinter sich hatte, strahlte, als sie ihn entdeckte. Doc Charles nickte ihm zu und deutete auf das Waschbecken. »Das Wichtige zuerst, Fremder.«

Buck wusch sich und trat dann an Chloes Seite. Er nahm ihre Hand.

»Vielen Dank, Gott«, sagte er laut. »Das hätte ich nicht verpassen wollen.«

»Ich würde auch gern beten«, sagte Tsion.

»Ich hoffte, Sie würden das sagen«, meinte Buck.

»Doktor, Sie brauchen Ihre Augen nicht zu schließen. Allmächtiger Gott, wir danken dir für deine Güte und deinen Schutz. Danke, dass du Buck rechtzeitig zu uns gebracht hast. Wir wissen, dass du souverän bist, aber wir bitten dich um eine komplikationslose Entbindung, wir bitten dich darum, dass das Kind gesund zur Welt kommt und die Mutter die Geburt gut übersteht. Wir brauchen diesen kleinen Sonnenschein in einer dunklen Welt. Gewähre uns dies, Herr, aber vor allem geschehe dein Wille.«

Rayfords Kopf ruckte hoch, als im Hof ein Motor ansprang. Er sah sich im Raum um, blickte T. an und sagte: »Hattie.«

»Holt sie ein!«, rief Buck. »Sie wird uns noch verraten!«

Chloe versuchte, sich aufzusetzen.

»Entspannen Sie sich, Chloe!«, mahnte Floyd. »Ich komme schon mit Buck und Tsion zurecht, wenn die anderen beiden ihr nachfahren müssen!«

Rayford rannte T. nach, sprang die Treppen hinunter und zur Tür hinaus. Er hörte den Motor eines Motorrades und der Rover fehlte. Er und T. sprangen in T.s Jeep, aber die Schlüssel waren nicht da. Rayford rannte ins Haus zurück.

»Floyd! Die Schlüssel!«

»Ach!«, rief Floyd. »Tsion, in meiner rechten Hosentasche und dann müssen Sie sich wieder waschen.«

Tsion warf Rayford die Schlüssel zu und Rayford und T. fuhren zurück nach Palwaukee. »Also ist Ernie Ihnen doch gefolgt?«

»Unmöglich«, erwiderte T. »Wir haben unterwegs mit Abdullah gesprochen, und er sagte, Ernie sei noch immer da. Buck hat allerdings zwischendurch den Eindruck gehabt, von einem Motorrad verfolgt zu werden.«

»Vielleicht hat Ernie Abdullah überredet, das zu sagen.«

»Er war ziemlich überzeugend. Smalltalk, Einzelheiten und alles.«

»Offen gesagt, das klingt gar nicht nach Abdullah. Rufen Sie ihn an.«

Abdullah meldete sich beim zweiten Klingeln. »Habe ich Sie aufgeweckt? … Hören Sie, antworten Sie nur mit ja oder nein. Ist Ernie noch da? … Tatsächlich? Was tut er? … Graben? Geben Sie ihn mir, ja?«

Rayford schüttelte den Kopf. »Ich sage Ihnen, er ist nicht – Ernie? Hey, wie geht es, Mann? Was machen Sie? … Kens Zimmer saubermachen? Wie nett von Ihnen. Abdullah sagte, Sie würden graben … Ach so, nur fegen? … Ja, ich verstehe nicht, wie er das mit Graben verwechseln kann. Na ja, sagen Sie ihm, wir sehen ihn in ein paar Stunden.«

Buck konnte sich nicht vorstellen, was Hattie vorhatte. Er hatte schon lange aufgehört zu versuchen, sie zu verstehen. Wohin würde sie mitten in der Nacht fahren? Vielleicht war sie ja auch tatsächlich verrückt.

Sie hatte bestimmt Beklemmungen bekommen und musste einfach raus. Es würde ihr ähnlich sehen, sich zu verirren und schließlich jemanden zu ihrem Versteck zu führen.

Chloe umklammerte seine Hand und stöhnte. Buck sah Doc an, der den Kopf des Babys im Mutterleib an das CTG angeschlossen hatte. Er sagte, alles sei in Ordnung.

»Das Baby wird noch heute Abend auf die Welt kommen«, sagte er. »Und alles wird gut gehen.«

Buck seufzte. Er war viel zu aufgeregt, um seine Müdigkeit zu bemerken. Allerdings war er realistisch genug, sich klarzumachen, dass sich Floyd zum Wohle der Patientin optimistischer geben musste, als er vielleicht war. Buck war froh, dass er dabei war, egal, was passierte. Es hätte ihm gar nicht gefallen, wenn Chloe das alles allein hätte durchstehen müssen.

»Ernie ist also tatsächlich dabei, nach dem Gold zu graben«, bemerkte Rayford.

T. nickte. »Und ich wette, wir werden feststellen, dass auch Bo aus dem Krankenhaus entlassen worden ist. Soll ich mal nachfragen?«

»Sicher.«

»Hmmm«, erklärte T. einen Augenblick später, die Hand über das Telefon gelegt. »Sie sagen, er sei noch immer registriert.«

»Lassen Sie sich mit ihm verbinden. Nein, warten Sie, fragen Sie nach Lea und lassen Sie mich mit ihr sprechen.« T. reichte ihm das Telefon. »Lea, hier spricht Rayford Steele, ein Freund von Dr. Charles.«

»Was denn nun schon wieder?«, fragte sie, aber nicht unfreundlich.

»Wir müssen nur wissen, ob ein Patient, der noch nicht entlassen worden ist, noch immer da ist. Der Name ist Bo irgendwie. Einen Augenblick, ich suche die –«

»Beauregard Hanson«, informierte sie ihn. »Wir haben hier nicht viele Bos, wissen Sie. Ja, er ist noch immer hier.«

»Sind Sie sicher?«

»Soll ich mal nachsehen?«

»Würden Sie das tun?«

»Ich habe schon mehr als das für euch getan.«

»Darum lieben wir Sie ja auch so.«

»Bleiben Sie dran.«

Doc Charles schien begeistert und Buck fühlte sich daraufhin schon gleich besser.

»Wir tun das Richtige«, bemerkte Doc. »Wir hätten nicht warten dürfen, aber jetzt ist der Puls schon eine ganze Weile stabil. Es wird alles gut gehen. Sind Sie okay, Mom?«

Chloe nickte. Ihr Gesicht war verschwitzt und sie war wirklich extrem schwanger.

»Er ist fort?«

»Weg«, erwiderte Lea. »Ich konnte ihn sowieso nicht leiden, ihn und diesen Jungen, der mit ihm im selben Zimmer lag. Er verschwand irgendwann heute, ohne ein Wort zu sagen.«

»Wir schulden Ihnen einen Gefallen, Lea«, sagte Rayford.

»Einen?«

»Touché. Irgendwann werden wir das wieder gutmachen.«

»Ja«, erwiderte sie. »Ich schätze, in fünf Jahren oder so.«

»Ich wünschte, Daddy wäre hier«, sagte Chloe.

»Vielleicht kommt er ja rechtzeitig wieder zurück«, beruhigte sie Buck. »Was schätzen Sie, wann es soweit ist, Doc?«

»Dazu kann ich nichts sagen. Wir sollten nichts überstürzen. Alles hängt von Mutter und Kind ab. Aber es läuft gut und das ist das Einzige, das zählt.«

»Amen«, warf Tsion ein. Und Buck dachte, dass der Rabbi genauso aufgeregt aussah, wie Buck sich fühlte.

»Ist es denn zu glauben?«, fragte Rayford kopfschüttelnd. »Sie führen eine solche Aktion durch und machen sich noch nicht einmal die Mühe herauszufinden, ob sie verfolgt werden.«

Wenig später hatten sie den Flughafen erreicht. Bucks Rover stand vor der Hütte, in der Ken Ritz gewohnt hatte und in der jetzt Ernie und vorübergehend auch Abdullah wohnten. T. parkte den Jeep etwas weiter entfernt, stellte den Motor ab und schaltete die Scheinwerfer aus. Die beiden Männer blieben zunächst im Wagen sitzen und beobachteten das Gebäude.

»Abdullah kann schon selbst für sich sorgen, aber es sind zu viele.«

T. stieg aus. »Mal sehen, was sie vorhaben.«

Sie schlichen sich zur Hütte und hörten, was im Innern gesprochen wurde.

»Lassen Sie den Rover in Ruhe«, flüsterte Rayford, »damit sie nicht merken, dass wir hier sind.«

Sie duckten sich unter das Fenster und hörten zu.

»Lassen Sie mich das noch einmal wiederholen«, sagte Abdullah gerade. »Sie wollen mir einen Goldbarren geben und ich soll Sie dafür nach Neu-Babylon fliegen?«

»Das ist richtig«, bestätigte Hattie.

»Und dieses Gold gehört Ihnen?«

»Es gehört meinem Verlobten.«

»Dieser junge Mann ist Ihr Verlobter?«

»Ja, das bin ich!«, prahlte Ernie. »Sobald ich Ihnen dieses Gold gebe. Also, jetzt nehmen Sie es schon.«

»Ist Ihnen klar«, wandte Abdullah ein, »dass dieses Gold zehnmal mehr wert ist als das, was ich Ihnen für den Flug berechnen würde?«

»Aber wir wollen jetzt sofort fliegen«, widersprach Hattie. »Und ich weiß, dass das schon etwas wert ist.«

»Wenn Sie jetzt fliegen wollen, dann haben Sie sich den falschen Piloten ausgesucht. Ich kann noch 24 Stunden lang nicht fliegen.«

»Carpathia hat doch alle internationalen Regeln außer Kraft gesetzt«, beharrte Hattie. »Ich weiß das. Ich habe früher für ihn gearbeitet.«

»Und ich schätze, Sie haben mehr für ihn getan als das, Madam. Waren Sie nicht auch mit ihm verlobt? Wie viele Verlobte haben Sie eigentlich?«

»Einen weniger, wenn wir bald losfliegen«, antwortete sie.

Rayford bedeutete T. ihm zu folgen. Er entfernte sich ein Stück von der Hütte und rief Abdullah an.

»Hallo?«

»Abdullah, hier spricht Rayford Steele, aber sagen Sie nichts. Wiederholen Sie einfach nur, was ich sage, in Ordnung?«

»In Ordnung.«

»Miliz der Weltgemeinschaft? … Ein gestohlener Range Rover? … Gold? … Gefängnis? … Ja, Sie können kommen und mich befragen, aber das Gold ist hier und das Auto auch. … Ja, ich werde da sein, wenn Sie kommen. … Nein, ich möchte nicht ins Gefängnis kommen.«

Abdullah unterbrach ihn. »Es funktioniert, Rayford.«

»Rayford?«, hörte er Hattie schreien. »Ernie, warte!«

Aber Ernie und Bo waren bereits auf das Motorrad gesprungen und zogen eine Staubwolke hinter sich her, als sie davonrasten.

Rayford und T. betraten die Hütte. Abdullah wirkte erschöpft, war aber stolz auf sich. Er saß Hattie gegenüber, die zu Boden gesunken war und an einer Koje lehnte.

»Lassen Sie uns gehen, Hattie«, forderte Rayford sie auf. »Vielleicht kommen wir noch rechtzeitig, um das neue Baby zu sehen.«

Vier Stunden später schenkte Chloe Steele Williams einem gesunden Jungen das Leben. Mit Tränen in den Augen schloss sie ihn in die Arme und verkündete seinen Namen.

Kenneth Bruce.

Sogar Hattie weinte.

»Das erste ›Wehe‹ ist vorüber. Noch zweimal wird das Wehe kommen.

Der sechste Engel blies seine Posaune: Da hörte ich eine Stimme, die von den vier Hörnern des goldenen Altars her kam, der vor Gott steht. Die Stimme sagte zu dem sechsten Engel, der die Posaune hält: Binde die vier Engel los, die am großen Strom, am Eufrat, gefesselt sind. Da wurden die vier Engel losgebunden, die auf Jahr und Monat, auf Tag und Stunde bereitstanden, um ein Drittel der Menschheit zu töten.«

Offenbarung 9,12–15